NANCY ATHERTON

TANTE DIMITY

und das verborgene Grab

Aus dem Amerikanischen von Christine Naegele

be THRILLED

beTHRILLED

Vollständige ePub-to-Print-Ausgabe des in der Bastei Lübbe AG erschienenen eBooks »Tante Dimity und das verborgene Grab« von Nancy Atherton

beTHRILLED by Bastei Entertainment in der Bastei Lübbe AG

Dieses Werk wurde im Auftrag der Jane Rotrosen Agency LLC vermittelt durch die Literarische Agentur Thomas Schlück GmbH, Garbsen.

Lektorat/Projektmanagement: Kathrin Kummer
Covergestaltung: Jeannine Schmelzer unter Verwendung von Motiven © shutterstock: Alvaro Cabrera Jimenez | Montreeboy
Illustration: © Jerry LoFaro
Satz: 3w+p GmbH, Rimpar
Druck: Books on Demand GmbH, Norderstedt

ISBN 978-3-7413-0097-4

Die Originalausgabe erschien unter dem Titel »Aunt Dimity Digs In« bei Penguin Books, New York.

www.be-ebooks.de
www.lesejury.de

FSC
www.fsc.org
MIX
Papier aus verantwortungsvollen Quellen
Paper from responsible sources
FSC® C105338

Kapitel 1

Ich war Mutter von zwei Säuglingen, und ich war zur Trinkerin geworden: zwei Kannen Tee am Vormittag, und noch vor dem Mittagsschlaf eine weitere. Und aus irgendeinem Grund hatte ich Schwierigkeiten zu schlafen.

Es lag nicht am Koffein – als stillende Mutter hielt ich mich an Kräutertee –, und es waren auch nicht die Zwillinge. Nach drei zermürbenden Monaten, in denen ich praktisch rund um die Uhr stillte, hatten Will und Rob endlich gemerkt, wie viel schöner es ist, die Nacht durchzuschlafen, und auch ihren Eltern Gelegenheit gegeben, die Freude daran wieder neu zu entdecken. Mein Mann und ich hatten jetzt sechs Stunden himmlischer Ruhe, in denen wir ohne Unterbrechung schlafen und uns von den Strapazen des Tages erholen konnten.

Aber während Bill diese kostbaren Stunden ausgiebig nutzte und meist noch angekleidet auf dem Sofa entschlummerte, reichte es bei mir nur zu unruhigen, kurzen Nickerchen, während dieser ich mit einem Ohr auf das leiseste Weinen, das kleinste Husten oder den winzigsten Schnaufer lauschte.

Es war nicht nur die typische Überempfindlichkeit der frischgebackenen Mutter, die mir den Schlaf raubte. Will und Rob waren zu früh geboren, im März statt im April, und sie hatten ihre erste Lebenswoche im Brutkasten verbracht. Jetzt, mit vier Monaten, waren sie zwar bärenstark und hatten Lungen wie Perlentaucher, aber die Ängste dieser ersten ungewissen Tage waren nie ganz von mir gewichen.

Die Welt, die mich bisher überwiegend freundlich behandelt hatte, war zu einem bösartigen, bedrohlichen Ort geworden, wo jede Ecke eines jeden Couchtisches lediglich dazu geschaffen war, dass meine Söhne sich den Kopf daran aufschlagen konnten. Es war meine und Bills Aufgabe, unsere Kinder vor tückischen Couchtischen zu schützen, und wir nahmen unsere Aufgabe sehr ernst.

Wir waren aus Bills Familiensitz im lebhaften, lärmenden Boston geflohen und hatten die Jungen nach England gebracht, in ein Cottage aus honigfarbenem Stein in einer ruhigen, idyllischen Ecke der Cotswolds. Dieses Häuschen hatte mir die beste Freundin meiner Mutter hinterlassen, eine Frau namens Dimity Westwood, und für mich gab es keinen geeigneteren Ort, um Kinder großzuziehen.

Bill radelte jeden Tag nach Finch, dem nächsten Dorf, wo er in seinem Büro am Dorfplatz die Geschäfte für die Anwaltskanzlei, die er mit seinem Vater führte, per E-Mail, Fax und Telefon abwickelte. Einmal im Monat fuhr er nach London oder auch weiter weg, wenn es nötig war, aber meist war er zum Mittagessen zu Hause und kam auch zum Abendessen selten zu spät.

Dabei war es nicht das Essen, was ihn anzog. Seit den ersten Wochen meiner Schwangerschaft waren meine kulinarischen Ambitionen hauptsächlich auf die Herstellung gesunder Babynahrung beschränkt. Bill hatte sich daran gewöhnt, zu den Mahlzeiten meist irgendwelche geheimnisvollen Breis und Pürees zu probieren.

William Willis junior war ein Ehemann, wie ihn sich jede Frau erträumt, und ein Vater, wie ihn jedes Kind haben sollte. Er wickelte die Babys, badete sie, sang sie in den Schlaf und fand sich auch heldenhaft mit meinen hormonell bedingten Stimmungsschwankungen nach der Entbindung ab, als der Umschwung zwischen Gelächter und Tränen unvorhersehbar war und sich von einer Sekunde auf die andere vollziehen konnte. Wie ich ging er in der Fürsorge um unsere Söhne auf und schien für meine Besessenheit, ihre Umgebung so sicher wie möglich zu gestalten, Verständnis zu haben. Als ich jede Ecke unserer Möbel mit Flanell umwickelte, protestierte er ebenso wenig, wie als ich an sämtlichen Schranktüren in der Küche Sicherheitsschlösser anbrachte, die so kompliziert waren, dass wir sie tagelang nicht öffnen konnten.

Aber als Bill eines Abends Anfang Juli in unser Schlafzimmer kam, wo mir die Jungen in ihren Babywippen zusahen, wie ich die Matratze von unserem Bett wuchtete, das so groß wie ein Fußballplatz war, musste er wohl annehmen, dass ich vollends übergeschnappt sei.

»Lori«, sagte er leise von der Tür her, »was machst du da?«

»Ich nehme die Matratze vom Bett«, schnaufte ich, indem ich vergeblich an einer Ecke zerrte.

»Warum?«, fragte Bill vorsichtig.

Ich verdrehte die Augen, als sei die Erklärung sonnenklar. »Was ist, wenn Will und Rob unter das Bett krabbeln und es über ihnen zusammenbricht? Es ist viel sicherer, die Matratze auf der Erde zu haben.«

Bill warf einen Blick auf die vier pummeligen Babyknie und die herumfuchtelnden Händchen, die noch nicht einmal den Teppich erreichten, und sagte: »Aha.«

In seiner Stimme war etwas, das mich innehalten ließ. Ich starrte auf die Matratze, sah hinüber zu den Jungen und wich dann vor dem Bett zurück, als stünde es in Flammen. »Bill«, flüsterte ich erschreckt, »was *mache* ich eigentlich hier?«

»Die Frage ist eher, was du *nicht* machst.« Bill nahm mich bei der Hand und zog mich zum Sessel neben dem

Toilettentisch. Er schob die Matratze wieder aufs Bett zurück, hockte sich einen Moment hin, um Will auf den Bauch zu prusten und Rob neckend zu kitzeln, dann setzte er sich vor mich auf die Fußbank. »Du schläfst kaum«, erklärte er. »Du isst nicht vernünftig. Du hast kaum Bewegung an der frischen Luft.« Er sah die Matratze bedeutungsvoll an. »Kein Wunder, dass du langsam durchdrehst.«

»Aber ... aber die Jungen ...«, jammerte ich.

»Die Jungen sind kerngesund und munter«, unterbrach Bill mich. Er drehte sich um und schnitt seinen zufrieden vor sich hin brabbelnden Söhnen ein Gesicht. »Schau sie dir an. Dr. Hawkings hat selbst gesagt, dass er noch nie Frühchen gesehen hat, die so prächtig gedeihen. Du machst es großartig, Lori.«

Ich lächelte mühsam. »*Wir* machen es großartig.«

»Ich helfe, so gut ich kann«, sagte Bill, indem er sich mir wieder zuwandte, »aber ich bin nicht den ganzen Tag hier wie du. Ein Kind kann eine Mutter schon bis zur Erschöpfung fordern, und du hast zwei. Gib's zu, Schatz – du bist zahlenmäßig unterlegen.«

Ich lehnte mich im Sessel zurück und nickte kleinlaut. »Ich bin in letzter Zeit auch so viel müder als früher.«

»Und erschöpfter«, sagte Bill mit Nachdruck. »Jetzt, wo die Jungen aus dem Gröbsten heraus sind und anfangen, feste Nahrung zu essen, wird es Zeit, dass du dir eine Pause gönnst.«

»Ich soll meine Babys verlassen?«, fragte ich entsetzt.

»Natürlich nicht«, sagte Bill schnell. »Aber ich habe die Sache mit Dimity besprochen ...«

»Wann?«, wollte ich wissen. »Wann hast du mit Dimity darüber gesprochen?«

»Vorige Woche, als du den Badezimmerschrank mit dem Vorhängeschloss gesichert und den Schlüssel versteckt hast, damit die Jungen ihn nicht finden«, erwiderte Bill. »Weißt du inzwischen wieder, wo du ihn hingetan hast?«

»Äh …«

»Macht nichts.« Bill zog meine Füße auf seinen Schoß und fing an, sie sanft zu massieren. »Hauptsache ist, dass Dimity es für richtig hält, dass wir jemanden einstellen, der dir mit Rob und Will hilft. Und das finde ich auch.«

Ich sah ihn ungläubig an. »Das kann nicht dein Ernst sein. Ich würde meine Kinder nie einer Fremden überlassen.«

»Dann kann sie mit der Wäsche und dem Kochen und der anderen Hausarbeit helfen«, war Bills vernünftige Antwort. »Egal was, die Hauptsache ist, du bist entlastet. Lori«, sagte er und nahm meine Zehen fest in die Hand, »Tante Dimity sagt, es sei Zeit, dass du dich um dich selbst kümmerst, sonst schadest du unseren Kindern mehr, als dass du ihnen nützt.«

Bill hatte das Zauberwort gesprochen. Vernünftigerweise sagte er nichts weiter, sondern wartete auf die Wirkung. Er wusste, dass ich mich nie gegen das auflehnte, was Tante Dimity sagte – oder vielmehr, was sie schrieb, da die Gespräche mit ihr sich auf das beschränkten, was sie in ein kleines blaues Buch mit Ledereinband schrieb, das in unserem Arbeitszimmer lag. Seit der Geburt der Jungen war ich zu beschäftigt gewesen, mich an Tante Dimity zu wenden, aber es schien, dass sie mich beobachtete und sich Sorgen machte.

Hatte ich ihr wirklich Anlass dazu gegeben? Ich schloss die Augen und dachte über die vergangenen drei Monate nach. Einige Szenen waren mir noch besonders deutlich in Erinnerung: wie während eines der häufigen Besuche von Willis senior Bill und sein Vater Seite an

Seite Windeln wechseln; das erste Bad der Jungen in der gepolsterten Babybadewanne; dann ein kostbarer, stiller Morgen, Bill schaukelt Will, während ich Rob stille, wir beide im Schlafanzug und noch ganz verschlafen, aber völlig vernarrt in die zwei Bündel in unseren Armen. Aber die meisten dieser Erinnerungen sind unscharf, ein Tag verschwimmt mit dem nächsten, ohne Form und Unterschied, wie ein Aquarell, das in einen Regenguss geraten ist. So wollte ich mich an die Kindheit meiner Söhne später eigentlich nicht erinnern.

»Vielleicht habt ihr recht, Dimity und du«, räumte ich schließlich ein. »Vielleicht habe ich es wirklich übertrieben.«

Bill unterdrückte mühsam ein Lachen und zog mich auf seinen Schoß. »Hast du jemals etwas getan, *ohne* es zu übertreiben?«, fragte er, indem er die Nase in meine Locken grub.

Ich grinste verlegen. »Okay, ich gebe es ja zu. Ich könnte schon etwas Hilfe gebrauchen.« Ich befreite mich aus seinen Armen und fragte: »Aber wie finde ich hier die richtige Hilfe? Ich kenne niemanden im Dorf.«

Obwohl wir schon fast ein Jahr im Cottage wohnten, war Finch mir immer noch so fremd wie die Rückseite des Mondes. Während meiner Schwangerschaft hatte ich nichts anderes getan als Bücher über Kindererziehung zu lesen, ziemlich unförmige Babysöckchen zu stricken und nahrhafte Nahrung zu mir zu nehmen. Mein Terminkalender hatte Staub angesetzt.

»Wir kennen nur Emma und Derek«, sagte ich, »aber die haben schon genug zu tun.« Emma und Derek Harris wohnten nicht weit von uns entfernt in einem Landhaus aus dem vierzehnten Jahrhundert, das sie von Grund auf renoviert hatten. Emma hatte früher als erfolgreiche Informatikerin gearbeitet und war inzwischen eine Meisterin im Gartenbau; Derek war ein Bauunternehmer, der sich auf Renovierungen spezialisiert hatte. Sie waren hier in England unsere besten Freunde, aber irgendwie zweifelte ich daran, dass sie sich mit Begeisterung aufs Fußbodenputzen oder Windelnwaschen stürzen würden.

»Dann sind da natürlich noch Ruth und Louise«, überlegte ich weiter, »aber ich glaube nicht, dass sie noch die nötige Kraft haben.« Ruth und Louise Pym, zwei identische Zwillingsschwestern, bewohnten ein Haus am Rande des Dorfes. Niemand wusste, wie alt sie waren, aber die Tatsache, dass sie sich genauso lebhaft an den Ersten wie an den Zweiten Weltkrieg erinnerten, ließ darauf schließen, dass sie nicht mehr die Jüngsten waren.

»Und Sally Pyne ...« Ich stand auf und hakte im Geist die wenigen Namen auf der Liste der Dorfbewohner ab, die ich persönlich kannte. Sally Pyne, eine entzückende, weißhaarige Witwe, war die Inhaberin des Tearoom neben Bills Büro. Sie war gutmütig und tatkräftig, »... aber Emma sagt, dass Sallys Enkelin diesen Sommer bei ihr verbringt, also wird sie auch alle Hände voll zu tun haben. Wer also ...?« Ich sah Bill an. Er betrachtete aufmerksam seine Fingernägel, wobei er süffisant lächelte. »Sag mir bloß nicht, dass du schon jemanden gefunden hast!«

»Okay, dann also nicht.« Bill nickte zustimmend und beugte sich vor, um den krähenden Rob aus seiner Babywippe zu heben. »Jetzt lass uns erst mal diese armen Würmer füttern und fürs Bett fertig machen.«

Den Rest des Abends verbrachte ich damit, meinem Mann, der unerträglich selbstzufrieden schien, weitere Informationen zu entlocken – ebenso wie Dimity –, aber das Einzige, was ich in Erfahrung bringen konnte, war, dass »eine geeignete Kraft« in Kürze eintreffen würde.

Deshalb war es keine besonders große Überraschung, als die Schwestern Pym am Montagmorgen auf dem Plattenweg angeflattert kamen, begleitet von einer ruhigen, kompetent und zuverlässig aussehenden Frau.

Kapitel 2

Ich war etwas durcheinander, als ich die Tür öffnete. Über die eine Schulter hielt ich Will, über die andere Rob, und meine Schürze war großzügig mit grünlichem Brei beschmiert.

Dagegen sahen Ruth und Louise Pym aus, als kämen sie gerade von einer Gartenparty Eduards VII. Wie immer trugen sie identische perlgraue Seidenkleider mit Spitzenkragen und winzigen Perlknöpfchen. Ihre identischen Hälse schmückten identische cremefarbene Gemmen, an ihren winzigen Busen hatten sie Lavendelsträußchen geheftet. Ihre zarten, aber geschickten Händchen steckten in cremefarbenen Zwirnhandschuhen.

Die dritte Frau, welche die Schwestern um Hauptes-länge überragte, sah aus wie eine exotische Gewächshausblume neben zwei Herbstastern. Ich hatte sie noch nie gesehen, sie war groß, breitschultrig und von üppiger Figur. Sie hatte einen olivenfarbenen Teint, volle Lippen und sehr dunkle mandelförmige Augen. Ihr braunes Haar war aus der hohen Stirn zurückgekämmt und im Nacken zu einem kunstvollen Knoten geschlungen. Sie trug ein einfaches weißes Hemdblusenkleid, dazu bequeme flache Schuhe. Der offene Kragen ihres Kleides gab den Blick auf ein merkwürdiges Bronzemedaillon frei, das sie an einem Lederband um den Hals trug.

Ich bemerkte den raschen, abschätzenden Blick ihrer dunklen Augen und errötete verlegen, als ich die Pyms begrüßte. Selbst an meinen besseren Tagen sah ich neben ihnen immer wie eine Putzfrau aus, und dies war keiner meiner besseren Tage.

»Meine liebe Lori«, sagte Ruth. Ruth sprach immer als Erste. Es war das einzige Merkmal, woran ich die Schwestern auseinanderhalten konnte. »Du bist ja der wahre Inbegriff …«

»… einer beschäftigten Mutter«, fuhr Louise fort. Ein Gespräch mit den Pym-Schwestern war wie ein Pingpong-Spiel. »Wir hoffen, wir kommen …«

»… nicht ungelegen. Wir hätten erst angerufen …«

»… aber Bill riet uns, gleich herzufahren.«

Das Auto der Pyms, ein altertümliches Vehikel mit Holzkonsole, Samtpolstern und Trittbrett, stand in der Kieseinfahrt neben meinem schwarzen Morris Mini und dem Mercedes, den Bill bei Regenwetter fuhr.

»Ihr wisst, dass ich mich immer freue, euch zu sehen«, versicherte ich ihnen, wobei ich wünschte, ich hätte mir noch die Zeit genommen, den Jungen das Gesicht zu waschen, ehe ich die Tür öffnete.

»Und wie geht es deinen …«

»… goldigen Engelchen denn heute?«

»Gut, sehr gut«, brachte ich heraus. Will und Rob hatten die vertrauten Stimmen der Pyms erkannt und versuchten beide, sich umzudrehen, um das einzige weitere Zwillingspaar zu sehen, das sie kannten. Wie Bill am Abend zuvor bemerkt hatte, war ich in der Minderheit, und als die dunkeläugige Frau die Hände nach Will ausstreckte, gab ich ihn ihr mit einem bisher nie gekannten Gefühl der Erleichterung.

»Danke«, sagte ich. Als ich Rob herumdrehte, damit er sehen konnte, wo sein Bruder war, empfand ich eine leichte Enttäuschung, die eigentlich widersprüchlich war. Will hatte sich allzu leicht in sein Schicksal gefunden. Fröhlich sabberte er auf das Kleid der dunkeläugigen Frau und war viel zu eifrig damit beschäftigt, mit Ruth zu flirten, als dass er sich darüber hätte Gedanken machen können, auf wessen Arm er war.

Ruth war gegen seinen Charme nicht immun, aber als sie sich vorbeugte, um ihre Nase gegen seine zu reiben, sagte sie verwundert: »Lori, bist du sicher, dass unser kleiner Liebling …«

»… auch nicht krank ist?« Louises Vogeläuglein betrachteten meinen Sohn ebenfalls mit Besorgnis.

»Das glaube ich nicht«, sagte ich, bekam aber dennoch sofort Herzklopfen. »Warum? Was ist mit ihm?«

Ruth zog die Stirn in Falten. »Es sieht aus, als ob er …«

»… lauter kleine grüne Flecken auf der Haut hat. Und sein Brüderchen auch.«

Louise betrachtete den sich windenden Rob eingehender. »Ich habe schon Babys mit roten Flecken gesehen und mit rosa Flecken auch …«

»… aber niemals mit grünen«, sagte Ruth. »Ich hoffe doch, es ist keine …«

»… Tropenkrankheit.«

Mein Herz beruhigte sich wieder. »Es ist keine seltene Krankheit«, erklärte ich, »das sind Avocadoflecken. Ich hatte vergessen, den Mixer zuzudecken.« Ich trat zur Seite. »Bitte, kommt doch herein. Das Haus ist ziemlich unordentlich, aber …«

»Na ja«, sagte Ruth, als sie eintrat. »Du hattest in letzter Zeit bestimmt auch Wichtigeres zu tun …«

»… als dich um Hausputz zu kümmern«, beendete Louise den Satz fröhlich, indem sie mir durch den Flur und ins Wohnzimmer folgten. »Und mit Recht. Was könnte wichtiger sein, als …« Das verbale Duell der Pyms verebbte, gefolgt von einer peinlichen Stille.

Ich war fast so überrascht wie Louise. Ich hatte unser Wohnzimmer immer als einen der gemütlichsten Räume des Hauses empfunden, aber jetzt sah es aus, als ob eine Bande Landstreicher hier ihr Lager aufgeschlagen hätte. Von den Tischecken baumelten Flanellstreifen, der Kamin wurde von einem überquellenden Wäschekorb verdeckt, ein paar der Elternzeitschriften, die sich auf den Kissen der Fensterbank stapelten, waren auf die Erde gerutscht, und auf dem Sofa und den Sesseln herrschte ein heilloses Durcheinander von Spielsachen, Kuscheltieren und etwas unförmigen Stricksöckchen.

Die dunkeläugige Frau bahnte sich einen Weg von der Tür zum Laufstall, aber ich musste erst eine Reihe von Bauklötzchen, eine Handpuppe und einen ganzen Zirkus von Plastiktieren zur Seite schieben, ehe Ruth und Louise das Sofa erreichen konnten.

»Entschuldigt die Unordnung«, murmelte ich, während ich vor ihnen zum Sofa eilte, um es von einer Ansammlung von Kuscheltieren frei zu machen, die ich kurzerhand auf den Boden fegte. »Es scheint wirklich, dass mir die Dinge etwas über den Kopf gewachsen sind.«

»Darum sind wir ja gekommen«, sagte Ruth. »Deshalb haben wir dir …«

»… ein weiteres Paar Hände mitgebracht«, fuhr Louise fort. »Dürfen wir vorstellen …«

»… das ist unsere liebe Freundin …«

»… Francesca Angelica Sciaparelli.«

Die dunkeläugige Frau, die gerade Will in den Laufstall gelegt hatte, richtete sich auf.

»Guten Tag«, sagte sie.

Wie zur Antwort spuckte Rob mir einen Teil seiner letzten Mahlzeit über die Schulter.

»Kommen Sie, geben Sie ihn mir.« Die Frau kam zu mir herüber und streckte die Arme aus. »Ich wasche ihn, und Sie können sich eine saubere Bluse anziehen.«

Ich weiß nicht, warum ich ihr Rob so bereitwillig gab. Vielleicht lag es daran, dass ich dem Urteil der Pyms vertraute. Vielleicht war es auch die Tatsache, dass sie einfach so bereit war, ein mit Avocadobrei verschmiertes vier Monate altes Baby zu übernehmen, oder es war der Geruch, der von meiner Bluse ausging – bereits der zweiten Bluse an diesem Tag. Was mich aber völlig überzeugte, so glaube ich, war das Lächeln in ihren Augen, das ein stilles Verstehen ausdrückte.

»Es ist einfacher, wenn Sie mich Francesca nennen«, fügte sie in dem sanft rollenden Dialekt des Südwestens hinzu, der so gar nicht zu ihrem wenig englischen Namen passte. »Sciaparelli ist ein bisschen lang für den Hausgebrauch.«

»Ich heiße Lori«, sagte ich.

»Ich weiß.« Francesca drehte sich langsam um und nahm das Zimmer in Augenschein. »Ich habe dieses Haus immer geliebt.«

»Sie waren schon einmal hier?«

»Sehr oft«, sagte Francesca. »Miss Westwood ist nach dem Krieg nach London gezogen, aber sie behielt das Cottage als eine Art Zuflucht. Wenn sie weg war, hat mein Vater sich um das Haus gekümmert. Miss Westwood ist meiner Familie immer eine gute Freundin gewesen.«

»Sie war auch mir eine gute Freundin«, sagte ich.

»Das glaube ich gern.« Francesca schloss die Augen und sog die Luft ein. »Flieder. Ein wunderbarer Duft. Flieder war Miss Westwoods Lieblingspflanze. Seltsam, was für Erinnerungen so ein Duft wecken kann. Wenn ich es nicht besser wüsste, würde ich schwören, dass Miss Westwood selbst hier irgendwo ist.«

»Es liegt sicher daran, dass ich hier nichts verändert habe«, sagte ich rasch. »Das Haus ist weitgehend noch so, wie Dimity es hinterlassen hat – bis auf die Unordnung.«

Ich bereitete mich innerlich auf den kurzen Augenblick der Trennung von meinen Söhnen vor, aber ermahnte mich dann, nicht so albern zu sein. Wenn Dimity einen nach Flieder duftenden Willkommensteppich für Francesca Sciaparelli ausrollte, brauchte ich mir sicher keine Sorgen zu machen.

»Ich werde … ich bin gleich zurück.« Ich küsste Robs Füßchen, und zum ersten Mal seit der Geburt der Zwillinge ging ich allein die Treppe hinauf.

Als ich im Schlafzimmer stand, geriet ich in Panik. Ich riss mir die Schürze und die schmutzige Bluse herunter und warf sie in Richtung Wäschekorb, um dann hastig eine saubere Bluse aus dem Schrank zu nehmen. Während ich sie noch zuknöpfte, wollte ich schon wieder zur Tür hinausrennen, als ich mich im großen Schlafzimmerspiegel sah und abrupt stehen blieb.

Wer war dieses heruntergekommene Gespenst, das mich da anstarrte?

Die kurzen dunklen Haare waren mit angetrocknetem Avocadopüree verklebt, die Augen vor Müdigkeit rot gerändert, und während sich die Bluse über den ungewöhnlich vollen Brüsten spannte, hingen die Jeans mir lose um die Hüften wie bei einer Vogelscheuche. Ich streckte die Hand nach meinem Spiegelbild aus, und mir wurde schaudernd klar, dass das, was ich sah, ein blasser, müder Abklatsch meiner selbst war.

»Mein Gott«, murmelte ich völlig benommen, »ich sehe ja noch fürchterlicher aus als das Wohnzimmer. Warum hat Bill mir nicht …?«

Ich beendete die dumme Frage nicht. Bill hätte Feuerwerk und Leuchtraketen abschießen können, und es hätte nicht die geringste Wirkung auf mich gezeigt. Mein eigenes Leben war wegen der Zwillinge seit vier Monaten zum Stillstand gekommen, und kein Bitten, Drängen oder vernünftiges Argumentieren hätte mich dazu bewegt, meine Prioritäten zu ändern.

Aber damit musste nun Schluss sein. Bill hatte recht, die Jungen waren kerngesund. Nicht nur hatten sie ihre Altersgruppe eingeholt, sie rangierten bereits im oberen Bereich sämtlicher Wachstumstabellen, die Dr. Hawkings heranzog. Der Kinderarzt hatte keine Erklärung dafür, aber vielleicht hatte Bill den Nagel auf den Kopf getroffen: Vielleicht hatte ich es *wirklich* großartig gemacht.

Ich wollte noch mal einen stolzen Blick in den Spiegel werfen, aber mein Spiegelbild war so erbärmlich, dass ich zurückschreckte. Das Arbeitslager der Mutterschaft hatte deutliche Spuren hinterlassen.

»Ruth?«, rief ich, indem ich zur Treppe ging. »Louise? Darf ich euch noch ein paar Minuten allein lassen?«

»Nimm dir Zeit«, zwitscherte Ruth. »Wir kommen ...«

»... sehr gut klar.«

Ich zögerte, dann ging ich entschlossen ins Bad, um zu duschen und mir die Haare zu waschen. Mir mitten am Vormittag die Haare zu waschen empfand ich als einen unglaublichen Luxus, auch wenn ich erst diverse Quietschtiere und Segelboote aus der Badewanne entfernen musste. Ich hatte fast Schuldgefühle, als ich, von Kopf bis Fuß frisch angekleidet und nach Seife statt nach Baby riechend, wieder das Wohnzimmer betrat.

Das Schuldgefühl wuchs noch mehr, als ich sah, was hier inzwischen geschehen war. Das Spielzeug war in eine Ecke geräumt, die Kuscheltiere in eine andere, und die langen Flanellstreifen hatten sich in weiche Polster verwandelt, die säuberlich die Möbelecken umgaben. Der Wäschekorb samt Kindersöckchen war verschwunden, und meine Elternzeitschriften lagen ordentlich aufgestapelt unter der Fensterbank, sodass die Sonnenstrahlen wieder ungehindert durch das bleiverglaste Erkerfenster fallen konnten. Ruth und Louise standen beim Laufställchen, in dem meine Söhne, nunmehr ohne grüne Flecken und vollkommen zufrieden, Bläschen aus Spucke formten.

Auf Zehenspitzen ging ich zur Küchentür, wo ich Wasser plätschern hörte, und blieb gebannt an der Tür stehen. Francesca putzte den Fußboden, nachdem sie bereits die Spuren meines Mixerunfalls von Wänden und Schranktüren beseitigt und das schmutzige Geschirr in die Spülmaschine geräumt hatte. Völlig überwältigt vom Anblick des sauberen Fußbodens und der leeren Spüle, lehnte ich am Türrahmen und fing an zu heulen.

»Aber, was ist denn los?«, sagte Francesca und stellte den Schrubber hin.

»Es … ist nur … alles so …« Ich schlug die Hände vors Gesicht und schluchzte hilflos.

»Etwas frische Luft …«

»… wird dir sicher guttun, Liebes.«

Ruth und Louise kamen in den Flur getrippelt, nahmen mich links und rechts beim Ellbogen und steuerten mich hinaus in den Garten. Während Ruth die Steinbank unter dem Apfelbaum mit ihrem Batisttüchlein abstaubte, reichte Louise mir ihr gesticktes Taschentuch.

Ich setzte mich und wischte mir die Tränen ab, eingerahmt von zwei fürsorglichen Schwestern. »Ihr müsst mich für eine schreckliche Mutter halten«, schluchzte ich.

»Das tun wir keineswegs«, widersprach Ruth. »Du bist einfach nur …«

»… eine frischgebackene Mutter«, sagte Louise. »Und egal, wie viele Bücher man liest, nichts kann eine Frau darauf vorbereiten …«

»… was einem da wirklich abverlangt wird.« Ruth nickte. »Wir haben es schon …«

»… so oft gesehen. Ach, als Mrs Farnham, die Frau des Gemüsehändlers, ihre drei entzückenden Töchterchen bekam …«

»… war Mr Farnhams Laden monatelang völlig durcheinander!« Ruth lächelte bei der Erinnerung daran. »Pflaumen zwischen den Zwiebeln, Rosinen zwischen den Mandeln …«

»… und überall Kohlköpfe!« Auf Louises Gesicht zeichnete sich das identische Lächeln ab. »Was kann man auch erwarten. Einer wirklich guten Mutter …«

»… werden ihre Kinder immer wichtiger sein als ihre Kohlköpfe.«

Ich sah von einem hellen Augenpaar zum anderen. »Und ist das auch bei mir der Fall?«

»Natürlich!«, rief Ruth aus. »Deshalb haben wir dir Francesca mitgebracht. Damit sie sich, während du dich um die Jungen kümmerst …«

»… um deine Kohlköpfe kümmert.« Louise rang entzückt die Hände in den Zwirnhandschuhen. »Sie kocht, putzt, näht …«

»… und wie sie mit Kindern umgeht, grenzt an Zauberei«, erklärte mir Ruth.

»Aber wer ist sie?«, fragte ich. »Kommt sie aus Finch?«

»Francesca ist auf der Farm ihres Vaters geboren und aufgewachsen …«

»… nicht weit vom Dorf entfernt«, ergänzte Louise. »Dort lebt sie nun mit ihrem ältesten Bruder und dessen Frau …«

»… und ihren acht Kindern.«

»*Acht* Kinder …?« Ich fürchtete, ohnmächtig zu werden.

»Ja, auf der Farm der Sciaparellis geht es ziemlich lebhaft zu. Francesca hat …«

»… sehr viel Erfahrung mit Babys.« Louise wechselte einen vorsichtigen Blick mit ihrer Schwester, ehe sie zögernd hinzufügte: »Wir hatten allerdings gehofft, dass sie bei dir wohnen könnte …«

»… hier im Cottage«, sagte Ruth. »Francesca ist siebenunddreißig, musst du wissen. Sie hat bisher ihr ganzes erwachsenes Leben damit verbracht, ihre kranken Eltern zu pflegen und sich um die Kinder ihres Bruders zu kümmern. Es wird Zeit, dass sie mal herauskommt …«

»… genau wie du, Lori. Wäre es zu viel verlangt?«

Vor meinem geistigen Auge erschienen eine blitzsaubere Küche und ein aufgeräumtes Wohnzimmer. »Also«, sagte ich nachdenklich, »da wäre das Gästezimmer. Es liegt direkt neben dem Kinderzimmer, also …«

»Perfekt!« Ruth stand auf. »Dann holen wir Francescas Sachen aus dem Auto …«

»… und teilen ihr die gute Nachricht mit.« Louise war ebenfalls aufgestanden. »Ruhe du dich nur weiter hier im Schatten aus, Lori …«

»… wir helfen Francesca schon.« Ruth hakte sich bei ihrer Schwester ein, und zusammen flatterten sie zurück in den Wintergarten.

Ich sollte mich ausruhen, während eine Fremde bei mir einzog? Schon wieder wollte Panik aufsteigen, aber ich unterdrückte sie. Ich sagte mir, dass ich Hilfe bräuchte, und diese Hilfe war mir von der erlesensten Agentur der Britischen Inseln geschickt worden.

Der Exklusivservice der Firma Pym war so zuverlässig wie der Regen im April, und außerdem hatte Dimity bereits ihr fliederduftendes Einverständnis gegeben.

Ein warmer Windhauch fuhr durch meine feuchten Haare, und ich ließ mich mittragen, eingelullt von den leisen Geräuschen des Hochsommers. Er hatte sehr trocken angefangen, doch das schwüle Wetter, das seit einiger Zeit herrschte, erinnerte mich an die Sommer meiner Kindheit in Chicago.

Dennoch, hier im Schatten des Apfelbaums war es köstlich, und die leichte Brise kühlte die schwül-feuchte Luft. Mit etwas Übung könnte ich mich vielleicht daran gewöhnen, einfach ruhig dazusitzen. In den Zweigen über mir zwitscherte ein Rotkehlchen, Hummeln brummten zwischen Rittersporn und Tausendschön, und in dem Wasserbecken, das von Rosen umgeben war, planschten zwei Spatzen. Als ich jedoch die Augen über den stillen Garten gleiten ließ, meldete sich mein Schuldgefühl wieder, und beschämt murmelte ich: »Emma bringt mich *um*.«

Emma Harris, meine beste Freundin und Nachbarin, hatte meinen Garten mit viel Liebe entworfen, angelegt und bepflanzt. Der Frühling war Emmas liebste Jahreszeit, aber dieses Jahr war er gekommen und vergangen, ohne dass ich es bemerkt hatte. Mir waren die Tulpen und die Osterglocken, der Flieder und die Wildhyazinthen genauso entgangen wie der blühende Judasbaum unten am Bach. Schuldbewusst sah ich hoch in den Apfelbaum und wusste, dass ich auch die Apfelblüte verpasst hatte.

Emma Harris war eine Künstlerin. Ein stiller Seufzer der Bewunderung war ihr schönster Lohn, aber dieses Jahr hatte ich selbst das nicht zustande gebracht. Während Emmas liebster Jahreszeit hatte ich mich im Haus vergraben und kaum bemerkt, was für ein Wunder sie mit Hacke und Spaten vollbracht hatte, ich undankbarer Wurm.

»Ich werde sie dafür entschädigen«, nahm ich mir vor. Und ich würde jetzt sofort damit anfangen, indem ich dieses Paradies, das sie geschaffen hat, genieße und würdige. Ich lehnte mich gegen den Apfelbaum und versuchte, jede Regung der Natur, jedes zitternde Blatt wahrzunehmen, und … versagte. Meine Lider waren so schwer, die mich umgebende Musik war so einschläfernd … Ich konzentrierte mich auf das Brummen der Hummeln … döste ein … und wurde unsanft geweckt.

»Lori Shepherd«, donnerte eine Stimme, sodass Vögel und Bienen in Deckung gingen. »Dieser Mann muss gestoppt werden, ehe es ein Blutvergießen gibt!«

Kapitel 3

»Wa-was?« Ich zwinkerte ein paar Mal, um die verschwommene Gestalt vor mir scharf zu sehen, dann überlief es mich kalt.

Peggy Kitchen stand in meinem Garten.

Peggy Kitchen – Ladenbesitzerin, Postschalterinhaberin und ungekrönte Herrscherin über Finch – hatte mich nicht nur dazu überredet, einen Afghan-Teppich, ein für mich unersetzliches Familienerbstück, für die Wohltätigkeitsauktion der Saint-George's-Kirche zu spenden, nein, sie hatte meinen überwiegend sitzenden und völlig unmusikalischen Mann auch dazu gebracht, sich Glöckchen um die Beine zu schnallen und am ersten Mai in aller Herrgottsfrühe mit den geriatrischen Moriskentänzern von Finch aufzutreten. Bill hatte den Teppich wieder ersteigert und dafür den Gegenwert für einen Jahresvorrat an Bienenwachskerzen hingelegt, aber er konnte nicht verhindern, dass Peggy die Wände ihres Ladens mit kompromittierenden Fotos zuklebte, auf denen er, ein weißes Taschentuch schwenkend, wie schwachsinnig auf dem Dorfplatz herumhüpft.

Peggy Kitchen war eine äußerst gefährliche Frau.

Eine mit Strass besetzte, schmetterlingsförmige Brille, das ergrauende Haar am Hinterkopf zu einem Knoten zusammengedreht, die reife Figur von einem Blümchenkleid verhüllt – ihre Verkleidung war perfekt, wäre da nicht das irre Glitzern in ihren Augen gewesen. Peggy Kitchen war auf dem Kriegspfad – wieder einmal – und irgendwie war ich in ihre Schusslinie geraten.

»Hi, Peggy«, brachte ich mühsam hervor.

»Hätte dich erst angerufen«, bellte Peggy, »aber Bill stimmte zu, dass die Sache *viel zu wichtig* ist, um sie übers Telefon zu besprechen.« Ich zuckte zusammen, als sie die eine Hand zur Faust ballte und sie auf die Handfläche der anderen schlug, um die Sache zu unterstreichen.

»Sicher hat er recht«, sagte ich ernst, wobei ich mich fragte, wie viele unangemeldete Gäste mir Bill heute Vormittag noch schicken würde.

»Hat er auch!«, schrie sie. »Wenn *dieser Mensch*« – *klatsch, klatsch* – »bis zum siebzehnten August nicht weg ist, dann kann ich für nichts garantieren!«

»Äh«, fing ich an, verstummte aber wieder, als Francescas stattliche Figur in der Tür des Wintergartens erschien.

»Morgen, Mrs Kitchen.« Francesca richtete sich zu voller Größe auf und verschränkte die kräftigen Arme vor der Brust. »Ein schöner Tag, nicht wahr? Es ist so wunderbar ruhig hier – genau richtig für die beiden Babys, um die ich mich kümmere.« In ihr sanftes Schnurren hatte sich eine stählerne Note gemischt. »Sie werden mir die beiden doch sicher nicht aufwecken wollen, nicht wahr, Mrs Kitchen?«

Das war keine Frage, und Francesca wartete auch nicht auf die Antwort. Sie machte auf dem Absatz kehrt und verschwand im Haus, um mich mit der tickenden Peggy Kitchen zurückzulassen.

»Pfff«, meinte Peggy. Mit den Augen sandte sie Francesca ein paar tödliche Dolchstöße hinterher, dann setzte sie sich neben mich auf die Bank und murmelte: »Du lässt diese Frau an deine Jungen? Nach allem, was ihr Vater sich geleistet hat?«

»Was hat ihr Vater …?«

»Ich hab jetzt keine Zeit zum Klatschen«, fiel mir Peggy ins Wort und sah nervös zum Haus hinüber. »Schließlich habe ich eine Krise zu bewältigen, und dazu brauche ich deine Hilfe.«

»Was für eine Krise?«

»Es geht um *diesen Mann!*«, wiederholte Peggy in wütendem Flüsterton. »Dieser schmierige Professor, der alles Mögliche ausgräbt. Wenn er in Scrag End herumwühlen will, dann ist das seine Sache, aber mein Dorffest lass' ich mir von dem nicht vermasseln!«

»Das Dorffest …« Ich klammerte mich an diese Worte wie an ein schwaches Schilfrohr in einem reißenden Strom unverständlicher Worte. *Dieser schmierige Professor* und *Scrag End* machten für mich keinen Sinn, aber selbst ich in meiner selbst auferlegten Isolierung hatte von Peggys Fest gehört. Wahrscheinlich war auch jeder Eskimo in seinem Kajak und jeder Sherpa auf dem Weg zum Mt. Everest im Besitz eines ihrer Handzettel. Mein Haus war von nicht weniger als sieben Exemplaren bombardiert worden.

Kommt alle herbei
zum
großen Erntedankfest!
Samstag, den 17. August, ab 10 Uhr
Ausstellungen! Wettbewerbe!
Künstlerische und handwerkliche Vorführungen!
Traditionelle Musik und Tanz!
Erfrischungen in Peacocks Pub
Orgelkonzert
und
Segnen der Tiere
in der
Saint George's Church, um 9 Uhr.
Eintritt: £ 2, Haustiere und Kinder unter 5 frei!

»Gibt es denn ein Problem mit dem Erntedankfest?«, fragte ich zaghaft.

»Ob es ein *Problem* gibt?«, schnaubte Peggy. »Man hat mir das Messer in den Rücken gestoßen, *das* ist das Problem!«

»Wer, der schmierige Professor?«

»Nein«, sagte Peggy und rollte ungeduldig die Augen. »Der Pfarrer natürlich.«

»Was hat der Pfarrer gemacht?« Ich konnte mir keinen unwahrscheinlicheren Messerstecher vorstellen als den sanftmütigen Mann, der uns getraut und unsere Kinder getauft hatte.

»Nichts, außer dass er diesem schmierigen Kerl das Schulhaus zur Verfügung gestellt hat. Was hat er sich bloß dabei gedacht, so was zu machen, ohne mich vorher zu fragen! Wie kann ich das Erntedankfest organisieren, wenn ich nicht über das Schulhaus verfügen kann?«

»Ach so …« Ich verstummte, während Peggy aufsprang und mit einer Aufzählung anfing, von der ich annahm, dass es sich um die verschiedenen Wettbewerbe handelte.

»Da wären die Hirtenstäbe, das selbst gezüchtete Gemüse und das schönste Blumengesteck in einer Sauciere!« Ihre Erregung wuchs zusehends. »Dann die Fotos, die selbst gesponnene Schafwolle, die Weine und das selbst gebraute Bier! Ganz zu schweigen von den Obsttorten und den Zitronenstangen! Wo sollen wir das alles hintun, wenn wir das Schulhaus nicht zur Verfügung haben?«

»Vielleicht Tische im Schulhof?«, wagte ich vorzuschlagen.

»Kein Platz!«, rief Peggy. Sie sah sich über die Schulter um, ehe sie leiser fortfuhr. »Doch nicht bei all dem Geflügel, den Kaninchen, Ziegen, Schafen und Ponys.

Und den Dorfplatz kannst du auch vergessen, denn dort sind schon die Lustigen Moriskentänzer und der Gesangverein.« Verzweifelt warf sie die Hände hoch und sank wieder auf die Bank.

»Ich sehe, was du meinst«, sagte ich, und ich meinte es ehrlich. Ich hatte mir das Erntedankfest als ein zwangloses Picknick im Freien vorgestellt, aber Peggy hatte ehrgeizigere Pläne. Der Pfarrer musste geistig umnachtet gewesen sein, als er ihr das Schulhaus wegnahm – wenn es tatsächlich so gewesen sein sollte. Peggy hatte die Angewohnheit, die Dinge zu dramatisieren, aber wenn sie tatsächlich nicht über das Schulhaus verfügen konnte, dann war es ihr gutes Recht, empört zu sein. Abgesehen von der Kirche war es das größte Gebäude in Finch, und das einzige, das für ein Dorffest, wie Peggy es plante, geeignet war.

»Kann denn der Pfarrer einfach so über das Schulhaus verfügen?«, fragte ich.

»Es gehört der Kirche«, erklärte Peggy. »Wie die meisten Dorfschulen. Es ist ja schon lange keine richtige Schule mehr, aber es gehört immer noch der Kirche. Es geht jedoch nicht darum, ob er *kann*«, schnaubte sie empört, »es geht darum, ob es *richtig* ist. Er hat kein Recht, weniger als zwei Monate vor dem Erntedankfest mein Schulhaus mit Schutt von Scrag End anzufüllen. Besonders wo …« Sie hielt inne und sah mich von der Seite an. »Ich muss dir was sagen, Lori, aber das habe ich noch nicht vielen erzählt. Sobald das Erntedankfest vorbei ist, ziehe ich aus Finch weg. Für immer.«

Ich starrte sie ungläubig an. »Du gehst aus Finch weg?«

»Versuche nicht, es mir auszureden«, sagte Peggy. »Mein alter Freund Mr Taxman hat das schon probiert, und ich will dir sagen, was ich ihm geantwortet habe:

Hier in Finch habe ich erreicht, was ich erreichen wollte. Ich habe das Dorf belebt und den Bewohnern ein gutes Beispiel gegeben, und jetzt ist es Zeit für mich, weiterzuziehen.«

»Wohin willst du gehen?«, fragte ich.

»In ein Dorf in Yorkshire namens Little Stubbing. Mr Taxman und ich sind voriges Jahr im Urlaub durchgefahren. Es erinnerte mich daran, wie Finch war, ehe ich hier die Sache in die Hand nahm. Little Stubbing braucht mich, Lori.« Sie rang verzweifelt die Hände. »Aber ich lasse mich nicht von *diesem Mann* aus Finch vertreiben! *Er* muss gehen!«

Zweifelnd schüttelte ich den Kopf. »Ich glaube, es wird schwer sein, den Pfarrer zu ver…«

»Nicht den Pfarrer!«, rief Peggy. »*Diesen Mann!* Diesen schmierigen Kerl! Sagt, er kommt aus Oxford, aber mir ist's egal, von mir aus kann er auch aus Windsor kommen. Er wird mir nicht mein Fest vermasseln.« Mit blitzenden Augen sah sie mich an. »Und du wirst dafür sorgen, dass er es nicht tut.«

Ich schluckte.

»Du wirst den Pfarrer überreden, dass er den Mann wieder loswird«, fuhr Peggy mit beängstigender Ruhe fort.

»Ich nehme an, du hast noch nicht mit dem Pfarrer gesprochen«, sagte ich ohne große Hoffnung.

Peggy schnaubte. »Der Reverend Theodore Bunting und ich sprechen momentan nicht miteinander. Und wenn er glaubt, dass ich weiter pingelige Sonderbestellungen wie Shrimps in Dosen für ihn aufgebe, nachdem er sich so rücksichtslos über eine alte Tradition wie das Erntedankfest hinwegsetzt« – sie machte eine Pause, um wieder zu Atem zu kommen –, »dann hat er sich geirrt.«

Ich überlegte, wie ich mich aus der Affäre ziehen könnte. »Dein Vertrauen ehrt mich, Peggy, aber wirklich, ich weiß absolut nichts über das Erntedankfest. Ich war in letzter Zeit ziemlich beschäftigt mit den Kindern und überhaupt, und ...«

»Das ist genau, was ich zu Bill gesagt hab«, unterbrach mich Peggy. »›Bill‹, hab ich gesagt, ›Lori ist der einzige Mensch im Dorf, der mit dem Erntedankfest nichts zu tun hat.‹«

»Du hast mit Bill gesprochen?«, fragte ich. Jetzt ahnte ich, wie der Hase lief.

»Hab ich. Und er meinte, dass du genau die Person bist, die wir brauchen. Wie hat er dich noch mal genannt?« Peggy sah nach oben und kniff die Augen hinter der Schmetterlingsbrille zusammen. »Eine unabhängige Zeugin. Eine unbeteiligte Beobachterin. Eine neutrale dritte Person.«

»Das alles hat Bill gesagt?« Ich schürzte die Lippen und versuchte, mir ein Leben als Alleinerziehende vorzustellen.

»Ich hatte meine Zweifel«, versicherte Peggy mir, »aber Bill hat sie alle ausgeräumt. Du bist in der Sache außen vor, sagte er, du hast keinerlei Interessen. Der Pfarrer muss dir zuhören.«

Sie stand auf und sah auf mich herunter, wobei sie mich mit ihrem irren Blick an den Baum nagelte. »Also, kannst du mal zum Pfarrhaus gehen und Mr Bunting ausrichten, wenn er die Shrimps in Dosen nicht für den Rest seines Lebens selbst bestellen will, soll er gefälligst diesen schmierigen Kerl an die Luft setzen. Und ich wäre dir dankbar, wenn du niemandem erzählen würdest, dass ich aus Finch wegziehe. Das möchte ich am Ende des Erntedankfestes selbst bekannt geben.« Peggy nickte mir noch einmal aufmunternd zu und verließ, jeder Zoll wütende Matrone, über den Seitenweg den Garten.

»Dieser Schuft«, stieß ich zwischen zusammengebissenen Zähnen hervor. »Dieser elende, hinterhältige, lausige …« Ich bemerkte zwei Paar helle Äuglein, die mich vom Wintergarten her beobachteten, und hörte auf, meinen Angetrauten zu verwünschen.

»Ihr könnt wieder rauskommen«, sagte ich und winkte den Pyms. »Sie ist weg.«

Ruth kam als Erste, eine Tasse Tee in der Hand. »Ihr hattet wohl eine wichtige Besprechung …«

»… und wir wollten dabei nicht stören.« Louise erschien neben ihrer Schwester. »Aber wir dachten, eine kleine Erfrischung würde dir …«

»… nach Peggys Besuch guttun.« Ruth sah mich voll Mitgefühl an. »Danach braucht man meistens etwas.«

»Danke«, sagte ich und nahm die angebotene Tasse. »Wenn ich nicht stillen würde, stünde mir jetzt der Sinn nach etwas Stärkerem. Zum Beispiel Strychnin.«

Ruth kicherte. »Ach, Lori, ich bin sicher, es wird alles …«

»… wieder ins Lot kommen«, beendete Louise den Satz.

»Ha!« Ich lehnte mich heftig gegen den Baumstamm zurück. »Habt ihr das gehört? Ich bin eine unbeteiligte Beobachterin. In anderen Worten, ich bin ein ›unschuldiger Zeuge‹, und wir wissen ja alle, was mit denen meist passiert.«

Ruth legte mir die Hand auf die Schulter. »Ich habe keinen Zweifel, dass du der Aufgabe gerecht werden wirst. Ich fürchte jedoch, dass wir dich jetzt …«

»… verlassen müssen«, sagte Louise. »Du kannst dich aber jederzeit an uns wenden …«

»… wenn du Hilfe brauchst. Wir möchten Mrs Kitchen auf keinen Fall von ihrer neuen Aufgabe in Little Stubbing abhalten.« Damit wandte sich Ruth zum Gehen.

»Wartet!«, rief ich und verschüttete einen Teil meines Tees. »Wisst ihr etwas über diesen schmierigen …« Das Klingeln des Telefons im Haus unterbrach mich. Einen Augenblick später kam Francesca heraus und reichte mir das schnurlose Telefon.

»Der Pfarrer«, sagte sie.

»O Gott …«, ächzte ich.

Francesca ging ins Haus zurück, und die Pyms bedachten mich mit einem synchronen Flattern ihrer Fingerspitzen, ehe sie auf Zehenspitzen den Garten verließen.

»Hallo?«, kam die Stimme aus dem Telefon. »Sind Sie es, Lori Shepherd?«

»Ja, ich bin's, Herr Pfarrer.« Ich horchte auf das vertraute Husten des alten Pym'schen Automobils, das aus unserer Einfahrt tuckerte. *Feiglinge,* dachte ich bitter.

»Was gibt's?«

»Ich weiß nicht recht, wie ich es sagen soll.« Der Pfarrer klang ein wenig benommen. »Wäre es Ihnen wohl möglich, kurz ins Pfarrhaus zu kommen? Es ist etwas vorgefallen, wissen Sie, eine vertrauliche Sache. Es wäre mir angenehmer, wenn Sie hier wären, um gewissermaßen den Tatort … äh …«

Das Wort *Verbrechen* hing unausgesprochen in der Luft und ich setzte mich auf. »Könnten Sie mir vielleicht einen kleinen Hinweis geben, worum es sich handelt?«, sagte ich.

Es folgte eine Pause. »Du liebe Zeit«, sagte der Pfarrer, »ich möchte Sie nicht unnötig aufregen, aber … hier im Pfarrhaus ist eingebrochen worden!«

Kapitel 4

Es gibt wohl kaum eine schwierigere Prüfung für effiziente Teamarbeit als das Füttern, Baden und Zubettbringen eines lebhaften, vier Monate alten Zwillingspärchens. Bei der Versorgung der Jungen bewahrheitete sich immer wieder die alte Weisheit, dass vier Hände besser sind als zwei. Was die Zwillinge anbelangte, so kam mit Francesca natürlich noch der Reiz des Neuen hinzu. Die aufregende Ankunft einer weiteren Erwachsenen in ihrem Leben – noch dazu einer, die sich nicht lange mit winzigen Löffelchen aufhielt, sondern ihnen erlaubte, ihre Hände direkt in den Brei zu tauchen – hatte die Jungen so beansprucht, dass es, sobald sie gebadet, gepudert und frisch gewickelt waren, nicht lange dauerte, bis sie eingeschlafen waren.

Ehe ich jedoch meine Babys mit einer Fremden allein ließ, musste ich etwas klären. Während Francesca die Spülmaschine mit schmutzigem Geschirr bestückte, ging ich leise ins Arbeitszimmer, schloss die Tür hinter mir und nahm das blaue Tagebuch vom Regal. Dann knipste ich die Lampen überm Kamin an und kuschelte mich in einen der beiden hohen Ledersessel, die davor standen.

»Dimity?«, sagte ich und öffnete das Tagebuch. »Ich möchte dich etwas fragen.«

Ich sprach sehr leise, damit Francesca, wenn sie hereinkam, mich nicht dabei überraschte, wie ich mich mit einem Buch unterhielt. Bill wusste von dem blauen Buch, genau wie Emma und Derek Harris, aber bisher hatte ich der Versuchung widerstanden, andere einzuweihen. Ich hatte keine Lust, die Rolle des Dorfidioten zu spielen.

Ich konnte es ja selbst kaum glauben und noch viel weniger erklären, wie oder warum es möglich war, dass sich Dimitys Geist immer noch im Cottage aufhielt, nachdem ihre sterblichen Reste längst unter der Erde waren – auf der anderen Seite konnte ich den Beweis, den ich mit eigenen Augen sah, nicht leugnen. Meine Skepsis verstummte, sobald Tante Dimitys Worte in eleganter Kursivschrift mit königsblauer Tinte auf den weißen, unlinierten Seiten des blauen Tagebuchs erschienen.

»Tante Dimity?«, wiederholte ich. »Kannst du mich hören?«

Nicht sehr gut.

Nervös blickte ich zur Tür, während die altmodische Handschrift auf der Seite sichtbar wurde.

Ich nehme an, du möchtest nicht, dass Francesca uns hört?

»Ich glaube, sie könnte einen falschen Eindruck von uns bekommen«, flüsterte ich.

Und wie findest du Francesca?

»Sie ist fantastisch«, sagte ich anerkennend. »Die Kinder haben sich auf Anhieb bei ihr wohlgefühlt, und sie weiß auch, wie man mit Babys umgeht.«

Aber?

Ich seufzte. »Es geht um etwas, das Peggy Kitchen gesagt hat.«

In dem Falle wird es wahrscheinlich völliger Unsinn sein. Was hat sie denn gesagt?

»Nichts Konkretes. Aber sie deutete an, dass Francescas Vater etwas getan hat …«

Kümmere dich nicht um Peggy Kitchen. Sie ist nicht fähig, Francesca gerecht zu beurteilen. Engstirnigkeit und Menschen, die nicht verzeihen können, sind der Fluch einer Dorfgemeinschaft.

Ich sah wieder zur Tür und horchte einen Moment angestrengt nach draußen, dann wandte ich meine Aufmerksamkeit wieder dem Tagebuch zu. »Warum kann sie Francesca nicht gerecht beurteilen?«

Weil sie Francescas Vater gehasst hat. Piero Sciaparelli war ein Kriegsgefangener, musst du wissen. Er war 1942 in Nordafrika in Gefangenschaft geraten und arbeitete bis Kriegsende als Landarbeiter auf der Farm des alten Mr Hodge, ehe er ein oder zwei Jahre später ein Mädchen von hier heiratete. Piero und seine Frau haben sechs Kinder großgezogen, alle so englisch wie Plumpudding, bis auf ihre ausgefallenen Namen. Trotzdem haben manche Leute nie aufgehört, Piero als Feind zu betrachten. Wie ich schon sagte, Engstirnigkeit …

»… und Menschen, die nicht verzeihen können«, beendete ich den Satz für sie. »Ich hätte es mir denken können. Tut mir leid, Dimity, dass ich dich damit behelligt habe. Ich werde mir wegen der Kinder keine Sorgen mehr machen.«

Das wirst du bestimmt noch, meine Liebe. Aber mit Francesca als Hilfe brauchst du dich nicht mehr ganz so oft zu sorgen.

Ich schloss das Tagebuch und fuhr mit den Fingerspitzen über den glatten blauen Einband. Dimity erstaunte mich immer wieder aufs Neue. Ihr Verlobter war im Zweiten Weltkrieg gefallen, und sein Tod hatte wie ein Schatten auf ihrer Seele gelegen. Sie hatte nie geheiratet und nie Kinder gehabt, und dennoch missgönnte sie dem feindlichen Soldaten das Glück nicht, das ihr nicht vergönnt gewesen war. Ich weiß nicht, ob ich zu dieser Großzügigkeit fähig gewesen wäre, wenn eine feindliche Kugel mir Bill genommen hätte. Für einen Moment fragte ich mich, ob womöglich auch ein Teil von Peggy Kitchens Herz im afrikanischen Sand begraben lag.

Die Kaminuhr schlug halb eins, und ich stellte das Tagebuch wieder ins Regal zurück. Ich konnte jetzt eigentlich zum Pfarrhaus hinüberfahren, mir die Szene des … *ähm* … ansehen und rechtzeitig zurück sein, wenn die Kinder um drei Uhr hungrig waren. Ich schaltete das Licht aus und ging in die Küche, wo Francesca gerade den Tisch abgewischt hatte.

»Kann ich Sie vielleicht für eine Stunde allein lassen?«, fragte ich. »Ich habe dem Pfarrer versprochen, heute Nachmittag kurz ins Pfarrhaus zu kommen.«

»Ich denke, ich komme schon klar«, sagte Francesca.

»Die Telefonnummer vom Pfarrhaus ist …«

»… auf dem Notizblock im Flur.« Francesca trocknete sich die Hände ab. »Ebenso wie die Nummern vom Büro Ihres Mannes, von der Familie Harris und von beiden Autotelefonen.«

»Richtig.« Ich ging auf die Haustür zu, gefolgt von Francesca. »Wenn die Jungen aufwachen sollten, ehe ich zurück bin …« Ich biss mir auf die Lippe und befahl mir innerlich, nicht so eine Glucke zu sein.

»Sobald ich etwas höre, rufe ich Sie sofort an«, versprach Francesca.

»Ich bin nicht lange weg«, sagte ich und öffnete die Tür. »Ach, und Francesca …« Ich drehte mich zu ihr um und hielt ihr ungeschickt die Hand hin. »Willkommen bei uns.«

Francescas dunkle Augen lachten amüsiert, als sie meine Hand nahm und sie herzlich schüttelte. »Ich freue mich auch, wieder hier zu sein.«

Mit einem letzten besorgten Blick zur Treppe ging ich aus dem Haus und stieg in den Mini.

Ich weiß nicht, worüber ich mich mehr wunderte – dass es in Finch einen Einbruch gegeben hatte oder dass der

Pfarrer dachte, ich könne in diesem Zusammenhang eine Hilfe sein. Da die Kriminalitätsrate von Finch praktisch null betrug, nahm ich an, dass der Anruf des Pfarrers nichts weiter war als Phase zwei von Bills Frischluftkampagne.

Es machte mir nichts aus. Trotz einer gelegentlichen Aufwallung von Schuldgefühlen tat es gut, wieder draußen zu sein. Ich fuhr an der gewundenen Einfahrt zu Emma und Derek Harris' Haus vorbei, winkte den Pyms zu, die gerade das Vogelbad in ihrem Garten auffüllten, und lobte mal wieder meinen Mini, als ich die scharfe Kurve hinter ihrem Haus nahm.

Ich hatte das kleine schwarze Auto gebraucht gekauft, obwohl es bereits mehrere Male den Besitzer gewechselt hatte, ehe es in meine Hände kam. Bill nannte es einen Klapperkasten, zu langsam, um wirklich schnell irgendwo hinzukommen, und zu klein für zwei Kindersitze, aber gerade deshalb liebte ich es. Der Mini zeigte sich einem Bleifuß gegenüber unbeeindruckt, und er war so schmal, dass selbst die engen Landstraßen in der Umgebung von Finch großzügig und breit gebaut schienen.

Außerdem wäre ein glänzendes, neues Auto in Finch fehl am Platze gewesen, wo nichts neu war und glänzte. Als ich über die steinerne Buckelbrücke fuhr und auf dem Dorfplatz ankam, musste ich wieder einmal daran denken, dass Finch, im Gegensatz zu so vielen anderen Orten in den Cotswolds, nie in einem Kalender mit dem Titel »Unser schönes England« erscheinen würde.

An seiner Lage war nichts auszusetzen. Finch lag in der großen Schleife eines munteren Flüsschens mit so klarem Wasser, dass Angler die Punkte auf den Forellen erkennen konnten. Die Umgebung war ein sanft hügeliges Mosaik aus Wiesen, Weiden und Wäldern. Die schmalen Straßen waren von grünen Hecken und Wildblumen gesäumt. Eigentlich war es schade, dass eine so idyllische Landschaft durch diesen schmuddeligen Vorposten der Zivilisation verschandelt worden war.

Dabei hatte Finch ein so großes Potenzial, was jedoch niemanden zu interessieren schien. Das Dorf hätte ein Schmuckstück sein können, wenn jemand sich die Mühe gemacht hätte, es aufzupolieren. Stattdessen drängten sich die Häuser, ungepflegt und vernachlässigt, um ein unregelmäßiges Rechteck aus vertrocknetem Gras, das von Kopfsteinpflaster umgeben war, in dem Unkraut wucherte. Der warme Honigton des Cotswold-Steins war von grauem Schmutz überzogen, die Rasenfläche wurde von kahlen Stellen durchzogen, und das ehrwürdige keltische Steinkreuz, das an die Kriegsgefallenen von Finch erinnern sollte, war von dem ungezähmten Wuchs einer Gruppe von Trauerweiden verschluckt worden.

Im Zentrum des Dorfes gab es keine Gehwege. In stillem Einvernehmen hielt man vor den Geschäften eine verkehrsfreie Zone ein, die zwischen einem und vier Metern breit war, je nach Verkehrsdichte. Die jedoch recht übersichtlich war. Immerhin erschien die Hauptstraße von Finch als blaue Linie im Autoatlas, weil sie Anfang der Sechzigerjahre mal gepflastert worden war. Seitdem war sie aber sich selbst überlassen worden, und nur wenige Durchreisende riskierten hier ihre Achsen.

Der einzige Stolz von Finch lag jenseits des Dorfplatzes, etwa hundert Meter den Saint George's Lane hinauf, inmitten eines mauerumsäumten Friedhofs mit bemoosten Grabsteinen und von riesigen Libanonzedern beschattet. Die Saint-George's-Kirche hatte den üblichen gemischten Stammbaum: eine angelsächsische Krypta, einen normannischen Turm und ein erfreulich schlichtes Äußeres, aber in ihrem Inneren barg sie einen Schatz, der sie über gewöhnliche Kirchen hinaushob.

Die Kirche verfügte über fünf mittelalterliche Fresken, am eindrucksvollsten darunter das Bild von Sankt Georg, wie er mit einem schlangenartigen Drachen kämpft. Die Fresken waren einst mit einer Gipsschicht bedeckt gewesen, und Derek Harris hatte sie sehr vorsichtig freigelegt und restauriert. Ich fand diese Bilder immer ein wenig gruselig, aber es waren sogar Fachleute aus dem Ausland gekommen, um sie zu sehen.

Als ich auf den Dorfplatz fuhr, bemerkte ich Bills Fahrrad – ein altmodisches schwarzes Modell mit drei Gängen und Gesundheitslenker –, das neben der Tür von Wysteria Lodge lehnte, einem völlig zugewachsenen Gebäude, in dem Bill sein Büro hatte. Wenige Menschen würden vermuten, dass die renommierte Bostoner Rechtsanwaltskanzlei Willis & Willis ihre europäische Zweigstelle in diesem bescheidenen Haus hatte, das halb unter Glyzinien verborgen war – es sei denn, sie warfen einen Blick ins Innere.

Bills Vater hatte das Büro mit sämtlichen zur Verfügung stehenden elektronischen Hilfsmitteln versehen lassen, was bedeutete, dass Bill praktisch von Hamburg nach Padua reisen konnte, ohne Finch zu verlassen. Ich überlegte, ob ich jetzt hineingehen sollte – ich wollte ein Hühnchen mit ihm rupfen, weil er mir Peggy Kitchen auf den Hals geschickt hatte –, aber dann beschloss ich, zuerst mit dem Pfarrer zu sprechen.

Das Schulhaus nahm die nordöstliche Ecke des Dorfplatzes ein, und als ich an dem strittigen Gebäude vorbeikam, bemerkte ich, wie ein junger Mann Kartons aus einem Minibus lud und sie einer jungen Frau reichte, die sie in das Schulhaus trug. Beide trugen Kakishorts, bunte T-Shirts und feste Wanderstiefel, und ihr fröhliches Lachen war bestimmt auch in Peggy Kitchens Laden gut zu hören. *Gott stehe ihnen bei,* dachte ich, als ich in den Saint George's Lane einbog und endlich vor dem Pfarrhaus hielt.

Bill und ich hatten unsere Hochzeit in diesem Haus gefeiert, und jeder Besuch brachte schöne Erinnerungen daran zurück. Trotzdem musste ich zugeben, dass dieses weitläufige, einstöckige Haus genauso heruntergekommen aussah wie der Rest von Finch. Es schien, als sei es durch die Hände einer Reihe von gleichgültigen Besitzern gewandert, genau wie mein Mini. Der große Garten, der das Haus umgab, war völlig verwildert. Lilian Bunting hatte kein Interesse daran – sie war ein Büchermensch –, und der Pfarrer war der Ansicht, dass man die Natur ruhig dem lieben Gott überlassen könne.

Die Frau des Pfarrers kam mir an der Tür entgegen. Lilian Bunting war schlank und Mitte fünfzig, im Winter trug sie am liebsten Tweed und Twinsets, im Sommer Leinenkleider, und dazu das ganze Jahr über bequeme Schuhe. Sie begrüßte mich mit einem Lächeln. »Lori, meine Liebe, kommen Sie rein. Teddy ist schrecklich aufgeregt, und ich hoffe, Sie können ihm helfen.«

»Was ist denn passiert?«, fragte ich.

Lilian lachte. »Ich vermute, das werden Sie gleich erfahren. Aber Teddy soll Ihnen erst mal seinen Teil der Geschichte erzählen. Er kann es gar nicht erwarten, jemandem seine Schandtat zu beichten.«

Lilian führte mich in die Bibliothek, einen Raum, der die ganze Breite des hinteren Teils des Pfarrhauses einnahm und an dessen Wänden sich Bücherregale entlangzogen. Durch die bleiverglasten Fenster und die Terrassentür sah man über eine große Wiese, die steil zum baumbestandenen Fluss hin abfiel. Der Mahagonischreibtisch des Pfarrers stand vor der Terrassentür, jedoch so, dass man vom Sessel aus ins Zimmer blickte, als ob der Besitzer den Anblick der Bücher der Aussicht nach draußen vorzog. Auf der anderen Seite wurde der Blick auf die Landschaft ohnehin von einem Dickicht aus Rhododendron versperrt.

Der Reverend Theodore Bunting saß zusammengesunken in einem Sessel beim Kamin. Er war groß, hatte kurzes graues Haar, eine Hakennase und graue Augen, in denen stets ein Ausdruck von Trauer lag. Über seinem schwarzen Hemd mit dem weißen klerikalen Stehkragen trug er eine dunkelblaue Strickjacke, seine großen Füße steckten in abgetragenen schwarzen Lederschuhen. Als ich ins Zimmer kam, starrte er trostlos auf die Terrassentür, aber sowie er mich bemerkte, sprang er auf, um mit großen Schritten auf mich zuzukommen und mich zu begrüßen.

»Lori, wie nett, dass Sie gekommen sind«, sagte er mit einem Anflug von Verzweiflung in der Stimme. »Ich bin mit meinem Latein am Ende. Wenn Sie mir nicht helfen können, dann weiß ich auch nicht mehr …«

Lilian bedeutete mir, auf dem grünen Plüschsofa Platz zu nehmen, das dem Sessel des Pfarrers gegenüberstand, dann wandte sie sich an ihren Mann. »Zuerst«, sagte sie, »solltest du Lori die Sache mal erklären. Sie hat doch keine Ahnung, was sie hier soll, Teddy.«

»Natürlich«, sagte der Pfarrer.

»Fang ruhig schon mal an«, sagte Lilian. »Ich bin gleich wieder da.« Liebevoll drückte sie ihrem Mann die Schulter und ging hinaus.

Der Pfarrer seufzte tief und setzte sich wieder in seinen Sessel. »Lilian ist zu rücksichtsvoll, es auszusprechen, aber es ist alles meine Schuld. Ich bin so schrecklich vergesslich.« Er seufzte wieder. »Es fing alles im letzten November an, als Adrian Culver aus Oxford zu Besuch kam.« Der Pfarrer sah mich fragend an. »Kennen Sie Dr. Culver?«

»Noch nicht«, sagte ich, »aber ich wette, er trägt eine Brille.«

»Eine Halbbrille, genauer gesagt«, sagte der Pfarrer. »Woher wussten Sie ...?«

»Das sage ich Ihnen später«, unterbrach ich ihn. »Bitte, erzählen Sie weiter.«

»Dr. Culver ist Dozent in Oxford und ein bekannter Archäologe«, erklärte der Pfarrer. »Letzten Herbst machte seine neunzehnjährige Nichte ganz allein eine mehrtägige Wanderung durch die Cotswolds. Als sie eines Tages auf dem Feld von Scrag picknicken wollte ...«

»Auf dem Feld von Scrag End?«

Der Pfarrer nickte. »Es liegt neben der Farm von Hodges«, erklärte er, »gleich hinter dem kleinen Wäldchen am Nordende des Dorfes. Scrag End ist Ackerland, das der Kirche gehört, aber es hat der Gemeinde nie einen Penny eingebracht, es ist völlig unfruchtbar.«

»Gut«, sagte ich. »Adrian Culvers Nichte rastete also in Scrag End, um Picknick zu machen, und dann ...?«

»Da entdeckte sie, dass sie auf einer römischen Speerspitze saß!«, rief der Pfarrer aufgeregt.

»Wow!«, sagte ich. »Das muss eine ziemliche Überraschung gewesen sein.«

»In der Tat«, sagte der Pfarrer. »Natürlich berichtete sie es ihrem Onkel, der keine Zeit verlor und sofort selbst nach Scrag End kam. Während er hier war, entdeckte er eine Anzahl von Scherben sowie Münzen und den kleinen Kopf einer Minerva, alles römisch, aus der Zeit vom zweiten bis fünften Jahrhundert.«

»Klingt nach einem tollen Fund.«

»Adrian war außer sich«, bestätigte der Pfarrer. »Er sagte mir, dass Scrag End genau das sei, was er sich immer gewünscht habe. Er hoffte, sich diesen Sommer einen vorläufigen Überblick zu verschaffen. Adrian ist ein Mensch von großer Überzeugungskraft, und als er fragte, ob er vorübergehend das Schulhaus als Lagerraum und Labor haben könne, da fürchte ich, dass ich …« Der Pfarrer lehnte sich im Sessel zurück und stöhnte.

»Aber wie konnten Sie nur das Erntedankfest vergessen?«, fragte ich. »Peggy arbeitet seit Jahren daran und …«

»Nein, das stimmt nicht ganz.« Lilian Bunting war wieder hereingekommen und trug ein rundes Tablett mit zwei Kannen und einer Auswahl an Kuchen und Sandwiches. »In Finch hat es seit 1913 kein Erntedankfest mehr gegeben. Diese Tradition ist mit dem Ersten Weltkrieg verloren gegangen, genau wie so vieles andere auch.«

»Peggy Kitchen sagte aber …«, fing ich an, aber Lilian schüttelte nachdrücklich den Kopf.

»Mrs Kitchen ist leidenschaftlich daran interessiert, alte Traditionen wieder aufleben zu lassen.« Lilian stellte das Tablett vor mir auf den Tisch und setzte sich neben mich. »Das ist sie schon, seit sie hierhergezogen ist.«

»Hierhergezogen? Ich dachte, sie sei hier geboren.«

Der Pfarrer schnaubte abfällig. »Sie ist genauso wenig in Finch geboren wie wir.«

»Sie sind auch nicht aus Finch?«, fragte ich überrascht.

Der Pfarrer und seine Frau sahen sich lächelnd an.

»Wir wohnen noch keine zehn Jahre hier«, erklärte Lilian. »Wir sind aus London hierhergekommen. Teddys vorherige Gemeinde war ein bisschen zu … großstädtisch … für seine Nerven, und als ihm diese Stelle angeboten wurde, hat er zugegriffen.«

»Vom Regen in die Traufe …«, murmelte der Pfarrer.

»Aber Teddy«, schalt Lilian, »du kannst doch wirklich nicht behaupten, dass Finch zu lebhaft ist.«

»Nein, eher das Gegenteil«, sagte der Pfarrer mit einem Seufzer. »Ziemlich langweilig. Zumindest war es das, bis Mrs Kitchen aus Birmingham kam. Sie kaufte den Laden vom alten Harmer und verwandelte ihn in Kitchen's Emporium, ein *Warenhaus*. Dann bekam sie die Post-Zweigstelle dazu. Bis sie schließlich mit ihren Dorftraditionen anfing.«

»Gartenfeste, Moriskentänzer und Geschicklichkeitsprüfungen für Hütehunde«, sagte Lilian. »Sogar einen Landfrauenverein hat sie wieder gegründet. Tee, Lori? Hier ist Kamillentee für Sie und eine etwas stärkere Sorte für Teddy. Bitte, essen Sie eine Kleinigkeit, während ich einschenke. Ich habe gerade Zitronenstangen gebacken.«

Ich war nicht hungrig – Francesca hatte mir, während ich die Jungen stillte, ein Omelett gezaubert –, aber Lilians Zitronenstangen waren berühmt. Während sie ihren verzweifelten Mann überredete, wenigstens ein Käsesandwich zu nehmen, probierte ich eine dieser süßen und gleichzeitig herrlich säuerlichen Köstlichkeiten und fragte mich, ob sie beim Erntedankfest wohl eine ernsthafte Konkurrenz haben würden – wenn das Erntedankfest denn überhaupt stattfand.

»Die Sache ist die«, sagte der Pfarrer, indem er finster in seine Tasse blickte, »dass ich nie wirklich überzeugt war, dass Finch ein Erntedankfest *braucht*.«

»Es geht um das Segnen der Tiere«, warf Lilian ein. »Teddy fragt sich, wer die Kirche hinterher sauber machen soll.«

»Deshalb hatte ich die Sache vermutlich vergessen«, fuhr der Pfarrer fort. »Oder vielmehr verdrängt. Außerdem hatte Adrian geschworen, dass er höchstens drei Wochen hier sein würde. Und dann erfahre ich vor weniger als einer Stunde von einem Kollegen in Oxford, dass Adrian sich um eine Finanzierung für die Erweiterung des Projekts bemüht. Wenn ihm die bewilligt wird, könnte er für immer und ewig hier sein!«

In dem Moment war ich froh, dass ich Peggys Umzugspläne nach Little Stubbing nicht erwähnt hatte. Der Pfarrer würde seine Stelle hier aufgeben, wenn sich herausstellen sollte, dass er für die Verlängerung von Mrs Kitchens Terrorregime in Finch verantwortlich wäre.

»Sie könnten ihn doch bitten, das Feld wieder zu räumen«, schlug ich vor.

»Das ist völlig unmöglich«, sagte der Pfarrer. »Adrian kam in gutem Glauben hierher. Ich kann doch einen Mann wie ihn nicht einfach hinauswerfen, nur weil ich selbst sträflich dumm gewesen bin.«

»Dumm?«, fragte Lilian missbilligend. »Man kann es dir doch nicht ankreiden, wenn du hier in diesem Dorf etwas schaffen möchtest, das dauernden Wert hat.«

»Eitelkeit«, murmelte der Pfarrer. »Alles nur Eitelkeit.«

»Jetzt trink deinen Tee, Teddy, dann geht's dir gleich wieder besser.« Lilian nippte an ihrer Tasse, ehe sie fortfuhr. »Teddy dachte, dass Dr. Culvers Ausgrabungen Finch bekannt machen würden. Es scheint das Aufregendste zu sein, was seit 1642 hier im Dorf passiert ist.«

»Das war das Jahr, als die Royalisten auf ihrem Weg zur Burg Warwick durch Finch geritten sind«, erklärte der Pfarrer. »Seitdem hat sich hier nichts Nennenswertes mehr ereignet.«

»Unglücklicherweise hatte Teddy vergessen, mich in Dr. Culvers Pläne einzuweihen«, fuhr Lilian fort.

»November ist immer ein so hektischer Monat«, bemerkte der Pfarrer.

»Er hatte es ganz und gar vergessen«, sagte Lilian. »Leider, sonst hätte ich uns eine Menge Ärger ersparen können.«

»Wieso?«, fragte ich und langte nach einer weiteren Zitronenstange.

Der Pfarrer stand auf, ging hinter seinen Schreibtisch und spielte mit dem Griff der Terrassentür. »Lilian schreibt an einer Chronik der Gemeinde von Saint George's«, erklärte er. »Letztes Jahr stöberte sie in den alten Büchern hier in der Bibliothek, als ihr eine Druckschrift in die Hände fiel, die einen merkwürdigen Zusammenhang mit dieser Sache hat.«

»Reverend Cornelius Gladwell hatte sie verfasst, ein viktorianischer Vorgänger von Teddy«, erklärte Lilian. »Mr Gladwell war ein Amateur – ein frustrierter Amateur, fürchte ich. Aber er träumte offenbar davon, ein berühmter Archäologe zu werden. Er verbrachte Jahre damit, in den Hügeln um Finch zu graben, aber mit sehr wenig Erfolg.«

»Und währenddessen«, sagte der Pfarrer, »gruben seine Freunde in anderen Teilen des Landes überall massenhaft römische Funde aus. Ab und zu schickten sie ihm eine Kleinigkeit davon, sozusagen als Trostpreis.«

»Er empfand diese Gesten als erniedrigend«, sagte Lilian. »Und darüber war er so vergrämt, dass er eines Tages in einem Wutanfall alles im Feld von Scrag End vergrub, zusammen mit ein paar Fundstücken, die er selbst gekauft hatte. Damit hoffte er, seinen eigenen Frust an einem Archäologen der Zukunft auszulassen.«

»Was Cornelius nicht gerade als einen Menschen der Nächstenliebe dastehen lässt«, bemerkte der Pfarrer.

»Aber dafür hatte er eine Druckmaschine«, sagte Lilian. »Das war ein weiteres Hobby von ihm. Er verfasste einen Artikel über seinen Streich, druckte zehn nummerierte Exemplare davon und schickte neun davon ...« Sie sah ihren Mann an. »Tja, das wissen wir nicht, wohin er sie geschickt hat, nicht wahr, Teddy? Wir wissen nicht einmal, *dass* er sie weggeschickt hat.«

»Vielleicht hat er sie sogar verbrannt«, ergänzte der Pfarrer.

»Wir wissen aber, dass er das zehnte Exemplar jedenfalls behalten hat«, sagte Lilian, »denn letztes Jahr, als ich für meine kleine Chronik recherchierte, habe ich es gelesen. Und als Dr. Culver und sein Team gestern früh in Finch ankamen, zeigte ich Teddy diese Schrift.«

»Es schien mir irgendwie grausam, die Hoffnung dieses Mannes an einem Sonntag zunichtezumachen«, sagte der Pfarrer, »aber gleich heute früh wollte ich ihm das Dokument ins Schulhaus bringen.« Er zeigte anklagend auf seine Schreibtischunterlage. »Hier hatte ich es hingelegt, mitten auf den Schreibtisch, damit ich es auch nicht vergaß.«

»Ich habe gesehen, wie er es dort hingelegt hat«, fügte Lilian hinzu.

»Aber als ich nach dem Frühstück hereinkam, war es verschwunden. Lilian hatte es nicht angerührt, ich auch nicht. Annie, unsere Putzfrau, war zwar vorbeigekommen, um ihren Lohn abzuholen, aber sie war nicht länger als fünf Minuten hier. Deshalb können wir nur zu dem Schluss kommen …« Der Pfarrer rüttelte wieder am Türgriff. »Jemand muss hier hereingekommen sein. Wir verschließen diese Tür niemals, und bei schönem Wetter lassen wir sie meist offen. Bisher haben wir uns nie Gedanken darüber gemacht, es war einfach nicht nötig.«

Ungläubig starrte ich den Rücken des Pfarrers an. »Wollen Sie damit sagen, dass Sie den Beweis hatten, dass es sich bei Dr. Culvers Funden um nichts weiter als einen Streich handelt?«

»Den schriftlichen Beweis«, bestätigte Lilian. »Die Ironie an der Geschichte ist, dass Dr. Culver, wenn er wüsste, dass er einem archäologischen Schwindel auf den Leim gegangen ist, wahrscheinlich noch heute einpacken und abziehen würde.«

»Und Sie glauben, dass jemand Cornelius Gladwells Druckschrift gestohlen hat?«, fragte ich.

»Eine andere Erklärung gibt es nicht«, erwiderte der Pfarrer. »Obwohl ich mir nicht vorstellen kann, warum jemand seine unsterbliche Seele aufs Spiel setzt, indem er ausgerechnet am Tag des Herrn einen Diebstahl begeht.«

Ich trank meinen Tee aus, und zum zweiten Mal an diesem Tag hatte ich das Gefühl, dass ich etwas Stärkeres gebrauchen könnte. »Unglaublich«, sagte ich. »Ein Einbruch im Pfarrhaus *und* ein archäologischer Schwindel, und das hier in Finch. Und möchten Sie jetzt, dass ich versuche herauszufinden, wer das Dokument entwendet hat?«

Der Pfarrer drehte sich abrupt um und geriet ins Taumeln, als ob ihm jemand einen Stoß versetzt hätte. »Um Himmels willen, nein!«, rief er. »Alles, bloß das nicht!«

Kapitel 5

Bildete ich es mir nur ein, oder hatte Adrian Culver tatsächlich ein altes Virus ausgebuddelt, von dem alle Menschen in Finch hysterisch wurden? Unsicher sah ich Lilian an, die ihren Mann zu seinem Sessel zurückgeführt hatte und ihm jetzt mit einem Stapel Erntedankfest-Einladungen frische Luft zufächelte.

»Sie wollen nicht wissen, wer Sie bestohlen hat?«, fragte ich.

»Ich möchte nicht, dass es bekannt wird, *dass* wir bestohlen worden sind!«, rief der Pfarrer aus.

Lilian legte die Einladungen auf das Kaminsims zurück. »Das Dorf ist wegen des Schulhauses ohnehin schon in zwei Lager gespalten. Die eine Hälfte steht geschlossen hinter den Ausgrabungen, die andere verteidigt das Dorffest. So traurig es ist, es steht praktisch Dr. Culver gegen Mrs Kitchen, und Teddy möchte die Feindseligkeiten nicht noch vertiefen, indem er alle möglichen Verdachte schürt.«

Ich verstand immer noch nicht. »Möchten Sie dann, dass ich Dr. Culver über das Schriftstück aufkläre?«

Lilian schüttelte den Kopf. »Das haben wir schon versucht.«

»Er hat uns nicht geglaubt«, sagte der Pfarrer. »Er hatte einen Zusammenstoß mit Mrs Kitchen und dachte, wir hätten die Geschichte erfunden, um sie zu beruhigen. ›Ich verstehe, Padre‹, war seine Antwort, um mich dann blinzelnd anzusehen.« Der Pfarrer rang die Hände. »Padre und blinzeln – so weit ist es gekommen!«

»Aber was soll ich dann eigentlich tun?« Erwartungsvoll sah ich vom Pfarrer zu seiner Frau.

Lilian schenkte mir Tee nach. »Erinnern Sie sich, wie Sie mir von der hochinteressanten Arbeit erzählten, die Sie für Dr. Finderman erledigten?«

Ich nickte. Dr. Stanford J. Finderman war der Kurator der Sammlung seltener Bücher an meiner Alma Mater in Boston. In den zwei Jahren von der Heirat bis zur Geburt der Kinder hatte ich in England für ihn nach alten Büchern gesucht.

»Wir dachten, dass Sie mit Ihren Verbindungen – und mit Ihrer Erfahrung – vielleicht ein weiteres Exemplar von Mr Gladwells Dokument ausfindig machen können«, sagte Lilian. »Wenn Dr. Culver es mit eigenen Augen sähe, bin ich sicher, dass er …« Lilian verstummte, als sie mein Gesicht sah.

Ich machte den Mund auf und wieder zu, ehe es mir gelang, mit einigermaßen normaler Stimme zu sagen: »Sie hoffen, dass ich eins von nur neun privat gedruckten Exemplaren eines völlig unbekannten viktorianischen Dokuments über Archäologie aufspüren kann?«

»Richtig«, sagte Lilian.

Ich brachte ein mühsames Lachen heraus. »Das ist ein ziemlicher Auftrag.«

»Alles ist möglich«, sagte der Pfarrer.

»Oh, ich gebe Ihnen recht, Herr Pfarrer. Amöben können sich zu Affen entwickeln, wenn man ihnen ein paar Millionen Jahre Zeit gibt. Aber wir haben keine sechs Wochen.« Ich fuhr mir mit der Hand durchs Haar. »Ich werde sehen, was ich tun kann, aber …«

»Wunderbar«, sagte Lilian. »Ich habe alles aufgeschrieben, woran wir uns erinnern konnten, das wird Ihnen bei der Suche helfen.« Sie ging zum Schreibtisch, nahm ein rotes Notizbuch aus der Schublade und reichte es mir. »Wenn uns noch etwas einfällt, rufen wir Sie sofort an.«

»Okay«, sagte ich und nahm das Notizbuch. »Aber erwarten Sie bitte keine sofortigen Ergebnisse. So eine Suche kann …« – ich blickte in das verzweifelte Gesicht des Pfarrers und beendete den Satz nicht sehr wahrheitsgetreu – »etwas länger als sechs Wochen dauern.«

»Das darf es nicht«, drängte der Pfarrer. »Bis dahin haben wir einen Bürgerkrieg. Und die Schuld wird man mir geben.«

Lilian verdrehte die Augen und nahm mich beim Arm. »Ich glaube, wir haben Sie Ihren Söhnen lange genug vorenthalten«, sagte sie. »Wollen wir hinten hinausgehen?«

Unser Abgang durch die Hintertür war so unerwartet wie unbequem. Lilian und ich mussten die kurze, mit Unkraut bewachsene Treppe gebückt hinuntergehen, um nicht Gefahr zu laufen, in den wild wuchernden Rhododendronbüschen ein Auge zu verlieren. Der Rasen am Fuße der Treppe war nicht minder gefährlich. Ein niedriges, aber dicht rankendes Brombeergebüsch zerrte an meinen Söckchen und verdeckte tückische Unebenheiten und Kaninchenlöcher.

Als wir jedoch diese Wildnis hinter uns gelassen hatten, öffnete sich der Garten auf eine wunderschöne Aussicht. Wolkenschatten jagten über weite Wiesen, auf denen hüfthohes Gras sanft im Wind wogte.

»Wie herrlich«, sagte ich leise.

»Wie feucht«, korrigierte Lilian mich. »Selbst in einer Trockenperiode wie dieser steigt hier jeden Abend Nebel auf, und im Frühling werden die Wiesen vom Fluss überschwemmt.« Sie schüttelte den Kopf über so viel Unverstand der Natur, dann sah sie mich an. »Um noch mal auf Mr Gladwells Schriftstück zurückzukommen … es würde mir nicht im Traum einfallen, gegen Teddys Wunsch die Polizei zu rufen, aber ich würde dennoch sehr gern wissen, wer dieser ungeladene Gast war. Würden Sie …?«

Ich seufzte. »Eine Frage: War die Terrassentür offen, als Sie über diese Druckschrift sprachen?«

Lilian nickte schuldbewusst. »Es war so warm, und es war kurz vor dem Gottesdienst. Jeder, der auf dem Weg zur Kirche war, hätte uns zuhören können.«

Mein Lachen klang vermutlich leicht hysterisch. »Also kommt im Prinzip jeder in dieser Gemeinde infrage, der es hätte stehlen können, da Sie diese Tür niemals abschließen.«

Nachdenklich runzelte Lilian die Stirn. »Womit der Kreis der Verdächtigen ziemlich groß wäre …«

Ich nickte. »So ist es.«

»Also«, sagte sie munter, »wenn ich etwas hören sollte, gebe ich Ihnen Bescheid.«

»Gut. Aber inzwischen …« Ich machte eine energische Handbewegung in Richtung der Treppe, die in die Bibliothek führte. »Sie sollten dafür sorgen, dass sich jemand um diese Wildnis kümmert. Bedenken Sie, dass sie für einen Flüchtenden ideale Deckung bietet – also lassen Sie alles zurückschneiden.«

Lilian schürzte die Lippen. »Verstanden.«

Während wir uns vorsichtig den Weg um das Haus zur Eingangstür des Pfarrhauses bahnten, verwandelte sich Lilian wieder in die Buchgelehrte. »Wissen Sie«, sagte sie, »Finch ist nicht ganz so langweilig, wie Teddy es schildert. Das Dorf hat schon seine kleinen Merkwürdigkeiten. Zum Beispiel das Kriegerdenkmal, das ist einmalig.«

»Wieso?«

»Es erinnert nicht nur an die Toten«, erwiderte sie, »sondern auch an alle Männer und Frauen, die in beiden Weltkriegen gedient haben, ganz gleich, in welcher Eigenschaft. Und das dort …« – sie wies auf das Haus nebenan, ein bescheidenes niedriges Gebäude aus goldgelbem Stein, das ein wenig von der Straße zurückgesetzt war –, »… das war das Haus des Lehrers, als Finch noch einen Lehrer hatte. Der letzte muss ein ziemlicher Schwerenöter gewesen sein. Wenn man dem Kirchenbuch glauben darf, hat er die Hälfte der Schüler in seiner Klasse selbst gezeugt. Allerdings war er Junggeselle.«

»Wow«, sagte ich. »Da müssen die Elternversammlungen aber …« Ich unterbrach mich und sah angestrengt in Richtung Dorfplatz. »Was ist denn das für ein Lärm? Das klingt ja wie …«

Lilian Bunting und ich sahen uns an und platzten gleichzeitig heraus: »Peggy Kitchen.«

»Bleiben Sie hier«, sagte ich. »Ich gehe und sehe nach, was los ist.«

»Wollen Sie sich wirklich in die Sache verwickeln lassen?«

»Machen Sie sich keine Sorgen um mich«, sagte ich trocken, »ich bin eine unbeteiligte Beobachterin.«

Das laute Gezänk von Peggy Kitchen kam vom Schulhaus. Davor blieb ich stehen und blickte mich um, ehe ich den Vorstoß wagte. Vorsichtig spähte ich um die Ecke und sah, wie Peggy Kitchen, die Arme in die Seiten gestemmt, hinter dem Minibus stand und die beiden jungen Leute ankeifte, die ich vorhin gesehen hatte.

»Ich hetze euch die Polizei auf den Hals!«, donnerte sie. »Ihr ruiniert mir das Geschäft, jawohl! Euer Höllenlärm verjagt mir die Kunden!«

»Mrs Kitchen!«, rief ich und gab meine relative Sicherheit preis. »Ich habe eine wichtige Nachricht für Sie! Es geht um die Sache, die wir heute früh besprochen haben!«

Wie ein gereizter Stier, der von einer Bremse abgelenkt wird, unterbrach Peggy ihren Angriff und sah um sich, bis sie mich entdeckte. »Und?«, bellte sie.

Ich ließ alle Vorsicht fahren und nahm sie beim Ellbogen. »Mir ist ein Weg eingefallen, wie wir die Sache in den Griff kriegen. Kommen Sie mit.« Während ich Peggy in Richtung ihres Ladens steuerte, sah ich vielsagend über meine Schulter. Die beiden jungen Leute verstanden und verschwanden im Schulhaus.

Peggy atmete noch immer schwer, aber wenigstens sprühten ihre Augen nicht länger Funken, als wir auf dem schütteren Gras des Dorfplatzes stehen blieben. »Was für einen Plan haben Sie?«, wollte sie wissen.

»Ich kann über die Einzelheiten noch nicht sprechen«, begann ich ins Blaue hinein. »Dazu muss ich erst meinen Mann konsultieren.«

Peggys Augen leuchteten auf. »Aha. Eine juristische Lösung. Wie schnell können wir mit einem Ergebnis rechnen?«

»Auf jeden Fall rechtzeitig vor dem Erntedankfest«, versicherte ich ihr. »Bis dahin ist es von äußerster Wichtigkeit, dass Sie sich vom Schulhaus fernhalten. Anderenfalls …« Ich hatte keine Ahnung, was ich als Nächstes sagen würde, aber es war nicht mehr notwendig.

»Ich wusste, dass ich mich auf Sie verlassen kann, Lori«, sagte Peggy. Sie tippte sich mit dem Zeigefinger gegen die Nase und nickte bedeutungsvoll, ehe sie siegesgewiss in ihren Laden zurückrauschte.

Schlaff vor Erleichterung ging ich zurück ins Schulhaus. Durch die offene Tür trat ich in den Garderobenraum, einen langen, schmalen Gang mit Reihen von Kleiderhaken in Kinderhöhe.

Wie Peggy gesagt hatte, wurde das Gebäude schon lange nicht mehr für den Schulunterricht genutzt. Einst hatte es zwei Klassenzimmer gehabt, aber die Trennwand war herausgenommen worden, um einen großen Raum zu gewinnen, der für alle möglichen Zwecke genutzt wurde. Bei schlechtem Wetter übte Bill mit den Lustigen Moriskentänzern hier, Lilian Bunting veranstaltete unter diesem Dach ihre Gemeinde-Flohmärkte, und Peggy Kitchen führte von dem Podest, auf dem einst das Katheder gestanden hatte, den Vorsitz über ihre Landfrauen.

Der junge Mann und das Mädchen waren mit den Kartons beschäftigt, die sie aus dem Minibus geladen hatten. Auf den Klapptischen, Klappstühlen und Regalen, die sich an der Wand entlangzogen, lag ein furchterregendes Durcheinander an archäologischem Werkzeug: schwarzweiße Messlatten, Spaten, Scheinwerfer, Pinsel, wasserdichte Planen, aber auch feine Instrumente, die wie Zahnarztbesteck aussahen. Die Befürchtungen des Pfarrers, so schien es, waren berechtigt. Es sah ganz so aus, als bereite Adrian Culver sich auf einen längeren Aufenthalt vor.

»Hallo«, sagte ich von der Tür her. »Mein Name ist Lori Shepherd. Ich bin die örtliche UN-Friedenstruppe und erkläre dieses Gebäude zur Sicherheitszone.«

Der Junge grinste, legte ein aufgerolltes Seil auf einen Tisch und kam herüber, um mir die Hand zu schütteln. »Simon Blakely, und das hier ist Katrina Graham«, sagte er, indem er das Mädchen herbeiwinkte. »Wir werden hier mit Dr. Culver an den Ausgrabungen arbeiten. Und vielen Dank für Ihre Hilfe. Wir hatten keine Ahnung, dass wir ein solches Ärgernis sind.«

»Diese Frau ist ein größeres Ärgernis als wir, Simon«, sagte Katrina, die auch herübergekommen war. »Sie hat bei unserer Ankunft gestern doch schon so eine Szene gemacht. Am Sonntag früh um sieben! Dem armen Pfarrer hat sie einen gehörigen Schrecken eingejagt. Ist die nicht ganz dicht?«

Das war Ansichtssache, aber ich zog es vor, die Frage nicht zu beantworten, und erzählte den beiden stattdessen von Peggys Sorge wegen des Erntedankfestes.

»Das erklärt die Sache mit dem Feldbett«, sagte Simon und zeigte auf ein zusammengeklapptes Bett in der Ecke. »Wir verstanden nicht, warum Dr. Culver die ganze Zeit über hier schlafen will, aber wenn die Eingeborenen in Aufruhr sind ...«

Katrina nickte. »... will er sein Gerät nicht unbewacht lassen.«

»Wo ist er jetzt?«, fragte ich.

»Er unterteilt gerade das Feld von Scrag End in Quadrate«, erwiderte Simon. »Er kann es nicht erwarten anzufangen.« Simon sah Katrina an. »Wegen des Fests tut es uns leid, aber wir sind ja noch bei den Vorarbeiten und haben mit den Ausgrabungen noch nicht einmal angefangen. Wir helfen Dr. Culver jetzt erst mal mit dem Einrichten, und nächste Woche kommen noch zehn weitere Studenten hinzu.«

»Und wir brauchen ein Gebäude am Ort als Lagerraum und für die Analysen«, fügte Katrina hinzu, indem sie auf die Kartons deutete. »Oder können Sie sich vorstellen, dass man das alles jeden Tag von Oxford herbringt und abends wieder mitnimmt?«

»Nein, vermutlich nicht.« Ratlos sah ich auf die Kartons. Ich hatte gehofft, dass man beide Seiten vielleicht dazu überreden könnte, sich das Schulhaus zu teilen, stellte jetzt aber fest, dass dies unmöglich war – das Schulhaus war einfach nicht groß genug für beide Parteien.

»Es tut uns leid«, sagte Simon. »Wir hatten von dem Fest wirklich nichts gewusst. Wenn wir es gewusst hätten …«

»Dann hätte es auch keinen Unterschied gemacht«, beendete Katrina seinen Satz. »Jeder Dummkopf muss doch begreifen, dass Dr. Culvers Entdeckung Priorität gegenüber einem Dorffest hat.«

Simon wurde rot. »Sie müssen meiner Kollegin verzeihen«, sagte er. »Sie leidet unter einem schweren Anfall von akademischem Eifer.«

»Ich verstehe«, sagte ich lächelnd. »Aber ich rate Ihnen, dass Sie Ihren Eifer ein wenig bedeckt halten, solange Sie hier sind. Unauffälligkeit könnte helfen, die Eingeborenen wieder etwas zu beruhigen.«

»Wir werden unser Möglichstes tun«, sagte Simon. »Kein lautes Gelächter mehr auf dem Dorfplatz.«

Während die beiden wieder ans Auspacken gingen, machte ich mich auf den Weg zu Bills Büro. Eigentlich hatte ich große Lust, die Luft aus seinen Fahrradreifen zu lassen. Der Fünf-Kilometer-Marsch nach Hause würde meinem Mann reichlich Zeit geben, darüber nachzudenken, wie verwerflich es ist, seine Frau mitten in einen Bürgerkrieg zu hetzen.

Bebend in gerechtem Zorn trat ich in sein Büro, baute mich vor Bills Schreibtisch auf und wollte gerade eine Schimpfkanonade auf ihn loslassen, als eine Stimme hinter mir fragte: »Kannst du auf dem Kopf stehen?«

Mit offenem Mund drehte ich mich langsam herum und erblickte ein Paar rosa Turnschuhe, ein verbundenes Knie und zwei verschrammte Beine, die in der Luft wackelten. Sie gehörten einem kleinen Mädchen, das knallrot im Gesicht war, während es gerade seine gymnastischen Fähigkeiten vorführte.

»Ich heiße Rainey Dawson«, erklärte sie, wobei sie wieder auf die Füße sprang. »Ich bin bei Gran, weil Mum sich erst an Jack gewöhnen muss. Jack ist mein neuer kleiner Bruder, und er macht schrecklich viel Krach, deshalb hat Mum mich zu Gran geschickt, bis er ein bisschen größer geworden ist, und Gran hat gesagt, ich kann Bill heute Nachmittag besuchen, während sie ein bisschen schläft, und ich finde es hier toll.«

Rainey Dawsons kastanienbraunes Haar hing ihr in wirren, ungleichmäßigen Ponyfransen ins Gesicht, der Rest war zu zwei dünnen Zöpfen geflochten. Ihre lange Nase und das schmale Gesicht waren mit Erde verkrustet, genau wie ihr ehemals rosa T-Shirt und die karierten Shorts.

»Nächsten Sonntag werde ich neun«, verkündete sie, während sie von einem Fuß auf den anderen hüpfte. »Wohnst du in Finch? Kommst du zu meiner Party? Bill wird neben mir und Gran sitzen und mir helfen, den Kuchen anzuschneiden.« Sie lehnte sich gegen Bills Schreibtisch, und ihre Augenlider flatterten vor Verehrung. »Ich liebe Bill. Er lässt mich die Knöpfe an seiner Faxmaschine drücken.«

Mein liebenswerter Mann saß mit geschlossenen Augen da, den Kopf in die Hände gestützt. Ich sah mir die kleine Quasselstrippe an und strahlte: Eine schönere Rache hätte ich mir auch nicht ausdenken können. Ein Nachmittag mit Rainey Dawson war bestimmt so gut wie zwanzig Minuten mit Peggy Kitchen.

»Ich werde gern zu deiner Party kommen, Rainey«, sagte ich. »Vielen Dank für die Einladung.«

»Gran hat gesagt, ich kann einladen, wen ich will. Sie hat den Tearoom nebenan und …« Rainey unterbrach sich und heftete ihre Augen auf meine Brust. »Du hast *auch* ein Baby«, sagte sie.

Verlegen verschränkte ich die Arme. »Wie kommst du darauf?«

Rainey zeigte auf meine verschränkten Arme. »Du hast Flecken auf deiner Bluse, genau wie Mum.«

»Flecken auf meiner ...« Ich sah an mir herunter und entdeckte zwei verräterische feuchte Flecken auf meiner bisher makellosen Bluse. »O Mensch!«, rief ich. »Ich komme zu spät! Die Jungen werden am Verhungern sein! Und alles durch deine Schuld!« Ich schüttelte meine Faust in Bills Richtung und lief zur Tür, während ich über die Schulter zurückrief: »Erzähl ruhig weiter, Rainey!«

Kapitel 6

So schnell es der Mini vermochte, fuhr ich nach Hause und schlitterte so temperamentvoll in die Einfahrt, dass ich um ein Haar das Pferd angefahren hätte.

»Tut mir leid, Rosie!«, rief ich, als das arme Tier vor dem Auto scheute. »Aber ich hab's furchtbar eilig!«

Die Fuchsstute auf dem Rasen vor dem Haus bedeutete, dass Emma Harris gekommen war. Rosinante gehörte Nell, Emmas dreizehnjähriger Stieftochter, aber da Nell den Sommer bei ihrem Großvater in Paris verbrachte, kümmerte Emma sich um die Pflege des Pferdes und sorgte dafür, dass es regelmäßig bewegt wurde. »Es ist das Mindeste, was ich tun kann«, hatte Emma erklärt, »wenn man bedenkt, wie großzügig Rosie meinen Garten versorgt.«

Ich stieg aus dem Mini, streichelte Rosie entschuldigend die Nase und eilte ins Haus, mich innerlich gegen das herzerbarmende Geheul meiner vernachlässigten Kinder wappnend.

Alles war still.

Ich rannte ins Wohnzimmer, sah, dass der Laufstall leer war, und raste nach oben, um im Kinderzimmer nachzusehen.

Kein Lebenszeichen.

»Francesca?«, rief ich, indem ich wieder nach unten rannte. »Emma?«

Keine Antwort.

Ich ging in die Küche, wo mich ein köstlicher Duft willkommen hieß. Er entstieg einem Topf, der leise auf dem Herd vor sich hin köchelte. Vorsichtig trat ich näher, hob den Deckel und sog das verführerische Aroma aus Knoblauch, Zwiebeln, Kräutern und Tomaten ein, als ich plötzlich das gurgelnde Babylachen von Rob hörte.

Es kam aus dem hinteren Teil des Gartens. Ich ließ den Deckel auf den Topf fallen, flog durch den Wintergarten und zur Hintertür und blieb abermals verblüfft stehen.

Francesca und Emma saßen in den Korbsesseln unter dem Apfelbaum. Emma hatte ihr ergrauendes blondes Haar zu einem Zopf geflochten, der ihr bis über die Taille reichte, neben ihr auf der Bank die schwarze, mit Samt bezogene Reitkappe. Sie trug schwarze Reitstiefel und eine beige Reithose; auf die eng taillierte Jacke hatte sie verzichtet und trug stattdessen ein kurzärmeliges T-Shirt, was in dieser Hitze vernünftiger war. In ihrem Arm lag Will und trank zufrieden aus einem Fläschchen.

Beim Anblick Emmas als Kindermädchen blieb mir der Mund offen stehen. Emma hatte ungefähr so viel Mutterinstinkt wie eine Bratpfanne. In ihre Rolle als Stiefmutter war sie hineingeschlittert, indem sie einen Witwer heiratete, der bereits einen Sohn und eine Tochter hatte. Niemand konnte abstreiten, dass sie ihre Sache gut machte – ihre Stiefkinder liebten sie –, aber sie wäre die Erste, die zugeben würde, dass ihr Erfolg mit Peter und Nell weit mehr deren Geduld als ihrem eigenen Geschick zu verdanken war.

Und dennoch saß sie dort, meinen Sohn im Arm, und sah aus, als ob sie wüsste, was zu tun sei. Und was noch merkwürdiger war, Will schien der gleichen Meinung zu sein.

Er trank eifrig, während sein Bruder zu Francescas Füßen auf einer Decke lag und mit Armen und Beinen die Zirkustiere zu erreichen versuchte, die an Schnüren von den Ästen über ihm baumelten. Jedes Mal, wenn er ein Tier erwischte, fingen die Elefanten, Affen und Zebras an zu schaukeln und Rob stieß ein entzücktes Quietschen aus.

Ich betrachtete diese Idylle und kam mir plötzlich so furchtbar überflüssig und unwichtig vor, dass, hätte Rob mich nicht gesehen und prompt ein jämmerliches Geheul angestimmt, ich ihm wahrscheinlich zuvorgekommen wäre.

»Mein armes kleines Schätzchen«, flüsterte ich, indem ich Rob von der Decke aufhob und ihn liebkoste, dass ihm fast die Luft wegblieb. »Es tut mir so leid, dass ich zu spät komme.« Im selben Moment ließ Will die Flasche los und stimmte in das Gebrüll ein, sodass sich Emmas Augen vor Angst weiteten. Eilig bedeutete Francesca mir, mich in ihren Sessel zu setzen, und reichte mir Will.

»Du liebe Zeit«, sagte Emma und wischte sich die Stirn ab, »was war das denn plötzlich? Eben sind sie noch ganz vergnügt, und im nächsten Moment …« Sie gab Francesca die halb leere Flasche.

»Die beiden wollen Lori nur klarmachen, dass sie sie vermisst haben, weiter nichts. Sie werden sehen, gleich sind sie wieder friedlich.« Francesca steckte das Fläschchen in die Tasche der Schürze, die sie über das Hemdblusenkleid gebunden hatte und die ebenfalls makellos sauber war.

Einen Augenblick später hatten die Jungen mir ihren Standpunkt zur Genüge klargemacht und wetteiferten jetzt darum, wer von ihnen sich als Erster aus meinen Armen winden konnte. Francesca legte Rob auf die Decke zurück, wo er sein Spiel mit den baumelnden Zirkustieren augenblicklich wieder aufnahm, während ich Will stillte.

»Entschuldigen Sie, dass ich zu spät komme«, sagte ich zu Francesca.

»Macht nichts«, sagte sie. »Ich habe ja die Flaschen entdeckt, die Sie im Kühlschrank gelassen hatten ...«

»Haben Sie auch die richtigen genommen?«, fragte ich besorgt.

»Falls die mit der Aufschrift *Meine Milch* die richtigen sind?«

Ich errötete. »Na ja ... also – Bill hat die Flaschen vor ein paar Wochen mal verwechselt und ...«

»Hör auf!« Emma hielt sich die Ohren zu und schüttelte sich. »Erinnere mich daran, Derek für zwei Kinder zu danken, die schon abgestillt und stubenrein waren.«

Francesca lachte. »Rob hat sein Abendessen gehabt«, sagte sie, »und ich gehe jetzt hinein und mache unseres fertig. Ich hoffe, Sie haben nichts dagegen, aber ich habe dazu die Tomaten und die anderen Sachen genommen, die Mrs Harris aus ihrem Garten brachte. Wenn ich erst mal weiß, wie die Küchenschränke aufgehen, wird es einfacher für mich sein.«

»Ganz in meinem Sinn«, versicherte ich ihr, und als Francesca ins Haus zurückging, nahm ich mir im Stillen vor, die Sicherheitsschlösser gleich am kommenden Morgen abzuschrauben. Wenn meine neue Kinderfrau schon aus einer Tüte Gemüse eine solche Soße zaubern konnte – was würde sie da erst machen, wenn ihr ein paar gut gefüllte Küchenschränke zur Verfügung standen!

»Vielen Dank für das Gemüse«, sagte ich zu Emma.

»Für die Qualität kann ich nicht garantieren. Diese Trockenheit ist eine Katastrophe für den Garten. Ich mag gar nicht daran denken, wie es den Bauern geht.« Sie beugte sich vor und zupfte Robs Decke zurecht. »Wann hast du denn beschlossen, dir eine Haushaltshilfe zu nehmen?«

»Gar nicht«, sagte ich. »Ich bin das Opfer einer Verschwörung.« Ich gab Emma eine kurze Zusammenfassung meines ereignisreichen Tages, dann lehnte ich mich mit Will im Sessel zurück und wartete, bis sie sich vor Lachen ausgeschüttet hatte. »Komm schon, spuck's aus«, sagte ich endlich.

»Entschuldige«, sagte Emma und wischte sich die Tränen ab. »Aber warte, bis du *das* gelesen hast.« Immer noch kichernd langte sie auf die Bank neben sich und zog ein bekannt aussehendes goldgelbes Blatt Papier unter ihrer Reitkappe hervor. »Das fand ich heute Nachmittag in meinem Briefkasten. Es war überhaupt der Grund, weshalb ich herübergekommen bin.« Sie räusperte sich und deklamierte mit der gebotenen Dramatik:

S.'O.'F!
Save Our Finch!!!
Wollen Sie IHR Dorf von HERGELAUFENEN
regieren lassen?
Wollen Sie, dass FREMDE IHNEN die Tür einrennen?
Verhindern Sie es JETZT!!
UNTERZEICHNEN Sie das GESUCH!!
Der BISCHOF muss die INVASION STOPPEN!!
Sie sind zur Unterschrift willkommen, Tag und Nacht,
in Kitchens Warenhaus.
Wenn aber jemand die Seinen,
besonders seine Hausgenossen, nicht versorgt,
hat er den Glauben verleugnet
und ist schlimmer als ein Heide.
I. Tim. 5,8.

»Bumm, Herr Pfarrer, das sitzt!« Emma sah mich über den Handzettel hinweg an und bekam sich vor Lachen nicht mehr ein. Plötzlich hörten wir jemanden applaudieren.

»Bravo«, rief Bill. Mein Mann war um das Haus herumgekommen und stand an der Ecke. Er lachte übers ganze Gesicht, während er Emma für ihren Vortrag Applaus spendete. Er hatte sich schon umgezogen und Anzug und Krawatte gegen Shorts, Turnschuhe und ein altes Sweatshirt von Harvard vertauscht. Dank der täglichen Fahrradtour wurden seine Beine allmählich muskulös, sein Gesicht war gesund gerötet, und langsam verschwand auch der Rettungsring um seinen Bauch, den er aus Boston mitgebracht hatte. Manche Männer verkümmerten unter der Last der Vaterschaft, aber Bill war aufgeblüht. »Ich brauche wohl gar nicht zu fragen, wer diesen Schlachtruf verfasst hat. Wird dein Name auf dem Gesuch stehen, Emma?«

»Auf keinen Fall«, erwiderte sie. »Nach allem, was Lori mir erzählt hat, werde ich einen möglichst großen Bogen um Peggys Laden machen. Trägst du dich in die Liste ein, Lori?«

»Mir wird nichts anderes übrig bleiben«, sagte ich ratlos, »sonst stellt Peggy sich mit dem Megafon vor unser Haus. Ich kann ihren Umzug nach Little Stubbing gar nicht mehr erwarten.«

»Mir tun die Leute von Little Stubbing leid. Sie ahnen noch gar nicht, was da auf sie zukommt.« Emma langte nach ihrer Reitkappe und stand auf. »Lass mich wissen, wenn ich etwas tun kann. Meine Computerkenntnisse stehen dir wie immer zu Diensten.«

»Was ist das mit Little Stubbing?«, fragte Bill, während er sich Robs baumelnden Zoo ansah.

»Das erzähle ich dir nach dem Essen.« Will hatte seine Mahlzeit inzwischen auch beendet, also übergab ich ihn seinem Vater und knöpfte mir die Bluse zu. »Du bist früh da. Hat Rainey dich geschafft?« Ich erwartete etwas Lustiges, aber Bills Antwort war ernst.

»Um ehrlich zu sein, sie tut mir leid«, sagte er. »Es gibt hier niemand in ihrem Alter zum Spielen.«

»Niemand?«

»Als Sally Pyne Rainey abholte, haben wir uns noch ein wenig unterhalten, und sie erzählte mir, dass es in Finch keine Kinder gibt. Auf den umliegenden Farmen wohnen welche, aber nicht im Dorf.« Er rieb seine Wange an dem Flaum auf Wills Kopf. »Der Sommer hier wird dem kleinen Mädchen lang werden.«

»Armes Ding«, sagte ich. »Wir müssen uns ein ganz besonderes Geburtstagsgeschenk für sie einfallen lassen.«

Plötzlich zog Bill die Nase kraus und schnupperte an Rob. »Im Moment glaube ich, dass unser Sohn ein Geschenk für uns hat. Hier, nimm du Will, dann wickle ich Rob, während du uns etwas zu essen machst.«

Ich streckte die Arme nach Will aus, und dabei fiel mir der Topf auf dem Herd ein. »Ich habe eine Neuigkeit für dich …«

Francesca kümmerte sich nicht nur um die Zubereitung des Abendessens, sie servierte es uns sogar im Esszimmer, am fertig gedeckten Tisch, und hinterher räumte sie wieder ab. Für mich war es wie eine Offenbarung, mich einfach zu entspannen und mit meinem Mann zusammen zu essen, nachdem unsere Mahlzeiten in den letzten vier Monaten in ziemlicher Hast stattgefunden hatten und wir meist nebenbei noch etwas anderes erledigen mussten.

»Während ich in der Stadt war, hat sie die Wäsche gewaschen, den Wäscheschrank aufgeräumt und das Essen vorbereitet«, berichtete ich beim Nachtisch – Himbeeren mit Sahne. »Und ihre Schürze wird nie schmutzig.«

»Das klingt fast beängstigend übernatürlich«, meinte Bill.

»Jetzt, wo du es sagst …« Ich senkte die Stimme, und zum ersten Mal kam ich mir vor wie die Dame eines Hauses, die vor der Dienerschaft etwas verbergen will. »Als sie ankam, duftete es überall im Haus nach Flieder.«

Bill machte große Augen. »Kein kalter Luftzug? Keine Rauchwolken aus dem Kamin?« Das waren Anspielungen auf den Schabernack, den Tante Dimity früher einmal angestellt hatte, um einen unliebsamen Gast aus dem Cottage zu vertreiben.

»Nur Flieder«, erwiderte ich.

Bill lehnte sich zurück und rieb sich das Kinn. »Dann haben Ruth und Louise vermutlich die richtige Kinderfrau ausgesucht.« Er schob seinen Stuhl vom Tisch zurück. »Es ist immer noch hell draußen. Wie wär's mit einem kleinen Verdauungsspaziergang? Wenn ich nicht aufpasse, machen Francescas Kochkünste meine knabenhafte Figur zunichte.«

Wir setzten Will und Rob in ihre Buggys, meldeten uns bei Francesca ab und schlugen den Weg zum Eichenhain ein, der das Grundstück der Familie Harris von unserem trennte.

Der Hain war wie eine friedliche Oase. Die Sonnenstrahlen fielen durch das Blätterwerk und malten zitternde Muster auf den Weg, Eichhörnchen flitzten über uns durchs Geäst, und Spatzen zankten in den Bäumen. Als ich so an der Seite meines Mannes dahinschritt und sah, wie meine Söhne diese Wunderwelt bestaunten, war mir einen Augenblick so leicht ums Herz, dass ich, hätte ich Robs Wagen losgelassen, bestimmt über dem Erdboden geschwebt hätte.

Dann fragte Bill, wie mein Tag gewesen sei.

Ich erzählte, sehr detailliert und mit zahlreichen Gesten. Möglicherweise erschreckte ich die Eichhörnchen.

»Und jetzt will Peggy ein Gesuch an den Bischof schicken. Weiß Gott, was sie sich noch alles ausdenken wird. Und wenn du nicht möchtest, dass deine Söhne vaterlos aufwachsen«, schloss ich gereizt, »dann hör jetzt sofort auf zu grinsen!«

»Tut mir leid.« Bill legte den Arm um mich und küsste mich auf den Kopf – ein Ablenkungsmanöver, das war mir klar. »Ich wollte dich doch nur aus dem Haus locken. Wenn ich geahnt hätte, dass das Gladwell-Schriftstück bereits den Zweck erfüllt, dann hätte ich Hurricane Peggy nicht auch noch in deine Richtung gelenkt.«

»Na ja …«, gab ich zögernd zu bedenken, »schließlich hast du ja auch Francesca in meine Richtung gelenkt, also sind wir wohl quitt.«

Bill legte die Hände wieder auf die Griffe von Wills Buggy, und wir gingen weiter. »Glaubst du, dass wir den Dieb finden müssen«, fragte er, »oder würde es reichen, wenn wir Adrian Culver überreden könnten, das Schulhaus wieder zu räumen?«

»Beides hängt zusammen«, sagte ich. »Wir müssen den Dieb fassen, um das gestohlene Dokument zu finden, damit wir Adrian Culver beweisen können, dass sein sensationeller Fund ein Riesenschwindel ist. Das ist die einzige Möglichkeit, um das Schulhaus bis zum Erntedankfest wieder frei zu kriegen. Und nur so können wir sicherstellen, dass Peggy Kitchen den Pfarrer in Frieden lässt und sich nach Little Stubbing begibt.«

»Warte mal.« Bill blieb stehen. »Hast du nicht einen Schritt vergessen? Wie wär's, wenn du Stan fragen würdest, ob er nicht ein weiteres Exemplar dieser Druckschrift auftreiben kann?«

»Das werde ich tun, aber ganz ehrlich, die Chance, dass er noch ein Exemplar findet, ist so unwahrscheinlich wie … wie die, dass Peggy Kitchen am kommenden Sonntag der Kirche eine große Geldsumme spendet.«

»So wenig Hoffnung?«, fragte Bill.

Ich hielt Daumen und Zeigefinger so weit voneinander entfernt, dass gerade ein Haar dazwischen passte. »Ungefähr so viel. Diese Art von Druckschriften nennt man nicht umsonst Ephemera. Broschüren, Poster, Programme – derlei Dokumente werden nicht gedruckt, um lange aufgehoben zu werden. Wenn sie überhaupt erhalten bleiben, dann sind sie meist in den Tiefen irgendeiner schlecht katalogisierten Sammlung vergraben. Es könnte Jahre dauern, bis Stan zufällig darauf stößt.«

»Dann müssen wir einfach die Augen und Ohren offen halten«, sagte Bill und ging rasch weiter. »Irgendjemand hat bestimmt etwas gesehen und wird etwas ausplappern. Du wirst dich wundern, wie schnell sich Neuigkeiten in einem Dorf wie Finch herumsprechen.« Die Zwillinge juchzten vor Freude, als wir ihre Buggys mit Schwung um eine Vertiefung im Weg herumsteuerten. »Die Dorf-Buschtrommel ist immer noch die effizienteste Nachrichtenübermittlung. Dagegen ist das Internet wie zwei Blechdosen mit einem Stück Draht dazwischen.«

»Also brauche ich nichts weiter zu tun, als zu warten? Bill«, fügte ich hinzu und blieb stehen, um Atem zu schöpfen, »können wir ein bisschen langsamer gehen? Ich bin ganz außer Atem, und bei der Geschwindigkeit wird Will gleich aus seinem Buggy geschleudert werden.«

»Entschuldige.« Bill verlangsamte den Schritt und versuchte – vergeblich – ein stolzes Lächeln zu unterdrücken. »Wollen wir zurückgehen?«

Ich wehrte mich gegen den Gedanken, dass Bill auf mich Rücksicht nahm. Bill! Der Mann, der es kaum geschafft hatte, auf Pouters Hill zu steigen, ohne einen Kreislaufkollaps zu riskieren! Aber ich nickte. Vier Monate lang Babys zu wickeln war als Training nicht mit vier Monaten Radfahren zu vergleichen.

»Peggys Gesuch wird mir nicht helfen, den Einbrecher zu finden«, sagte ich, als wir die Buggys wendeten. »Jeder im Dorf wird es unterschreiben, auch der Dieb. Kein normaler Mensch wird sich offen gegen Peggy Kitchen stellen.«

Bill blieb stehen, um das winzige Söckchen zu ergattern, das gerade von Wills zappelndem Fuß rutschte. »Du weißt, wie ungern ich dir widerspreche, mein Schatz, besonders vor den Kindern. Aber Sally Pyne hat sich bereits gegen Peggy gestellt.«

»Ganz offen?«, fragte ich erstaunt.

»Mehr oder weniger. Sally hat den beiden jungen Leuten, die Dr. Culver mitgebracht hat, Unterkunft und Verpflegung angeboten.«

»Simon und Katrina. Und haben sie es angenommen?«

»Sie sind am Sonntagnachmittag eingezogen.« Bill richtete sich auf. »Sally Pyne ist also eine Culveristin.«

Ich brach einen langen Grashalm am Wegesrand ab und drehte ihn zwischen den Fingern. »Eine archäologische Ausgrabungsstätte könnte Touristen anlocken«, überlegte ich. »Und Touristen würden bei Sally Tee trinken. Vielleicht kommt sie sogar als Einbrecherin infrage.«

»Die dicke Sally?« Bill zog die Augenbrauen hoch. »Ich kann mir nur schwer vorstellen, wie eine Frau von Sallys Maßen sich unbemerkt herumschleicht, aber denkbar ist es.«

»Es ist zu vieles denkbar«, sagte ich matt. »Die einzigen Dorfbewohner, die ich von der Liste der Verdächtigen streichen kann, sind die Buntings und Peggy Kitchen.«

»Und Jasper Taxman«, sagte Bill. »Wenn man Sally Pyne glauben darf, dann macht Mr Taxman Peggy Kitchen den Hof.«

Leise pfiff ich zwischen den Zähnen. »Ein mutiger Mann.«

»Er ist Buchhalter im Ruhestand«, erklärte Bill. »Vielleicht wünscht er sich für seinen Lebensabend noch etwas Aufregung.«

»Vielleicht«, sagte ich zweifelnd. Im Geiste strich ich Jasper Taxmans Namen von der Liste, dann runzelte ich die Stirn. »Was ist, wenn sich alle Dorfbewohner in Schweigen hüllen?«

Bill tätschelte mir die Hand. »Das passiert nicht. Klatsch zählt in Finch als Leistungssport. Wie du schon sagtest, du brauchst nichts weiter zu tun, als bereitzustehen und zu warten.«

»Dann werde ich morgen bei Sally Pyne Tee trinken.« Langsam erwärmte ich mich für die Sache. »Und du wirst in den nächsten Tagen dein Mittag- und Abendessen im Pub einnehmen.«

Bill seufzte traurig. »Ich muss dich darauf aufmerksam machen, dass wir dann aber Francescas Küche entsagen müssen. Sind wir bereit, ein solches Opfer für die Buntings zu bringen?«

Ich dachte an das verzweifelte Gesicht des Pfarrers und an Lilians besorgte Stimme. Diesen beiden netten Menschen verdankte ich sehr viel. Als meine Mutter starb, hatte ich der Kirche den Rücken gekehrt, aber seit die Zwillinge auf der Welt waren, mich ihr wieder zugewandt. Entbindungsstationen können einen zu Gläubigen machen, und als ich St. George's das erste Mal betrat, verstohlen durch eine Seitentür und zu beschämt zuzugeben, wie fremd ich mir vorkam, da begrüßten mich die Buntings so herzlich, als hätte ich schon immer dazugehört.

Bill hatte sich nach mir umgedreht. Seine Stimme hatte den scherzenden Unterton verloren, als er sagte: »Ich weiß. Es ist das Mindeste, was wir tun können.«

Ich umarmte ihn, um ihn sogleich wieder loszulassen. »Sag mal, Herr Staranwalt aus Boston, wie kommt es eigentlich, dass du so ein Experte für das Dorfleben bist?« Ich wollte die Stimmung wieder auflockern, aber Bill blieb ernst.

»Finch erinnert mich an meine Schule«, sagte er, »und deshalb müssen wir den Dieb schnell fassen. Denn wenn Menschen in so einer fest gefügten Gemeinschaft erst mal anfangen, in einer strittigen Sache Partei zu ergreifen, dann kann es schnell hässlich werden.«

Kapitel 7

»Shepherd! Wie zum Teufel geht's dir? Steckst wahrscheinlich mit beiden Armen in vollgeschissenen Windeln, hm?«

Dr. Stanford J. Finderman – *»Nenn mich Stan«* – war nicht das, was man sich unter einem typischen Akademiker vorstellte. Mein alter Chef sah nicht wie ein Gelehrter aus, sondern mit seinem stoppeligen Bürstenschnitt, seiner breiten Brust und Händen, die ein Nashorn erwürgen konnten, eher wie ein Hafenarbeiter. Seine offene Art und die ziemlich anschauliche Sprache verdankte er einigen Jahren in der Navy.

»Bälger schon abgestillt?«, wollte Stan wissen. »Oder wirst du sie noch ins College begleiten?«

»Den Jungen geht es gut, Stan«, erwiderte ich. Es war neun Uhr morgens, und ich fühlte mich wie neugeboren. Ich hatte sechs Stunden fest geschlafen, die Kinder gestillt und mich dann noch mal umgedreht, während Francesca sie badete und anzog. Meine wunderbare Kinderfrau hatte Croissants zum Frühstück gebacken – nachdem ich ihr gezeigt hatte, wie man die Schlösser an den Küchenschränken öffnete –, und Bill war fröhlich pfeifend ins Büro geradelt. Nun stand ich im Arbeitszimmer und telefonierte mit Stan. »Hast du einen Augenblick Zeit? Ich brauche deine Hilfe.«

»Jederzeit zu Diensten, Shepherd.« Stans Loyalität war ebenfalls ein Vermächtnis aus seiner Zeit in der Navy.

»Ich versuche, Freunden einen Gefallen zu tun«, erklärte ich. »Kennen wir jemanden, der viktorianische Ephemera über Archäologie sammelt?«

»Zu kaufen oder auszuleihen?«, wollte er wissen.

»Ausleihen würde genügen«, sagte ich.

»Hast du's schon in der Britischen Bibliothek versucht?« Das war ein logischer Vorschlag. Ein dreihundert Jahre altes Gesetz verlangte, dass alle britischen Verlage der Bibliothek ein kostenloses Exemplar eines jeden Buches überließen.

»Ich glaube nicht, dass es in diesem Falle helfen würde«, sagte ich. »Ich suche eine privat gedruckte Schrift, verfasst und herausgegeben von einem Amateur namens Cornelius Gladwell. Er war anglikanischer Pfarrer und ein rachsüchtiger Zeitgenosse. Ich glaube nicht, dass er sich groß mit Gesetzen aufgehalten hat.«

»Ein Mann nach meinem Herzen«, sagte Stan. »Sprich weiter, Shepherd.«

Stan kicherte schadenfroh, als ich ihm schilderte, wie Mr Gladwell beabsichtigt hatte, die Nachwelt an der Nase herumzuführen – Stan hatte eine Schwäche für Schlitzohren –, aber als ich ihm Lilians Beschreibung des Schriftstücks gab, wurde er wieder ernst.

»Ich fürchte, viel weiß ich nicht darüber«, sagte ich, indem ich in das rote Spiralbuch blickte. »Meine Freunde beschreiben das Blatt als ›klein, das Papier mausgrau und dünn‹.«

»In der Tat eine große Hilfe«, spottete Stan. »Hat es eine Überschrift?«

»Der Titel lautet ›Enttäuschungen eines Forschers‹«, sagte ich, »und wir wissen, dass Mr Gladwell zehn nummerierte Exemplare druckte.«

»Zehn Exemplare!«, rief Stan.

»Richtig. Und eins davon müssten wir so bald wie möglich finden.«

Stan stieß ein Grunzen aus und wurde still. Fast konnte ich ihn sehen, wie er sich in seinem Bürostuhl zurücklehnte, die Hemdsärmel aufgekrempelt, den Kragen offen, das rote Gesicht zur Decke gewandt, während er die gewaltige Datenbank in seinem Kopf nach Namen, Gesichtern und Sammelobjekten durchsuchte.

»Bis jetzt fällt mir nichts ein«, brummte er endlich, »aber mach dir nicht in die Hose. Ich werfe mal die Netze aus, mal sehen, was ich fange.«

»Wunderbar«, sagte ich. »Danke, Stan.«

»Abwarten«, erwiderte er. »Und sonst? Können die Gören schon lesen?«

Den Rest des Vormittags verbrachte ich am Telefon und erzählte sämtlichen Menschen, die ich in verschiedenen Museen und Bibliotheken Großbritanniens und der Vereinigten Staaten kannte, von meinem Anliegen. Und schließlich hatte ich mithilfe der Fachleute, die ich im Laufe der Jahre kennengelernt hatte, etwa ein Dutzend Wissenschaftler auf diesem Gebiet kontaktiert, die mir versprachen, ihre Sammlungen für mich zu durchforsten.

Zum Schluss rief ich Emma an und bat sie, in den Katalogen zu suchen, die über das Internet zugänglich sind. Außerdem flehte ich sie an, sich des Dschungels im Garten der Buntings anzunehmen. Sie versprach, beides zu tun, dabei hatte ich das Gefühl, der zweite Auftrag würde bei ihr Priorität genießen.

»Ich habe viel Erfahrung mit dem Wiederbeleben alter Gärten«, versicherte sie mir, »und es juckt mich schon lange in den Fingern, dieser Wildnis dort zu Leibe zu rücken. Ich bin überzeugt, dass irgendwo eine *Rosa hemisphaerica* vergraben ist, und die *Clematis cirrhosa* könnte sich herrlich entwickeln, wenn sie Luft zum Atmen hätte. Und der *Cotinus coggyria* erst! Kannst du dir vorstellen, wie der sich an der Wand machen würde?«

Ich ließ sie weiterschwärmen, obwohl ich nur die Hälfte verstand. Als sie fertig war, verlangten die Jungen ihr Mittagessen, und ich war drauf und dran, das Telefon zum Fenster hinauszufeuern.

»Vorsicht«, warnte Francesca, als ich in die Küche trat und mir das Telefonohr rieb.

Will und Rob saßen in ihren Wippen und fuchtelten mit den Ärmchen, als ob sie mich auf Francescas neueste Erfindung aufmerksam machen wollten. Ich sah auf den Boden und entdeckte eine lange Schnur, die sie an die Wippen gebunden hatte. Auf diese Weise konnte sie ihnen ab und zu einen beruhigenden Schubs von der anderen Seite der Küche her geben. Jetzt stand sie am Herd und rührte in einem Topf, aus dem es wieder wunderbar duftete.

»Francesca, was für eine tolle Idee«, sagte ich und stieg vorsichtig über die Schnur. »Genau wie die Zirkustiere im Baum gestern.« Ich trat zu ihr an den Herd und schnupperte. »Unser Mittagessen, hoffe ich?«

»Tomatensuppe mit Basilikum«, antwortete Francesca. »Ich dachte, das würde gut zu den Croissants passen, die vom Frühstück übrig sind.« Als sie nach dem Kochlöffel langte, fiel ihr bronzenes Medaillon aus dem Ausschnitt.

»Das ist ein sehr außergewöhnlicher Schmuck«, sagte ich. Auf dem Medaillon war das Relief eines engelhaften Gesichtes, umrahmt von kurzen Locken, die den meinen nicht unähnlich waren, und aus dessen Schläfen zwei winzige Flügel wuchsen. »Soll das Merkur sein?«

»Ja, es ist der geflügelte Kopf Merkurs.« Francesca ergriff das bronzene Medaillon. »Das nennt man eine Phalera. Es ist eine militärische Auszeichnung, wie römische Soldaten sie trugen. Mein Vater gab sie mir, damit ich nicht vergesse, woher er kam.« Sie hob den Kochlöffel an die Lippen und stellte den Herd ab. »*Finito.* Wollen Sie die *Bambini* vor oder nach dem Essen füttern?« Sie benutzte die italienischen Ausdrücke ganz unbekümmert und ohne die geringste Spur eines Akzents. Ich überlegte, dass sie vielleicht testen wollte, ob hier im Cottage dieselben Vorurteile herrschten, die man ihrem Vater im Dorf entgegengebracht hatte.

»Zuerst die *Bambini,* ist mein Motto«, sagte ich, was sie mit einem amüsierten Lächeln quittierte.

Francesca hatte bereits zwei Schälchen mit pürierten Kichererbsen und Reis vorbereitet, und die nächste halbe Stunde bemühten wir uns, so viel wie möglich davon in Wills und Robs Mund landen zu lassen. Meine kleinen Wunderkinder aßen so viel, dass sie hinterher kaum noch Platz für Milch hatten und zufrieden wie zwei kleine rundbäuchige Buddhas schlummerten, während Francesca und ich uns zum Essen setzten.

Über der aromatischen Suppe und den Croissants erzählte ich Francesca von meinen Plänen für den Nachmittag. »Ich weiß nicht, wie lange ich weg sein werde, und ich will für die nächste Mahlzeit der Jungen nicht wieder zu spät kommen wie gestern, deshalb ... hätten Sie Lust mitzukommen? Ich weiß, es ist etwas mühsam, Will und Rob im Auto mitzunehmen, aber ...«

Francescas dunkle Augen leuchteten auf. »Ich bin schon oft mit acht Kindern zum Sleepy Hollow Farm Park und zurück gefahren. Ich glaube, mit zwei Lämmchen wie Rob und Will werde ich auch noch fertig.«

Ich sah auf meinen leeren Teller und dachte daran, wie viele mühsame Stunden ich damit verbracht hatte, die Jungen für den Hin- und Rückweg – von insgesamt zehn Kilometern – zu ihrer Taufe in St. George's vorzubereiten. Damals kam ich mir sehr unzulänglich vor.

»Aber trotzdem würde ich die Kinder nicht gern in Mrs Pynes Tearoom mitnehmen«, fügte Francesca hinzu. »Das würde die anderen Gäste vielleicht stören. Wenn es Ihnen recht ist, setze ich mich so lange mit ihnen auf den Kirchhof. Wenn Sie fertig sind, treffen wir uns da.«

Ich nickte. Die Friedhofsbesucher würden nichts dagegen haben, wenn die Jungen vom Recht der freien Meinungsäußerung Gebrauch machten. »Ich hole den Schlüssel vom Mercedes. Der Rücksitz vom Mini ist nicht groß genug für …«

»Da fällt mir etwas ein …«, unterbrach mich Francesca. Sie griff in ihre Schürzentasche. »Den habe ich in einem alten Turnschuh ganz hinten im Wäscheschrank gefunden. Ich dachte mir, dass Sie ihn vielleicht verlegt haben. Wissen Sie, wozu er gehört?«

Ich starrte auf den Schlüssel auf Francescas Handfläche und errötete bis unter die Haarwurzeln. »Ja«, sagte ich. »Er gehört zum, ähm … Medizinschrank im Badezimmer.«

»Wie klug von Ihnen, ihn zu verstecken«, bemerkte Francesca. »Man kann nie vorsichtig genug sein, wenn es um Kinder und Medizinschränke geht. Da könnte ich Ihnen Geschichten erzählen …« Sie sah meine *Bambini* an und steckte den Schlüssel wieder ein. »Ich lege ihn dorthin zurück, wo ich ihn gefunden habe.«

Fast hätte ich geweint. Endlich hatte ich etwas richtig gemacht.

Francesca setzte sich ans Steuer des Mercedes, ich nahm zwischen den Kindern auf dem Rücksitz Platz. Sowie der Motor ansprang, wurden sie schläfrig, und bis wir die Buckelbrücke erreicht hatten, waren sie fest eingeschlafen.

Es war wieder ein warmer, sonniger Tag, kein Windhauch bewegte die Trauerweiden auf dem Dorfplatz, auf dem es jedoch – im Vergleich zu anderen Tagen – ungewöhnlich lebhaft zuging. Christine und Dick Peacock spritzten mit dem Gartenschlauch die Fenster ihres Pubs ab. Abel Farnham, der betagte Gemüsehändler, war damit beschäftigt, die Körbe vor seiner Ladentür aufzufüllen. Mr Barlow, bei dem wir unsere Autos unterstellten, wenn wir in Amerika waren, führte Buster, seinen kläffenden Terrier, spazieren.

Bills Fahrrad lehnte an seinem gewohnten Platz zwischen den Glyzinien, und der Minibus stand vor dem Schulhaus, dessen Türen jedoch geschlossen waren. Katrina und Simon hatten offenbar meinen Rat angenommen und hielten sich im Hintergrund.

Peggy Kitchen dagegen hatte beschlossen, ihre Meinung öffentlich kundzutun. Vor ihrem Laden waren über Nacht eine Reihe von Union Jacks aufgepflanzt worden, und das Schaufenster, das normalerweise nichts Aufregenderes enthielt als eine kunstvolle Pyramide aus Baked Beans in Dosen, posaunte jetzt den Dorfbewohnern Peggys Schlachtruf entgegen. Ein handgeschriebenes Spruchband, das strategisch über einem Porträt der Königin angebracht war, verkündete:

SIE MÖCHTE, DASS DU DAS GESUCH UNTERSCHREIBST!

Aber nur ahnungslose Fremde hätten vermutet, dass das ›Sie‹ sich auf Elizabeth II. bezog.

»Du liebe Zeit«, sagte ich, erschlagen von dieser Dekoration.

»Dämliches Weib«, sagte Francesca. »Wo doch jeder weiß, dass der Bischof sich um ihr albernes Gesuch überhaupt nicht kümmern wird.«

»Warum nicht?«

»Der Bischof hat eine Schwäche für römische Ausgrabungen«, erwiderte Francesca. »Das weiß doch jeder.«

»Peggy weiß es nicht«, gab ich zu bedenken.

Francesca schüttelte verächtlich den Kopf. »Man könnte eine ganze Scheune mit dem füllen, was Mrs Kitchen über Finch nicht weiß.« Ihr Blick wanderte von Peggys Kriegserklärung weiter, und ihre Augen verengten sich. »Und hier ist etwas, wovon *ich* nichts wusste.«

Ich folgte ihrem Blick und sah mit Bangen, dass der Tearoom geschlossen war. Die Tür war zu, die Fenster waren mit Laken verhängt und die wackelige Tafel, die normalerweise vor der Tür auf den unebenen Steinen stand und das Tagesangebot verkündete, war ebenfalls verschwunden.

»Der Tearoom ist wegen Renovierung geschlossen!«, rief Mr Barlow von gegenüber.

Francesca runzelte die Stirn. »Warum macht Mrs Pyne das denn? Mir gefiel der Tearoom, so wie er war.«

Auch ich hatte den Tearoom mit seinem entwaffnenden Flohmarktdekor nett gefunden – den bunt zusammengewürfelten Stühlen, den wackeligen Tischen, der bemerkenswerten Sammlung von angeschlagenem Porzellan. Ich fragte mich, wodurch das ersetzt werden würde.

»Macht doch keinen Sinn«, sagte Francesca missmutig. »Sie hat doch erst vor drei Jahren eröffnet, warum will sie jetzt wieder alles ändern?«

Ich sah sie an. »Sally Pyne ist nicht aus Finch?«

»Aber nein. Sie ist aus Plymouth hierhergezogen, um in der Nähe ihres Sohnes und der Schwiegertochter zu sein.« Francesca warf einen Blick zu den Jungen hinüber, die noch friedlich in ihren Kindersitzen schliefen, eingelullt von dem laufenden Motor. »Fahren wir zurück?«

»Nein …« Ich wollte nicht mit leeren Händen nach Hause gehen. Bill würde voller Klatschgeschichten aus dem Pub kommen, und ich hätte nicht das Geringste beizusteuern. »Ich glaube, ich gehe mal in den Laden, wollen Sie mitkommen?«

»Und die *Bambini* aufwecken?« Francesca schüttelte den Kopf. »Ich warte lieber auf dem Kirchhof. Vielleicht« – sie sah auf die Uhr – »in einer Stunde?«

»Gut, in einer Stunde auf dem Friedhof.« Ich winkte Francesca, dann hockte ich mich auf die Fersen, um Buster zu begrüßen, der, von der Leine gelassen, herübergerannt kam und meine Schuhe beschnupperte.

»Morgen, Lori.« Mr Barlow wickelte sich Busters Leine um die Hand, als er mich erreichte. »Hoffentlich ist der Mini nicht kaputt.«

Mr Barlow war Automechaniker gewesen und jetzt im Ruhestand. Meinen Mini betrachtete er als ein zuverlässiges Nebeneinkommen zu seiner Rente. Er versäumte es nie, sich nach seinem Gesundheitszustand zu erkundigen.

»Dem Mini geht's gut«, versicherte ich ihm. Ich hob den Gummiball auf, den Buster mir vor die Füße gelegt hatte, und deutete mit dem Kopf zum Pub hinüber. »Die Peacocks sind heute aber fleißig. Ich kann mich nicht erinnern, dass sie schon jemals die Fenster des Pubs geputzt hätten.«

»Und nicht nur das«, berichtete Mr Barlow. »Sie wollen ihn sogar umbenennen und ein neues Schild aufhängen.«

»Völliger Blödsinn.« Der alte Mr Farnham war mühsam von seinem Gemüseladen über das Kopfsteinpflaster gehumpelt und hatte sich zu uns gesellt. »Der Pub braucht kein neues Schild. Wo doch jeder weiß, dass das Peacocks Pub ist.«

»Es ist Dicks Frau«, erklärte Mr Barlow. »Die hat immer so komische Einfälle.« Er beugte sich näher herüber. »Sie liest nämlich Science-Fiction, müssen Sie wissen.«

»Dagegen ist doch nichts einzuwenden«, sagte ich.

»Nein, solange man nicht vergisst, dass es Fantasie ist, ist es in Ordnung«, erwiderte Mr Barlow. »Aber Christine Peacock nimmt das alles für bare Münze!«

»Schade, dass ihr Sohn zur Army gegangen ist statt zur Raumfahrt«, sagte Mr Farnham. »Sonst hätte er seine Mum mal in 'ner Rakete mitnehmen können.«

Ich lächelte zurückhaltend über diesen bissigen Witz, dann warf ich Busters Ball in Richtung Tearoom. »Was meinen Sie denn, was Sally Pyne vorhat?«

»Vielleicht will sie aus dem Tearoom eine Saftbar machen«, sagte Mr Farnham. »Sie kennen doch Sally, immer will sie abnehmen. Bisher aber ohne großen Erfolg, wie man sieht.«

»Ich hab gehört, sie will den Tearoom jetzt römisch gestalten«, sagte Mr Barlow, »wegen dem Typ in Scrag End. Sally glaubt, dass die Grabungen Touristen anlocken werden.«

»Größenwahn«, sagte Mr Farnham verächtlich. »In Finch hat's noch nie Touristen gegeben, und es wird auch in Zukunft keine geben.«

Mr Barlow nickte zustimmend. »Wenn Leute kommen, dann vielleicht, um hier zu leben, aber nicht, um Finch zu besichtigen.«

Ich wandte mich an Mr Barlow. »Sind Sie auch hierhergezogen?«

Er nickte. »Ich kam aus Bristol, genau wie Jasper Taxman. Warum fragen Sie?«

»Ach, nur so.« Ich fragte mich inzwischen, ob es überhaupt jemanden gab, der in Finch geboren und aufgewachsen war. Die Buntings waren aus London, Sally Pyne kam aus Plymouth, Mr Barlow und Mr Taxman stammten aus Bristol. Selbst Peggy Kitchen, die Herrscherin selbst, war aus Birmingham hierhergezogen.

Mr Barlow blickte nachdenklich zum Tearoom hinüber. »Vielleicht will Sally ja nur Peg Kitchen ein bisschen ärgern. Die beiden waren sich noch nie grün. Ist natürlich alles Geschichte, aber man sagt ja, dass die Geschichte die Angewohnheit hat, einen einzuholen.«

Ich sah auf Buster hinunter, der zurückgekommen war, den Gummiball fest im Maul. »Haben Sally und Peggy sich denn gekannt, ehe sie nach Finch kamen?«

»Nein.« Mr Barlow schüttelte entschieden den Kopf. »Die sind sich erst hier in die Haare geraten. Und wie das noch endet, weiß man nicht.« Er warf einen Blick über die Schulter zum Warenhaus von Peggy Kitchen. »Haben Sie vor, das Gesuch zu unterschreiben?«

Ich zuckte die Schultern. »Ich weiß noch nicht. Ich habe gehört, dass der Bischof sich sowieso nicht darum kümmern wird.«

»Der Bischof führt aber nicht den Laden, nicht wahr?«, sagte Mr Farnham. »Wenn Ihre Majestät will, dass wir unterschreiben, dann sollten wir wohl besser unterschreiben, meinen Sie nicht, Mr Barlow?«

Mr Barlow nickte weise, ehe er Buster an die Leine nahm. »Dann werde ich wohl besser auch unterschreiben«, sagte ich, »ehe ich bei Ihrer Majestät in Ungnade falle. Ich komme mit Ihnen, Mr Farnham.«

Ich nahm Mr Farnham beim Arm und begleitete ihn zu seinem Laden zurück. Der Gemüsehändler war weit über siebzig und nur Haut und Knochen – wenn er auf dem Kopfsteinpflaster hinfiel, würde er in tausend Stücke zerbrechen, so fürchtete ich. Weil es so warm war, kaufte ich bei ihm ein Netz Zitronen, um Limonade zu machen, ehe ich zu Peggy Kitchens Warenhaus weiterging.

Im Geschäftsraum zog sich eine lange hölzerne Theke eine Längsseite entlang; nahe der Ladentür thronte eine altertümliche Registrierkasse darauf. Ein vergitterter Schalter am anderen Ende stellte das Postamt dar. Die hohen Regale mit den tiefen Fächern waren mit den üblichen Lebensmitteln gefüllt.

Am hinteren Ende des Ladens jedoch befand sich eine schmale braune Tür, hinter der sich ein großes und vielfältiges Wunderland verbarg – Bill hatte es Xanadu getauft. Wenige Reisende hatten seine Geheimnisse erforscht und waren lebend wieder zurückgekommen, um darüber zu berichten, aber Peggy, so schien es, trug seine Landkarte aufs Handgelenk tätowiert. Aus den Tiefen dieses Reiches zauberte sie, je nach Wunsch: Sonnenhüte, Gummistiefel, geheimnisvolle Elixiere gegen Erkältungen, Angelruten, Sommersprossencreme, Kricketschläger, lila Nähgarn und jene Shrimps in Dosen, die der Pfarrer so schätzte. Ein Blick in die dunklen Gewölbe von Xanadu überzeugte mich, dass Peggys Warenhaus seiner Besitzerin sehr ähnlich war: eine Fassade der Normalität, hinter der sich das Unergründliche verbarg.

Schlittenglöckchen bimmelten, als sich die Tür öffnete und eine Gruppe Dorfbewohner leise flüsternd den Laden verließ. Zweifellos hielt die Herrscherin von Finch hinter ihrer Theke Hof, indem sie den Auserwählten Kredit gewährte und den Verdammten ihre Post auszuhändigen verweigerte.

Leise das Gebimmel verfluchend öffnete ich die Tür, um dann stehen zu bleiben und einen Blick die Theke entlang zu werfen. Peggy Kitchen war nirgends zu sehen. Stattdessen saß eine ungewöhnlich schweigsame Rainey Dawson im Schneidersitz auf der Theke, die Ellbogen auf den Knien, das spitze Kinn in die schmutzigen Hände gestützt, und sah unverwandt auf den Mann, der an Peggys Stelle hinter der Registrierkasse stand.

Als ich die Tür schloss, sah Rainey mich an und zischte in einem Flüsterton, den man noch im nächsten Ort hören konnte: »*Sag was zu ihm.*«

Ich lächelte den Mann hinter der Theke unsicher an. Er war mittleren Alters, mittelgroß und hatte braunes Haar, das an den Schläfen grau wurde. Seine braune Krawatte passte zu seinem braunen Anzug, der wiederum zu den braunen Augen hinter der braun geränderten Brille passte. Er war so unauffällig, dass er schon fast unsichtbar war, aber er stand aufrecht da und ließ sich von Raineys lautem Flüstern nicht aus der Ruhe bringen.

»Mr Taxman?«, fragte ich. »Ich heiße Lori Shepherd, ich bin die Frau von Bill Willis. Freut mich, Sie kennenzulernen.«

»Ganz meinerseits«, sagte Mr Taxman.

Ich musterte Peggy Kitchens angeblichen Verehrer. »Wie ich sehe, kümmern Sie sich heute um Mrs Kitchens Geschäft?«

»Richtig«, sagte Mr Taxman.

»Was für einen schönen Tag wir heute wieder haben«, bemerkte ich. »Wenngleich ziemlich warm.«

»So ist es«, stimmte Mr Taxman mir zu.

»Aber genau das richtige Wetter, um Fenster zu putzen«, versuchte ich ihm auf die Sprünge zu helfen.

Mr Taxman nickte.

Ich legte mein Netz mit Zitronen auf die Theke und machte einen neuen Anlauf. »Der Putzfimmel scheint heute alle gepackt zu haben. Zum Beispiel Sally Pyne …« Ich hielt inne, aber Mr Taxman war offenbar immun gegen Stichworte. »Und die Peacocks«, fuhr ich unverdrossen fort. »Das muss ziemlich ärgerlich für Sie sein, überall stolpert man über Eimer und Putzlappen und … Pfützen«, endete ich etwas lahm.

Das Große Steingesicht hatte keine Meinung.

Rainey beugte sich zu mir vor und murmelte in lautem Bühnenflüstern: *»Er sagt fast nie was.«*

»Rainey«, schalt ich, »wir sind hier nicht im Zoo, und Mr Taxman ist kein Tier im Käfig, also hör auf, ihn so zu behandeln.«

Rainey sah artig nach oben. »Es tut mir leid, Mr Taxman«, sagte sie. »Ich finde gar nicht, dass Sie wie ein Affe oder ein Elefant sind. Die sind *viel* lauter.«

Ein vorsichtiges Lächeln erschien auf Mr Taxmans Gesicht. »Entschuldigung angenommen«, sagte er, dann sah er mich an. »Was kann ich für Sie tun?«

»Das Gesuch«, sagte ich. »Ich möchte es unterschreiben.«

»Natürlich.« Gerade als Mr Taxman unter die Theke griff, verkündeten die Glöckchen die Ankunft von Adrian Culvers jungen Assistenten.

Simon Blakely und Katrina Graham sahen genauso verdreckt aus wie Rainey. Ihre Shorts waren mit Flecken übersät und ihre T-Shirts schweißgetränkt. Beim Näherkommen klaubte Simon Fasern und Halme aus seinem Pferdeschwanz und Katrina massierte sich die Oberarme. Simon begrüßte Rainey, dann ließ er sich erschöpft gegen die Theke sinken, während Katrina sie als Stange benutzte, an der sie sich wie eine Ballerina beugte und streckte.

»Na, haben Sie fleißig gegraben?«, fragte ich.

Simon lachte bitter. »Wir haben noch nicht einmal angefangen. Katrina, Königin der Amazonen, hat zehn Tonnen falscher Ausrüstung mitgebracht, also haben wir den ganzen Morgen damit verbracht, alles wieder in den Minibus zu packen.«

»Hör auf zu jammern, Simon.« Katrina, die gerade die Knie gebeugt hatte, streckte sich wieder. »Du wärst nicht so müde, wenn du dich fit halten würdest.«

»Wenn du glaubst, ich mache mit dir heute Abend noch ein Work-out, nach allem, was du uns heute Morgen eingebrockt hast, dann hast du dich geirrt.« Simon reckte sich und nahm einen Softdrink vom Regal. »Du bist ein richtiger Fitness-Freak.«

»Dr. Culver erwartet von uns, dass wir gesund und fit sind«, gab Katrina zurück. »Und ich dachte wirklich, dass er die Geräte brauchen würde, die ich mitgebracht habe. Ich weiß nicht, wie wir ohne sie richtige Erdanalysen, Chromatografien und Spektrogramme machen wollen.«

»Das ist doch erst eine vorläufige Untersuchung«, meinte Simon, »es handelt sich schließlich nicht um eine Ausgrabung in Herculaneum.« Er schraubte den Verschluss von der Flasche und trank durstig und geräuschvoll.

Angeekelt sah Katrina zu, um sich dann eine Flasche Mineralwasser aus dem Regal zu nehmen. »Wir hätten gern einen Kasten davon, wenn Sie einen haben, Mr Taxman.«

»Ich bringe ihn rüber, wenn Mrs Kitchen wieder da ist. Sie brauchen nicht gleich zu bezahlen«, fügte er hinzu und machte eine abwehrende Geste, als Katrina ihm einen Geldschein hinhielt. »Ich schreibe es ins Anschreibbuch.«

Simon verschluckte sich. »Mrs Kitchen gewährt uns Kredit?«, fragte er hustend.

»Ihrem Projekt«, berichtigte Mr Taxman.

Katrina runzelte die Stirn. »Warum sollte Mrs Kitchen …?«

Simon schob sie sanft zur Tür. »Hör auf zu diskutieren«, murmelte er. »Bis heute Abend, Rainey.«

Katrina wollte noch etwas sagen, aber Simon hatte sie bereits aus dem Laden geschoben, und ihre begonnene Frage blieb unbeantwortet.

Warum sollte Peggy Kitchen ausgerechnet den Leuten Kredit gewähren, die sie so gern loshaben ollte, vervollständigte ich im Geiste Katrinas Frage. Ich sah Mr Taxman an, der gewissenhaft die Käufe der beiden im Kassenbuch verzeichnete. Wenn er wusste, was Peggy im Schilde führte – und ich war überzeugt, dass sie etwas im Schilde führte –, dann würde er es zweifellos für sich behalten. Allmählich begann ich, seine Strategie der Brautwerbung zu verstehen.

Mr Taxman klappte das Buch zu und zog ein Klemmbrett unter der Theke vor. »Das Gesuch«, verkündete er und legte Klemmbrett und Kugelschreiber zwischen Rainey und der Registrierkasse auf die Theke.

Wie erwartet, war auch das Gesuch auf goldgelbes Papier gedruckt. Am Anfang der ersten Seite stand eine Schilderung der Dinge, wie Peggy sie sah – wiederum mit einem Bibelvers versehen, einer Anspielung auf die »bösen Geister unter dem Himmel«, die es zu bekämpfen galt –, gefolgt von der Forderung, der Bischof möge seine ethische, juristische und kirchliche Autorität geltend machen und die Kontrolle über das Schulhaus wieder in die Hände der Dorfbewohner legen. Die nummerierten Zeilen unter dem Text waren bereits mit Unterschriften gefüllt, ebenso wie drei Viertel der nächsten Seite.

Meine Augenbrauen gingen in die Höhe, als ich am Anfang der zweiten Seite Emmas hastig hingekritzelten Namen sah. »Rainey«, sagte ich, »warst du hier, als Mrs Harris heute vorbeikam?«

Mr Taxman mochte den Mund halten können, aber auf Raineys Redseligkeit war Verlass. »Mrs Harris' kleine Tochter ist in Frankreich«, sagte sie, »und ihr kleiner Junge ist in Neuguinea, aber sie sagte, das ist nicht da, wo es die Meerschweinchen gibt, und deshalb hab ich sie gefragt, wenn sie keine Salatblätter für die Meerschweinchen hinschicken muss, was ist dann in ihrem Paket? Und sie sagte, es sind Fotos. Nell hat gesagt, sie soll sie ihrem Bruder schicken.«

Lächelnd nahm ich den Kugelschreiber und wollte gerade meinen Namen auf die Liste setzen, als ich eine Unterschrift entdeckte, die meine Verwunderung über Emmas Kapitulation bei Weitem übertraf. »Ist das …?« Ich deutete auf eine energische, kaum leserliche Zeile etwas weiter unten. »Heißt das *Dr. Adrian Culver?*«

»Ja«, sagte Mr Taxman, eine Spur von Triumph in der Stimme.

Seine Überschwänglichkeit ließ mich aufmerken.

»Seltsam, nicht wahr?«, sagte ich. »Dass Dr. Culver eine Liste unterschreibt, die ihn das Schulhaus kosten könnte?«

»In der Tat«, erwiderte Mr Taxman.

Eine Mauer wäre leichter zu durchdringen gewesen. Ich kritzelte meinen Namen auf die Liste, wobei ich mich fragte, wie Adrian Culver es fertiggebracht hatte, seinen Namen in die Liste zu schreiben, während Peggy Kitchen ihn im Würgegriff hielt.

»Ich würde gern eine Kopie von dieser Liste machen, ehe Mrs Kitchen sie an den Bischof schickt«, sagte ich.

»Wir haben keinen Fotokopierer«, erwiderte Mr Taxman.

»Mein Mann hat einen. Bitte, sagen Sie Mrs Kitchen, dass ein … historisches Dokument wie dieses für die Nachwelt erhalten bleiben sollte. Wenn sie also bei Gelegenheit bei meinem Mann im Büro damit vorbeischauen würde – es zu kopieren dauert nicht länger als eine Minute.«

»Das werde ich tun.« Mr Taxman schob das Klemmbrett wieder unter die Theke.

Rainey wippte mit dem Fuß, und ich wandte mich ihr zu. Sie sollte an einem so schönen Tag wirklich nicht drinnen sitzen. In ihrem Alter war ich im Sommer von morgens bis abends auf Bäume und über Zäune geklettert und hatte die Gegend unsicher gemacht. Aber ich hatte auch eine ganze Horde von Kindern aus der Nachbarschaft zum Spielen, während Rainey, wie Bill sagte, das einzige Kind im Dorf war. Spontan sagte ich: »Ich gehe spazieren, Rainey. Willst du mitkommen?«

Rainey sprang so begeistert und überschwänglich von der Theke, dass sie sich wahrscheinlich den Hals gebrochen hätte, wenn ich nicht zur Stelle gewesen wäre.

»Ja, bitte«, piepste sie, als ich sie auf die Füße stellte.

»Du musst aber erst Gran um Erlaub…« Das wilde Gebimmel der Schlittenglöckchen schnitt mir das Wort ab, und Rainey war bereits zur Tür hinaus.

Mr Taxman sah ihr nach. »Wie nett von Ihnen, sie auf Ihrem Spaziergang mitzunehmen«, sagte er leise. »So eine stille kleine Maus. Ich hatte schon fast vergessen, dass sie hier war.«

Kapitel 8

Rainey Dawson ging nicht über den Dorfplatz. Sie hüpfte, sprang im Kreis und schlitterte über das Kopfsteinpflaster, und ich wäre nicht überrascht gewesen, hätte sie sich kurzerhand in die Lüfte erhoben und wäre fortgeflogen. Die drückende Hitze vermochte ihr nichts anzuhaben, doch ihre unbändige Energie erwies sich eher als Hindernis auf unserem Spaziergang.

Sie war schrecklich leicht abzulenken. Eben ließ sie sich auf die Pflastersteine plumpsen, um mühsam eine Reißzwecke aus ihrer linken Schuhsohle zu entfernen, im nächsten Moment rannte sie zum Kriegerdenkmal, um sich einen Weidenzweig abzubrechen, dann sprang sie mit Wucht in eine Pfütze, um sich etwas abzukühlen, ehe sie zu Bills Büro hinüberhüpfte, wo sie die Glyzinien bewundern wollte und »aus Versehen« einen Zweig davon abbrach, den sie mir als Liebesbeweis überreichte.

Ich war schon vom Zusehen erschöpft, wollte aber, dass sie sich ordentlich austobte. Die Zwillinge würden mich erst in zwanzig Minuten brauchen, und es war klar, dass Rainey viel überschüssige Energie loswerden musste. Ich ließ sie noch eine Weile gewähren, ehe ich sie mit einer Frage einfing.

»Hat deine Großmutter dich deshalb in den Laden hinübergeschickt, damit sie Zeit hat, im Tearoom zu arbeiten?«

»Ich glaube,ja.« Rainey kam zu mir gehüpft, ehe sie kurz vor mir abrupt bremste. Ihr darauf folgender Redeschwall hätte selbst Peggy Kitchens kräftige Lunge auf die Probe gestellt. »Gran und Mrs Kitchen sprechen nicht miteinander, weil Gran gesagt hat, mit Mrs Kitchens Gesuch sollte man das Katzenklo auslegen, und Mrs Kitchen hat Gran eine habgierige alte Kuh genannt, aber Gran brauchte ein Pfund Butter für die Pompeji-Windbeutel, deshalb hat sie mich rübergeschickt.«

»Pompeji-Windbeutel?«, fragte ich ahnungsvoll. »Ist das was Neues?«

»Das sind Sahnewindbeutel mit einem neuen Namen«, erklärte Rainey, während sie neben mir den Saint George's Lane entlangtrabte. »Gran und Katrina haben sich für Grans Kuchen lauter neue Namen ausgedacht. Die runden Kringel heißen jetzt Streitwagenräder, und die mit Marmelade innen sind Hadrianskuchen, aber Gran isst die nicht, weil sie wieder auf Diät ist. Und Grans Tearoom heißt nicht mehr Grans Tearoom, er heißt jetzt Römer-Tearoom, mit so 'nem Helmding daneben. Gran sagt, in Bath haben sie an den Römern gut verdient, und warum sollten wir das nicht auch?«

Ich schüttelte mich innerlich angesichts dieser neuen Anzeichen von Wahnsinn in Finch, die mir das kleine Orakel neben mir soeben verkündete. Wir hatten das Pfarrhaus erreicht, und während Rainey mit ihrer Weidenrute Disteln köpfte, betrachtete ich sorgenvoll das wild wuchernde Gestrüpp.

Die alte Fehde, die Mr Barlow erwähnt hatte, schien wieder aufzuflackern. Sally Pyne rebellierte anscheinend ganz offen gegen Peggy Kitchen und setzte Dr. Culver als Waffe ein. Zuerst nahm sie seine Assistenten in Pension. Dann weigerte sie sich, das Gesuch zu unterschreiben, das den Auszug Dr. Culvers aus dem Pfarrhaus forderte. Und nun verwandelte sie ihren Tearoom in ein touristisches Lokal, gespickt mit Details, die an die römische Antike erinnerten. Sie schien fest entschlossen, Peggy Kitchen zu ärgern, wo sie nur konnte. Also war es gut vorstellbar, dass sie in ihrem Rachefeldzug noch einen Schritt weiter gegangen war und das Gladwell-Schriftstück gestohlen hatte.

Als ich Rainey sagte, die Zwillinge würden auf dem Kirchhof auf uns warten, warf sie ihre Weidenrute in die Luft und lief auch schon los, um »WillunRob« zu sehen.

Ich beschleunigte meinen Schritt ebenfalls und blieb am Mercedes stehen, um das Netz mit Zitronen gegen eine Flasche *Meine Milch* aus der Kühlbox auszutauschen. Den Glyzinienzweig nahm ich mit, um ihn auf ein Grab zu legen.

Da die wenigen Touristen, die nach Finch kamen, vor allem die Kirche besuchten, war der Kirchhof besser gepflegt als der Garten des Pfarrhauses. Das Dach über dem Kirchhofeingang war dicht, und die schwertförmige Wetterfahne auf dem Turm quietschte nicht. Die Rosen, die an der niedrigen Steinmauer hochrankten, waren sorgfältig von Unkraut frei gehalten, ebenso wie der Efeu, der sich anmutig um die bemooste Sonnenuhr schlängelte. Die verwitterten Grabsteine mochten schief stehen, aber sie waren umgeben von gepflegtem, grünem Rasen, und die Kieswege wurden jede Woche geharkt.

Auf dem Kirchhof standen zwei elegante Libanonzedern, und die größere spendete einer alten Steinbank Schatten, die Spuren langer und intensiver Nutzung trug. Spielzeug und Wickeltaschen der Jungen waren darauf verteilt, und auf der dicken, weichen Schicht Zedernnadeln davor war eine Decke ausgebreitet, auf der Will und Rob lagen. Rainey kniete zwischen ihnen und redete wie ein Wasserfall, und das lebhafte Strampeln meiner Söhne zeigte, dass auch sie bemüht waren, ihren Teil zu der Unterhaltung beizusteuern.

Francesca stand in der Nähe, halb im Schatten, und sah nach Norden zu dem Waldstreifen hinüber, der sich am Flussufer entlangzog. Der Pfarrer hatte mir gesagt, das Feld von Scrag End liege gleich hinter diesem Wald neben der Hodge Farm. Hatte auch Francesca etwas gegen Adrians Grabungen? Ihre dunklen Augen sahen ernst aus, und ihre Lippen waren zusammengepresst, als ob sie dort im Schatten eine Gefahr witterte. Ich wollte sie gerade rufen, als sie sich umdrehte. Ich hielt den Atem an. Francesca, die dort vor dem Hintergrund des dunkelgrünen Geästs stand, durch das die Sonnenstrahlen fielen und kupferrote Funken in ihr braunes Haar zeichneten, war nicht nur hübsch, nein, sie war wunderschön: eine olivenhäutige Göttin in einem weißen Hemdblusenkleid und Schuhen mit Grasflecken.

Die Kirchenglocken – die, wie ich von Lilian wusste, seit den Siebzigerjahren automatisch betrieben wurden – schlugen die volle Stunde, und Francescas nachdenklicher Ausdruck verflog. »Sie sind sehr pünktlich«, sagte sie. »Geben Sie mir die Flasche, und ich fange schon mal mit Will an.«

Francesca und ich nahmen je einen der Jungen, setzten uns auf die Bank, und die kleine Zwischenmahlzeit konnte anfangen. Rainey sah einen Moment zu, dann ließ sie sich auf den Rücken fallen und erklärte gelangweilt: »Genau wie Mummy.«

So viel als Kommentar zu einem Wunder der Natur, dachte ich. Ich kam mir vor wie ein Zauberer, dem sein bestes Kunststück danebengegangen war. In der Hoffnung, mein Image wieder aufzumöbeln, hielt ich Rob im einen Arm und tastete mit der anderen Hand in der Wickeltasche, bis ich den wohl vertrauten Stoffschwanz fühlte.

»Rainey«, sagte ich, »ich habe hier jemanden, der dich gern kennenlernen würde. Er hat früher immer auf einem Regal bei mir gewohnt, aber neuerdings ist er lieber bei den Babys.«

Mit großer Geste, wie ein Zauberer, zog ich das Häschen aus der Tasche. Kein Salat knabberndes Häschen, sondern ein kleines rosa Flanellhäschen mit schwarzen Knopfaugen, aufgesticktem Schnurrbart und einem Traubensaftfleck am Schnäuzchen – die Erinnerung an ein kleines Mädchen, das genauso umtriebig war wie Rainey.

»Er heißt Reginald«, fuhr ich fort, »und wie du siehst, hat er niemanden zum Spielen.«

»Ich spiele mit ihm!« Rainey kniete sich hin und nahm das rosa Häschen in die Hände. »Reginald«, fing sie an, »ich heiße …« Sie zögerte, sah Reginald durchdringend an und richtete dann ihre großen, erstaunten Augen auf mich. »Er weiß schon, wie ich heiße. Und er will mir zeigen, wo der Igel wohnt.«

»Der Igel?«, fragte Francesca.

»Reginald sagt, in der Mauer wohnt eine Igelfamilie, dort hinter der Kirche. Er sagt, ich *muss* sie mir einfach angucken.« Schon sprang Rainey auf und rannte los, den hin und her baumelnden Reginald in der Hand. Ihre Zöpfe flogen, während sie sich durch die Grabsteine schlängelte. Ich sah Rob in die Augen und hoffte, dass Reg eines Tages die Fantasie meines Sohnes ebenso beflügeln würde wie die von Rainey Dawson.

»Haben Sie Rainey von dem Igel erzählt?«, fragte Francesca.

Ich sah sie unsicher an. »Gibt's denn dort einen Igel?«

Francesca nickte. »Mein Bruder hat vor Jahren den Bau gefunden. Er ist genau wo Reg … äh, wo Rainey gesagt hat, in der Mauer hinter der Kirche.«

»Tatsächlich?« Ich brauchte mich nicht zu wundern. Tante Dimity hatte mir Reginald geschickt, als ich noch ein kleines Mädchen war, und ich hatte Grund zur Annahme, dass bei seiner Herstellung nicht nur starker

Zwirn verarbeitet worden war. Es wäre jedoch leichter gewesen, Rainey zu erklären, dass Reg nicht ein gewöhnliches rosa Durchschnittshäschen war, als Francesca, einer Erwachsenen, deshalb gab ich mich nonchalant. »Vielleicht hat der Pfarrer Rainey von dem Igel erzählt.«

Francesca verdrehte die Augen. »Der Pfarrer weiß so viel von Igeln wie ich von seinen Vespergottesdiensten.«

»Sie gehen nicht in die Kirche?«

»Unsere Familie ist katholisch«, erwiderte sie. »Aber mein Vater und meine Brüder haben hier immer das Gras gemäht und die Wege geharkt.« Sie deutete mit dem Kopf zu der niedrigen Friedhofsmauer. »Mein Vater hat die Rosen dort gepflanzt.«

»Sie sind herrlich«, sagte ich. »Die Gemeindemitglieder müssen begeistert gewesen sein.«

»Einige.« Francesca legte sich Will in den anderen Arm. »Haben Sie Mrs Kitchens Gesuch unterschrieben?«

»Ja«, gab ich zu. Ich hätte noch mehr gesagt, aber Hurrikan Rainey war wieder da.

»Lori! Francesca! Seht mal, wen ich gefunden hab!«

Ich sah auf und erwartete, dass Rainey uns einen Igel unter die Nase halten würde. Stattdessen hüpfte sie fröhlich um einen großen, recht gut aussehenden Mann herum.

Er war schlank und tief gebräunt, trug kakifarbene Shorts und ein kurzärmeliges blaues Hemd, dazu einen breitkrempigen Hut, der aussah, als hätte er schon mehrere Kriege mitgemacht. Sein Gesicht war lang und schmal, die Haut spannte sich über den hohen Wangenknochen und dem breiten, schmallippigen Mund. Er trug Wanderstiefel, und auf dem Rücken hatte er einen kleinen kakifarbenen Rucksack. Von einer Kordel, die er um den Hals trug, baumelte eine Halbbrille.

»Er hat sich die Wandgemälde angesehen«, rief Rainey atemlos, »weil Katrina und Simon im Schulhaus alles durcheinandergebracht haben und weil er nicht den ganzen Tag auf Scrag End sein kann, und er wollte den Igel nicht sehen, aber euch wollte er sehen.«

»Danke, Rainey.« Die angenehme Stimme des Mannes klang wie die Cellobegleitung zu Raineys Trompete. »Du hast die Sache hervorragend zusammengefasst.«

Er duckte sich unter den niedrigen Ästen der Zeder hindurch und blinzelte, bis seine Augen sich an den plötzlichen Übergang von Licht zu Schatten gewöhnt hatten. Als er meine unverhüllte Brust bemerkte, errötete er tief.

»Ich bitte um Verzeihung.« Er drehte den Kopf zur Seite, woraufhin seine Augen auf Francescas trafen, und die Farbe wich aus seinem Gesicht. Er stand wie angewurzelt da, aber gleichzeitig schien er leicht zu schwanken, während er unwillkürlich einen leisen Seufzer ausstieß.

»Dr. Culver«, sagte Rainey, »warum sehen Sie Francesca so an?«

»Francesca«, flüsterte Dr. Culver.

Kapitel 9

Rainey sah den hochgewachsenen Archäologen besorgt an. »Ich dachte, Sie wollten Lori kennenlernen.« Adrian Culver errötete abermals. Er wandte den Blick von Francesca ab, und als sein Blick erneut auf meine mütterliche Fülle traf, entdeckte er zum Glück eine Schnalle an seinem Rucksack, die er einer eingehenden Untersuchung unterziehen musste. Er hatte mein Mitgefühl. Bills Vater wurde von ähnlichem Unwohlsein befallen, wenn er zufällig einen seiner Enkel beim *dîner au naturel* überraschte.

»Ist Ihnen schlecht, Dr. Culver?«, fragte Rainey, wobei sie Reginald an sich drückte.

»Rainey …« Ich nahm den Glyzinienzweig, den sie von dem Spalier an Bills Büro abgebrochen hatte, und deutete auf einen Grabstein, der ganz von Kletterrosen überwuchert war. »Würdest du bitte den Zweig auf den Grabstein dort legen?«

Rainey drehte sich herum, um zu sehen, wohin ich zeigte. »Aber der hat doch schon Blumen«, wandte sie ein. »Warum willst du denn, dass ich …?« Sie unterbrach sich, um auf Reginald zu hören, der ihr etwas zuflüsterte, dann nahm sie den Glyzinienzweig und trabte ohne ein weiteres Wort davon.

»Nimm dir Zeit!«, rief ich hinter ihr her. »Reginald geht gern zu diesem Grab.«

»Ich weiß«, rief sie zurück.

Adrian Culver sah ihr hinterher, dann heftete er seine Augen auf einen Punkt irgendwo auf halber Höhe des Baumstammes. »Miss Shepherd …«, fing er an.

»Bitte nennen Sie mich Lori«, sagte ich. Es war weniger umständlich, meinen Vornamen ins Spiel zu bringen, als zu erklären, dass ich Bills Familiennamen nicht angenommen hatte, als wir heirateten. »Und gestatten Sie, dass ich meine Freundin vorstelle, Francesca Sciaparelli.«

»Tag, Dr. Culver.« Francescas Gruß war kühl genug, um Lava erstarren zu lassen.

»Bitte, Sie müssen mich Adrian nennen. Sie beide.« Der arme Mann musste sich ziemlich lächerlich vorkommen, als er dem Himmel seinen Namen nannte, ehe er seinen Hut vom Kopf nahm und vorsichtig den Blick senkte.

Abrupt legte Francesca sich Will über die Schulter, die sie mit einer Windel bedeckt hatte, und stand auf. »Ich werde mal Miss Westwood einen Besuch abstatten, wo wir schon hier sind. Außerdem will ich verhindern, dass Rainey auf den Rosen herumtrampelt. Die hat mein Vater auch gepflanzt.« Sie klopfte Will auf den Rücken und segelte ohne ein weiteres Wort an Adrian Culver vorbei.

Adrian starrte ihr verblüfft nach. Ich war ebenfalls betroffen über diese unverblümte Deutlichkeit, aber ich hatte keine Zeit, ihr hinterherzustarren. Die Zwillinge waren wie gewöhnlich zur gleichen Zeit satt geworden, deshalb legte ich Rob auf meinen Schoß und schloss die Milchbar. Adrian wagte einen vorsichtigen Blick in meine Richtung.

»Miss Sciaparelli ist nicht zufällig mit Mrs Kitchen verwandt?«, fragte er höflich.

»Die beiden können sich nicht riechen«, erwiderte ich.

Adrian legte seinen Rucksack auf den Boden und setzte sich auf die Bank. »Bin ich Miss Sciaparelli in irgendeiner Weise zu nahe getreten? Oder ist sie mit allen Fremden so … förmlich?«

Seine Wortwahl war äußerst taktvoll. Ich hätte Francescas Benehmen als unhöflich bezeichnet.

»Vielleicht ist sie müde«, sagte ich. »Sie hat eine Stunde hier gesessen und sich allein um die Zwillinge gekümmert. Francesca hilft mir mit den Kindern, wissen Sie.«

»Ich bin überrascht, dass Sie Hilfe brauchen«, sagte Adrian. Sein großer Mund verzog sich zu einem Lächeln. »Simon und Katrina haben mir den Eindruck vermittelt, dass Sie unermüdlich sind. Die beiden betrachten Sie als unseren Schutzengel.«

»Das muss ein Irrtum sein«, sagte ich.

Adrians hohe Stirn legte sich in Falten. »Waren Sie es nicht, die Mrs Kitchen gestern von unserer Tür verjagt hat?«

»Doch, das war ich«, gab ich zu.

»Und als ich gestern Abend im Laden war, war Mrs Kitchen die Freundlichkeit selbst. Ich dachte, Sie seien für diesen Sinneswandel verantwortlich. Und als sie vorschlug, dass ich unterschrieb, habe ich natürlich …«

»*Was* haben Sie unterschrieben?«, unterbrach ich ihn.

»Ihre Liste der Kunden, denen sie Kredit gewährt. Zumindest hat sie das …« Adrians Augen verengten sich, als er mein Gesicht sah. »Was habe ich da gemacht? Habe ich das Geständnis für ein unaussprechliches Verbrechen unterschrieben?«

Ich tätschelte ihm beruhigend den Arm. »Das nicht, aber an Ihrer Stelle würde ich es mir gründlich überlegen, ehe ich bei Peggy Kitchen etwas unterschreibe. Dieses Mal war es nur ein Gesuch an den Bischof, dass er Sie aus dem Schulhaus werfen soll, aber das nächste Mal …«

Adrians schallendes Gelächter ließ Rob zusammenzucken. »Ich hätte es mir denken können!«, rief er aus und schlug sich mit dem Hut auf den Oberschenkel. »Diese Frau ist ein Genie. Die wird irgendwann noch Premierminister.« Er schüttelte ungläubig den Kopf. »Das wird mich der Bischof nicht vergessen lassen.«

»Sie kennen ihn?«

»Wir haben die gleiche Leidenschaft für die Altertumsforschung.« Adrian legte den Kopf auf die Seite. »Da fällt mir ein, mich hat heute schon einmal jemand nach dem Bischof gefragt – jemand, den ich im Pub traf. Er hieß Bill Willis. Irgend so ein Yankee-Rechtsanwalt. Kennen Sie ihn?«

»Das ist mein Mann«, sagte ich, aber Adrians Aufmerksamkeit war abgelenkt, da Francesca zurückkam. Er sprang auf und blieb mit dem Hut in der Hand stehen, um ihr seinen Platz anzubieten. Sie ging, ohne ihn eines Blickes zu würdigen, an ihm vorbei.

»Es ist Zeit, dass Rainey nach Hause gebracht wird«, sagte sie, als das kleine Mädchen hinter ihr angetrottet kam. »Soll ich sie heimfahren?«

Adrian bot sofort an, Rainey zu begleiten. »Ich muss sowieso zurück. Meine Assistentin hat viel mehr Ausrüstung mitgebracht, als wir brauchen, und ich habe große Mühe gehabt, das Wichtige von dem Überflüssigen zu trennen.«

»Tatsächlich?«, sagte ich. »Ich hatte eher den Eindruck, dass Sie länger in Finch bleiben wollen.«

Adrian warf einen verstohlenen Blick zu Francesca. »Das hoffe ich natürlich, aber es ist noch viel zu früh, um auf lange Zeit vorauszuplanen. Ich dachte, ich hätte es Katrina und Simon klargemacht, aber offenbar ist es mir nicht ganz gelungen.« Er bückte sich und hob den Rucksack auf. »Die beiden haben genug Ausrüstung mitgebracht, um bis zum Frühjahr damit zu arbeiten.«

Adrian schlang sich den Rucksack über die Schulter und hielt mir die Hand hin. »Es hat mich sehr gefreut, Sie endlich kennenzulernen, Lori. Sie müssen einmal nach Scrag End kommen, dann führe ich Sie herum. Und Sie, Miss Sciaparelli, wenn Sie nicht zu beschäftigt sind …«

»Ich habe keine Zeit für Führungen«, sagte Francesca kurz angebunden und ignorierte seine ausgestreckte Hand.

»Warum bist du böse auf Dr. Culver, Francesca?«, fragte Rainey. »Gran sagt, er wird Finch berühmt machen.«

»So? Wird er das?«, sagte Francesca verächtlich.

Adrian wollte etwas sagen, aber er fand keine Worte. Stumm und verliebt stand er da und drehte den Hut in den Händen, wobei er versuchte, Francescas üppige Kurven nicht anzustarren, was ihm aber nicht besonders gut gelang.

Rainey zog ihn am Hemd. »Ich bin nicht böse auf Sie, Dr. Culver«, sagte sie tröstend. »Und Gran findet Sie auch ganz toll.«

»Danke, Rainey«, sagte Adrian. »Vielleicht nehme ich die freundliche Einladung deiner Großmutter heute Abend an.« Er verbeugte sich höflich, erst in meine Richtung, dann in Francescas. »Kommen Sie mich dort draußen besuchen, Lori. Und bringen Sie Ihre Söhne ruhig mit. Ich mag Kinder sehr gern. Auf Wiedersehen, meine Damen.«

Lächelnd sah ich ihm nach, als er mit großen Schritten davonging. Ich wusste sehr wohl, dass seine Einladung weniger auf seiner Sympathie für Kinder beruhte als auf seiner Sympathie für meine Kinderfrau. Ich konnte es ihm nicht verdenken. Schließlich liebte er die Antike, und Francesca war eine Venus.

Es gehörte kein Psychologiestudium dazu, um zu erkennen, was mit Dr. Culver passiert war – fast konnte ich Amor kichern hören, während er einen neuen Pfeil aus dem Köcher zog –, aber Francescas Schroffheit war mir unerklärlich. Ich glaubte keinen Augenblick, dass die Zwillinge sie so ermüdet hatten. Weder mir noch

Rainey gegenüber war sie mürrisch gewesen. Ihre Unfreundlichkeit war wie ein Laserstrahl ausschließlich auf Dr. Culver gerichtet gewesen, und ich konnte es nicht erwarten, den Grund hierfür zu erfahren.

»Am besten gehen wir jetzt auch«, bemerkte sie. »Es wird Zeit, dass ich das Abendessen vorbereite. Wäre pochierter Lachs Ihnen recht?«

»Klingt wunderbar.« Ich wartete ab, bis wir im Mercedes saßen und zur Abfahrt bereit waren. Dann bemerkte ich wie nebenbei: »Adrian scheint ein netter Kerl zu sein.«

»Er ist ein aufgeblasener Angeber«, sagte Francesca kurz. »Und mehr noch, er ist ein Lügner.« Sie ließ den Motor an und wendete den Wagen.

Sie sagte es in so leidenschaftlichem Ton, dass ich erschrak. »Wie kommen Sie denn darauf?«

»Er versprach dem Pfarrer, er würde kurz kommen und keine weiteren Umstände machen«, erwiderte Francesca. »Er vergaß aber zu erwähnen, dass er hier in Finch ein Museum bauen will. Und es nach sich selbst benennen möchte. Das Culver-Institut.«

Meine Augenbrauen gingen hoch. »Wer hat Ihnen das denn erzählt?«

»Mrs Pyne fand einen ganzen Stapel Briefe, als sie Katrinas Zimmer aufräumte«, sagte Francesca.

»Sally Pyne hat Katrinas private Post gelesen?«, rief ich entsetzt.

»Sie lagen direkt neben ihrem Computer«, erklärte Francesca, »wo jeder sie sehen konnte. Und in all diesen Schreiben geht es um Spendenaufrufe für das Culver-Institut.« Sie warf den Kopf in den Nacken. »Und das ist auch der Grund, warum Sally Pyne ihren Tearoom aufmöbelt und die Peacocks ihren Pub aufpolieren. Die denken alle, das Culver-Institut würde Finch zugutekommen.«

»Würde es das nicht?«

»Wir brauchen keine Neulinge mehr im Dorf«, sagte Francesca entschieden. »Davon rennen sowieso schon genug hier herum.«

»Oh, danke vielmals«, sagte ich.

Francesca errötete. »Ich meine nicht Sie oder die Buntings und solche Leute. Sie funken ja niemandem dazwischen. Aber Dr. Culver wird ganz schön dazwischenfunken. Es wird so schlimm werden wie mit Mrs Kitchen. Außerdem«, fuhr sie fort, »ich halte nichts davon, dass man Sachen, die Toten mal gehört haben, in Museen zeigt. Das ist nicht richtig.«

»Ist Ihr Medaillon nicht auch aus einem Museum?«

»Nein, das ist es nicht«, erklärte sie. »Mein Vater hat die Phalera mit eigenen Händen gemacht. Er hätte niemals die Sachen toter Menschen ausgegraben und in ihnen herumgewühlt. Was man von dem aufgeblasenen Dr. Culver nicht behaupten kann.«

Als wir auf dem Dorfplatz angekommen waren, hatte sich Francescas Wutanfall gelegt. »Bill hat angerufen«, sagte sie in ruhigerem Ton. »Er sagte, er und Derek Harris würden im Pub zu Abend essen.«

Ich fühlte einen kleinen Stich der Enttäuschung. Ich hatte mich darauf gefreut, meinem Mann den neuesten Klatsch zu erzählen, und Francescas zusätzliche Informationen waren Gold wert. Wenn Adrian Culver wirklich vorhatte, ein Museum in Finch zu bauen, dann hätte Sally Pyne gleich zwei sehr gute Gründe, das Gladwell-Schriftstück zu stehlen. Ein Museum für Altertümer würde ihrem Geschäft sehr nützen und gleichzeitig ihrer alten Feindin, Peggy Kitchen, ein ständiger Dorn im Fleisch sein.

Je länger ich darüber nachdachte, desto aufregender fand ich es. Sally Pyne war nicht die Einzige, die von einem Museum in Finch profitieren würde. Christine Peacocks Pub würde florieren. Katrina Graham hätte ein richtiges Labor zur Verfügung für ihre Untersuchungen, über die sie in Peggys Laden mit Simon gesprochen hatte. Und kein Archäologe, der etwas auf sich hält, würde die Chance verpassen, ein Museum zu gründen, das seinen Namen trägt.

Egal, ob Adrian, Katrina oder Christine am Sonntagabend von der Existenz des Dokuments erfahren hatten, jeder von ihnen hätte einen guten Grund, es verschwinden zu lassen.

Als der Mercedes über den Dorfplatz holperte, musste ich beim Anblick von Bills Fahrrad seufzen. Schließlich konnte ich meinem Mann nicht verübeln, dass er meinem Vorschlag folgte, aber ich hoffte, er würde nicht zu lange im Pub bleiben. Ich brannte darauf zu erfahren, was Adrian ihm über den Bischof erzählt hatte – und ihn in meinen Verdacht einzuweihen.

Das Abendessen war fantastisch gewesen: kalte Gurkensuppe, pochierter Lachs mit Salat und zum Nachtisch selbst gemachtes Zitronensorbet. Bei dem Gedanken, dass Bill dieses Festmahl entgangen war, bekam ich beinahe Mitleid mit ihm. Zum hundertsten Mal sah ich auf die Uhr, dann faltete ich die Hände, die ich keine Sekunde ruhig halten konnte.

Nach dem Essen war ich mit den Jungen spazieren gegangen, hatte sie gebadet und zu Bett gebracht. Dann hatte ich etwa eine Stunde mit Francesca in der Küche gesessen, um über den Rahmen ihrer Arbeit zu sprechen, das heißt, sie hatte ruhig ihre Bedingungen genannt und ich zu allem Okay gesagt.

Nachdem ich meine Pflicht als Personalchefin erfüllt hatte, legte ich mich im Wohnzimmer auf die Couch, um die Ereignisse des Tages in Lilian Buntings kleinem roten Spiralbuch festzuhalten. Ich wollte bereit sein, wenn Bill nach Hause kam.

Francesca saß in dem mit Chintz bezogenen Sessel und nähte den Saum eines Rockes um. Wenn sie hochsah, nickte ich ihr lächelnd zu und ermahnte mich innerlich, mir keine Sorgen zu machen. Bill hatte mir keine Uhrzeit genannt, wann ich mit ihm rechnen konnte, also kam er, genau genommen, auch nicht zu spät. Sein Fahrrad verfügte über Licht und war mit mehreren Reflektoren versehen, darum war er auch nach Anbruch der Dunkelheit auf der Straße sicher. Es gab keinen Grund zur …

Das Scheinwerferlicht eines Autos fiel durch das Erkerfenster, und ich sprang hoch. Francesca sah mich verwundert an, als ich in den Flur rannte, aber es war mir egal. Für Besucher war es zu spät, aber Polizisten, die böse Nachrichten und verbeulte Fahrräder brachten, konnten zu jeder Zeit auftauchen. Innerlich auf das Schlimmste vorbereitet, öffnete ich die Tür und fiel vor Erleichterung fast in Ohnmacht, als ich sah, dass es Adrian Culver war, der auf dem Plattenweg näher kam.

»Es tut mir leid, Sie um diese Stunde noch zu stören«, sagte er, »aber ich wollte nicht, dass Sie wegen Reginald eine schlaflose Nacht verbringen.«

»Reginald?«, sagte ich verständnislos.

Er hielt mir das Häschen entgegen. »Rainey bekennt sich als Entführerin schuldig. Sie hat mich gebeten, ihn zurückzubringen. Leider wurde ich aufgehalten – zuerst von Mrs Pyne, dann von Mrs Bunting und schließlich noch von Mrs Kitchen.«

Für einen Augenblick vergaß ich, dass ich mir wegen meines Mannes Sorgen machte. »Da sind Sie ja ganz schön durch die Mangel gedreht worden«, sagte ich und nahm ihm Reginald ab. »Kann ich Ihnen einen Tee anbieten?«

»Es ist schon sehr spät«, sagte er zögernd.

»Unsinn«, sagte ich. »Francesca hat gerade eine frische Kanne ...« Ich unterbrach mich, als es mir – zu spät – dämmerte. Es hätte mir früher gedämmert, wenn ich Adrians Äußerem mehr Aufmerksamkeit geschenkt hätte. Er hatte seine zerknautschten Shorts und den Rucksack im Schulhaus gelassen und seine Arbeitskleidung gegen eine graue Hose vertauscht, dazu trug er blank geputzte Schuhe und ein sauberes, wenn auch leicht zerknittertes weißes Hemd.

»Kommen Sie herein«, sagte ich unsicher. Ich setzte Reg auf den Tisch im Flur und führte Adrian ins Wohnzimmer. »Francesca, sehen Sie mal, wer uns besucht.«

»'n Abend, Dr. Culver.« Francesca nahm ihren Nähkorb und stand auf. »Es ist spät. Ich gehe nach oben.«

Adrian fiel sichtbar in sich zusammen, als sie an uns vorbeiging, straffte sich aber wieder, als sie vor ihm stehen blieb.

»Da fehlt ein Knopf«, sagte sie zu ihm. Es klang wie eine Anklage.

»Wirklich?« Adrian sah verlegen an seinem Hemd hinab.

Francesca war keine Frau, bei der ein leeres Knopfloch lange leer blieb. Mit einem ärgerlichen Seufzer durchsuchte sie ihren Nähkorb. Sie fischte eine eingefädelte Nadel und einen weißen Knopf heraus, dann wandte sie sich wieder Adrian zu. Den anklagenden Blick würde sie in Zukunft sicherlich auch auf Rob und Will richten, wenn sie ohne ihre Turnschuhe vom Spielplatz kämen. »Still halten«, befahl sie.

Ich bin überzeugt, dass Adrian Culver den Atem anhielt, aber sein Herz muss umso lauter geklopft haben. Mit einer Drehung ihres Handgelenks schlüpften drei Finger von Francescas linker Hand unter die Knopfleiste des Hemdes, um den Knopf dann zwischen Daumen und Zeigefinger festzuhalten, mit der rechten nähte sie. Ihre Bewegungen waren schnell und routiniert, während sie den Kopf gesenkt hielt und der Knoten ihrer dunklen Haare nur wenige Zentimeter von Adrians Lippen entfernt war.

Adrian sah leicht berauscht auf sie hinab. »Ich bewundere Ihr … Medaillon«, sagte er. »Es ist die Miniatur einer Phalera, nicht wahr?«

»Kümmern Sie sich nicht um meine Phalera.« Francesca schnitt den Faden ab. »Passen Sie lieber auf Ihre Knöpfe auf.«

»Ja – danke, Miss Sciaparelli.« Adrian fummelte noch an seinem Hemd herum, als sie ihren Korb aufnahm und aus dem Zimmer rauschte.

Ich wartete, bis sich die Rauchwolken der unerwiderten Leidenschaft etwas verzogen hatten, dann führte ich Adrian behutsam zur Couch. Als ich ihm einen Becher Tee reichte, legte er seine Hände darum, aber auch die Wärme konnte nichts gegen seinen Liebeskummer ausrichten. Nach meiner Einschätzung war er reif für ein Verhör.

»Es war sehr nett von Ihnen, mir Reg heute Abend noch zu bringen«, fing ich an, »besonders, wo Sie so viel um die Ohren haben. Sie müssen das Schulhaus einrichten, in Scrag End graben, Ihr Museum planen …«

»Ja«, stimmte er zu und nickte geistesabwesend. »Es gibt viel zu tun, aber …« Abrupt richtete er sich auf. »Museum? Was für ein Museum?«

»Das Culver-Institut«, half ich nach.

»Das … das *Culver-Institut?*« Seine Verständnislosigkeit schlug plötzlich in Gelächter um. »Oje«, sagte er und stellte seine Tasse auf den Tisch, »wie schmeichelhaft. Ich nehme an, Sie haben mit Raineys Großmutter gesprochen.«

»Indirekt«, sagte ich. »Sie scheint der Ansicht zu sein, dass Sie in Finch ein Museum bauen wollen.«

»Vielleicht habe ich es mal flüchtig erwähnt«, sagte Adrian, »als eine sehr langfristige, sehr entfernte Möglichkeit, aber noch ist es viel zu früh, an etwas Derartiges zu denken. Wir haben ja kaum angefangen, Scrag End zu erforschen. Abgesehen davon würde ich niemals ein Museum nach mir …« Er unterbrach sich, als erneut ein Scheinwerferkegel übers Fenster flackerte. »Ist das ein Auto?«

Ich war schon auf dem Weg zur Tür. Als ich sie aufriss, sah ich gerade noch, wie Derek Harris mit seinen ganzen Einsdreiundneunzig zu verhindern versuchte, dass mein Mann im Fliedergebüsch landete.

»'n Abend, Lori!«, rief Derek und schob Bill mit dem Rücken an die Tür seines Kleinlasters.

Langsam hob Bill den Kopf. Er lächelte liebevoll. »Hallo, Schatz«, nuschelte er.

»Was, um Himmels willen …«, fing ich an.

»Ich glaube, wir sollten ihn besser ins Haus bringen«, schlug Derek vor.

Adrian Culver schob sich an mir vorbei. »Kann ich irgendwie behilflich sein?«

Bill bedachte Adrian mit einem strahlenden Lächeln. »Hallo, Schatz«, wiederholte er mühsam.

Ich trat zur Seite, als Derek und Adrian meinen Mann in den Flur bugsierten, wo sie ihn an die Wand lehnten. Er schien ganz zufrieden damit und summte leise vor sich hin.

Adrians graue Augen waren voller Mitgefühl, und plötzlich fiel mir ein, dass er nicht zugehört hatte, als ich ihm erzählte, dass der »Yankee-Rechtsanwalt«, den er im Pub kennengelernt hatte, mein Mann war.

»Ich verabschiede mich jetzt«, sagte Adrian.

Ich schüttelte den Kopf. »Nein, warten Sie, ich möchte es Ihnen erklären …«

»Nicht nötig, Lori.« Verständnisvoll schüttelte Adrian meine Hand und ging.

Ich schloss die Tür und stürzte mich auf Derek. »Was hast du mit meinem Mann gemacht?«

Bill räusperte sich. »Pegger … Peggry … Peggle …«

»Peggy Kitchen«, übersetzte Derek. »Sie brachte heute Abend ihr Gesuch in den Pub. Als sie Bill und mich beim Essen entdeckte, kam sie herüber, um Bill zu fragen, wie weit es mit der juristischen Lösung sei, die du ihr versprochen hast.«

Ich zuckte zusammen. Dummerweise hatte ich vergessen, Bill wegen meiner Notlüge zu warnen, die ich gebraucht hatte, um Peggy vom Schulhaus fernzuhalten.

»Keine Angst«, fuhr Derek fort. »Bill ist Rechtsanwalt, er kann gut improvisieren. Aber zunächst erklärte er Peggy, dass er, um genug Zeit für das Ausloten aller juristischen Möglichkeiten zu haben, leider die Mitgliedschaft bei den Moriskentänzern aufgeben müsse.«

»Kein … Tanzen … mehr«, bestätigte Bill mit Nachdruck.

»Ganz recht, Bill, kein Tanzen mehr.« Derek klopfte Bill auf die Schulter. »Und deshalb hat Peggy dich ins Komitee für die Auswahl des Mets für das Erntedankfest aufgenommen. Sie sagte, das würde deine wertvolle Zeit weniger beanspruchen.«

»Met.« Bill kicherte leise.

»Aber Bill versteht doch absolut nichts von Met«, sagte ich verblüfft.

Bill startete einen neuen Anlauf. »Ich hab, hab, hab's …«

»Das hat er Peggy auch gesagt«, warf Derek ein. »Und deshalb beschloss sie, deinen Mann diesbezüglich etwas zu schulen. Sie bestand darauf, dass er alle zwölf Sorten von Dick Peacocks bestem Met probiert.«

Bill versuchte, zwölf Finger hochzuhalten, was ihm missglückte.

Ich stöhnte.

»Chris rief mich fort, weil ich ihr helfen sollte, die Haken am neuen Schild für den Pub anzubringen«, sagte Derek. »Und als ich wiederkam, war Bill sternhagelvoll. Es dauerte ein bisschen, bis er einsah, dass sein Bett gemütlicher ist als der Fußboden im Pub. Und es dauerte noch länger, ehe er sein verdammtes Fahrrad losließ. Und dann noch etwas …« Derek streckte den Arm aus, um zu verhindern, dass Bill an der Wand entlang zu Boden rutschte. »Peggy nahm mich beiseite und erzählte mir irgendeine verworrene Geschichte, Francesca und dieser Culver seien beim Turteln auf dem Kirchhof gesehen worden.«

Ich sah ihn sprachlos an.

»Ich sagte ihr, sie solle nicht so dämliches Zeug quatschen«, versicherte Derek. »Warum in aller Welt sollte Francesca dazu auf den Kirchhof gehen, wenn sie ein schönes, bequemes …«

»Derek!«, rief ich empört.

»Ich wusste, dass dich das in die Wirklichkeit zurückbringen würde.« Derek grinste. »Nein, ich habe ihr vielmehr gesagt, wenn sie weiter so dummes Zeug über meine Freunde herumtratscht, könne sie sich einen anderen Handwerker suchen. Und da ich der Einzige bin, der sich mit ihrem Abwassersystem auskennt, denke ich, dass wir diesbezüglich nichts mehr von ihr hören werden.« Er nickte in Bills Richtung. »Nach oben?«

»Bitte.« Ich blieb stehen und sah zu, wie Derek meinen sternhagelvollen Mann zu Bett brachte, und langsam verwandelte sich meine Entrüstung in einen Riesenzorn. »Diese Frau«, knurrte ich. »Dieser Frau muss man das Handwerk legen.«

Kapitel 10

Wenn am nächsten Morgen hundert Exemplare des Gladwell-Dokuments in meinem Briefkasten gelandet wären, hätte ich sie allesamt in den Kamin geworfen und zugesehen, wie sie in Flammen aufgehen. Ich war nicht mehr daran interessiert, Adrians Ausgrabungen zu verhindern. Wenn es nach mir ging, sollte er für immer im Schulhaus bleiben. Mein Mitgefühl für Peggy Kitchen war dahin, und das von Bill ebenfalls.

»Darf ich sie umbringen, Lori? Bitte! Nur dieses eine Mal?«

Behutsam fuhr ich mit dem kühlen Waschlappen über sein grünliches Gesicht. »Nur, wenn du sie vor mir erwischst, mein Schatz.«

Bill lächelte gequält, dann stützte er sich auf den Ellbogen und erbrach sich in den Eimer, den Francesca fürsorglich neben das Bett gestellt hatte.

Ich wischte ihm das Gesicht ab, schüttelte sein Kopfkissen auf, und als er wieder zurückgesunken war, ging ich nach unten. Als ich am Fuße der Treppe angekommen war, bemerkte ich Francesca, die an der Tür zum Arbeitszimmer stand, in der einen Hand ein Staubtuch, in der anderen eine Dose Möbelpolitur. Sie schien etwas verstört.

»Lori? Würden Sie bitte kurz hereinkommen?«

Etwas bang folgte ich ihr in das Arbeitszimmer, das frisch geputzt aussah. Der Kamin war sauber gefegt, die von Efeu umrankten Fenster blitzten, und die hohen Ledersessel glänzten matt im Schein der

Kaminlampen. Will und Rob saßen am anderen Ende des Zimmers in ihren Wippen und sahen uns entgegen.

Francesca blieb am Schreibtisch stehen, der unter dem Fenster stand, und zeigte nach rechts auf das Bücherregal. »Gerade als Sie die Treppe herunterkamen, fiel hier ein Buch vom Regal. Beinahe hätte es mich am Kopf erwischt.«

»Ach, du liebe Zeit.« Meine Bestürzung war echt, als ich zum Bücherbord ging und nach dem blauen Tagebuch griff. Ich musste mich jedoch sehr beherrschen, um nicht aufzuschreien, als sich das Buch unter meiner Hand leicht bewegte. »Ich … ich hätte Sie warnen sollen.«

»Warnen? Wovor?«, fragte Francesca.

Ich lehnte mich mit meinem ganzen Gewicht auf das Buch. »Das Cottage ist alt«, plapperte ich drauflos. »Die Wände sind schief, die Fußböden uneben. Manchmal … wenn man die Treppe herunterkommt, fallen hier Bücher vom Regal.«

»Aber das ist ja gefährlich«, sagte Francesca. »Was wäre, wenn so ein Buch einem der Kinder auf den Kopf fiele?«

»Sie würde niemals …« Ich räusperte mich. »Sie haben recht. Es tut mir leid. Bringen wir die Jungen ins Wohnzimmer, dort sind sie sicherer.«

Francesca stimmte zu, aber als wir, jeder mit einer bemannten Babywippe im Arm, das Arbeitszimmer verließen, sah sie mich von der Seite an. »Woher wussten Sie, dass es das blaue Buch war, das heruntergefallen war?«

»Sie … äh … Sie hatten darauf gezeigt«, sagte ich, wobei ich es vermied, sie anzusehen. Wir nahmen die Jungen aus ihren Wippen und legten sie in den Laufstall. »Ich muss ein paar Telefonate erledigen«, sagte ich, als ich das Wohnzimmer wieder verließ. »Wenn Sie mich brauchen, ich bin im Arbeitszimmer.«

»In Ordnung«, sagte Francesca, wobei sie mich aufmerksam ansah.

Eilig ging ich den Flur entlang und hoffte, sie würde meine Nervosität hormonellen Schwankungen zuschreiben. An der Tür zum Arbeitszimmer angekommen, schlüpfte ich hinein und blieb kurz stehen, um tief Luft zu holen, mich zu beruhigen, dann schloss ich leise die Tür. Schließlich nahm ich das blaue Tagebuch vom Regal und pfefferte es auf den Schreibtisch.

»Dimity, was denkst du dir denn dabei?«, fragte ich. »Soll Francesca mich für verrückt halten?«

Ich wollte deine Aufmerksamkeit. Wenn eine Handschrift gereizt aussehen kann, dann war es jetzt der Fall.

»Die hast du jetzt«, sagte ich, »aber ich wünschte, du würdest dir eine diskretere Methode einfallen lassen.«

Das ganze Haus ist angefüllt mit deiner Wut.

»Warum sollte ich nicht wütend sein?« Es war nicht ganz einfach, meinem Ärger leise Luft zu machen, aber ich schaffte es. »Peggy Kitchen hat das ganze Dorf in Aufruhr versetzt. Sie macht dem Pfarrer das Leben zur Hölle, sie hat Adrian Culver durch einen miesen Trick dazu gebracht, ihr dämliches Gesuch zu unterschreiben, und gestern Abend hat sie Bill mit Met abgefüllt, weil er ihr sagte, dass er bei den Moriskentänzern aufhören will. Und als ob das noch nicht reicht, verbreitet sie jetzt auch noch schmutzige Gerüchte über Francesca und Adrian.« Ich schlug mit der Faust auf den Tisch. »Ich *bin* wütend, und ob ich wütend bin.«

Ich möchte dich an etwas erinnern, ehe du dich noch weiter in deinen Zorn hineinsteigerst.

»Was denn?«, fragte ich ungeduldig. »Woran willst du mich erinnern?«

An deinen achten Geburtstag.

»Meinen ...« Ich starrte auf die Worte auf dem Papier, dann setzte ich mich auf und griff mir mit der Hand an den Kopf. »Mein achter Geburtstag?«

Erinnerst du dich daran, was deine Mutter dir zu deinem achten Geburtstag schenkte?

»Natürlich erinnere ich mich daran.« Ich sah vom Tagebuch hinüber zu den Archivkästen, in denen die Briefe waren, die meine Mutter im Laufe von vierzig Jahren an Dimity geschrieben hatte. Ich musste nicht erst nachsehen, um mich an das herrlichste Geburtstagsgeschenk zu erinnern, das ich je von meiner Mutter bekommen hatte.

»Mein Fahrrad.« Ich setzte mich auf den Schreibtischstuhl, stützte die Ellbogen auf die Schreibtischfläche und sah nachdenklich auf die Sonnenstrahlen, die durch den Efeu fielen. »Mein erstes Fahrrad. Mum hatte es gebraucht gekauft, aber für mich war es das schönste Fahrrad, das ich je gesehen hatte. Es war blau, mit weißen Griffen und einem weißen Sattel.«

Es hatte links eine silberne Klingel am Lenker, von der du häufig Gebrauch machtest.

Ich sah auf Dimitys Worte und musste lächeln. »Mum kam heraus und sah mir dabei zu, wie ich in unserer Straße hin und her fuhr, den ganzen Nachmittag lang. Es fühlte sich an wie Fliegen. Das werde ich nie vergessen.«

Peggy Kitchen wird ihren achten Geburtstag auch nie vergessen. Gerade als ihre Mutter den Geburtstagskuchen auf den Tisch stellte, gingen die Sirenen los. Und als der Luftangriff zu Ende war, war der Kuchen weg, ebenso wie der Tisch, die Küche und das Haus. Peggy verbrachte ihren achten Geburtstag zusammengekauert in der Krypta einer Kirche, während Birmingham von der deutschen Luftwaffe in Schutt und Asche gelegt wurde.

Ich wandte das Gesicht vom Tagebuch ab. Ich wollte nichts weiter davon hören. Ich war entschlossen, an meiner Wut festzuhalten, merkte aber, wie sie mir entglitt. Sie war nicht älter als Rainey gewesen … Mit einem beklemmenden Gefühl in der Brust zwang ich mich, wieder auf das Blatt zu sehen, wo sich Dimitys Schrift unaufhaltsam weiter über die Seite ergoss.

Auf der Flucht vor den Luftangriffen auf Birmingham kam Peggy Kitchen nach Finch. Als sie mit ihrer Mutter eintraf besaßen sie nichts als die Kleider, die sie trugen, und ein Foto von Peggys Vater in der Uniform seines Panzerkorps. Nicht lange nach ihrer Ankunft hier erreichte sie die Nachricht, dass er gefallen war. Er verbrannte, als sein Panzer in Nordafrika von italienischen Truppen beschossen wurde. Drei Monate später kam Piero Sciaparelli als Kriegsgefangener nach Finch, um beim alten Mr Hodge zu arbeiten.

»Francescas Vater …«, murmelte ich.

Als Peggy ihn das erste Mal sah, warf sie mit Steinen nach ihm. Leider muss ich sagen, dass einige der Dorfbewohner sich auf ihre Seite stellten. Wie so viele Soldaten hat auch Piero Sciaparelli zeitlebens versucht, die Schrecken des Krieges hinter sich zu lassen, aber Peggy Kitchen hat nie aufgehört, mit Steinen zu werfen. Und nach allem, was du mir erzählst, wirft sie immer noch.

»Ich wünschte, sie hörte auf«, sagte ich leise. »Der Krieg ist schon so lange vorbei.«

Vielleicht können wir ihr helfen.

»Dafür ist es wohl ein bisschen spät«, sagte ich.

Lori, Liebes, hast du immer noch nicht gelernt, dass es nie …

Die Schrift endete abrupt. Im Flur hörte ich das Tappen von Hundeklauen und ein Schnüffeln, und ich beeilte mich, das Tagebuch wieder an seinen Platz zu stellen, ehe ich mich der Tür zuwandte.

»Emma?«, rief ich.

Die Tür öffnete sich, und Ham trabte herein, wobei er in seinem Eifer, mich zu begrüßen, Emma fast umwarf.

Ham – die Abkürzung für Hamlet – war Nells schwarzer Labrador. Wie Rosinante war auch er in Emmas Obhut zurückgeblieben, solange Nell in Paris war.

»Wir sind zur Leichenschau gekommen«, sagte Emma, während Ham mir um die Beine strich.

»Dazu kann ich euch nicht raten, Bill ist im Moment kein schöner Anblick.« Ich beugte mich herab, um Ham an den Ohren zu kraulen. »Er hätte es wirklich besser wissen sollen, als den ganzen Abend Dick Peacocks Met zu trinken.«

Emma zog die Augenbrauen hoch, während sie sich in einen der hohen Ledersessel fallen ließ. Sie trug schwarze Gummistiefel, eine weite Baumwollhose und einen Gärtnerkittel über einem violetten ärmellosen Hemd. »Ich kann es nicht glauben«, sagte sie. »Gibst du etwa *Bill* die Schuld für seinen Zustand?«

Ich zog den Kopf ein. »Nein, ich habe gerade mit …« Ich sah nach der offenen Tür, dann deutete ich mit dem Kopf nach dem blauen Tagebuch. »Wie wär's mit einem kleinen Spaziergang im Garten?«

Emma verstand. »Ham muss sich auch ein bisschen austoben«, sagte sie und stand auf. »Der Arme hat den ganzen Morgen mit mir im Auto gehockt. Hier ist die Erste Hilfe für deinen armen Mann«, fügte sie hinzu, als wir aus dem Arbeitszimmer traten. Sie griff in die Tasche ihres Kittels und förderte einen kleinen Honigtopf aus Steingut und ein braunes Päckchen zutage. »Selbst gemachter Thymianhonig und Erdbeerblättertee. Die Harris-Patentmedizin gegen Kater.«

»Gott segne dich«, sagte ich. »Ich hätte nicht viel Vertrauen in die Patentmittel, die Peggy Kitchen in Xanadu ausgraben würde.«

»Immerhin habe ich mit Peggys Hilfe in ihrem Lagerraum ein sehr hübsches Geburtstagsgeschenk für Rainey gefunden«, wandte Emma ein.

»War das, ehe sie dich zwang, das Gesuch zu unterschreiben, oder hinterher?«, fragte ich.

»Hinterher«, sagte Emma kleinlaut. »Aber sie hat mich weniger dazu gezwungen als mich angespornt.«

»Mit dem Knüppel in der Hand wahrscheinlich«, murmelte ich. »Dämliche alte Kuh.«

Emma klopfte mir beruhigend auf die Schulter. »Jetzt klingst du langsam wieder normal, Lori.«

Francesca fand offenbar auch, dass ein kleiner Spaziergang im Garten gut für meine Nerven sein würde. »Nehmen Sie sich ruhig Zeit«, redete sie mir zu, indem sie uns hinausdrängte. »Ich kümmere mich schon um die Jungs – alle drei.«

Ham lief vor uns her durch den Wintergarten und über die Terrasse, setzte über die niedrige Mauer und sprang auf die mit Wildblumen übersäte Wiese, die zum Bach hinunter abfiel. Emma und ich hielten uns an die konventionellere Route, indem wir durch die Öffnung in der Mauer gingen, statt über sie zu klettern, und schlenderten gemächlich über die Wiese.

Es war wieder ein heißer, windstiller Tag, am Himmel war kein Wölkchen zu sehen, und im Gras sang ein tausendstimmiger Chor von Insekten. Emma zog den Gartenkittel aus, und ich wünschte, ich hätte statt meiner Jeans Shorts angezogen. Während die Sonne auf unsere ungeschützten Köpfe brannte, gab ich mir große Mühe, jede einzelne Blume laut zu bewundern. Ich brachte es fertig, so ziemlich alle falsch zu benennen, aber Emma schien meine Bewunderung zu schätzen. »Wenn es nach mir geht, sieht die Wiese hinter dem Pfarrhaus auch bald so aus.« Sie beschattete die Augen mit der Hand und betrachtete ihr Werk. »Die Wiese dort fällt zwar zum Fluss hin ab und nicht zu einem Bach, aber ich könnte dort ebenfalls Wildhyazinthen und Osterglocken säen. Wenn es allerdings weiterhin so trocken bleibt, werde ich wohl eher über Wüstenpflanzen nachdenken müssen.«

»Wie schlimm ist es denn?«, fragte ich.

»Burt Hodge macht sich Sorgen um seine Ernte«, erwiderte Emma, »und wenn du nicht den Bach auf dem Grundstück hättest, dann hättest du auch keine Blumen.« Emma deutete auf ihre Gummistiefel. »Gleich nachher fange ich mit dem Garten der Buntings an.«

»Ich danke dir«, sagte ich. »Bist du im Internet schon auf irgendwelche Spuren des Gladwell-Schriftstücks gestoßen?«

Emma schüttelte den Kopf. »Bis jetzt nicht. Ich werde weitersuchen, in den Online-Katalogen der meisten Bibliotheken wird man bei so was wohl kaum fündig.«

»Dann können wir nur auf Stans Mundpropaganda hoffen.« Erst nach ein paar Schritten merkte ich, dass Emma sich nicht vom Fleck bewegt hatte.

»Warum gehst du denn so komisch?«, fragte sie, indem sie mich kritisch musterte.

»Wie, komisch?«

»Na, so.« Sie ging an mir vorbei, den Kopf gesenkt, die Schultern vorgebeugt.

Verwirrt sah ich sie an. Dann fiel der Groschen. »Wickeltasche«, sagte ich und ließ eine Schulter hängen. »Spielzeugtasche«, fuhr ich fort und ließ die andere hängen. »Verpflegung und Erste Hilfe.« Ich wölbte die Arme vor mir, als ob ich einen dicken Mann nachahmen wollte, und blieb stehen, doch dann warf ich die Arme in die Luft und drehte mich im Kreis. »Sieh mich an! Jetzt bin ich schwerelos! Wer ist als Erster bei der Brücke …?«

Es waren nur fünfzig Meter, aber als Emma und ich ankamen, waren wir beide schweißgebadet. Sie schleuderte die Gummistiefel von den Füßen, ich die Turnschuhe, dann kämpften wir aneinander gelehnt mit unseren Söckchen. Anschließend krempelten wir die Hosenbeine hoch und setzten uns nebeneinander auf die

Holzbrücke, ließen die Füße ins Wasser baumeln und genossen den kühlen Lufthauch, der von dem flachen, schnell fließenden Bach aufstieg. Ham stürzte sich sofort hinein und platschte das Bachbett entlang, seinen Schwanz wie eine nasse Fahne schwenkend, bis er nicht mehr zu sehen war.

»Ich hatte schon fast vergessen, wie es sich anfühlt, unbelastet von Schulterriemen zu sein«, sagte ich, als ich wieder zu Atem gekommen war.

»Du solltest mehr hinausgehen«, meinte Emma. Auf die Hände gestützt, lehnte sie sich zurück. »Und wie ist es dir gestern ergangen? Bill erzählte Derek, dass du auf dem Dorfplatz nach Tatverdächtigen suchtest.«

Aufmerksam hörte Emma zu, als ich ihr von Sally Pynes aufrührerischem Alleingang erzählte, von Christine Peacocks plötzlicher Sauberkeitskampagne, von Katrina Grahams übertriebenem Pflichteifer ihrem Chef gegenüber und von Adrians Plänen bezüglich eines Museums in der fernen Zukunft.

»Findest du nicht auch, dass sie alle, Sally, Chris, Katrina und Adrian, als Verdächtige infrage kommen?«, schloss ich. »Sie alle hätten einen guten Grund, das Gladwell-Schriftstück verschwinden zu lassen.«

»Vermutlich.« Emma schob ihre Brille hoch. »Einige der Motive könnten sich sogar überschneiden. Zum Beispiel hätten Sally und Christine beide ein Interesse daran, dass Adrian ein Museum baut, das die Touristen anlockt. Sie könnten das Dokument gestohlen haben, um ihn hier zu halten.« Sie schaufelte mit den Zehen Wasser hoch. »Ich glaube, ich könnte auch Katrina Grahams Motiv verstehen. Damals im MIT war ich auch schwer in meinen Tutor verknallt.«

»Siehst du? Katrina hätte also das Dokument stehlen können, um die Interessen ihres Professors zu schützen.«

»Ich hätte für Professor Layton alles geklaut«, sagte Emma mit einem wehmütigen Seufzer, »aber Professor Layton hätte niemals Beweise unterdrückt, um ein Projekt am Leben zu erhalten. Hältst du Adrian Culver für so skrupellos?«

»Schwer zu sagen. Wir sind uns erst zwei Mal begegnet, und das unter merkwürdigen Umständen.« Ich blickte Emma an. »Glaubst du an Liebe auf den ersten Blick?«

Sie sah weg, und um ihre Mundwinkel spielte ein kaum wahrnehmbares Lächeln. »Ja«, sagte sie, »daran glaube ich allerdings.« Sie drehte an ihrem Trauring. »Warum fragst du?«

»Weil Adrian *einen* Blick auf Francesca warf, und da war es um ihn geschehen. Sie behandelte ihn wie Dreck, aber das war ihm egal. Sie hätte ihm die Zehen platt walzen können, und er hätte sich noch entschuldigt, dass er sich so ungeschickt hingestellt hat.«

»Warum war sie denn so abweisend zu ihm?«

»Sie will nicht, dass noch mehr Fremde nach Finch ziehen«, sagte ich, »und meint, dass Adrian den Pfarrer überrumpelt hat. Außerdem hat sie etwas gegen Archäologie – sie findet es unpassend, Dinge auszugraben, die längst verstorbenen Menschen gehört haben. Ich glaube, diese Ansicht hat sie von ihrem Vater geerbt.« Einen Moment horchte ich auf das Wasser, wie es gemächlich über die glatten Steine plätscherte. »Über Adrian kann ich nur sagen, dass ich ihn für aufrichtig halte. Er schien über die Riesenausrüstung, die seine Studenten eingepackt hatten, ehrlich überrascht zu sein, und als ich ihn auf das Culver-Institut ansprach, war er sprachlos.«

Emma schürzte die Lippen. »Von Sally Pyne weiß man ja, dass sie aus einem Krümel Information ein ganzes Brot machen kann. Wir wissen nicht genau, was sie in Katrinas Zimmer fand, oder?«

»Das sollte leicht genug herauszufinden sein«, sagte ich. »Niemand bekommt Finanzmittel für ein so großes Projekt wie ein Museum, ohne dass es Spuren hinterlässt.« Ich sah Emma an. »Würdest du …?«

Sie nickte wenig begeistert. »Ich werde im Internet nachsehen, ob es irgendwo Informationen zu einem Culver-Institut gibt, aber …«

»Aber?«

»Aber ich glaube, du bist auf dem Holzweg.« Sie hielt ihre Brille fest, rutschte von der Brücke und landete platschend im Bach. »Komm auch rein, das Wasser ist herrlich.«

Tatsächlich lag die Wassertemperatur nur leicht über dem Gefrierpunkt, aber ich sprang ebenfalls hinein und wankte hinter Emma her, wobei ich mühsam mit den Zehen auf den glatten Steinen nach Halt suchte, während das Wasser um meine Waden schäumte.

»Es sieht nicht danach aus, als ob die Augenzeugen zu dir kommen werden«, sagte Emma, »also musst du zu ihnen gehen. In einem Dorf bleibt nichts unbemerkt. Ich schlage vor, du versuchst … Nein! Aus! *Platz!*«

Der Schrei kam zu spät. Wie ein schwarzer Racheengel war Ham vom Bachufer angeschossen gekommen, begeistert, dass er endlich zwei Spielgefährten im Wasser hatte. Er brauste auf Emma zu, die noch versuchte, sich an mir festzuhalten, und mit wild rudernden Armen verloren wir beide das Gleichgewicht. Unsere Landung im Bach ließ einen Schwall Wasser über die Ufer treten, der fast die Wiese überschwemmte.

Emma suchte nach einem Halt, hustete und setzte sich dann lachend auf. »Jetzt ist mir wenigstens nicht mehr so warm«, brachte sie heraus, »im Gegenteil, ich glaube, einige Körperteile von mir werden gleich taub.«

Ich bemühte mich, wieder auf die Beine zu kommen, zog Emma hoch und krabbelte die Böschung hinauf. Halbherzig schimpften wir mit Ham, dem wir über die Wiese folgten, und als Antwort verpasste er uns nochmals eine kräftige Dusche, indem er sein nasses Fell schüttelte. Als Emma ihm schließlich befahl, sich hinzulegen, streckte er sich in der Sonne aus und schloss die Augen.

Ich strich mir die nassen Haare aus der Stirn und folgte seinem Beispiel. »Ich hätte Bill gestern Abend in den Bach werfen sollen«, bemerkte ich, »davon wäre er schneller nüchtern geworden als von Thymianhonig und Tee.«

Emma wischte die Wassertropfen von ihrer Brille. »Du scheinst Bills Zustand recht gelassen zu nehmen. Derek sagte, gestern Abend hättest du Feuer gespuckt. Wie hat Dimity dich denn wieder beruhigt?«

»Sie hat mich daran erinnert, dass Menschen kompliziert sind.« Ich rümpfte die Nase. »Ich finde es schrecklich, wenn sie das tut.«

Emma legte sich neben mich ins Gras. »Und wie kompliziert ist Peggy Kitchen?«

Ich verschränkte die Hände hinter dem Kopf, sah in den wolkenlosen Himmel und erzählte Emma von Peggy Kitchens achtem Geburtstag. »Schwer vorzustellen, nicht wahr?«, sagte ich. »Seine Kindheit damit zu verbringen, dass man den Himmel nach Bombern absucht?«

»Es ist das, was nach den Bomben kommt, was ich mir nur schwer vorstellen kann«, sagte Emma. »Wie würde ich reagieren, wenn meine Welt in Schutt und Asche läge?«

»Du würdest in den Bombenkratern einen Siegesgarten anlegen«, sagte ich mit Überzeugung.

»Nein, würde ich nicht«, gab Emma zurück. »Ich würde um mein Leben rennen, genau wie Peggy und ihre Mutter.« Sie nahm die Brille ab, drehte sich auf den

Bauch und legte das Gesicht auf die Hände. »Ich frage mich, ob das der Grund ist, warum Peggy nach Finch zurückgekommen ist. Vielleicht war sie den Leuten hier dankbar, dass man sie damals aufgenommen hat.«

»Ich bezweifle, dass die Leute, die sie damals aufgenommen haben, noch hier leben.« Ich schlug nach einer Fliege, die um Hams Kopf brummte. »Ich dachte immer, wir seien die einzigen Fremdlinge in Finch, aber ich merke, dass das ein Irrtum war. Hier im Dorf stammt anscheinend jeder von woanders her.«

Emma schloss die Augen, und einen Augenblick lag sie so still da, dass ich dachte, sie sei eingeschlafen. Ich kraulte Ham den nassen Hals und ließ dann matt die Hand sinken. Nach unserem eiskalten Bad war es herrlich in der warmen Sonne, und die trockene Erde roch schwer und süß nach Sommer. Ich war vom Rauschen des Bachs fast eingedöst, als Emma wieder das Wort ergriff.

»Ich wüsste schon, wo ich nach Zeugen suchen würde«, sagte sie.

»Ich auch.« Ich rieb mir die Augen. »Darauf hätte ich eigentlich schon gestern kommen können. Sobald es Bill wieder gut geht, besuche ich die Nachbarn der Buntings.«

»Zu den Cottages auf der anderen Straßenseite brauchst du gar nicht zu gehen«, sagte Emma. »Das sind Wochenendhäuser. Die Besitzer fahren am Sonntagabend immer nach London zurück.«

»Noch mehr Immigranten«, murmelte ich. »Und was ist mit den Leuten, die zu beiden Seiten des Pfarrhauses wohnen?«

»Die wären sicher am aussichtsreichsten, aber« – Emma wedelte vage mit der Hand – »ich habe gehört, dass sie sehr zurückgezogen leben. Es könnte schwer sein, sie zum Reden zu bringen.«

»Was wäre, wenn ich ihnen sagte …?« Einen Moment dachte ich nach, dann setzte ich mich auf, stolz auf meinen Einfall. »Ich werde sagen, dass ich Lilian Bunting bei ihrer Gemeindechronik helfe. Wenn es um Geschichte geht, will niemand außen vor sein. Und Plätzchen … ich backe jetzt gleich jede Menge Plätzchen, die nehme ich mit als …«

»Bestechung?«, unterbrach mich Emma.

»Als ein Dankeschön«, berichtigte ich, »für alle, die bereit sind, ein paar einfache Fragen zu beantworten.«

»Toll.« Emma ließ sich noch tiefer ins Gras sinken. »Und wenn du erst bei ihnen im Haus bist …?«

»Dann quetsche ich sie aus, bis sie singen.« Ich machte ein grimmiges Gesicht, aber Ham verdarb den Effekt, indem er mir mit der Zunge über die Nase fuhr. Ich schob ihn weg und sprang auf die Füße. »Steh auf, Weib«, sagte ich, »und zieh deine Stiefel an! Du musst einen Urwald roden, und ich muss Plätzchen backen.«

Kapitel 11

Da ich gerade ein Netz Zitronen gekauft hatte, entschied ich mich für Zitronenstangen. Als Francesca beiläufig die zahlreichen Auszeichnungen erwähnte, die Lilian Bunting mit ihren Zitronenstangen gewonnen hatte, lachte ich nur und versicherte ihr, dass ich lediglich zum Vergnügen backe – was auch stimmte, jedoch nicht die ganze Wahrheit war.

Dank der Harris-Patentmedizin gegen Kater sowie zwölf Stunden ununterbrochenen Schlafs war Bill am nächsten Morgen wieder arbeitsfähig, obwohl er zum Frühstück nichts weiter wollte als trockenen Toast und Emmas Erdbeerblättertee. Als ich ihn vor seinem Büro absetzte, erklärte er kategorisch, er werde auf keinen Fall im Pub zu Mittag essen.

Während er die Bürotür aufschloss, versuchte ich, mir vom Auto aus einen Überblick über den Dorfplatz zu verschaffen. Vor dem Tearoom stand ein großer Lieferwagen, aus dem zwei starke Männer mit Tragegurten zwei lange, zylindrische Gegenstände ausluden, die in braunes Papier gewickelt waren. Simon kam mit einem ganzen Armvoll spitzer Handschaufeln aus dem Schulhaus und verstaute sie im Minibus. Ich rief ihm einen Gruß zu, und Simons aufgeräumte Antwort verriet mir, ohne dass ich zu fragen brauchte, dass Adrian in Scrag End endlich den Startschuss zum Graben gegeben hatte.

Von dem unternehmungslustigen Gesicht des jungen Mannes angesteckt, fuhr ich den Saint George's Lane hinauf und stellte den Mini vor dem Pfarrhaus ab. Ich wollte mehr über Lilians Gemeindechronik erfahren, ehe ich mich im Nachbarhaus als ihre Assistentin vorstellte.

Stolz sah ich auf meinen Vorrat an Zitronenstangen, die in mehreren Tüten auf dem Beifahrersitz lagen, dann nahm ich das rote Spiralbuch und stieg aus dem Wagen. Einen Augenblick stand ich sprachlos da und starrte über die niedrige Mauer; ich konnte es kaum fassen, wie sich der Garten in nur einem Tag verändert hatte.

Emma hatte ganze Arbeit geleistet. Erbarmungslos hatte sie die Sträucher heruntergeschnitten, die Brombeerranken ausgerissen und die Mauer von ihrem Würgegriff befreit. Der Garten war noch immer sehr uneben mit seinen Grasbuckeln und den Überresten diverser hartnäckiger Gewächse, er erinnerte mich an einen Bürstenhaarschnitt, der mit einem sehr stumpfen Messer ausgeführt wurde, aber Emma hatte es zumindest so weit gebracht, dass kein Langfinger mehr unbeobachtet in das Pfarrhaus schlüpfen konnte.

Als ich hinter dem Haus Stimmen hörte, ging ich leise an der Mauer entlang und spähte um die Ecke, um mich augenblicklich wieder zurückzuziehen. Emma saß am Fuße der Treppe zur Bibliothek und zeigte Rainey, wie man Unkraut mit der Wurzel ausreißt. Rainey trug ein Paar Gartenhandschuhe in Kindergröße, sicher ein Erbstück von Nell, und ihre Zöpfe waren zu einem wackeligen Heiligenschein hochgesteckt. Sie hatte bereits Erdspuren auf der Nase, an den Knien und an den Ellbogen, aber hier im Garten machte sich das ganz gut. Vielleicht, so überlegte ich, hatte Rainey ihren Traumberuf gefunden.

Ich wollte den kleinen Wirbelwind nicht ablenken, deshalb ging ich unbemerkt wieder zur Vordertür und klingelte. Eine Frau, die ich nicht kannte, öffnete die Tür. Sie trug ebenfalls Gummihandschuhe, hatte ein Tuch ums Haar gebunden und hielt einen Besen in der Hand.

»Mrs Bunting ist ausgegangen«, sagte sie – offensichtlich die Zugehfrau der Buntings. »Der Herr Pfarrer telefoniert, aber es dauert sicher nicht lange.«

Ich deutete mit einer Kopfbewegung zum Garten. »Lilian ist bestimmt froh über die Veränderungen draußen.«

»Sie freut sich, dass sie auf dem Gartenweg nirgendwo mehr mit den Strümpfen hängen bleibt. Der Herr Pfarrer behauptet, er wusste gar nicht, dass dort ein Plattenweg ist.« Die Frau lächelte scheu über das gestörte Verhältnis der Buntings zur Natur, dann stellte sie sich vor. »Ich heiße Annie Hodge.«

Der Name kam mir bekannt vor. »Von der Hodge Farm?«

Die Frau nickte. »Die Hodge Farm gehört meinem Mann.«

»Sie liegt direkt neben dem Feld von Scrag End, nicht wahr?«, sagte ich. »Sind Sie schon dazu gekommen, Dr. Culver bei seinen Ausgrabungen zu besuchen?«

»Zwischen uns und Scrag End liegen fünf Morgen Gerste«, erwiderte Annie, »und wir sind viel zu beschäftigt, um uns darum zu kümmern, was dieser Doktor dort treibt.« Sie sah über ihre Schulter. »Hier kommt der Herr Pfarrer.«

»Lori, meine Liebe«, sagte der Pfarrer, indem er zu uns vor die Haustür trat, »es tut mir leid, dass Sie warten mussten.«

»Soll ich Tee machen, Herr Pfarrer?«, bot Annie an. »Sie sehen gar nicht gut aus.«

»Tee«, sagte der Pfarrer geistesabwesend. »Ja, ja, eine gute Idee.« Er seufzte verzweifelt. »Und bitte, bringen Sie ihn in die Bibliothek.«

Ich nickte Annie freundlich zu und folgte dem Pfarrer in den Flur. Seit ich ihn das letzte Mal gesehen hatte, schien er um zehn Jahre gealtert.

»Erwarten Sie Lilian bald zurück?«, fragte ich, als wir in der Bibliothek waren.

»Lilian?« Der Pfarrer dachte nach. »Ich glaube, sie wollte bis zum Mittagessen wieder zurück sein. Sie ist bei einem Vortrag im Gemeindehaus von Stow.« Er setzte sich an den Schreibtisch und deutete vage auf das grüne Plüschsofa. »Bitte, machen Sie sich's bequem.«

Der Raum war unerträglich warm und dunkel wie eine Gruft. Fenster und Terrassentür waren fest geschlossen und die Vorhänge dicht zugezogen. Die Schreibtischlampe brannte, aber sie war so gedreht, dass ihr kleiner Lichtkegel nur das schwarze Telefon und die gefalteten Hände des Pfarrers beleuchtete.

»Mr Bunting«, sagte ich, »soll ich nicht vielleicht das Licht anknipsen?«

»Hmmm?« Der Pfarrer, der schweigend in den Anblick seiner Hände vertieft war, sah auf. »Sagten Sie Licht?« Mühsam versuchte er, das Dunkel zu durchdringen. »Es ist wohl ein bisschen düster hier drinnen, nicht wahr? Seit ich mit Ihnen über den, äh, Vorfall gesprochen habe, halte ich die Vorhänge hier geschlossen. Lilian findet, dass ich überreagiere.«

»Sie haben einen Schock erlitten«, sagte ich, indem ich die Stehlampen zu beiden Seiten des Sofas anknipste. »Es wäre eher merkwürdig, wenn Sie keine Reaktion zeigten.«

»Es ist die Verletzung der Privatsphäre, wissen Sie.« Der Pfarrer sah kurz über die Schulter in Richtung Terrassentür, aus der Raineys Geplapper auf der Treppe kam. »Es hat mich völlig verstört. Genau wie das Telefongespräch, das ich eben mit dem Bischof hatte. Er rief an, um mir zu sagen, dass er Mrs Kitchens Gesuch erhalten hat. Sie hat es ihm heute früh um sieben Uhr überreicht.«

Mitfühlend zuckte ich zusammen.

»Der Bischof machte mir klar, er wünsche nicht, dass Mrs Kitchen seinem alten Freund Dr. Culver auf die Nerven fällt. Er verlangt von mir … dass ich Mrs Kitchen in den Griff bekomme.« Der Pfarrer streckte hilfesuchend die Hände aus. »Ist er denn verrückt geworden?«

»Ich glaube, er unterschätzt Peggy Kitchen«, beruhigte ich ihn. »Schließlich hat er sie erst einmal erlebt.«

»Das sollte eigentlich genügen«, murmelte der Pfarrer. »Aber was soll ich tun? Diese schreckliche Frau hat mir nach dem Gottesdienst aufgelauert und angekündigt, ich würde noch von ihr hören.« Er schüttelte sich leise.

»Ich habe Stan angerufen«, sagte ich, in der Hoffnung, ihn von seinen Sorgen abzulenken. »Dr. Finderman, meine ich. Er hat versprochen, alles Menschenmögliche zu tun, um ein weiteres Exemplar der Gladwell-Druckschrift zu finden.«

»Das ist wirklich nett von ihm.« Der Pfarrer bemühte sich, erfreut zu klingen, aber das Problem, Peggy Kitchen »in den Griff« zu bekommen, lastete schwer auf ihm.

»Während Stan drüben seine Recherchen anstellt«, fuhr ich fort, »dachte ich mir, ich könnte ebenfalls ein wenig Nachforschungen betreiben. Ob Lilian wohl etwas dagegen hätte, wenn ich mir ihre Notizen für die Gemeindechronik etwas näher ansehe?«

»Ich bin sicher, sie würde sich von Ihrem Interesse geschmeichelt fühlen«, sagte der Pfarrer. Er deutete auf den langen Tisch am Ende des Raumes. »Dort liegt alles, bitte, bedienen Sie sich.«

Ich setzte mich an den Tisch und blätterte Lilians Notizen durch. Annie brachte das Tablett mit dem Tee, überließ es aber dem Pfarrer, mir eine Tasse einzuschenken und zu bringen. Ich widerstand der Versuchung, davon zu trinken. Annies Gebräu war dunkel wie Teer und mit Sicherheit stark genug, um Will und Rob ein paar schlaflose Nächte zu bescheren.

Der Pfarrer setzte sich mit seiner Tasse in den Sessel, während ich ab und zu etwas in das rote Notizbuch schrieb. Bald musste ich dem Pfarrer recht geben: Die Geschichte von Finch war wirklich zum Gähnen langweilig. In weniger als einer halben Stunde war ich aus der Eisenzeit bei »Das Dorf heute« angekommen.

»Fertig«, sagte ich, wobei ich die Papiere wieder ordentlich aufeinander legte. »Vielen Dank. Ich sage Ihnen natürlich sofort Bescheid, wenn ich etwas von Stan höre.«

Der Pfarrer lächelte. »Lori, meine Liebe, Sie sind ein Engel.«

»Und Sie«, sagte ich, »werden bestimmt mal ein Heiliger.«

Sein Gesicht nahm wieder den traurigen Ausdruck an. »Eher ein Märtyrer.«

»Nun machen Sie sich nicht allzu viele Sorgen, Herr Pfarrer«, redete ich ihm zu. »Denken Sie daran, wir haben den lieben Gott auf unserer Seite.«

»Das haben die Franzosen bei Agincourt auch gesagt«, murmelte der Pfarrer.

Während er sich mit hängendem Kopf ins Haus zurückzog, ging ich zum Mini, um eine Tüte Zitronenstangen zu holen. Mit Notizbuch, Kugelschreiber sowie meinem Dankes- und Bestechungsgebäck bewaffnet, machte ich mich auf zum ehemaligen Lehrerhaus, einem bescheidenen, niedrigen Cottage, das auch eine bessere Pflege verdient hätte, als sie ihm von seinem Bewohner zuteilwurde. Die Kalksteinfassade war schmutzig, von den Fensterrahmen blätterte die Farbe ab, und auf dem Dach klafften dunkle Löcher, dort wo Ziegel fehlten.

Jedoch hatte sich der augenblickliche Besitzer – laut Lilians Notizen ein Mann namens George Wetherhead – zumindest in seinem Garten betätigt. Auf dem spärlichen Rasen gab es keine Sträucher, keine Blumen, nichts, was den Blick auf den Weg, das Pfarrhaus und die Wiese dahinter verstellte. Wenn Mr Wetherhead am Sonntagabend zu einem seiner Fenster hinausgeschaut hätte, dann wäre es ihm nicht entgangen, wenn nebenan etwas Auffälliges passiert wäre.

Der Mann, der auf mein Klopfen an die Tür kam, war klein und schmächtig. Er hatte ein rundes Gesicht, und über seinen kahlen Kopf waren ein paar lange graue Haarsträhnen gekämmt. Über seine Stirn zog sich eine waagrechte Delle, als hätte er gerade einen zu engen Hut abgelegt. Er trug ein weißes Hemd mit Schulterklappen und eine dunkelblaue Hose und stützte sich schwer auf einen dreifüßigen Gehstock.

»Mr Wetherhead?«, fragte ich. »Ich heiße Lori Shepherd. Lilian Bunting hat mich gebeten, ihr ein wenig zu helfen, indem ich Informationen für ihre Gemeindechronik sammle. Wären Sie wohl bereit …?«

»Ich hab keine Zeit«, sagte er und griff nach der Türklinke.

Ich schob meinen Fuß über die Schwelle. »Sie möchten doch sicher nicht in der Gemeindechronik ausgelassen werden?«, sagte ich schmeichelnd. »Ihr Haus ist doch ein Teil der, äh, Dorfgeschichte. Schließlich ranken sich verschiedene … Legenden darum.«

»Legenden?« Mr Wetherheads Augen verengten sich. »Was für Legenden?«

»Alles Mögliche.« Ich trat einen Schritt näher und legte meine Hand an die offen stehende Tür, eine Verkaufstechnik, die ich mir in meiner Zeit als Pfadfinderin angeeignet hatte, als wir mit unseren selbst gebackenen

Plätzchen hausieren gingen. »Wenn Sie vielleicht doch ein paar Minuten Zeit haben, würde ich Ihnen gern davon erzählen.«

»Nein. Es tut mir leid, aber …« Plötzlich drehte er den Kopf und starrte über die Schulter zurück ins Haus.

»Ist etwas passiert?«, fragte ich. Ich wollte gerade wieder einen Zentimeter vorrücken, als der kleine Mann meinen Arm ergriff und mich hineinzog. Die schwere Tür war kaum ins Schloss gefallen, als ich ein lautes, schrilles Pfeifen hörte.

Kapitel 12

»Sie hatten kein Recht, sich so in mein Haus zu drängen.« Mr Wetherhead stand in der Tür, als ob er mir den einzigen Fluchtweg abschneiden wollte. »Kein Recht, hier herumzuschnüffeln. Ich bestehe darauf, dass Sie mir versprechen, niemandem zu erzählen, was Sie heute hier sehen. Es geht außer mich niemanden etwas an.«

Die Fenster in dem Zimmer mit der Balkendecke waren klein und dicht mit Gardinen verhängt. Auf dem zerkratzten Holzfußboden lagen Sperrholzplatten, auf denen Böcke standen, die eine riesige Tischplatte trugen. Langsam ging ich um den Tisch herum, unfähig, mich von dem Anblick, der sich mir bot, loszureißen.

»Ihre Nachbarn wissen nichts davon?«, fragte ich skeptisch.

Er umklammerte den Griff seines Gehstocks. »Die Häuser gegenüber sind nur am Wochenende bewohnt, und den Buntings habe ich noch nie Anlass zur Klage gegeben.« Seine Stimme hatte einen verzweifelten Ton angenommen. »Wenn das rauskommt, bin ich vor dem ganzen Dorf lächerlich gemacht. Wollen Sie das?«

Wieder wurde er von einem schrillen Pfiff unterbrochen, als die winzige Lokomotive in einem Tunnel unter dem Berg aus Gips verschwand. Einen Augenblick später kam sie wieder zum Vorschein, dampfte an einer Molkerei vorbei und durch ein viktorianisches Dorf, dann überquerte sie die Brücke über das silbrige Flüsschen, wechselte auf ein anderes Gleis und begann die langsame Steigung zu dem Skigebiet hoch in den Bergen. Die Miniaturlandschaft war eine vollständige kleine Welt, die die ganze Tischplatte füllte.

»Ich verstehe nicht, warum Sie das geheim halten wollen«, sagte ich und beugte mich vor, um den winzigen Sessellift und die Blumenkästen mit den Geranien zu betrachten, die vor den Fenstern der Schweizerhäuschen angebracht waren. »Man würde ja sogar Eintritt bezahlen, um so was sehen zu können.«

Mr Wetherhead spielte mit der Lokführermütze, die an einem Haken neben der Tür hing. »Sie finden es nicht … lächerlich? Für einen erwachsenen Mann, meine ich?«

»Lächerlich?« Entzückt schlug ich die Hände zusammen, als eine Schranke sich senkte, um die Gleise zu sperren. »Es ist sensationell … einfach großartig …«

Mr Wetherhead sah mich zweifelnd an. »Finden Sie das wirklich?«

Ich legte die Hand aufs Herz und sah ihm in die Augen. »Ich meine es ganz ehrlich.«

Der kleine Mann hinkte hinüber zur Steuerkonsole und hantierte daran. »Ich denke, dass ich ein paar Ihrer Fragen beantworten kann. Was möchte Mrs Bunting wissen?«

»Sie sammelt Material für ihr Kapitel über das heutige Finch.« Ich sah in das rote Notizbuch. »Sie bat mich, ein bisschen zu recherchieren, etwas über die Bewohner von Finch herauszufinden – ihren Hintergrund, ihre Ansichten über das Dorf, merkwürdige Dinge, über die sie berichten können …«

Mr Wetherhead betätigte einen Knopf, und die Schranke hob sich. Der Zug tuckerte in das Dorf und hielt am Bahnsteig des kleinen Bahnhofs. Mr Wetherhead legte einen Hebel an der Lok um, und das Tuckern verstummte. »Einen Tee?«, fragte er.

»Ja, gern.« Ich trat zurück, damit er an mir vorbeihinken konnte.

Der Gang durch Mr Wetherheads Haus glich einer Führung durch ein Eisenbahnmuseum. Bahnhofsschilder bedeckten die verblichenen Tapeten, von der Decke hingen Signallaternen, und der Fußboden war mit Kartons zugestellt, in denen sich weitere Gleisabschnitte, Zubehör zur Landschaft und zahllose weitere Modelleisenbahnen befanden.

»Es muss eine Ewigkeit gedauert haben, bis Sie all die kleinen Tannenbäume auf den Berg geklebt hatten«, sagte ich, während ich eine glänzende schwarze Dampflok bewunderte.

Mr Wetherhead zuckte bescheiden mit den Schultern. »Ich habe viel Zeit, seit ich nicht mehr arbeite.«

»Waren Sie bei der Bahn beschäftigt?«

»Ich war Streckeninspektor bei der South Western Railway Line. Nach meinem Unfall schickten sie mich in den Ruhestand.« Er drehte sich zu mir um. »Macht es Ihnen etwas aus, wenn wir den Tee in der Küche trinken?«

»Nein, überhaupt nicht«, sagte ich. Im Wohnzimmer gab es keinen freien Fleck, wo man eine Teetasse hätte abstellen können.

Die Küche war gerade groß genug, um neben der Küchenzeile einen Resopaltisch und zwei Klappstühle zu beherbergen. Mr Wetherhead füllte den Kessel, bat mich, Platz zu nehmen, und fing an, seine Schränke zu durchsuchen.

»Ich weiß doch, dass hier irgendwo Kekse sein müssen«, murmelte er mit gerunzelter Stirn.

»Wären Ihnen diese recht?« Ich legte die Tüte mit den Zitronenstangen auf den Tisch. »Die habe ich Ihnen als kleines Dankeschön für Ihre Hilfe bei der Gemeindechronik mitgebracht. Ich hoffe, Sie nehmen sie auch als Entschuldigung für mein Eindringen an.«

»Schließlich habe ich Sie ja ins Haus gezogen«, erinnerte Mr Wetherhead mich und errötete leicht über seine eigene

Vermessenheit. »Ich musste die Tür schließen, ehe der Zug pfiff. Meine Mutter hat immer sehr streng darauf geachtet, dass ich mit meinem Läuten und Pfeifen niemand störe.«

Ich tat so, als machte ich Notizen, als Mr Wetherhead mir eine kurze Zusammenfassung seines bisherigen Lebens gab. *Wir alle haben diese Erinnerungen,* dachte ich, während ich seine dürftig bestückten Küchenregale betrachtete. Unsere Köpfe sind gefüllt mit fertigen Anekdoten, schnell und einfach zur Hand, wie Suppe aus der Tüte. Es bedarf lediglich eines Zuhörers, und schon drängen sie hervor. Jedoch sind sie nicht immer so traurig wie die von Mr Wetherhead.

Mrs Wetherhead hatte sich für die Vorlieben ihres Sohnes nie sonderlich interessiert. Im Gegenteil machte sie sich über seine Leidenschaft für Eisenbahnen lustig und fand seinen Entschluss, bei der Bahn zu arbeiten, lächerlich. Als er bei einem Sturz von einem fahrenden Güterwaggon einen komplizierten Beckenbruch erlitt und danach seinen Beruf aufgeben musste, sagte sie, es sei höchste Zeit, dass er erwachsen würde und aufhöre, mit Modelleisenbahnen zu spielen.

»Ich fürchte, ich enttäuschte sie wieder.« Mr Wetherhead stellte seine Tasse ab und ließ sich mühsam auf den anderen Stuhl nieder. »Aber als ein Onkel von mir starb, hinterließ er mir dieses Haus. Sobald ich wieder gehen konnte, zog ich hierher und brachte meine Sammlung an Modelleisenbahnen mit.«

»Es ist wirklich schade, dass Finch keinen Bahnhof hat«, bemerkte ich.

»Finden Sie?« Mr Wetherhead füllte meine Tasse mit duftendem Kamillentee. »Meine Mutter hat nie Auto fahren gelernt, wissen Sie, deshalb war es schwierig für sie, mich hier zu besuchen. Sie war immer von der Bahn abhängig.« Er nahm eine Zitronenstange und betrachtete sie nachdenklich. »Sie starb letztes Jahr, Gott hab sie selig.«

Mr Wetherhead, überlegte ich, mochte an ein verschrecktes Kaninchen erinnern, aber er hatte etwas von dem eisernen Willen seiner Mutter geerbt. Schließlich konnte es für einen schüchternen Mann wie ihn nicht einfach gewesen sein, sich aus den Klauen dieser nörgelnden alten Frau zu befreien, aber immerhin hatte er es schließlich geschafft. Mit Bewunderung und Respekt sah ich ihn an, und auch mit Dankbarkeit, denn er hatte mich daran erinnert, was für eine Macht eine Mutter – im Guten wie im Bösen – über das Leben ihrer Kinder haben kann.

Meine Sympathie für ihn wuchs ins Unermessliche, als er meine Zitronenstangen lobte.

»Die können es mit Mrs Buntings aufnehmen«, sagte er. »Haben Sie schon daran gedacht, sie beim Erntedankfest einzureichen?«

Ich senkte bescheiden den Kopf. »Nein, daran habe ich ehrlich gesagt noch gar nicht gedacht.«

»An Ihrer Stelle täte ich es«, sagte er. »Sie könnten damit ein Blaues Band gewinnen.« Er reichte mir den Teller mit dem Gebäck, anscheinend hatte er keine Ahnung von den Schwierigkeiten im Zusammenhang mit dem Erntedankfest.

»Waren Sie in letzter Zeit einmal in Kitchen's Emporium?«, fragte ich.

»Dort gehe ich niemals hin«, erwiderte er. »Mrs Kitchen erinnert mich zu sehr an meine Mutter. Ich gehe zum Postamt in Naunton, wenn ich eine meiner Eisenbahnen verkaufe und verschicken muss.«

»Sie verkaufen Ihre Eisenbahnen?«, sagte ich mit gerunzelter Stirn. »Warum tun Sie das denn?«

Mr Wetherhead warf einen bedeutsamen Blick auf mein rotes Notizbuch. »Versprechen Sie mir, meine Antwort vertraulich zu behandeln?«

Ich legte den Kugelschreiber auf den Tisch.

»Durch die Kürzungen im National Health Service reicht meine Rente allein nicht mehr aus«, vertraute er mir an, »also verkaufe ich ab und zu eine meiner Eisenbahnen und verschicke sie per Post. Die Nachfrage unter den Hobby-Eisenbahnfans ist groß.« Er füllte meine Tasse erneut. »Aber das habe ich Ihnen nicht erzählt.«

Einen Moment drehte ich die Daumen, erbost über eine Welt, in der ein Mann seine Träume nach und nach verkaufen muss, um seine Arzneimittelrechnungen zu bezahlen. »Haben Sie jemals daran gedacht, Ihr Haus in ein Museum zu verwandeln?«, fragte ich.

Mr Wetherhead sah mich so erschrocken an, dass ich fast die Stimme seiner Mutter hörte, wie sie ihm in seiner Vorstellung die Hölle heißmachte.

»Es würde niemand kommen«, sagte er.

»Ich glaube doch«, widersprach ich. »Es war kein Scherz, als ich sagte, dass man dafür bezahlen würde, um Ihre Sammlung zu sehen. Warum versuchen Sie es nicht während des Erntedankfests? Sie könnten probeweise Eintritt verlangen und …«

»Mrs Kitchen organisiert das Erntedankfest, nicht wahr?« Mr Wetherhead rührte nervös in seinem Tee. »Ich könnte unmöglich mit ihr zusammenarbeiten. Mein Leben ist ruhig und friedlich, und ich will nicht, dass Mrs Kitchen mir dazwischenfunkt.«

Ich verstand ihn nur zu gut, um zu widersprechen, deshalb ließ ich das Thema fallen und fragte ihn, ob ich später einmal mit Will und Rob kommen dürfte, um ihnen seine Modelleisenbahnen zu zeigen.

»Jederzeit«, sagte er mit scheuem Lächeln. »Es hat mich gefreut, mich mit Ihnen zu unterhalten«, fügte er hinzu. »Haben Sie Informationen bekommen, die Mrs Bunting gebrauchen kann?«

»Mrs Bunting?« Ich war von unserem Gespräch so gebannt, dass ich mein Alibi vollkommen vergessen hatte. »Äh – ja«, sagte ich hastig. »Sie wird sich bestimmt freuen.«

»Wohl kaum.« Mr Wetherhead drehte seine Tasse langsam in den Händen. »Ich bin wahrscheinlich der langweiligste Mensch, den Sie interviewt haben. Ich wette, mein Haus hat eine interessantere Geschichte als ich.« Er sah hoch. »Hatten Sie nicht etwas von Legenden gesagt?«

»Natürlich.« Ich hatte auch diese Lüge völlig vergessen, die ich Mr Wetherhead aufgetischt hatte, um in sein Haus zu kommen. Es wäre einfacher gewesen, wenn er es ebenfalls vergessen hätte. In Lilian Buntings Notizen hatte ich auch nichts über Legenden gelesen.

»Erzählen Sie mir davon?«, fragte er.

Ich öffnete das Notizbuch und durchsuchte die Seiten nach Informationen über das Lehrerhaus.

»Das Haus Ihres Onkels wurde vor etwas über hundert Jahren gebaut«, erzählte ich, »als Unterkunft für den Schulmeister des Dorfes.«

Mr Wetherhead wartete höflich, er hoffte offenbar auf ein paar weniger prosaische Einzelheiten.

Hatte Lilian mir nicht etwas über das Haus des Schulmeisters erzählt? »Der letzte Dorflehrer, der hier wohnte, war ein … eine Art Schwerenöter«, sagte ich, Lilians Worte wiederholend. »Anscheinend war er Junggeselle, was ihn allerdings nicht daran hinderte, eine Klasse voll kleiner Schüler in die Welt zu setzen. Vermutlich wollte er nicht, dass die Schulbänke irgendwann verwaist wären. Interessant, nicht wahr?«

Mr Wetherheads Gesichtsausdruck zeigte mir, was er von dem ehrenrührigen Klatsch hielt: dass er ein schlechter Ersatz für die versprochenen Legenden war. Ich schämte mich, dass ich ihn zum Narren gehalten hatte. Meinetwegen hatte er seine große Scheu überwunden – ich konnte doch bestimmt ein paar Legenden für ihn erfinden. Langsam legte ich den Kugelschreiber hin und schloss das Notizbuch. *Warum nicht auf meine persönlichen Erfahrungen zurückgreifen, um Mr Wetherheads Verlangen nach Übersinnlichem zu befriedigen,* überlegte ich mir.

»Und außerdem«, sagte ich leise und vertraulich, »wäre da natürlich noch das Gespenst.«

Mr Wetherhead schlug mit der flachen Hand auf den Tisch. »Ich wusste es!«, rief er. »Aber es ist nicht *mein* Gespenst. Bruder Florin gehört ins Pfarrhaus!«

Kapitel 13

»Wie bitte?«, fragte ich ungläubig. »Sagten Sie Bruder Florin?«

Mr Wetherhead wurde rot. »So nennt Mrs Morrow ihn. Hat er bei Mrs Bunting einen anderen Namen?«

»N-nein«, sagte ich, während es sich in meinem Kopf zu drehen anfing. »Eigentlich weiß Lilian nicht so besonders viel über ihn. Sie hatte gehofft, dass Sie ...«

»Ja, natürlich. Ich erzähle Ihnen alles, was ich weiß. Aber ich habe ihn auch erst einmal gesehen.« Mr Wetherhead lehnte sich zurück und betupfte sich die Stirn mit einem knallroten Taschentuch. »Ich bin erleichtert, dass Mrs Bunting von Bruder Florins Existenz weiß. Außer Mrs Morrow wollte ich niemandem davon erzählen, dass ich ein Gespenst gesehen habe. Ich hatte sie auch nur um Rat gefragt, weil sie eine Expertin auf diesem Gebiet ist.«

»Tatsächlich?« Fast überschlug sich meine Stimme vor Aufregung.

»Mrs Morrow ist ein Profi«, versicherte Mr Wetherhead mir. »Sie wusste alles über Bruder Florin. Sie sagte, ich hätte Glück gehabt, dass ich ihn so deutlich gesehen habe. Aber Sonntagnacht war auch Vollmond, müssen Sie wissen.«

»Sonntagnacht?« Ich blinzelte vor Aufregung. »Sie sahen ihn Sonntagnacht?«

Mr Wetherhead zögerte. »Na ja, genau gesagt war es Montag früh, ich sah ihn genau um acht Minuten nach Mitternacht.«

Seine Augen leuchteten. Er lächelte glücklich und drehte und verknäulte sein Taschentuch, kaum fähig, seine Aufregung zu verbergen. Bruder Florins Gespenst war womöglich das spannendste Erlebnis, das er je hatte. Konnte ich es übers Herz bringen, diese überwältigende Erscheinung als einen gewöhnlichen Einbrecher abzutun? Ich öffnete das rote Notizbuch und beschloss, erst einmal mitzuspielen.

»Bruder Florin erscheint immer nach Mitternacht«, erklärte ich mit Überzeugung. Ich nahm meinen Kugelschreiber. »Wo waren Sie, als Sie ihn sahen?«

»Im Zimmer nebenan«, sagte Mr Wetherhead. »Das ist mein Schlafzimmer. Ich konnte nicht schlafen, weil es so heiß war, also stand ich auf, um das Fenster zu öffnen, da sah ich ihn. Er stieg aus dem Nebel auf und ging zweimal um das Pfarrhaus.« Mr Wetherhead gestikulierte mit den Händen in der Luft, um Bruder Florins unwirkliche Besichtigungstour zu untermalen. »Er glitt dahin, schwankte nach links und nach rechts, seine Arme waren über dem Bauch gefaltet, und die Hände steckten in den Ärmeln seiner Kutte.«

»Er trug eine Kutte?«

»Die Kutte seines Ordens, mit einer Kapuze«, erklärte Mr Wetherhead. »Deshalb konnte ich sein Gesicht nicht sehen. Aber seine Gestalt erinnerte ein wenig an Paddington Bär.«

Ich kritzelte *Paddington Bär in einer Kutte* in mein Notizbuch. »Und was passierte, nachdem er das Pfarrhaus umrundet hatte?«

»Er verschwand.« Der kleine Mann blinzelte aufgeregt. »Eben war er noch da, und im nächsten Moment war er wie vom Erdboden verschluckt. Einfach so. Da wusste ich, dass er nicht von dieser Welt war.« Mr Wetherhead lächelte verlegen. »Anfangs hatte ich noch gedacht, es könnte ein Einbrecher sein.«

»Aber das halten Sie nicht mehr für möglich?«

»Nein, bestimmt nicht.« Mr Wetherhead lachte in sich hinein. »Wenn im Pfarrhaus eingebrochen worden wäre, dann wäre die Polizei längst da gewesen und ich wüsste es, wo ich doch direkt nebenan wohne.«

Ich spürte, dass ich Kopfschmerzen bekam.

»Ich blieb in dieser Nacht noch zwei Stunden am Fenster«, fuhr Mr Wetherhead fort, »und ich habe auch seitdem jede Nacht nach ihm Ausschau gehalten, aber er ist nicht wieder erschienen. Ist das immer so?«

»Das ist ganz normal«, erwiderte ich mit Überzeugung. »Manchmal vergehen Jahre, ehe Bruder Florin sich wieder zeigt. Mrs Morrow hatte recht, dass Sie Glück hatten, ihn zu sehen. Sie wohnt auf der anderen Seite vom Pfarrhaus, nicht wahr?« Ich nahm mir vor, auch der Gespensterexpertin von Finch einen Besuch abzustatten.

Der kleine Mann antwortete nicht sofort. Er drehte wieder die Tasse in den Händen, ehe er zögernd sagte: »Mrs Morrows Geschäfte erfordern es aber, dass sie vertrauliche Dinge für sich behält.«

»Ihr Geheimnis ist bei mir sicher«, versprach ich ihm.

»Sie wissen, wie die Menschen sind«, fuhr er fort. »Ich hätte es nicht gern, wenn in Kitchen's Emporium oder im Pub über mich diskutiert würde.«

»Das verstehe ich«, sagte ich verständnisvoll. »Und ich gebe Ihnen mein Versprechen, dass ich weder in Mrs Kitchens Warenhaus noch im Pub Bruder Florin auch nur mit einem Wort erwähnen werde.«

Ich hielt mein Wort. Weder in Peacocks Pub noch in Peggys Laden ließ ich ein Wort über Bruder Florin verlauten, aber während Bill und Francesca die Zwillinge nach dem Mittagessen hinlegten, führte ich eine lange Unterhaltung mit Dimity.

»Stimmt es?«, fragte ich, über das blaue Tagebuch gebeugt, die Tür fest geschlossen. »Gibt es wirklich einen Bruder Florin?«

Ich glaube nicht. Lass mich mal nachdenken … Es gibt einen Bruder Glorin in der Pricknash Abbey in der Nähe von Gloucester, aber den kennt noch niemand – er hält sich noch immer an sein Schweigegelübde. Und dann gibt es da Bruder Florian in der Craswall Priory in der Marsch – was für ein verlassener Posten für so eine gesellige Persönlichkeit. Schade, dass die beiden nicht tauschen können. Vielleicht schlage ich es ihnen vor …

»Aber Bruder Florin, Dimity?«, erinnerte ich sie sanft.

Nein, einen Bruder Florin kenne ich nicht. Ich kann dir jedoch versichern, dass die Buntings das Pfarrhaus ganz für sich allein haben.

»Also flunkert Mrs Morrow, wenn sie Gespenster gesehen haben will«, sagte ich nachdenklich.

Sie wäre nicht die Erste. Die vielen Kriegsopfer von 1914 bis 1918 ließen das Geschäft mit Medien florieren. Ich wuchs in einer Welt auf, in der Spiritismus der letzte Schrei war. Jetzt ist er auch wieder Mode, nicht wahr?

Ich zuckte die Schultern. »Heute suchen viele Menschen auf unkonventionelle Weise nach Antworten.«

Das haben sie schon getan, als ich jung war. Séancen, Kristalle, Tischrücken, Handlesen … Wie der Pfarrer dir sicher bestätigen kann, es gibt nichts, was es nicht schon einmal gegeben hat.

»Und gibt es etwas, das wirklich funktioniert?«, fragte ich neugierig.

Keine Ahnung. Jedenfalls würde ich nie antworten, wenn jemand versuchte, für Geld mit mir in Verbindung zu treten, aber da sind nicht alle der gleichen Ansicht. Ich kann auch nicht behaupten, dass ich eine Expertin auf dem Gebiet bin.

Ich lachte. »Also, wenn du es nicht bist, dann ist Mrs Morrow ganz bestimmt keine. Danke, Dimity, ich erzähle dir, was ich herausgefunden habe.«

Ich klappte das Tagebuch zu, stellte es aufs Bücherbord zurück und ging nach oben ins Kinderzimmer. Meinem Mann hatte ich noch nichts von Bruder Florin erzählt. Wir waren nicht gemeinsam im Auto nach Hause gefahren, denn Bill war geradelt, und beim Mittagessen war Francesca anwesend gewesen. Ich hoffte, ihn noch anzutreffen, ehe er wieder ins Büro fuhr.

»Francesca?«, sagte ich, als ich ins Kinderzimmer trat. »Ist Bill schon weg?«

»Vor zehn Minuten.« Francesca saß neben Robs Bett im Schaukelstuhl und strickte an einem blauen Kindersöckchen, das meine Stricksachen mehr denn je wie abstrakte Kunst aussehen ließ. »Ich soll Ihnen sagen, dass er sich später mit Ihnen unterhalten will.«

Im Kinderzimmer hing der unwiderstehliche Duft von Babyshampoo und Babypuder. Die Jungen, frisch gebadet, schliefen auf dem Bauch, ihre Köpfe nach derselben Seite gedreht, ihre Fäustchen auf beiden Seiten in identischer Pose. Ich trat an Wills Bettchen und streichelte seinen Rücken. Es bestand keine Gefahr, dass ich ihn weckte. Die Kinder hatten die Fähigkeit ihres Vaters geerbt, fest zu schlafen.

»Kennen Sie Mrs Morrow?«, fragte ich Francesca.

Francesca sah von ihren Stricknadeln hoch. »Die große Frau, die neben dem Pfarrhaus wohnt?«

»Die meine ich.«

»Ich weiß nicht viel über sie. Sie mag Katzen, wohnt in London und hat das Briar Cottage vor sechs Monaten gemietet. Man erzählt, dass sie ein Buch schreibt. Sie trägt keinen Trauring, deshalb sagen manche, dass der Titel *Mrs* wohl nicht ganz richtig ist. Geht weder in meine Kirche noch nach Saint George's – lebt ziemlich zurückgezogen. Ich habe auch gehört, dass ihre elektrischen Leitungen irgendwie anders sein sollen.«

Ich richtete mich auf und sah sie an. »Wie bitte?«

»Sie hat an der Verkabelung im Briar Cottage etwas ändern lassen«, erklärte Francesca. »Hat sich zusätzliche Anschlüsse legen lassen. Aber wie gesagt, ich weiß kaum etwas über sie.« Dieses absurde Dementi war nicht im Geringsten ironisch gemeint, und ich fragte mich im Stillen, was Francesca wohl erzählen würde, wenn man sie aufforderte, ihre neuen Arbeitgeber zu beschreiben.

Meine Kinderfrau schien eine ganze Menge über die Frau zu wissen, die sie eigentlich nicht kannte, und trotzdem hatte sie kein Wort über Gespenster verloren. Sechs Monate schienen eigentlich lange genug für die Buschtrommeln des Dorfes, um sich über Mrs Morrows außergewöhnliches Fachwissen zu verbreiten, wenn es denn etwas damit auf sich hatte. Gehörte Francesca dem Zirkel nicht an, oder war sie nur diskret? Ich verzichtete darauf, weiter nachzuforschen. Wenn es Mrs Morrow gelungen war, einen Teil ihres Lebens vor den neugierigen Augen der Dorfbewohner zu verbergen, dann konnte man ihr dazu nur gratulieren.

Francesca nahm ihr Strickzeug wieder auf. »Ich habe gehört, dass der Bischof Mrs Kitchen eine Abfuhr erteilt hat.« Sie lächelte zufrieden. »Ich hatte ja gleich gesagt, dass das alles Unsinn ist. Der Bischof steckt doch mit Adri… mit Dr. Culver unter einer Decke.« Ihr Lächeln verwandelte sich in ein ärgerliches Stirnrunzeln, als sie hinzufügte: »Er war heute schon wieder hier.«

»Wer?«

»Dr. Culver. Behauptete, er suche seinen Hut.« Francesca schnaubte verächtlich. »Er hatte diesen alten Hut überhaupt nicht auf, als er neulich abends hier war. Hätte auch gar nicht zu dieser hübschen grauen Hose gepasst, die er da trug.«

Adrian Culvers Hartnäckigkeit schien langsam Früchte zu tragen.

Ich lachte leise in mich hinein und sagte Francesca dann, ich müsse wieder ins Dorf, sei aber rechtzeitig zum Abendessen wieder da. Ich beugte mich zu Will hinab, um ihn auf die Schläfe zu küssen, dann pflanzte ich einen Kuss auf Robs Pausbäckchen und brach auf, um mir Mrs Morrow einmal näher anzusehen.

Briar Cottage lag hinter einer dornigen Hecke, die so hoch war, dass ich nicht darüber hinweg blicken konnte, und so dicht, dass selbst ein halb verhungertes Kaninchen nur mit Mühe hätte hindurchgelangen können. Die Scharniere an dem hohen hölzernen Gartentor quietschten durchdringend, als ich es öffnete. Dann war es still, bis auf das Zwitschern der Vögel und Raineys Stimme im benachbarten Pfarrgarten – ich fürchtete um Emmas Ohren, wenn das Mädchen bis zum Abend so weiterquasselte. Einen Augenblick stand ich da und musterte Mrs Morrows Haus.

An den meisten Häusern in Finch war in den sechziger Jahren im Zuge der Modernisierung das alte Strohdach gegen Schiefer ausgetauscht worden, aber das Dach von Briar Cottage war noch so struppig wie an dem Tag, als es gedeckt worden war. Das überhängende Reet war für die zwei Fenster im ersten Stock gekürzt worden, an denen, genau wie an den Fenstern im Erdgeschoss, ordentlich gestärkte Gardinen aus Baumwollstoff hingen.

Briar Cottage war aus dem gleichen honigfarbenen Stein gebaut wie die anderen Häuser in Finch, und es war sehr klein, nicht einmal halb so groß wie das Schulmeisterhaus. Seine Wände waren schief und leicht nach außen gewölbt, als ob es schon angefangen hätte, sich zu setzen, als die Royalisten durch das Dorf geritten waren, ein Vorgang, der bis heute noch nicht ganz abgeschlossen war. Auf mich übte das kleine Haus einen unerklärlichen Reiz aus.

Als ich dem Weg durch den Vorgarten zur Tür folgte, sagte ich mir erneut, dass Mrs Morrow, egal, wie unehrlich oder verschroben sie sein mochte, eine wertvolle Zeugin sein könnte. Es tat nichts zur Sache, dass sie unschuldige Opfer wie Mr Wetherhead hinters Licht führte. Wenn sie seine Geschichte bestätigen – oder, besser noch, ihr etwas hinzufügen – könnte, wäre ich meinem Ziel, den Einbrecher mit der Statur von Paddington Bär zu identifizieren, einen Schritt näher.

Ich klopfte an, wartete, und klopfte abermals. Gerade als ich die Hand zum dritten und letzten Versuch hob, wurde die Tür von einer großen, gertenschlanken Frau mit lebhaften grünen Augen aufgerissen.

»Aber Schätzchen, ich hab es dir doch schon tausend Mal gesagt«, rief sie, *»keinen Sex, ehe wir Vollmond, haben!«*

Kapitel 14

Ein paar Sekunden der Fassungslosigkeit stand ich da, bis ich begriff, dass die Frau weder fantasierte noch mich mit ihrem Ratschlag meinte, sondern in das dünne gebogene Mundstück ihres Headsets sprach, das sie am Kopf trug.

»Nein, nein und nochmals nein!«, fuhr sie fort und winkte mir einzutreten. »Es stärkt deine Kräfte nicht – es nimmt sie dir! Gib mir mal Keith, ja?«

Ich schloss die Tür und wartete höflich darauf, dass sie ihr Gespräch beendete.

»Miranda weiß es wirklich am besten, Keith, Schätzchen. Versucht es nächsten Monat wieder und gebt mir Bescheid. Tschüss, Herzchen. Und grüß Wormwood von mir. Keith' Katze«, erklärte sie, während sie ihr Headset abnahm. »Ein schrecklicher Name für so ein armes Tier, finden Sie nicht auch? Ich kann mir ungefähr vorstellen, wie sie *ihn* nennt.« Sie streckte mir die Hand hin. »Miranda Morrow, zu Diensten. Sammeln Sie für das neue Kirchendach, oder kommen Sie wegen einer Konsultation? Oder« – sie zog die Augenbrauen hoch – »gehören Sie zu uns?«

»Ich, äh …« Ich war so damit beschäftigt, meine Umgebung anzustarren, dass ich Mirandas Frage nur mit halbem Ohr gehört hatte.

Sie folgte meinem erstaunten Blick, der durch das vollgestopfte niedrige Zimmer schweifte. »Sieht nicht direkt nach *Mein schönes Heim* aus, was?«

»N-nein …«, gab ich zu. *Mein schönes Hexenhaus* wäre der Sache nähergekommen.

Im offenen Kamin stand ein dreibeiniger Hexenkessel, auf dem Kaminsims darüber, einem einzigen dicken Holzbalken, lagen Tarotkarten, Wünschelruten, geschliffene Kristalle und kleine Häufchen polierter Steine. Die Wände waren mit astrologischen Karten dekoriert, auf die ausgeblichenen roten Fußbodenfliesen waren mit Kreide kabbalistische Symbole gemalt, und die zum Trocknen aufgehängten Kräuterbündel, die von der Decke baumelten, füllten den Raum mit einem würzigen Duft.

Zwischen den Fenstern stand ein Tischchen mit einer schwarzen Samtdecke, darauf lag eine Kristallkugel von der Größe meines Kopfes etwa. Über der Haustür hatte ich einen schwarzen, struppigen Reisigbesen bemerkt. Deshalb war ich nun auch nicht weiter überrascht, als eine schwarze Katze mit funkelnden Bernsteinaugen zur Begrüßung ihren Kopf an meinen Knöcheln rieb. Als ich mich bückte, um sie am Hals zu kraulen, fiel mein Blick auf einen Tisch, der in der Schräge unter der Treppe stand.

»Wow«, sagte ich, wobei mir Francescas Bemerkung über die zusätzlichen Telefonanschlüsse wieder einfiel. »Das ist ja eine eindrucksvolle Anlage, die Sie da haben.«

Miranda sah nachsichtig lächelnd auf ihre elektronischen Geräte, gegen die sich das Space Center in Houston wie die Anlage eines Amateurs ausnehmen musste. »Ohne die Anlage könnte ich meine Arbeit nicht machen«, erklärte sie sachlich. »Heute Nachmittag nehme ich Anrufe entgegen, während gleichzeitig E-Mails und Faxe aus- und eingehen.«

»Was für einen Beruf haben Sie denn?«, fragte ich. »Wenn Sie mir diese persönliche Frage gestatten.«

Miranda schien amüsiert über meine diplomatische Vorsicht. »Dreimal dürfen Sie raten«, sagte sie. »Atomphysiker, Milchmädchen oder … Hexe.«

Verlegen zog ich den Kopf ein. »Ich war mir nicht sicher, ob Sie so genannt werden möchten.«

Sie nickte bestätigend. »Manche Frauen sind da empfindlich. Ich aber nicht. Hexe, Zauberin, Seherin, Heilerin … mir ist es egal, wie die Menschen mich nennen, solange sie nur anrufen.«

»Also sind Sie eine … eine Telefonhexe?«, fragte ich, wobei mir der Gedanke kam, wie der Pfarrer wohl reagieren würde, wenn ihm die nonkonformistischen Ansichten seiner Nachbarin zu Ohren kämen.

»Im Moment schreibe ich gerade ein Buch«, erwiderte sie, »aber ich kann ja meine Getreuen nicht im Stich lassen, auch wenn ich mich hier in meinem ländlichen Versteck sehr wohl fühle. Ohne mich sind sie hilflos.« Sie legte das Headset auf den Tisch unter der Treppe. »Aber würden Sie sich jetzt bitte vorstellen, oder warten Sie darauf, dass ich Ihre Gedanken lese?« Sie hob die Hand, um meine Antwort abzuwehren. »Nein, warten Sie … warten Sie … ich bekomme gerade einen Hinweis … ja … jetzt weiß ich es. Sie heißen … *Lori Shepherd!*«

Ich verschränkte die Arme und sah sie von der Seite an. »Ich nehme an, Sie haben mit Mr Wetherhead gesprochen?«

»Er klopfte bei mir an, sowie Sie sich verabschiedet hatten«, sagte sie lachend. »Wollen Sie sich nicht setzen?«

Ich deutete auf das Headset auf dem Telefontisch. »Und Ihre Anrufe?«

»Die Leute können aufs Band sprechen«, sagte sie. »Kommen Sie …«

Eingezwängt zwischen all die obskuren Utensilien stand in schrägem Winkel zum Kamin ein pummeliges kleines Sofa, über das wohl ein Dutzend Umschlagtücher mit Paisleymuster drapiert war. Ich sank darauf –

oder vielmehr versank darin –, während Miranda sich bückte, um im Kamin eine Reihe von Kerzen anzuzünden.

Sie sah eher nach einer Bauerntochter als einer Hexe aus. Verglichen mit den anderen Dorfbewohnern war sie blutjung, schätzungsweise Mitte dreißig, also nicht viel älter als ich. Ihr frisches, rosiges Gesicht war leicht mit blassen Sommersprossen gesprenkelt. Sie ging barfüßig und trug ein loses blaues Baumwollkleid, das ihre Knöchel umspielte. Ihr rotblondes, sonnengebleichtes Haar war zu Zöpfen geflochten, die ihr bis zur Taille reichten.

»Ein Sommerfeuer«, erklärte sie, als die Kerzen angezündet waren. »Lebende Flammen ohne übermäßige Wärme.« Sie schloss die Augen und streckte die Hände nach den Kerzen aus, die Handflächen nach oben, wie im stillen Gebet. »Keine Angst«, murmelte sie aus dem Mundwinkel, »ich verzaubere niemanden. Ich bedanke mich nur für das Geschenk des Lichtes. Ich bemühe mich, nichts als selbstverständlich hinzunehmen.«

Sie ließ die Arme sinken, machte es sich in einem abgewetzten Sessel bequem und streckte die Beine auf einer rot gefransten Ottomane aus. »Ich wette, Sie fragen sich, warum ich mich so nahe am Pfarrhaus eingemietet habe.«

»Es scheint schon ein kleines bisschen … herausfordernd«, gab ich zu.

»Das sollte es auch sein«, sagte Miranda. »Ich habe das Briar Cottage gemietet, ohne es mir vorher anzusehen und ohne danach zu fragen, wer die Nachbarn sind. Deshalb gebe ich auch keine Teegesellschaften. Ich möchte nicht, dass der Pfarrer Angst kriegt, ich würde in seinen Gewässern fischen.« Sie stützte das Kinn in die Hand. »Es steht ja nicht jeder meiner Religion so tolerant gegenüber wie der liebe alte Mr Wetherhead – obwohl die Zahl meiner Anhänger zunimmt. Vielleicht hänge ich mein Fünfeck eines Tages doch noch heraus.«

»Da wir gerade bei Mr Wetherhead sind«, sagte ich, um nicht von meinem Thema abzukommen, »ich hatte gehofft, dass Sie mir etwas über Bruder Florin erzählen können.«

»Bei allen Göttern«, sagte sie und setzte sich auf. »Haben Sie ihn etwa auch gesehen?«

»Wie könnte ich?«, sagte ich nonchalant. »Wo er doch Ihre Erfindung ist.« Ich hatte mich auf kategorischen Widerspruch oder zumindest diffuse Ausflüchte eingestellt. Stattdessen antwortete Miranda mit einem schuldbewussten Kichern.

Sie lehnte sich im Sessel zurück und nickte fröhlich. »Es war schon frech von mir«, gab sie zu, »aber Mr Wetherhead wollte dieses Gespenst *so sehr*, dass ich der Versuchung nicht widerstehen konnte, also schenkte ich es ihm. Außerdem wollte ich nicht, dass er darüber spricht, was er hier gesehen hat. Ich glaube, dass die Bewohner von Finch für einen Hexenzirkel in ihrer Mitte noch nicht aufgeschlossen genug sind, was meinen Sie?«

Mir schwirrte der Kopf, und ich wusste nicht, was ich denken sollte. »Hexenzirkel?«, wiederholte ich verwirrt. »Was für ein Hexenzirkel?«

Der amüsierte Ausdruck in Mirandas grünen Augen war verschwunden. Ein paar lange Sekunden sah sie mich schweigend an, dann senkte sie den Blick auf die schwarze Katze, die auf die Armlehne ihres Sessels gesprungen war und es sich jetzt laut schnurrend auf ihrem Schoß bequem gemacht hatte, während Miranda ihr den Kopf mit den Fingerspitzen kraulte.

»Es tut mir leid«, sagte sie. »Ich glaube, ich habe doch die falschen Schlüsse gezogen. Ich dachte, Sie machten bei der Geschichte mit Bruder Florin mit, um Ihre Aktivitäten Sonntagnacht zu vertuschen.«

»Sonntagnacht drehten sich meine Aktivitäten um nichts weiter als schmutzige Windeln und Wiegenlieder«, klärte ich sie auf. »Wollen Sie damit sagen, dass Sie nicht die einzige Hexe in Finch sind?«

Miranda stand auf, die schnurrende Katze lag jetzt entspannt über ihrer Schulter. Sie ging zur Kristallkugel und wieder zurück, wobei sie darauf achtete, die hängenden Kräuterbüschel nicht zu streifen. Dann sah sie nachdenklich auf die brennenden Kerzen herab. Endlich setzte sie die Katze auf den Sessel und winkte mir, mit nach oben zu kommen.

Miranda Morrows Schlafzimmer nahm den Raum zwischen den Dachsparren ein. Im Gegensatz zu dem geheimnisvollen, überfüllten Wohnzimmer war es spartanisch eingerichtet. Ein Bett ohne Kopfteil, ein Tisch aus Kiefernholz, auf dem eine Öllampe stand, ein alter Eichenschrank und eine schmucklose Holzbank waren die spärlichen Möbelstücke. Die Baumwollgardinen waren die einzigen Farbtupfer; die Fenster waren so tief gesetzt, dass sich die Fensterbänke nur knapp oberhalb des Fußbodens befanden.

Miranda duckte sich unter einem offenen Deckenbalken hindurch, dann setzte sie sich im Schneidersitz vor eines der Fenster an der Rückseite des Hauses. »Ich sage Ihnen jetzt, was ich Sonntagnacht gesehen habe«, sagte sie, wobei sie mir bedeutete, ich möge mich neben sie setzen, »und dann können Sie selbst entscheiden.«

Ich setzte mich auf den Boden, während sie die Vorhänge zur Seite zog. Vom Fenster aus überblickte man den hinteren Teil des Pfarrgartens und die weite Wiese, die sich daran anschloss, den Fluss jedoch konnte man nicht sehen.

»Ich bin mir nicht ganz sicher«, fing Miranda an. »Es sind doch etliche Meter, und es war ziemlich diesig in der Nacht.« Miranda legte die Hände auf die Fensterbank. »Ich komme bei Vollmond immer hier herauf, um zu beten und zu meditieren.« Sie deutete auf die Baumreihe, die dem Verlauf des Flusses am anderen Ende der Wiese folgte. »Der Mond ging am Sonntagabend genau dort drüben auf. Und als er dann über dem Nebel stand, war er vollkommen rein und silbrig und so hell, dass er Schatten warf. Ich schloss die Augen, um mit ihm in Verbindung zu treten, und als ich sie wieder öffnete, sah ich einen Lichtschein, als ob jemand eine Taschenlampe auf mein Cottage richtete. Und dann sah ich die zwei Frauen.« Miranda klopfte mit dem Finger auf die Fensterbank. »Wenigstens *nehme ich an*, dass es Frauen waren.«

»Warum?«

»Weil sie den Mond anbeteten«, erwiderte Miranda, als sei das selbstverständlich. »Männer haben mit der Mondanbetung meist nichts am Hut. Sie haben einfach kein Gespür für Zyklen.«

»Und welcher … welcher Art war diese Anbetung?«, fragte ich ungeschickt. Meine Erfahrung mit Hexen beschränkte sich auf das, was ich in der Regenbogenpresse darüber gelesen hatte, und ich wollte sie nicht beleidigen.

Miranda schnaubte. »Der übliche amateurhafte Unsinn. Überhaupt nicht mein Stil. Sie hüpften herum, verbeugten sich voreinander, hoben flehend die Hände – wahrscheinlich haben sie auch gesungen, aber das konnte ich von hier nicht hören.«

Ich versuchte, mir Sally Pyne und Christine Peacock vorzustellen, wie sie um Mitternacht in der Wiese hinter dem Pfarrgarten herumhüpften. Hüpften sie vielleicht vor Freude, weil sie die Gladwell-Druckschrift in ihren Besitz gebracht hatten?

Ich sah Miranda an. »Hat eine von den beiden sich vor der … äh, Zeremonie dem Pfarrhaus genähert?«

Miranda seufzte. »Ja, eine von ihnen, die, die Mr Wetherhead für Bruder Florin hielt. Es war vermutlich die Anführerin, die ein bisschen angeben, dem Christentum eine lange Nase drehen wollte, sozusagen. Völlig kindisch natürlich, aber versuchen Sie mal einer Frau, die eine Kapuze trägt, klarzumachen, dass sie sich um Harmonie bemühen soll statt den Konflikt zu suchen. Jedenfalls umkreiste sie das Pfarrhaus zweimal, dann …« Miranda hielt inne.

»Was dann?«, drängte ich.

»Ich weiß nicht, was dann geschah«, erwiderte sie. »Wie gesagt, es war sehr diesig. Vielleicht hörte die Anführerin ein Geräusch und rannte wieder zu ihrer Gefährtin auf der Wiese.« Miranda lächelte nachsichtig, was ihren Worten die Schärfe nahm. »Ich wollte sie nicht verraten. Deshalb habe ich Bruder Florin erfunden.«

Die schwarze Katze stieß mit dem Kopf gegen meinen Ellbogen, und ich ließ es zu, dass sie sich auf meinem Schoß zusammenrollte. Ich streichelte ihr glänzendes Fell und sah hinaus auf die Wiese, wobei ich mich fragte, ob die Hexen in ihren Kapuzen ebenso Mirandas lebhafter Fantasie entsprungen waren wie Bruder Florin. »Wenn Ihnen so viel daran liegt, diese beiden Frauen zu schützen«, sagte ich langsam, »warum erzählen Sie mir dann davon?«

Ein seltsames Licht erschien in Mirandas grünen Augen. »Ich lese in der Aura eines Menschen«, sagte sie. »Und Ihre Aura sagt mir, dass Sie nicht hergekommen sind, um einen Hexenzirkel aufzudecken.« Ihre Augen wurden schmal. »Sie haben ein ganz anderes Anliegen.«

»Hexen in Finch?«, rief Bill.

»Nicht so laut«, sagte ich eindringlich, »sonst hört Francesca dich noch.«

Ich saß gegen meine Kopfkissen gelehnt am Fußende unseres Bettes, während Bill sich am Kopfende gegen seine Kissen lehnte. Will lag schlafend auf Bills Brust, Rob schlummerte neben mir. Ich war tagsüber so lange fort gewesen, dass ich es jetzt, am Abend, nicht ertragen konnte, von den beiden getrennt zu sein.

»Hexen in Finch«, wiederholte Bill.

»Und ein Gespenst, das wie Paddington Bär aussieht. Wir dürfen auch Bruder Florin nicht vergessen.«

Bill nickte geistesabwesend.

»Das sollte ein Witz sein«, erklärte ich. »Wir wissen, dass Miranda Morrow Bruder Florin erfunden hat. Und ich wette einen Eimer Zitronenstangen, dass es hier im Dorf auch keinen Hexenzirkel gibt. Obwohl dort auf der Wiese jemand war …«

»Hmmm?«, sagte Bill.

»Am Ende der Wiese gibt es zum Fluss hin eine Senke«, erklärte ich und illustrierte meine Ausführungen mit einem Kopfkissen. »Wenn man dort unten steht, kann man das Pfarrhaus kaum sehen. Das trockene Gras dort in der Senke war kreisförmig heruntergetrampelt, ich habe mir die Stelle gleich angesehen, nachdem ich mit Miranda gesprochen hatte. Es ist jemand dort gewesen, und ich glaube, ich weiß auch, wer.«

»Hmmm …« Bill sah ins Leere und nickte nachdenklich.

»Sieh mal …« Ich ließ meine Finger zum tiefsten Punkt im Kopfkissen marschieren. »Sally Pyne und Christine Peacock gehen am Fluss entlang, bis sie zu der Senke kommen. Dann schleicht eine vorsichtig zum Pfarrhaus, um zu sehen, ob die Luft rein ist.« Meine rechte Hand marschierte die Böschung hoch. »Sie geht zweimal um das Pfarrhaus, um zu sehen, ob sich dort noch etwas regt, dann schleicht sie sich durch die Terrassentür, nimmt das Schriftstück an sich und rennt wieder in die Senke zurück.« Meine Finger hüpften triumphierend in die Delle im Kopfkissen. »Chris und Sally haben es gestohlen, weil sie ein Interesse daran haben, Touristen nach Finch zu locken und damit in ihren Pub und den Tearoom. Da bin ich ganz sicher.«

»Hmmm«, machte Bill.

Ich faltete die Hände, plötzlich merkte ich, wie einseitig unser Gespräch war. »Stressigen Tag im Büro gehabt?«, fragte ich.

»Nein …« Bill runzelte nachdenklich die Stirn. »Ich versuche nur, mich an etwas zu erinnern, das Chris Peacock mir an dem Abend erzählte, als ich mich mit Dicks Met vergiftete. Es hatte etwas mit der Wiese zu tun. Ich hätte nicht mehr daran gedacht, wenn du das jetzt nicht in diesem Zusammenhang erwähnt hättest.«

Mein Herz tat einen Sprung. »Was hat sie denn gesagt? Hat sie gesagt, dass sie Sonntagnacht dort war?«

Bill strich sich den nicht vorhandenen Schnurrbart über der Oberlippe, eine Angewohnheit aus seiner behaarten Jugend. »Chris wollte nicht, dass Peggy Kitchen es hört«, sagte er langsam, »deshalb nahm sie mich beiseite und …« Ratlos schüttelte er den Kopf. »Tut mir leid. Es ist alles weg. Ich weiß nur noch, dass sie sich aufgeregt hatte wegen etwas, das auf der Wiese vorgefallen ist. Aber der Met scheint das, was sie sonst noch gesagt hat, bei mir gelöscht zu haben.«

»Hat sie Sally Pyne erwähnt?«, versuchte ich ihm auf die Sprünge zu helfen.

»Ich weiß nicht.« Bill rieb sanft Wills Rücken. »Miranda Morrow könnte mit dem Hexenzirkel aber recht haben. Christine Peacock spinnt doch ganz schön, wenn es um Übernatürliches geht. Ich kann sie mir gut auf einem Besen vorstellen. Warum gehst du nicht morgen im Pub vorbei und sprichst mit ihr?«

»Das habe ich auch vor. Ich habe immer noch die Hälfte meiner Zitronenstangen übrig, und« – ich lächelte listig – »rein zufällig ist Dick Peacock beim Erntedankfest Preisrichter bei den Backwaren.«

Kapitel 15

»Shepherd! Aufwachen! Ich hab Neuigkeiten!«

Ich blinzelte nach meinem Wecker. In Boston war es Mitternacht – zwei Stunden später, als Stan gewöhnlich zu Bett ging. Die Zwillinge würden in einer halben Stunde ihre erste Mahlzeit verlangen. »Stan? Was machst du denn noch so spät?«

»Dinner mit dem Dekan, und jetzt hab ich Blähungen davon. Vom Dekan meine ich – das Essen war ganz gut. Willst du jetzt meine Neuigkeiten hören oder nicht?«

Bill stöhnte und vergrub den Kopf in den Kissen, also trug ich das Telefon in das Ankleidezimmer, wo ich das Licht anknipste und die Tür schloss.

»Ja, Stan, ich möchte deine Neuigkeiten hören«, sagte ich, zu müde, um wirkliche Begeisterung aufzubringen.

»Ich kann dir Schriften von diesem Gladwell über die Wandlung, über die Jungfrauengeburt und über die Wirksamkeit des Glaubens ohne gute Werke besorgen«, dröhnte Stan. »Aber keine über Archäologie.«

Ich hätte »Gut gemacht!« rufen sollen, denn niemand außer meinem alten Chef hätte in dieser kurzen Zeit überhaupt ein Dokument ausfindig gemacht. Stattdessen ließ ich mich auf die Truhe fallen und murmelte enttäuscht: »Gar nichts über den Schwindel?«

»Gar nix«, erwiderte Stan, der meine Undankbarkeit großzügig ignorierte. »Ich habe jemanden in Labrador gefunden, der völlig verrückt nach Veröffentlichungen dieses Gladwell ist, aber er hat noch nie von einer mit dem Titel *Enttäuschungen eines Forschers* gehört. Hat mir ein kleines Vermögen versprochen, wenn ich ein Exemplar für ihn ausfindig mache. Vielleicht komme ich eines Tages darauf zurück. Ich wollte schon immer einen Lamborghini fahren.«

»Ist der Typ in Labrador deine einzige Quelle?«, fragte ich.

»Ja, aber er ist zuverlässig«, erwiderte Stan mit erstaunlicher Geduld. »Er schickt mir eine Druckschrift seiner Sammlung mit Übernacht-Kurier. Ich schicke sie dir weiter, sobald ich sie habe.«

»Warum?«, fragte ich.

»Damit du weißt, was du suchst!«, schrie er. »Was ist denn los mit dir, Shepherd? Haben die Zwillinge dir das Gehirn trockengelegt?«

»Aber wenn es sich doch nicht um dasselbe Schriftstück handelt ...«, fing ich an.

Stan schnitt mir das Wort ab. »In viktorianischen Zeiten hatten die meisten Verfasser solcher Druckschriften ihre bestimmten Muster«, dozierte er. »Wenn sie keine zwei Dutzend verschiedener Schrifttypen oder eine Papierfabrik besaßen, konnten sie ihren Stil nicht so einfach verändern. Sie gebrauchten immer wieder dieselben Typen, ebenso wie dieselbe Art von Papier und meist auch dasselbe Layout.«

»Oh«, sagte ich, wobei ich mich beinahe so dämlich fühlte, wie Stan es beabsichtigt hatte. »Also kann *Enttäuschungen eines Forschers* vom Schriftbild her genauso aussehen wie das Dokument, das wir von unserem Mann in Labrador bekommen.«

»Der Krake erwacht«, zitierte Stan spöttisch. Er unterbrach sich, um ausführlich zu rülpsen. »Ich muss jetzt aufhören, muss unbedingt noch mal Natron nehmen.«

»Danke, Stan«, sagte ich, wobei ich ein Gähnen unterdrückte. »Ich meine es ehrlich. Du hast ganze Arbeit geleistet.«

»Ich bin noch nicht fertig damit«, sagte er. »Und Shepherd, du solltest mehr schlafen. Du gibst deinen Kindern ein schlechtes Beispiel.«

Als Stan aufgelegt hatte, sah ich verschlafen den Telefonapparat an, dann dachte ich an meinen geplanten Besuch im Pub und war beinahe munter. Wenn ich mich beeilte, konnte ich eine neue Ladung Zitronenstangen backen, ehe Bill zum Frühstück herunterkam.

Grog, der Basset der Peacocks, blickte mit traurigen Augen an der Leiter hoch, auf der Dick Peacock stand, als erwarte er jeden Moment, dass sie zusammenbrechen würde. Man konnte den Wirt unseres Pubs nicht gerade als zierlichen Mann bezeichnen. Er wog mindestens hundertdreißig Kilo, und sein Anblick, wie er sich auf der Leiter anschickte, das nagelneue Schild an dem schmiedeeisernen Galgen über der Tür aufzuhängen, hatte eine Gruppe nervöser Schaulustiger angelockt.

Das Schild selbst wurde mit großer Spannung erwartet. Noch züchtig in Sackleinwand verhüllt und nach frischer Ölfarbe riechend, lehnte es unter den blitzsauberen Fenstern des Pubs. Ich stand inmitten einer murmelnden Gruppe, zu der auch Mr Barlow, Buster, Mr Farnham und Mr Taxman gehörten.

Am äußeren Rand bildeten Miranda Morrow und George Wetherhead eine Untergruppe. Mr Wetherheads dunkle Augenringe deuteten darauf hin, dass er weiterhin seine ergebnislosen Nachtwachen hielt, aber abgesehen davon schien er ganz aufgeräumt. Er lehnte sich auf seinen Gehstock und erwiderte mein Nicken mit scheuem Lächeln. Ich nickte Miranda zu, dann sah ich wieder zu Dick hoch und hoffte, dass seine Leiter für Hochleistungseinsätze ausgelegt war.

Trotz seines Übergewichts galt Dick Peacock in Finch als eine markante Erscheinung. Er trug einen säuberlich gestutzten Schnurr- und Spitzbart, hatte seine griechische Fischermütze schief und verwegen auf dem Kopf sitzen und zeigte mal wieder seine Vorliebe für farbenfrohe Hemden. Heute trug er eines in tiefem Himbeerrosa.

Ein mühsam unterdrückter Laut des Schreckens ging durch die versammelte Menge, als Dick seinen Abstieg begann, gefolgt von einem noch taktloseren Seufzer der Erleichterung, als er wieder sicher auf dem Boden stand. Er bückte sich, um Grog den Kopf zu tätscheln, dann wandte er sich seinen Zuschauern zu.

»Bin noch nicht so weit«, verkündete er. »Ich brauche noch einen zweiten S-Haken für die Kette.«

»Ach, komm, Dick«, ermunterte Mr Barlow ihn. »Lass uns doch wenigstens mal sehen.«

»Chris würde mir nicht einmal erlauben, es meiner eigenen Mutter zu zeigen, ehe sie das Signal dazu gibt.« Er hob das Schild auf. »Ihr müsst halt später wiederkommen.«

»Ich weiß gar nicht, warum er überhaupt ein Schild braucht«, murrte Mr Farnham, indem er sich bei Mr Taxman, der ihm den Arm anbot, unterhakte. »Er hat doch noch nie ein Schild gebraucht. Ist doch immer Peacocks Pub gewesen und wird immer Peacocks Pub sein. Was ist denn plötzlich mit Dick los? Aber das ist seine Frau, schätze ich. Die soll ja'n bisschen spinnen …«

Ich sah zu, wie Mr Taxman den gebrechlichen Gemüsehändler über das unebene Kopfsteinpflaster führte. Peggy Kitchens Verehrer mochte etwas wortkarg sein, aber er war mir nicht unsympathisch. Ich erinnerte mich an seine netten Worte über Rainey, die er mir gegenüber im Laden geäußert hatte, und die Art, wie er jetzt Mr

Farnham half, war ein weiterer Beweis seiner Freundlichkeit. Rainey Dawson rief mir vom Eingang des Tearooms etwas zu, dann kam sie über den Platz gestürmt und warf die Arme um mich, als ob wir zwei Jahre, statt zwei Tage, getrennt gewesen wären.

Ich drückte sie mit einem Arm, um nicht meine Dose mit den Zitronenstangen loslassen zu müssen. »Das ist ja ein toller Hut, den du da aufhast. Woher hast du den denn?«

Rainey tänzelte ein paar Schritte zurück und drehte eine Pirouette, um ihre neue Aufmachung auch voll zur Wirkung kommen zu lassen. Ich erkannte einen alten Gartenkittel von Nell Harris – der jetzt dauerhaft von gelbem Lehm verfärbt war – und die Gartenhandschuhe, die ich schon am Tag zuvor gesehen hatte, aber der Strohhut war neu.

»Mrs Kitchen hat ihn in ihrem Lager gefunden«, erzählte Rainey. »Emma sagte, ich brauche einen Hut, damit die Sonne mein Gehirn nicht weich kocht. Emma zeigt mir, wie man Unkraut ausreißt und Samen sät und alles gießt, weil es ein *schrecklich* trockener Sommer ist, und wenn wir nicht bald Regen kriegen, dann schrumpfen Emmas Kohlköpfe zusammen und sterben und *sie auch!*«

»Ich glaube nicht, dass sie so schnell stirbt, Rainey«, sagte ich lachend. »Emma ist ziemlich zäh.« Ich sah zu dem immer noch verhängten Tearoom hinüber und fragte mich, wie lange es noch dauern würde, bis die Renovierung abgeschlossen war. Sally Pyne schuldete Emma mindestens einen Monat lang ein kostenloses Mittagessen dafür, dass sie Rainey beschäftigte, während der nagelneue Römer-Tearoom Gestalt annahm. »Wie geht's denn deiner Großmutter?«

»Gran tut der Rücken weh«, berichtete Rainey, »und ihre Knie tun weh und ihre Schultern und ihr Hals auch, weil …« Rainey unterbrach sich schuldbewusst und legte die Hand samt Gartenhandschuh auf den Mund. »Ich habe Gran doch versprochen, nichts zu erzählen.«

Die Worte waren undeutlich, aber verständlich, und mein Misstrauen war entfacht. Feuchte Wiesen, so überlegte ich, waren nun mal nichts für ältere Gelenke. Vielleicht hatte unsere kleine Quasselstrippe auch zugehört, als ihre Großmutter und Christine Peacock über ein bestimmtes Ereignis sprachen, das in der Nacht zum letzten Sonntag heimlich draußen stattgefunden hatte?

Ich biss mir auf die Zunge, um die nächstliegende Frage zurückzuhalten. Für die Buntings war ich bereit, so manches zu tun, aber dass ich ein kleines Mädchen dazu verleiten würde, seine Großmutter zu verraten, ging entschieden zu weit.

»Wenn du es Gran versprochen hast«, sagte ich, »dann solltest du besser deinen Mund fest zumachen.«

»Ich muss Emma helfen«, sagte Rainey, plötzlich wieder quicklebendig. »Wir wollen Töpfe mit 'santhemen bei der Hintertreppe vom Pfarrer hinstellen. Bis später!«

Sicherheit durch Botanik – diese Verbindung sah Emma ähnlich, dachte ich, während Rainey in Richtung Saint George's Lane verschwand. Eine Ansammlung von Blumentöpfen auf der Treppe zur Bibliothek würde sehr malerisch aussehen – und es schwerer denn je machen, dort heimlich im Dunkeln einzudringen.

Dick Peacock war in den Pub zurückgegangen und hatte Grog sowie das verhüllte Schild mitgenommen. Geöffnet wurde erst um elf, also hätte ich den Wirt und seine Frau zwei Stunden lang für mich. Ein letztes Mal polierte ich die Keksdose mit meinem Blusenärmel, dann ging ich an die Tür und klopfte.

Christine Peacock öffnete mir. Sie war eine hochgewachsene Frau um Mitte fünfzig mit heller Haut, strahlend blauen Augen und schulterlangem silberweißem Haar. Chris war beinahe so korpulent wie ihr Mann, aber sie trug ihre Körperfülle mit Leichtigkeit und kleidete sich, wie es ihr gefiel. Heute trug sie karierte Shorts und dazu ein knalliges, kirschrotes T-Shirt.

»Guten Morgen«, sagte ich.

»Wir machen erst um elf auf«, sagte Dick, der neben seine Frau getreten war.

»Ich weiß«, sagte ich. »Ich wollte auch nur mal kurz vorbeikommen und Sie grüßen. Ich bin eine Weile nicht im Pub gewesen, also dachte ich, ich komme ... einfach mal ... um ...« Ich räusperte mich, verunsichert durch die ausdruckslosen Gesichter der Peacocks. »Ich war ... voriges Jahr das letzte Mal hier«, fuhr ich zaghaft fort. Es war nicht gerade ein Ort, wo man während der Schwangerschaft häufig hinging. »Ich bin Lori Shepherd, die Frau von Bill Willis.«

Christines Gesicht wurde tiefrot. Sie bedachte Dicks Hinterkopf mit einem Blick, der ihn hätte durchbohren können, und bellte: »Es tut Dick leid. Nicht wahr, mein Lieber?«

»Ja«, sagte Dick.

»Und wenn er Ihrem Mann noch einmal dieses Teufelszeug in meinem Pub vorsetzt ...«

»*Dein* Pub«, sagte Dick beleidigt. »*Teufelszeug?*«

»Aromatisierter Met, was soll man davon schon halten ...« Christine schüttelte den Kopf. »Das ist doch genau so'n scheußliches Gebräu wie der Bananenwein, den du letzten Sommer gemacht hast.«

Ich schluckte. »Bananenwein?«

»Ein weniger erfolgreiches Experiment«, gab Dick mit großer Gelassenheit zu.

Christine wandte sich an mich. »Wir haben uns bei Bill entschuldigt. Ich bin froh, dass Sie vorbeigekommen sind, jetzt können wir uns auch bei Ihnen entschuldigen.«

»Danke, aber das ist nicht nötig«, versicherte ich ihr. »Ich weiß, wie schwer es ist, sich Peggy Kitchens Vorschlägen zu widersetzen.«

Dick nickte mitfühlend. »Als wenn man sich einer Sturmflut widersetzen wollte.«

»Eigentlich«, sagte ich, einer Eingebung folgend, »bin ich gekommen, um mich bei Ihnen zu entschuldigen. Von Derek Harris weiß ich, wie unmöglich mein Mann sich neulich hier benommen hat, deshalb habe ich Ihnen eine Kleinigkeit gebacken.« Ich hielt die Dose mit den Zitronenstangen hin. »Sind wir damit quitt?«

»Aber ja doch.« Dick riss mir die Dose förmlich aus der Hand, dann öffnete er weit die Tür. »Ich wollte mich grade zu einer frischen Kanne Tee hinsetzen. Darf ich Ihnen eine Tasse anbieten?«

Mein Leben hatte sich sehr verändert, seit ich zum letzten Mal im Pub gewesen war, aber hier hatte sich nichts verändert. Die glänzende Bar aus Mahagoni hatte blank geputzte Zapfhähne, am Rahmen darüber hingen blitzsaubere Gläser, und auf den Regalen dahinter standen zahlreiche verschiedene Flaschen in Reih und Glied – aber damit hörte die Pracht auch schon auf. Der Rest des Pubs war noch genauso schäbig, düster und staubig wie damals, als Bill und ich auf einen Drink hier hereingekommen waren.

Die Peacocks hatten den Gastraum mit wackligen Stühlen ausgestattet, und eine Anzahl von zerkratzten Holztischen stand aufgereiht vor der scheußlichen Bank, die an der Wand entlanglief. Über deren Brokatpolster war in einem gewagten Muster in Limettengrün mit Orange ein Schutzüberzug aus Plastik gespannt. An der Rückwand war ein großer, tiefer Kamin, aber man müsste als Besucher schon sehr betrunken sein, um sich hier hinzusetzen, denn dann riskierte man, in die Schusslinie des Dartspiels zu geraten.

In der Mitte der Wand über der Bank – und in sicherer Entfernung vom Dartboard – hing ein gerahmtes Foto, auf dem Martin, der einzige Sohn der Peacocks, stolz und stramm in seiner Uniform stand. Ich hatte Martin noch nie gesehen, aber ich hatte Gerüchte gehört, sein Zimmer sei eine Art Gedenkstätte, in der kein Stäubchen entfernt worden war, seit er vor zwanzig Jahren zum Militär gegangen war.

Dick führte mich zu einem Tisch direkt unter Martins Porträt, wo Teekanne und Tasse schon bereitstanden, dann ging er, um eine weitere Tasse für mich zu holen. Als ich mich auf die Bank gesetzt hatte, fing Grog an, interessiert meine Schuhe zu beschnüffeln. Christine indessen ging hinter die Bar, wo sie anscheinend mit einem Experiment beschäftigt war.

Vor ihr standen in einer Reihe zehn Biergläser. Sieben von ihnen waren bis zum Rand mit etwas gefüllt, das wie helles Bier aussah, aber in den ersten drei Gläsern war eine schäumende rote Flüssigkeit. Ich sah zu, wie Christine eine kleine Plastikflasche hob und einen Tropfen Speisefarbe in das vierte Glas gab. Sie rührte mit einem Löffel um, betrachtete das Ergebnis und fügte dann drei weitere Tropfen hinzu.

»So, da wären wir«, sagte Dick und setzte sich. »Ich hoffe, Sie mögen Enziantee. Den trinke ich wegen meiner Gicht.«

»Machen Sie ihn selbst?«, fragte ich und sah misstrauisch die Teekanne an.

»Du lieber Himmel, nein«, sagte Dick. »Den hab ich von dieser Mrs Morrow, die Miss Mintys Cottage gemietet hat. Sie sagt, da ist nichts weiter drin als die Heilkraft der Natur.«

»Miss Mintys Cottage?«, fragte ich, als Dick meine Tasse füllte. »Ich dachte, Mrs Morrows Haus heißt Briar Cottage.«

»Das stimmt auch«, sagte Dick, »aber in meiner Kindheit hieß es immer Miss Mintys Cottage. Und so werde ich es wohl bis ans Ende meiner Tage nennen, egal, was im Grundbuch steht.«

Während Dick sprach, fielen mir wieder Mr Farnhams Worte ein: *Ist doch immer Peacocks Pub gewesen und wird immer Peacocks Pub sein.* Hatte ich womöglich eines jener seltenen Exemplare gefunden, einen Einheimischen aus diesem Dorf? Ich sah Dick mit neuem Interesse an.

»Mr Peacock …«

»Für Sie sind wir Dick und Chris!«, rief Christine von der Bar her.

»Und ich bin Lori«, erwiderte ich. Ich sah zu, wie Dick seinen Heiltee gegen Gicht mit sechs Löffeln Zucker versah, dann nahm ich erneut Anlauf. »Wie lange wohnen Sie schon in Finch, Dick?«

»Neunundfünfzig Jahre. Genauer gesagt, mein ganzes Leben. Die einzige Zeit, wo ich nicht hier war, war meine Militärzeit. Da hab ich Chris kennengelernt.«

»Unser Martin ist auch beim Militär«, sagte Chris und deutete auf das Foto. »Er ist in die Fußstapfen seines Vaters getreten.«

»Unser Martin ist weiter gekommen als sein Vater«, sagte Dick stolz. »Ich hatte gehofft, er würde eines Tages heimkommen und seiner Mutter und mir im Pub helfen, aber er scheint wohl Karriere zu machen. Jedenfalls habe ich aufgehört, auf ihn zu warten.« Grog legte seine schwere Schnauze auf Dicks Schuh, und Dick beugte sich hinunter, um ihn zu streicheln. »Wir können doch nicht erwarten, dass ein erfolgreicher junger Mann wie Martin in ein totes Nest wie Finch zurückkommt, oder?«

»Vielleicht doch«, sagte Chris, die sich wieder über ihre Gläser beugte.

Dick sah mit einer Spur Mitleid zu ihr hinüber. »Vielleicht können wir's noch mal versuchen«, sagte er leise. »Chris hat da ein paar neue Ideen.«

»Überholen Sie deshalb den Pub?«, fragte ich. »Ich dachte, es sei eine allgemeine Verschönerungskampagne, wo Sally Pyne doch den …«

Christine schnaubte verächtlich. »Sally Pyne würde eine gute Idee nicht mal erkennen, wenn sie davon in ihren dicken Hintern gebissen würde. Sie denkt mehr an ihre Taille – soweit sie eine hat – als daran, was fürs Dorf gut ist.«

»Also, Chris«, protestierte Dick, »wenn Sally mit ihrem Laden jetzt einen auf römisch machen will, dann ist das allein ihre Sache und geht uns nichts an.«

»Ihr Geschäft geht den Bach runter, das ist ihr Problem«, sagte Chris gereizt. »Sie ist dämlich, wenn sie glaubt, dass Dr. Culver Touristen nach Finch bringen wird.« Sie rümpfte verächtlich die Nase. »Der mit seinem Rumwühlen im Dreck.«

»Vielleicht entdeckt er etwas Wichtiges«, gab Dick zu bedenken.

»Römische Ruinen?«, spottete Chris. »Wozu braucht Finch römische Ruinen? Schließlich gibt es Cirencester und Chedworth und Crickly Hill, und keines davon weiter als sechzig Kilometer von hier entfernt«, fuhr sie fort, indem sie drei der bekannteren Ausgrabungsstätten in den Cotswolds nannte. »Glaubst du wirklich, dass Dr. Culvers Drecklöcher damit konkurrieren können?«

»Man muss schließlich irgendwo anfangen«, wandte Dick ein.

»Das tue ich ja grade«, sagte Christine. »Aber ich schaue nicht zurück wie die dicke Sally. Ich schaue in die Zukunft.« Sie hob eines der Biergläser und betrachtete es eingehend, ehe sie einen weiteren Tropfen Speisefarbe hineinfallen ließ. »Was meinen Sie, Lori, welche Farbe hat der Mars?«

Auf diesen abrupten Themenwechsel war ich nicht ganz vorbereitet. Ich schluckte. »Sie meinen den Planeten Mars?«

»Richtig.« Christine stützte das Kinn auf die Hand und sah mich grüblerisch an. »Welche Farbe, würden Sie sagen, hat der Mars? Von hier aus gesehen, meine ich, mit unseren eigenen Augen.«

»Ja …« Ich kratzte mich am Kopf. »Ich würde es vielleicht als … ein glitzerndes Granatrot beschreiben. Bei klarem Himmel«, fügte ich schnell hinzu.

»Oh, das ist toll, das ist wirklich toll«, sagte Christine begeistert. »Das können wir in die Broschüre schreiben, Dick. *Red Planet Special – ein glitzerndes, granatrotes Bier mit einem Geschmack, der nicht von dieser Welt ist.* Das klingt doch super.«

»Das tut's«, gab Dick zu und starrte auf den unteren Knopf seiner schwarzen Brokatweste.

Ich sah von seinem Gesicht auf die Reihe der roten, schäumenden Biergläser. »Entwickeln Sie ein neues Bier?«

Christine stellte sich gerade hin und nahm die Schultern zurück. »Wir entwickeln mehr als das, nicht wahr, Dick? Zeig Lori das neue Schild, das ich gemalt habe.«

Dick stand schwerfällig auf und ging gehorsam zu dem Schild, das er bei der Tür abgestellt hatte. Er holte ein Taschenmesser aus der Weste und schnitt die Schnur durch, mit der die Sackleinwand verschnürt gewesen war. Als das Tuch herunterrutschte, warf er mir einen kurzen, verlegenen Blick zu, und ich ahnte Schreckliches.

»Na, was sagen Sie jetzt?«, fragte Christine. »Das macht doch was her, wie? Das wird die Kundschaft anziehen, das sollen Sie mal sehen. Und dann wird unser Martin einen Grund haben, nach Hause zu kommen.«

Das neue Schild für Peacocks Pub zeigte zwei Köpfe auf dunklem Hintergrund. Der auf der einen Seite war etwas größer geraten als der andere, aber abgesehen davon waren sie identisch: haarlos, die Gesichter dreieckig zart geschnitten, mit Riesenaugen, einer Nase wie eine Steckdose und einem schmalen Schlitz als Mund. Sie trugen dunkelbraune Kapuzen und hatten eine blasse, graugrüne Gesichtsfarbe.

»Die grünen Männer …«, laut las ich den neuen Namen des Pubs.

»Richtig«, sagte Christine triumphierend. »Das wird mehr Touristen anlocken als römische Ruinen oder das Erntedankfest. Die Leute werden auf den Deckenbalken sitzen, wenn es sich erst mal herumspricht, dass Außerirdische in Finch gelandet sind!«

Kapitel 16

»Ich wollte es Ihrem Mann erzählen, als er neulich abends hier war«, sagte Christine, als Dick an den Tisch zurückkam. »Ich wollte ihn fragen, ob ich es vor einem Richter beschwören müsse, dass ich die kleinen Biester gesehen habe. Aber da war er schon zu betrunken und konnte nicht mehr zuhören.«

»Christine«, sagte ich vorsichtig, »sind Sie sich ganz sicher darüber, was Sie da gesehen haben?«

»Absolut.« Christine kam hinter der Bar hervor und zog sich einen Stuhl an den Tisch heran. »Ich war spät am Sonntagabend noch mal mit Grog draußen«, fing sie an. »Der alte Junge hat in letzter Zeit Probleme mit seinem Wasserwerk, deshalb muss er öfter raus als sonst.« Sie stützte die Ellbogen auf den Tisch und lehnte sich vor. »Grog und ich spazierten am Fluss entlang, unten auf der Wiese hinter dem Pfarrhaus. Der Vollmond ging auf, aber er war noch hinter den Bäumen verborgen, und über der Wiese lag dichter Nebel. Grog hatte gerade das Bein gehoben, da passierte es.« Sie machte eine dramatische Pause, dann beugte sie sich noch weiter vor. »So was hab ich in meinem ganzen Leben noch nicht gesehen. Der Nebel über der Wiese wirbelte umher und wurde ganz hell, wie wenn ein Scheinwerfer ihn beleuchtete, aber diese Lichter« – sie deutete nach oben –, »die kamen vom Himmel.«

»Vom Himmel«, wiederholte ich ernst.

»Und da hab ich sie gesehen«, fuhr Christine fort, »aber nur ganz kurz und nur von hinten, dann waren sie verschwunden – puff – die Lichter und alles. Ich glaube, sie hatten gemerkt, dass ich sie beobachtete, und wollten mich näher heranlocken und mich in ihr Raumschiff ziehen, um dann Experimente mit mir zu machen.«

Ich entschied, dass ein mitfühlendes Nicken die beste Antwort sei. Dick sah auf seine Hände und sagte nichts. Je lebhafter seine Frau wurde, desto schweigsamer war er. Er hatte nicht einmal auf das neue Schild geschaut.

»Haben Sie denn etwas gehört?«, fragte ich.

Christine runzelte die Stirn. »Mir war, als hörte ich so eine Art schnaufendes Geräusch wie bei einer Lokomotive, ehe der Himmel hell wurde, aber es ist schwer zu sagen, schließlich war es so nahe am Fluss, und überhaupt.«

»Dann waren Sie also nahe genug, um ihre Gesichter zu sehen«, sagte ich.

»Nein, war ich nicht«, erklärte Christine. »Ich habe mich aus dem Staub gemacht, so schnell Grog nur rennen konnte. Ich lief geradewegs zum Pub zurück und schloss die Tür hinter mir zu. Außerirdische können gefährlich sein, müssen Sie wissen. Ich habe viel über sie gelesen.«

»Aber wenn Sie ihre Gesichter nicht gesehen haben«, sagte ich und sah an ihr vorbei auf das Schild, »wie können Sie dann wissen, wie sie ausgesehen haben?«

»Jeder weiß doch, wie Außerirdische aussehen«, erwiderte sie. »Die Zeitungen sind voll davon.«

Die Zeitungen sind voll von allem Möglichen, dachte ich, *und nicht nur von Außerirdischen.*

»Es war kurz vor Mitternacht«, fuhr Christine fort.

»Vor Mitternacht?«, wiederholte ich.

»Ungefähr eine Viertelstunde davor«, sagte Christine. »Das weiß ich, weil ich auf die Uhr sah, als ich wieder hereinkam. Ich versuchte, Dick zu wecken, aber er schlief schon ganz fest.«

»Chris erzählte es mir am nächsten Morgen«, sagte Dick leise, »und wir gingen zusammen zur Wiese hinter dem Pfarrhaus.«

»Und da war es«, krähte Christine triumphierend. »Ein platt gewalzter Kreis im Gras, wo das Raumschiff gelandet ist.«

»Es muss ein sehr *kleines* Raumschiff gewesen sein«, warf Dick ein, »denn der Kreis war höchstens drei Meter im Durchmesser.«

»Auf die Größe kommt es nicht an«, sagte Chris entschieden. »Sondern darauf, welche Macht sie haben.« Sie verschränkte trotzig die Arme. »Ich weiß, was ich gesehen habe, Richard Peacock. Und ich weiß auch, dass wir mit den kleinen grünen Biestern ein Vermögen verdienen werden, wenn es sich erst mal herumspricht, dass sie hier in Finch waren. Unser Martin wird ein gutes Geschäft hier vorfinden, und dann kommt er bestimmt heim.«

Grog winselte leise, und Christine stand auf. »Zeit zum Gassigehen«, sagte sie. »Sie erzählen es doch außer Bill niemandem, nicht wahr, Lori? Ich möchte, dass es eine Überraschung wird. Ich kann es gar nicht abwarten, Sally Pynes Gesicht zu sehen, wenn sie merkt, was sie da verpasst hat.«

Mit einem Anflug von Mitleid sah ich zu, wie Christine die Hundeleine hinter dem Tresen hervorholte und fröhlich pfeifend mit Grog auf den Dorfplatz hinausging. Traurig sah ich auf das grässliche Schild und wartete darauf, dass Dick das Schweigen brechen würde, das seine Frau zurückgelassen hatte.

Er sprach fast entschuldigend. »Sie wünscht sich so sehr, dass er heimkommt, müssen Sie wissen.«

»Das verstehe ich«, sagte ich.

»Wirklich?« Dick faltete die Hände über der Weste und schürzte die Lippen. »Ich weiß nicht. Sie und Bill fangen erst an. Sie haben ihre Jungs noch zu Hause und können sich gar nicht vorstellen, dass es auch mal anders sein kann. Aber dann kommt der Tag, wo sie ausfliegen und nicht einmal mehr Zeit haben, anzurufen oder zu schreiben.« Er nickte geduldig. »Aber so ist es nun mal. Kinder müssen erwachsen werden und ihr eigenes Leben führen. Sie sollen uns nicht mehr brauchen.« Er sah zu dem gerahmten Foto hoch. »Aber man selbst hört nie auf, sie zu brauchen. Und das ist die Wahrheit.«

Ich wandte den Blick ab, ich konnte die Sehnsucht in Dicks Augen nicht mehr ertragen. *Aber so muss es nicht sein*, sagte ich mir. *Niemand ist so beschäftigt, dass er nicht gelegentlich zum Telefon greifen kann, nicht einmal ein hoher Offizier.*

»Kommt Martin Sie niemals besuchen?«, fragte ich.

»Er ist in zwanzig Jahren zehnmal hier gewesen«, sagte Dick. »Es ist nicht seine Schuld«, fügte er schnell hinzu. »Er wird viel ins Ausland geschickt – er war in Singapur, in Indien und in Südamerika. Aber im Moment ist er in England. Wir hatten gehofft, ihn zum Erntedankfest nach Hause zu locken, bis Dr. Culver hier erschien. Und nach allem, was wir gehört haben, wird das Fest jetzt nicht mehr stattfinden, nachdem dieser Dr. Culver hier aufgetaucht ist. Deshalb hat Chris …« Er sah auf das Schild und sprach nicht weiter.

Ich sah ihn fest an. »Glauben Sie auch, dass Chris am Sonntagabend Außerirdische auf der Wiese hinter dem Pfarrhaus gesehen hat?«

»Chris sah, was sie sehen wollte.« Dick nahm eine Zitronenstange und biss ein winziges Stück davon ab. »Aber in einem hat sie recht«, sagte er, indem er die Krümel von seinem Spitzbart strich. »Wenn es erst mal bekannt wird, dass die kleinen Kerle Finch einen Besuch abgestattet haben, werden die Kunden nur so angeströmt kommen. Die sind doch alle völlig bekloppt. Unser Martin wird aber einen großen Bogen drum herum machen, genau wie um jeden anderen Pub, der so oder so ähnlich heißt. Schließlich muss er auf seinen Dienstgrad und auf seinen Ruf achten.« Dick biss wieder ab, diesmal beherzter als zuvor.

»Und was wäre, wenn das Erntedankfest doch stattfindet wie geplant?«, fragte ich. »Würde Martin Sie dann besuchen?«

»Er hat es seiner Mutter versprochen«, sagte Dick. »Aber die Chancen haben sich verschlechtert, nicht wahr? Jetzt, wo Dr. Culver sich im Schulhaus niedergelassen hat.« Der Rest der Zitronenstange verschwand, und er angelte sich eine weitere aus der Dose. »Schade«, sagte er, »denn Sie verstehen was vom Backen. Ich könnte Ihnen nicht versprechen, dass Sie das Blaue Band gewinnen würden, Lori, aber Sie würden Lilian Bunting ganz schön zu schaffen machen. Und das ist die Wahrheit.«

Als ich aus Peacocks Pub trat, hörte ich ein Hämmern. Mr Taxman nagelte gerade eine Schnur mit rot-weiß-blauen Wimpeln an die Kante eines hölzernen Podests, das vor Kitchen's Emporium aus dem Kopfsteinpflaster gewachsen war. Eine Handvoll Umstehender gab scherzhaft alle möglichen guten Ratschläge, verstummte jedoch, als das Schellengebimmel an der Ladentür erklang und Peggy Kitchen entschlossen auf die Straße trat.

Peggys Begegnung mit dem Bischof hatte das fanatische Feuer in ihren Augen keineswegs verlöschen lassen. Sie blieb stehen, um Mr Taxmans Werk zu betrachten, zupfte einen der Wimpel gerade und fing dann an, die allseits bekannten goldgelben Blätter zu verteilen, von denen sie einen dicken Stapel im Arm trug, wobei sie jeden Empfänger ermahnte, sich deutlich zu seiner Meinung zu bekennen. Niemand wagte zu widersprechen, und die Menge zerstreute sich. Bald war außer mir, Peggy und Mr Taxman niemand mehr auf dem Dorfplatz zu sehen.

Peggy winkte mich heran, aber ich war schon auf dem Weg zu ihr. Ich hatte ihren Versuch, Francesca anzuschwärzen, nicht vergessen.

»Super, nicht wahr?«, trompetete Peggy und hielt mir eines ihrer Flugblätter hin. »Das hat Jasper ganz toll gemacht. Der Mann weiß, wie man so was formuliert. Wie findest du das:

HÖRT, HÖRT,
BÜRGER VON FINCH!
Ihr seid hiermit eingeladen
ZU EINER VERSAMMLUNG!
Verteidigt euer Dorf vor dem Ansturm Fremder!
Zeigt eure Unterstützung gegenüber
altehrwürdigen Traditionen!
DULDET NICHT, DASS DER BISCHOF SICH
IN UNSERE DORFPOLITIK MISCHT!
Erhebt eure Stimmen für die gerechte Sache!
Sonntagmittag auf dem Dorfplatz.
Denn Gott hat uns nicht gegeben den Geist der Furcht,
sondern den der Kraft.
II. Tim. 1,7

Wenn das nicht ein mitreißender Aufruf ist«, sagte Peggy, und ihre Augen glitzerten hinter der Schmetterlingsbrille. »Genau richtig, um die Bevölkerung mitten ins Mark zu treffen, findest du nicht?«

Die neuen Flugblätter ähnelten denen, mit denen Peggy ihr Gesuch angekündigt hatte, aber diesmal lösten sie in mir ganz andere Gefühle aus. Vor vier Tagen hatte ich mich vor Peggy gefürchtet, aber jetzt ertappte ich mich dabei, wie ich ihr insgeheim beipflichtete. Peggy mochte stänkern und die Leute drangsalieren, und am liebsten hätte ich sie wegen ihrer Manieren vors Schienbein getreten, aber ich musste den eisernen Willen bewundern, mit dem sie ihr Ziel verfolgte. Es bedurfte eines stärkeren Mannes, als es der Bischof war, um Peggy in die Knie zu zwingen.

»Sehr hübsch«, sagte ich zurückhaltend. »Aber …«

»Ich weiß, Bill beschäftigt sich fleißig mit dem juristischen Aspekt der Sache«, sagte sie, »und ich weiß auch, dass du dein Kindermädchen beauftragt hast, Dr. Culvers Willenskraft zu unterminieren, aber wir müssen die Dorfbewohner ebenfalls gegen ihn aufbringen.«

»Peggy«, sagte ich energisch, »du hast kein recht, so von Fran…«

»Ich geb's ja zu«, sagte sie, »dass ich deine Pläne anfangs missverstanden hatte, aber Derek Harris hat mich aufgeklärt. Es ist ziemlich genial von dir, Lori, wie du diese Frau auf ihn gehetzt hast, um ihn abzulenken, während wir ihm den Boden unter den Füßen wegziehen.«

Ich schüttelte energisch den Kopf. »Das ist nicht …«

»Ehre, wem Ehre gebührt.« Peggy beschrieb eine Armbewegung, die den ganzen Dorfplatz einschloss. »Nächsten Sonntag marschieren wir gleich nach der Kirche hierher. Jasper macht die Einführung, ich sage ein paar Worte, um die Truppen richtig scharfzumachen, und dann hältst du deine Rede und triffst sie ins Mark.«

»Ich?« Fast blieb mir die Luft weg.

»Stell dir vor«, sagte Peggy und malte mit den Händen einen unsichtbaren Rahmen um das Rednerpult.

»Die zarte, junge Mutter, die ihre Babys an die schwache Brust drückt und um das Recht fleht, ihren Kindern die Sitten und Gebräuche ihrer Vorfahren zeigen zu dürfen.«

»Aber ich bin doch nicht einmal Engländerin!«, rief ich aus. »Und meine Brust ist auch nicht …«

»Dein Mann hat englische Verwandte«, unterbrach Peggy, »und das reicht. Du wirst schon sehen. Das wird ein großartiges Ding am Sonntag. Wenn wir den Bischof nicht mit unseren Unterschriften dazu bringen können, seine Meinung zu ändern, dann werden wir ihn eben umstimmen, indem wir ihn beschämen. Aber ich muss weiter.« Sie klopfte auf den Stapel Flugblätter, drehte sich auf dem Absatz um und schritt entschlossen in Richtung Saint George's Lane.

Einen Augenblick herrschte auf dem Dorfplatz eine Stille wie auf einem Schlachtfeld nach einem Artillerieangriff. Ich spürte, wie ein Dutzend ängstlicher Augen aus Schaufensterscheiben blickte und wie ebenso viele ängstliche Menschen aufatmeten. Langsam kehrte das Leben zurück. Die Vögel nahmen ihr Gezwitscher wieder auf, Mr Taxman hämmerte wieder. Mr Barlow warf den Gummiball, und Buster jagte fröhlich hinterher. Während Christine und Grog verstohlen hinter dem Kriegerdenkmal hervorkamen, regte sich in mir der Verdacht, dass den Bewohnern von Finch wahrscheinlich eine Invasion von Außerirdischen lieber wäre als ein Zusammenstoß mit Peggy Kitchen auf dem Dorfplatz.

»Was ist denn hier los, Jasper?«

Sofort wurde ich hellhörig und hätte fast die Ohren aufgestellt, denn diese Frage kam von niemand anderem als meiner Hauptverdächtigen. Sally Pyne ging vorsichtig auf das Warenhaus zu, und zwar auf eine Art, als wollte sie jede unnütze Bewegung vermeiden.

Trotz ihrer vielen Abmagerungskuren blieb Sally Pynes Figur unverändert großmütterlich. Ihr Körperbau war erdnah und gut gepolstert, entworfen, um Enkel hochzuheben und sie so zärtlich in die Arme zu schließen, dass ihnen der Atem wegblieb. Sie hatte ein rundes, energisches Kinn und trug ihr silbergraues Haar kurz und elegant geschnitten. Sie trug einen geräumigen königsblauen Jogginganzug, dazu violette Joggingschuhe mit dicker Sohle, und ich ahnte, dass sie dieses bequeme Ensemble gewählt hatte, um ihre steifen Gelenke zu schonen. Sie machten ihr sicher schwer zu schaffen nach der feuchten, kühlen Nacht, in der im Pfarrhaus eingebrochen worden war.

»Sally«, sagte ich mit gespielter Herzlichkeit, »wo hast du dich denn versteckt gehalten?«

»Gleich, Lori.« Sally humpelte an mir vorbei zu Mr Taxman, um ihm erneut die Frage zu stellen. »Also, Jasper, was höre ich da von einer Versammlung am Sonntag?«

»Sieh doch selbst.« Mr Taxman nahm ein Flugblatt von dem Stapel, den Peggy auf das Rednerpult gelegt hatte, und gab es Mrs Pyne, die es mit gerunzelter Stirn entgegennahm.

Sally murmelte sich durch den Text und wurde mit jedem Ausrufungszeichen blasser. Dann knüllte sie das Blatt zusammen und schleuderte es mit geübtem Schwung mitten auf das Rednerpult. »Kommt gar nicht infrage«, bellte sie.

»Wie bitte?«, fragte Mr Taxman.

Sally Pyne verwandelte sich in einen kleinen Panzer, der geradewegs auf Peggy Kitchens Verehrer zusteuerte.

»Du kannst Mrs Kitchen ausrichten, wenn sie es wagen sollte, hier am kommenden Sonntag eine Ruhestörung zu veranstalten, dann werde ich persönlich dafür sorgen, dass sie von Kopf bis Fuß mit verfaulten Eiern beworfen wird.«

Mr Taxman zupfte seine braune Krawatte zurecht. »Aber warum denn?«, fragte er.

Sally sah ihn wütend an. »Weil meine Enkelin am Sonntag Geburtstag hat, du Dummkopf! Und außerdem findet die große Eröffnung des Römer-Tearooms statt!«

Kapitel 17

Bill und ich hatten uns ins Arbeitszimmer zurückgezogen. Ich kauerte auf der Ottomane, Bill saß im hohen Ledersessel hinter mir. Francesca war mit Will und Rob im Garten, wo die beiden Appetit auf ihr Mittagessen bekamen, wie ich hoffte.

»Wenn ich richtig vermute«, sagte Bill leise, indem er meine Schultern knetete, »dann hast du mit Sally nicht darüber gesprochen, wo sie Sonntagnacht war.«

»Ich bin in Panik geraten und weggerannt«, gestand ich kläglich. »Ich konnte an nichts anderes denken als daran, wie ich neben Peggy auf diesem Podest stehe und wie die faulen Eier an mir herunterlaufen. Was soll ich nur machen, Bill? Wenn ich nicht zu der Versammlung gehe, bringt Peggy mich um, und wenn ich gehe, dann macht Sally ein ziemlich unappetitliches Omelett aus mir.«

»Nun hol erst mal Luft«, sagte Bill. »Tief durchatmen. Dein Vormittag war trotz allem nicht verschwendet. Zunächst einmal hast du Christine Peacock von der Liste der Verdächtigen gestrichen. Sie mag die Einbrecher gesehen haben, aber sie gehört nicht zu ihnen.«

Meine Stimmung hob sich etwas. »Richtig.«

»Und du hast noch etwas erfahren«, fuhr Bill mit ruhiger Stimme fort. »Bruder Florin, Mirandas Hexen und Christines Außerirdische trugen alle Kapuzen. Es dürfte nicht zu schwer sein herauszufinden, ob Sally einen Mantel oder eine Jacke mit Kapuze besitzt.«

»Jeder Bewohner von Finch hat eine Jacke mit Kapuze«, murrte ich. »Schließlich sind wir hier in England, einem grünen, aber verregneten Land.«

»Auch ist es dir gelungen, den Zeitrahmen einzugrenzen«, sprach Bill unbeirrt weiter. »Christine sah ihre Außerirdischen ungefähr eine halbe Stunde, ehe Mr Wetherhead sein Gespenst erblickte. Vielleicht gibt es ja noch jemand, der zwei Gestalten mit Kapuzen gesehen hat, die sich, sagen wir, zwischen halb zwölf und halb eins aus dem Tearoom schlichen.«

Ich rieb mir die müden Augen und versuchte, an etwas anderes als rohe Eier zu denken. »Ich bezweifle, dass jemand in Finch so lange aufbleibt.«

Bills Zauberhände wandten sich einem Knoten in meiner rechten Schulter zu. »Und dann sollten wir auch Raineys Geheimnis nicht vergessen«, fuhr er fort. »Hat sie vielleicht zufällig gehört, wie ihre Großmutter darüber sprach, *wovon* sie ihre Gliederschmerzen bekommen hat?«

»Rainey ist tabu«, sagte ich entschieden.

Bill nahm sich meine linke Schulter vor. »Wie wäre es dann mit Simon und Katrina? Die wohnen bei Sal…«

»Katrina!«, rief ich aus und setzte mich kerzengerade. »Natürlich. Wie konnte ich Dr. Culvers kleine Verehrerin vergessen?«

»Weil sie sich seit Dienstag im Dorf kaum gezeigt hat«, sagte Bill. »Sie scheint den ganzen Tag in Scrag End zu verbringen.« Er lachte in sich hinein. »Derek nennt sie die kleine blonde Gewichtheberin.«

»Sie ist sehr fit«, bestätigte ich. »Du hättest sie sehen sollen, wie sie den Minibus auslud. Neben ihr nahm sich Simon wie ein Schwächling aus. Sie könnte sich mühelos über die Mauer zum Pfarrgarten schwingen. Ich wette, Sally hat ihr von dem Schriftstück erzählt, nur um Peggy zu ärgern …« Plötzlich fühlte ich mich wie neugeboren und lehnte mich entspannt an Bill, um die Ereignisse zusammenzufassen. »Adrian Culver kommt Sonntag früh in Finch an, okay? Sally Pyne greift die Gelegenheit beim Schopf, um Peggy Kitchen mal so richtig zu ärgern. Und während Peggy dem Pfarrer den Kampf ansagt, geht Sally ins Schulhaus und bietet Simon und Katrina an, bei ihr zu wohnen. In Katrinas Zimmer entdeckt sie Briefe mit dem Spendenaufruf für das Museum und fängt an, ihren eigenen römischen Träumen nachzuhängen, und so wird der Römer-Tearoom geboren. Kannst du mir folgen?«

»Klar, sprich weiter«, sagte Bill.

»Etwas später am selben Tag tritt die Buschtrommel des Dorfs in Aktion.« Wenn ich die Augen schloss, konnte ich den Klatsch fast hören, wie er durch die stillen Straßen und die engen Gassen weitergetragen wurde:

Man sagt, dieser schmierige Kerl bleibt nicht …

Ich hab gehört, der Pfarrer plant etwas …

Es soll auf seinem Schreibtisch liegen …

Bill schien dieselben Stimmen zu hören, denn er konnte ohne Weiteres meine Spekulationen fortführen. »Im Gegensatz zu Peggy Kitchen kann Sally ihren Mund halten und einfach nur zuhören. Sie hört den ganzen Nachmittag zu, und am Abend hat sie die Situation erkannt: Das Gladwell-Dokument, ein Schriftstück, das Adrian Culver garantiert wieder aus dem Dorf treiben würde, liegt auf dem Schreibtisch des Pfarrers, weniger als zwei Meter neben einer unverschlossenen Terrassentür, die hinter dichtem Buschwerk verborgen liegt.«

»Genau.« Ich nickte eifrig. »Sie weiß, dass sie schnell handeln muss. Nachdem sie nicht geschaffen ist, um über Mauern zu klettern, sucht sie sich eine jüngere, sportlichere Komplizin, die genau dieselben Interessen verfolgt. Sie und Katrina warten, bis Simon schläft, dann ziehen sie Jacken mit Kapuzen an, nehmen Taschenlampen und schlüpfen unauffällig aus dem Haus.« Ein Schauer überlief mich, als ich Bills Lippen an meinem Ohr spürte.

»Sie schleichen am Flussufer entlang«, fuhr er mit Flüsterstimme fort, »und klettern die Böschung zum Pfarrgarten hoch. Eine von ihnen rutscht im nassen Gras aus, dabei entgleitet ihr die Taschenlampe – und der plötzliche Lichtschein trifft auf Christine, die ihren Hund Gassi führt. Die Diebinnen knipsen die Lampen aus und verbergen sich im Gras, in der Hoffnung, dass der Nebel sie unsichtbar macht.«

»Hör auf zu flüstern«, sagte ich. »Mir wird ganz unheimlich.«

Bill lachte und sprach mit normaler Stimme weiter. »Während Christine mit Grog zum Pub zurückläuft, schleicht sich Katrina zum Pfarrhaus. Sally wartet in der Senke, während Katrina – Bruder Florin – um das Haus geht, um zu sehen, ob noch ein Licht brennt.«

»Und als sie sich überzeugt hat, dass die Buntings in ihren Betten liegen«, spann ich die Geschichte weiter, »flitzt sie in die Bibliothek, nimmt das Schriftstück vom Schreibtisch und kehrt mit ihrer Trophäe in die Senke zurück. Sie und Sally führen einen Freudentanz auf – so viel zum Ritual des Mondanbetens, das Miranda gesehen haben will – und zertrampeln dabei das Gras. Voilà – der Landeplatz der außerirdischen Invasion.«

Ich schwieg einen Augenblick, überwältigt von unseren geistreichen Schlussfolgerungen, dann drehte ich mich um und sah Bill an. »Und jetzt?«

»Nur eine Frage«, sagte er. »Würde Katrina nicht eher Ausgrabungen verhindern wollen, durch die ihr

Chef in Misskredit geraten könnte? Schließlich ist es für Adrians Ruf nicht gerade förderlich, wenn ruchbar wird, dass er eine Täuschung vertuscht hat.«

Ich dachte einen Moment nach. »Katrina weiß vielleicht nichts von der Täuschung. Vielleicht hat Sally ihr gesagt, dass das Schriftstück ein übler Streich ist, vielleicht sogar irgendeine Aktion, die sich Peggy und Mr Taxman wieder ausgedacht haben, um die Buntings und Adrian und überhaupt alle hinters Licht zu führen.«

»Das wäre denkbar«, räumte Bill ein. »Als Katrina Sally kennenlernte, hatte sie bereits einen Zusammenstoß mit Peggy hinter sich. Wahrscheinlich traut sie Peggy alles zu.«

»Katrina denkt, dass Peggy nicht mehr alle Tassen im Schrank hat«, sagte ich entschieden. »Das hat sie mir gleich bei unserem ersten Zusammentreffen erzählt.« Ich stand auf. »Ich bin sicher, dass Katrina Graham und Sally Pyne das Gladwell-Dokument gestohlen haben. Jetzt müssen wir es nur noch beweisen.«

»Es wäre praktisch, wenn man es noch vor Sonntag beweisen könnte«, meinte Bill. »Sally würde wahrscheinlich nicht so wild darauf sein, mit faulen Eiern zu schmeißen, wenn sie ihr selbst schon am Gesicht herunterlaufen.«

Als Emma eine Stunde später zu mir kam, unterm Arm eine ganze Mappe voll mit Computerausdrucken, entdeckte sie auch schon einen Haken an meiner Theorie.

»Sally ist mit meiner Gärtnergehilfin unterwegs, um ein Geburtstagskleid zu kaufen«, verkündete sie, »und da ich Rainey versprechen musste, ohne sie nichts zu pflanzen, habe ich mir den halben Tag freigegeben.«

»Komm rein«, sagte ich.

Emma war der einzige Mensch, der nicht sofort die Jungen sehen wollte, sobald sie in mein Haus trat. Das fand ich sehr angenehm.

»Rainey ist ein wahres Energiebündel«, sagte sie, als wir es uns auf dem Sofa im Wohnzimmer bequem gemacht hatten. »Ich wünschte, ich hätte ihre Ausdauer.«

»Das wünschen wir uns alle.«

»Sie ist auch wirklich eine große Hilfe«, fuhr Emma fort. »Sie hat den ganzen Vormittag ohne einen Mucks Blumentöpfe auf der Terrassentreppe hinauf- und hinuntergetragen – und sie scheint eine dieser Kreaturen zu sein, die in der Erde gedeihen. Sie ist so anders als Nell, dass ich mich frage, ob die beiden vom selben Planeten sind.«

Ich rief mir Nells Bild ins Gedächtnis, ihre makellose Eleganz, und nickte zustimmend. »Ein Unterschied wie Tag und Nacht.«

»Ich habe Reginald etwas mitgebracht«, sagte Emma. »Nell hat es aus Paris geschickt, im Auftrag von Bertie.« Bertie war ein schokoladenbrauner Teddybär, den Nell überallhin mitnahm, ohne jede Erklärung. Bertie und Reginald waren gewissermaßen Vettern, sie waren beide unter Dimitys Händen entstanden, und wenn Bertie verreist war, versäumte er es nie, an Reginald zu denken.

Emma öffnete ihren Aktenkoffer und nahm eine Schachtel heraus, die in Goldfolie gewickelt war. »Marrons Glacés«, sagte sie. »Direkt von den Champs-Élysées.«

Ich sah zum Laufstall hinüber, wo Rob und Will zufrieden an ihren Zehen nuckelten. »Reg wird wohl nichts dagegen haben, wenn wir sein Geschenk für ihn aufmachen. Ich bin sicher, er möchte, dass wir es genießen …« Als ich zum Laufstall hinüberging und den Zoo der Kuscheltiere nach Reginald durchsuchte, verstummte ich. »Komisch«, sagte ich und richtete mich wieder auf. »Ich hätte schwören können, dass ich Reg in den Laufstall gesetzt habe, ehe ich heute Morgen ins Dorf fuhr. Francesca?«, rief ich, während ich in die Küche ging. »Haben Sie Reginald gesehen?«

Francesca sah von der Arbeitsplatte hoch, wo sie gerade einen Brotteig knetete. »Er ist doch im Laufstall, oder nicht?«

»Nicht mehr«, sagte ich. »Ich dachte, Sie hätten ihn vielleicht herausgenommen.«

Sie sah mich verständnislos an. Dann hellten sich ihre dunklen Augen plötzlich auf. »Dieser Schleicher«, flüsterte sie. Mehl stäubte auf, als sie dem Teig einen zornigen Faustschlag versetzte. »Dieser listige, hinterhältige ...« Als sich unsere Blicke trafen, presste sie schnell die Lippen aufeinander, dann drehte sie sich zur Spüle um und wusch sich die Hände. »Hätten Sie etwas dagegen, wenn ich kurz wegfahre?«

»Nein, das ist in Ordnung«, sagte ich. »Ich bin den Rest des Tages zu Hause.« Ich hatte einen vagen Verdacht, wer der Bösewicht sein könnte, aber ich wollte nicht die Erste sein, die seinen Namen erwähnte.

»Kann ich den Mini nehmen?«, fragte sie.

»Nein, besser den Mercedes.« Ich folgte ihr zur Haustür. »Sie wissen ja, wo die Schlüssel sind.«

»*Grazie.* Ich bin nicht lange weg.« Francesca fischte die Autoschlüssel aus der Schublade des Schränkchens im Flur. Sie blieb kurz vor dem Spiegel stehen, wischte sich etwas Mehl vom Kinn, dann marschierte sie nach draußen. Der Motor des Mercedes heulte auf, und Kies spritzte auf, als Francesca aus der Einfahrt stob.

»Brrr ...«, sagte ich mit einem gespielten Schütteln. »Ich möchte nicht in Adrians Haut stecken, wenn Francesca bei ihm aufkreuzt.«

»Wieso, was ist denn los?«, fragte Emma.

»Genau weiß ich es auch nicht«, sagte ich und ließ mich wieder auf das Sofa sinken, »aber ich habe den dringenden Verdacht, dass Dr. Culver heute Morgen wieder einmal auf Freiersfüßen hierherkam und Reginald im Rucksack mitnahm.«

»Sei nicht albern«, sagte Emma. »Warum sollte er Reginald mitnehmen?«

»Ich sage ja nicht, dass er Reginald bewusst mitnahm. Aber vielleicht unabsichtlich, ohne es zu wissen.« Mein Blick wanderte zum Laufstall hinüber. »Ich vermute, dass Reg irgendwie aus Versehen in Adrians Rucksack geraten ist.«

Emma sah mich an, als zweifle sie an meinem Verstand.

»Ach komm, Emma«, sagte ich. »Du weißt doch selbst, wie unverbesserlich Dimity ist, wenn es um wahre Liebe geht. Ich wette, sie benutzt Reginald als Werkzeug. Schließlich hat sie es schon einmal getan.«

Emma biss sich auf die Lippe und starrte auf ihren Aktenkoffer. »Ich sage es ja nicht gern, aber ich glaube, Dimity hat diesmal aufs falsche Pferd gesetzt.«

Mein Gesicht wurde ernst. »Was meinst du damit?«

»Du hattest mich ja gebeten, im Internet nach dem Culver-Institut zu suchen …« Emma steckte die Hand in die Mappe und zog einen Stapel Papier heraus. »Das hier habe ich gefunden.«

»Mach keinen Quatsch.«

»Nein, im Ernst.« Sie blätterte die Computerausdrucke durch. »Ich fand eine ganze Reihe von E-Mail-Antworten auf einen Aufruf, der wohl mit der Post geschickt worden war und um finanzielle Unterstützung für das Culver-Institut warb.« Sie sah mich unsicher an. »Du scheinst nicht sehr erfreut zu sein.«

»Bin ich auch nicht«, sagte ich, als eine Welle der Enttäuschung über mich hinwegschwappte. »Adrian scheint so ein netter Kerl zu sein. Du hättest ihn sehen sollen, wie er neulich abends hier mit Reg auftauchte. Er war so rührend, wie ein kleiner Junge, der sich für den Schulball fein gemacht hat. Als Derek Bill hier völlig blau ablieferte, benahm er sich äußerst taktvoll und verlor auch die Beherrschung nicht, als er erfuhr, wie Peggy ihn mit seiner Unterschrift auf dem Gesuch hereingelegt hat.« Ich seufzte. »Er lachte nur und meinte, sie hätte das Zeug zu einem großartigen Premierminister. Und wenn er in Francescas Nähe ist, schmilzt er einfach dahin. Man kann gar nicht anders, Emma, man muss ihn mögen.«

»Es sagt ja auch niemand, dass nette Typen nicht ehrgeizig sein dürfen«, bemerkte Emma.

»Aber nette Typen lügen nicht.« Ich schüttelte traurig den Kopf. »Und Adrian hat alle angelogen – mich, die Buntings, seine Studenten, vielleicht sogar den Bischof. Er lässt alle in dem Glauben, dass er keine langfristigen Pläne bezüglich Finch hat. Aber das hier« – ich klopfte auf den Stapel Papier, der zwischen uns lag – »beweist das Gegenteil. Es passt zu dem, was Francesca mir über die Briefe in Katrinas Zimmer erzählte.«

»In dem Fall«, sagte Emma, »denke ich, dass wir den Tatsachen ins Auge schauen müssen. Adrian hat an Finch ein tiefer gehendes Interesse, als wir annahmen.«

»Und damit wäre er der Erste auf meiner Liste der Verdächtigen«, sagte ich, »denn er hat mehr zu verlieren als alle anderen. Wenn seine Spender von dem Gladwell-Schriftstück hören, löst sich sein Museum in nichts auf.« Ich verbarg das Gesicht in den Händen und stöhnte. »Diese Arroganz! Nichtsahnende Spender hinters Licht zu führen und zu glauben, es käme nicht heraus!«

Als ich ihr von meinem aufregenden Morgen berichtete, hörte Emma mir mitfühlend zu. Falls sie über Christines Außerirdische oder über die mir zugewiesene Rolle als mitleiderregende Mutter in Peggys Versammlung lächeln musste, hatte sie den Anstand, es so zu tun, dass ich es nicht bemerkte. Sie machte mich auch darauf aufmerksam, dass Adrians neu hinzugekommener

Name auf der Liste der Verdächtigen nicht unbedingt bedeutete, dass Sally Pyne oder Katrina Graham dadurch automatisch entlastet waren.

»Angenommen, Adrian hätte Katrina und Sally von dem fraglichen Dokument erzählt, nachdem er vom Pfarrer davon gehört hat«, gab sie zu bedenken. »Vielleicht haben sie den Einbruch sogar zusammen geplant, oder er hat die beiden dazu überredet und dann zugesehen, wie sie die Drecksarbeit für ihn erledigt haben. Aber er hätte wissen müssen, dass möglicherweise auch andere dabei zusehen würden.«

»Hier im Dorf passiert kaum etwas unbemerkt«, murmelte ich mit schwerem Herzen.

»Weißt du, was ich als Nächstes tun möchte?«, sagte Emma. »Am liebsten würde ich ins Schulhaus einbrechen und nachsehen, ob ich dort einen Regenmantel mit Kapuze finde, oder Exemplare des Spendenaufrufs, oder, noch besser, das verschwundene Dokument.«

»Du?«, sagte ich wie vom Donner gerührt. »Von der harmlosen Internetbanditin zu einer Actionfilmheldin? Raineys Energie scheint dich tatsächlich angesteckt zu haben, meine Liebe.«

»Moment mal«, protestierte Emma. »Schließlich ist Finch auch mein Dorf. Ich will einfach nicht, dass sich dieser Bürgerkrieg noch mehr ausweitet.«

»Okay«, sagte ich zweifelnd, »aber du wirst dir etwas anderes ausdenken müssen. Ein Verbrechen – selbst ein unwichtiges, harmloses Verbrechen wie dieser Einbruch – hat zu viele unvorhergesehene Konsequenzen.« Ich dachte an den Pfarrer, wie er in seiner dunklen Bibliothek saß, und an George Wetherheads ergebnislose Nachtwachen. Am meisten aber dachte ich an Christine Peacock, die sich nach ihrem Sohn sehnte und versuchte, ihn mit einem Plan nach Hause zu locken, der ihr bestimmt nicht eingefallen wäre, wenn sie nicht zufällig auf die Einbrecher gestoßen wäre. Ich fragte mich, ob Adrian jemals an die verborgenen Kosten gedacht hatte, die durch dieses Denkmal, das er seinem Ego setzen wollte, bereits entstanden waren.

»Wie wäre es denn damit?«, schlug Emma vor. »Ich frage Simon morgen, ob er Derek und mir das Schulhaus zeigt. So eine richtig gründliche Besichtigung, verstehst du?«

»Und was mache ich, während du in den Schränken suchst?«, fragte ich trocken.

Emma dachte einen Moment nach. »Du nimmst Dr. Culvers Angebot wahr und lässt dir das Feld von Scrag End zeigen. Dort hältst du ihn und Katrina so lange fest, bis unsere Besichtigungstour beendet ist.«

Ich sah zum Laufstall hinüber und nickte. »Gemeinsam müssten Rob, Will und ich es schaffen, dir Katrina eine Weile vom Hals zu halten.« Ich sah auf Emmas Aktenkoffer und lächelte grimmig. »Und Dr. Culver überlasse ich Francesca.«

Kapitel 18

Will und Rob sahen von ihren Wippen aus zu, wie ich die Tür zum Arbeitszimmer schloss und das blaue Tagebuch vom Bücherbord nahm. Emma hatte sich verabschiedet, und Francesca war noch nicht zurück, also hatten die Jungen und ich das Cottage ganz für uns. Es schien eine gute Gelegenheit, Dimity einen Fingerzeig zum heiklen Thema Ehestiftung zu geben. Wenn ich mein Kindermädchen schon verlieren musste, dann wenigstens nicht an einen falschen, aufgeblasenen Angeber wie Adrian Culver.

Ich schubste beide Wippen an, ehe ich mich in den Sessel setzte, was den Jungen ein entzücktes Gurgeln entlockte. Eine Stunde mit meinen *Bambini* war eine noch größere Wohltat für mich als eine Woche lang in den Genuss von Bills berühmten Rückenmassagen zu kommen. Wieder gab ich den Wippen einen Schubs, um meine Dankbarkeit zu zeigen, dann lehnte ich mich zurück und schlug das Buch auf. Noch ehe ich ein Wort sagen konnte, füllte sich die Seite mit Dimitys schwungvoller Schrift.

Was ist das für eine aufregende Zeit für dich, Lori! Hexen und Gespenster und Außerirdische, oje. Ich weiß gar nicht, wo ich anfangen soll. Und nun kommt noch die Versammlung dazu, und die Geburtstagsfeier und die Eröffnung des Tearooms, und alles am selben Tag. Du hast so viel, worauf du dich freuen kannst!

»So kann man es auch sehen«, sagte ich und stützte das Kinn auf die Hand.

Man muss es dir lassen, meine Liebe. Dein Timing ist außerordentlich. Ich habe schon viele Zusammenstöße zwischen Peggy Kitchen und Sally Pyne erlebt, aber was du jetzt sehen wirst, das wird wahrscheinlich der Höhepunkt ihrer Fehde. Wie gern wäre ich selbst dabei.

»Wenn dir ein Weg einfällt, wie wir unsere Plätze tauschen können, Dimity, würde ich mit Freuden ...« Ich verstummte, als mir die Bedeutung von Dimitys Kommentar klar wurde. »Moment mal«, sagte ich. »Peggy und Sally zogen doch erst nach Finch, nachdem du ... dich verabschiedet hattest.« Ich fand diese niedliche Verharmlosung ihres Todes etwas albern, aber fuhr dennoch tapfer fort. »Wie kommt es, dass du ihre Fehde noch erlebt hast?«

Peggy und Sally kamen schon lange, ehe sie sich hier niederließen, nach Finch. Ich erinnere mich noch ganz genau an ihre Ankunft. Peggy und ihre Mutter wurden von Mr Harmer aufgenommen, dem Besitzer des Ladens auf dem Dorfplatz. Sally wohnte bei Mrs Shuttleworth, die damals den Tearoom hatte. Der kleine Billy Barlow kam ein paar Wochen später – er wohnte bei Mr Diston, dem Schmied –, und die Farnhams nahmen Jasper Taxman auf. Das Leben war nicht einfach – mit Lebensmittelkarten, den Schlangen vor den Geschäften und der Verdunklung, aber es ging nicht anders. Birmingham, Bristol und Plymouth wurden zu jener Zeit immer wieder bombardiert.

»Zu jener Zeit ...«, wiederholte ich langsam. »Dimity, willst du damit sagen, dass Mrs Pyne, Mr Barlow und Mr Taxman schon als Kinder während des Krieges nach Finch gebracht wurden? Waren sie evakuiert worden, wie Peggy Kitchen?«

Sie waren evakuiert worden, aber es war ihnen nicht so ergangen wie Peggy. Sie hatten keinen Vater verloren, deshalb war es vielleicht einfacher für sie, nett zu sein.

»Nett zu wem?«, fragte ich.

Zu Piero Sciaparelli natürlich. Es warfen ja nicht alle mit Steinen nach ihm. Sally Pyne liebte Piero, und das hat Peggy ihr nie verziehen.

Ich schloss die Augen, erschüttert über diese plötzliche Eröffnung. Peggy und Sally waren also nicht einfach nur zwei willensstarke Frauen, die sich in diesem kleinen Dorf um die Macht stritten. Sie waren lebenslange Feindinnen. Seit über vierzig Jahren hassten sie sich, und in zwei Tagen sollte diese lebenslange Fehde auf dem Dorfplatz von Finch ihren Höhepunkt erreichen. Ich fragte mich, ob die faulen Eier womöglich zu Steinen werden könnten. Würde dieser dumme Diebstahl womöglich noch einen offenen Krieg heraufbeschwören?

Ich sah wieder auf das Tagebuch. »Waren Jasper Taxman und Billy Barlow denn auch involviert?«

Billy war viel zu sehr mit anderen Dingen beschäftigt, um sich wegen zweier zankender Mädchen Gedanken zu machen, aber Jasper … Ach, der arme Jasper. Ich fürchte, den hat Peggy so richtig am Gängelband gehabt. Er hat schrecklich für sie geschwärmt.

»Das hat ihm nicht viel genützt«, bemerkte ich. »Schließlich wurde Peggy Mrs Kitchen und nicht Mrs Taxman.«

Es soll vorkommen, dass Witwen wieder heiraten.

Ich machte große Augen. »Jasper ist also wieder nach Finch gezogen, weil er hoffte, seine Jugendliebe zu heiraten? Donnerwetter. Das nenne ich wahre Liebe. Aber ich frage mich, warum die anderen zurückkamen.«

Wer weiß? Vielleicht hatten sie schöne Erinnerungen an Finch. Oder vielleicht dachten sie, dass sie dem Dorf etwas schuldeten dafür, dass sie hier vor so vielen Jahren Schutz gefunden hatten. Ich denke, dass sie aus unterschiedlichen Gründen zurückkamen.

»Peggy kehrte erst zurück, nachdem Piero Sciaparelli gestorben war«, sagte ich. »Ich wette, sie hat sich geärgert, Sally hier vorzufinden – und umgekehrt. Und nach allem, was Mr Barlow mir erzählte, klingt es, als ob sie genau da weitermachten, wo sie im Krieg aufgehört hatten – die längste Fehde, die Finch je gesehen hat.«

Es ist so schade. Piero wollte nichts als Frieden in seiner neuen Heimat, und doch fand er sich immer wieder in der Schusslinie des Konflikts. Im Vergleich zu Peggy Kitchen hatte er noch sehr viel mehr verloren, und trotzdem war er die Freundlichkeit selbst. Ich wünschte, du hättest ihn gekannt.

»Ich auch«, murmelte ich.

Es tut mir leid, Lori. Ich habe mich in Erinnerungen verloren. Ich hatte einen ganz anderen Grund, warum ich heute mit dir sprechen wollte.

»Und das wäre?«, fragte ich und schob die Erinnerungen an einen Mann, den ich nie gekannt hatte, zur Seite.

Ich wollte dich an Raineys Geburtstag erinnern, es sind keine drei Tage mehr bis dahin. Hast du ein Geschenk für sie?

Ich lachte müde. Im Moment war ein Geburtstagsgeschenk für Rainey meine geringste Sorge. »Noch nicht. Emma hat im Lagerraum von Kitchen's Emporium etwas für sie gefunden, aber dorthin möchte ich lieber nicht gehen.«

Du brauchst Peggy auch nicht zu bemühen. Sieh einfach nur auf dem Dachboden nach.

»Auf welchem Dachboden?«

Auf dem über deinem Kopf, Liebes. Suche einen Koffer, einen grünen Koffer mit Messingbeschlägen. Ich glaube, darin findest du genau das, was du brauchst. Es entstand eine Pause. *Es tut mir leid, Lori, aber ich muss mich beeilen. Und vielen Dank, dass du mein Geschwätz über Piero so geduldig ertragen hast. Und erzähle mir auch, was Emma bei ihrer Durchsuchung des Schulhauses vorgefunden hat!*

»Dimity! Warte! Ich wollte dich doch …« – ich sah zu, wie Dimitys zarte Kursivschrift auf der Seite verblasste – »… wegen Adrian fragen«, murmelte ich, wohl wissend, dass mich niemand hörte außer Will und Rob. Ich schloss das Tagebuch, stellte es wieder auf das Regal und sah die Zwillinge an. »Also, Jungs, dann wollen wir mal sehen, was uns auf dem Dachboden erwartet!«

Der Dachboden glich einer Höhle, in der man nur gebückt stehen konnte, eine niedrige, dunkle Kammer unter den Dachsparren, wo Dimity alte Bilderrahmen, abgewetzte Bettdecken und uralte Fotoapparate aufgehoben hatte – alles Dinge, die nicht mehr zu gebrauchen waren, die sie aber auch nicht wegzuwerfen vermochte. Von der Leiter, die man aus der Bodenluke herauszog, warf ich einen Blick nach unten zu den Kindern. Francesca war vermutlich immer noch mit der Verfolgung Adrians beschäftigt, um Reginald aus seiner Gewalt zu befreien, Bill war noch im Büro. Es wäre gefährlich gewesen, die Kinder die steile Leiter hinaufzutragen, also ließ ich sie unten, wo sie sicher in ihren Wippen saßen und wo ich sie sehen konnte.

Ich glaubte den Koffer zu kennen, von dem Dimity gesprochen hatte. Kurz nachdem ich in das Cottage zog, hatte ich ihn durchgesehen und ihn dann an seinen Platz unter dem Dach zurückgestellt. Wenn ich mich richtig entsann, war er mit eleganten alten Kleidern gefüllt, allerdings eher im Stil der Schwestern Pym als dem eines burschikosen Mädchens wie Rainey.

Ich kroch zum Koffer und setzte mich im Schneidersitz davor. Er war mit tannengrünem Leder überzogen und hatte Messingschnallen, das Schild über der Schließe trug Dimitys Initialen. Ich hob den Deckel und nahm das obere Fach heraus, das mit Glacéhandschuhen, Seidenschals und Leinentaschentüchern gefüllt war. Staub wirbelte auf, als ich den flachen Kasten vorsichtig auf den Boden stellte, und am Balken über mir kroch eine Spinne, die nachsehen wollte, wer der Störenfried war. Ich murmelte eine Entschuldigung, sah in das Innere des Koffers und hielt die Luft an.

»Ach …«, flüsterte ich ungläubig und nahm einen kleinen Tiger von dem Kleiderstapel. »Oh, Dimity …«

Ich blickte in die schwarzen Knopfaugen und merkte, wie ein Gefühl der Liebe mich überflutete. Er war perfekt. Schmutzige Kinderhände würden seinen braunen Streifen nichts anhaben können, ebenso wenig wie wenn er achtlos auf die Erde geworfen wurde oder wenn seine kleine Besitzerin, die sich mehr durch sprühende Energie als durch Anmut auszeichnete, über ihn stolperte. Er war fröhlich, furchtlos und fast unverwüstlich – und das musste er auch sein.

Ich berührte seine gestickten Schnurrbarthaare und fragte mich einen Augenblick, wie er wohl hieß. Dann drückte ich ihn an mich und flüsterte der Spinne zu: »Rainey wird es wissen.«

Als Bill am Abend nach Hause kam, war ich dabei, Möhren für unser Abendessen zu raspeln. Das verführerische Aroma von Brathähnchen mit Rosmarin hatte ihn an die Küchentür gelockt, und dort stand er nun und betrachtete mich nachdenklich.

»Du bist in guter Stimmung«, bemerkte er zufrieden wie jemand, der ein schwieriges Problem gelöst hat. »Ist die Versammlung abgeblasen worden?«

»Nein.« Ich legte die Reibe hin, drückte den Rest der Möhre in Robs kleine Faust und machte den Salat an.

Bill schnippte mit den Fingern. »Ich weiß! Du hast einen Flug nach Boston gebucht.«

»Sei nicht lächerlich«, sagte ich. »Schließlich muss ich Sonntag eine Rede halten.«

Bill trat neben mich und legte mir besorgt eine Hand auf die Stirn. »Kein Fieber, aber ich schlage vor, du legst dich trotzdem hin und lässt Francesca das Essen fertig machen. Wo ist sie?«

»Ich habe sie auf ihr Zimmer geschickt.« Bill hielt mit einem scharfen Geräusch die Luft an. »Ich wusste mir keinen anderen Rat, ich hatte Angst, sie zündet mir sonst aus Versehen das Haus an. Seit sie von ihrem Besuch bei Adrian zurück ist, ist sie völlig geistesabwesend.«

In gespielter Bestürzung ließ sich Bill gegen die Spüle sinken. »Francesca hat Adrian besucht? Freiwillig? Ist die ganze Welt seit heute Mittag verrückt geworden, oder habt ihr beide euch an der Sherryflasche gütlich getan?«

»Wasch dir die Hände«, befahl ich. »Ich erzähle dir alles beim Essen.«

Francesca war so gedankenversunken von Scrag End zurückgekommen, dass sie Rob sein T-Shirt verkehrt herum anzog und Wills Söckchen in die Toilette fallen ließ.

»Und als ich sie herausfischte«, sagte ich, indem ich Bill die Schüssel mit den neuen Kartoffeln reichte, »hörte ich, wie sie ihrem Spiegelbild erzählte: ›Adrian meint es gut.‹ Da habe ich sie in ihr Zimmer geschoben und die Tür hinter ihr zugemacht.«

»Hat sie Reginald zurückgebracht?«, fragte Bill, während er sich mit Kartoffeln bediente.

»O ja«, sagte ich. »Aber nicht ohne zuvor Adrian des Diebstahls zu bezichtigen, der Unehrlichkeit und einer schamlosen Gleichgültigkeit gegenüber den Gefühlen zweier unschuldiger Kinder. Kannst du dir ihren Ärger vorstellen, als Simon Reginald auf dem Rücksitz des Mercedes entdeckte?«

»Auweia«, sagte Bill und verzog das Gesicht.

»Adrian hat sich in der Sache jedoch sehr nett benommen«, sagte ich. »Er kam mit einem Feldblumenstrauß vorbei, um Francesca zu zeigen, dass er ihr den unbegründeten Wutausbruch nicht übel nahm.« Ich legte mein Besteck hin, plötzlich hatte ich den Appetit verloren. »Ich kann Francesca morgen nicht nach Scrag End mitnehmen. Adrian hat sie bereits so weit, dass sie überzeugt ist, er meine es gut. Wer weiß, wie weit er es noch bringt, jetzt, wo ihr Widerstand gebrochen ist.«

Bill nahm meine Hand und drückte sie. »Es tut mir leid, Schatz. Ich weiß, wie weh es dir tut, wenn schöne Prinzen von ihrem hohen Ross geholt werden. Du bist unverbesserlich romantisch, und anders möchte ich dich auch gar nicht haben.«

Nach einer Pause, gefüllt mit nachdenklichem Kauen, fuhr er fort: »Ich vermute, Reginald ist auf die gleiche Art und Weise in den Mercedes geraten, wie er letzten Sommer in den Aktenkoffer meines Vaters geriet. Dimity scheut keine Mühe, diese beiden so verschiedenen Turteltauben zusammenzubringen.«

»Sie kann unmöglich immer recht haben«, sagte ich, »aber *wenn* sie recht hat, dann trifft sie genau ins Schwarze. Warte, bis du Raineys Geburtstagsgeschenk siehst.«

»Etwas Besonderes?«

»Nein, noch viel besser«, erwiderte ich. »Reginald hat einen neuen Vetter. Einen Tiger. Er wird der Star der Party sein.«

»Ach ja, die Party. Die Geburtstagsparty, die mit Peggys Versammlung zusammenfällt.« Bill schwieg, um sich ein weiteres Stück des zarten, aromatischen Hähnchens genießerisch in den Mund zu schieben, ehe er fragte: »Habe ich vorhin richtig gehört? Wirst du wirklich auf das Podest steigen und eine Rede halten?«

»Werde ich.« Dort oben auf dem Dachboden war etwas von dem Mut des Tigers in mich gefahren. Ich fürchtete mich nicht mehr davor, was am Sonntag passieren würde. Um ehrlich zu sein, ich freute mich fast darauf, mich zwischen Sally Pyne und Peggy Kitchen zu stellen. Es würde gefährlich sein, aber irgendjemand musste diesen Job übernehmen.

»Bekomme ich einen kleinen Vorgeschmack?«

»Du meinst von meiner Rede?« Ich schüttelte den Kopf. »Tut mir leid, aber du wirst bis Sonntag warten müssen, genau wie alle anderen.«

»Ich werde die Presse benachrichtigen.« Damit ließ Bill das Thema fallen und konzentrierte sich aufs Essen. Als er fertig war, rückte er den Stuhl ein wenig vom Tisch weg und lehnte sich zufrieden stöhnend zurück. »Ich bin satt«, verkündete er und klopfte sich den Bauch. »Weißt du, Lori, Francesca ist eine gute Köchin, aber mit dir kann sie es nicht aufnehmen.«

Bill konnte unmöglich den Fraß meinen, den ich ihm während der vergangenen zehn Monate vorgesetzt hatte, die Mahlzeiten, die allesamt mit Mixer, Pürierstab oder Sieb unkenntlich gemacht worden waren. Mit einem gewissen Schuldgefühl wurde mir plötzlich klar, wie sehr er meine Kochkünste vermisst haben musste, und im Stillen war ich ihm unendlich dankbar, dass er es mit keinem Wort erwähnt hatte. Ich sah zu, wie er unsere Teller in die Küche brachte, und mein Herz wurde weit, während sich meine Kehle zuschnürte. Es gab auch schöne Prinzen, dachte ich, die im Sattel blieben.

Kapitel 19

Meine Gewissensbisse waren gar nichts im Vergleich zu Francescas. Als sie den Feldblumenstrauß erblickte, war sie nicht mehr davon abzuhalten, mich nach Scrag End zu begleiten.

»Ich habe gestern die Beherrschung verloren«, sagte sie mit Entschiedenheit, als wir die Buggys der Jungen in den Kofferraum des Mercedes luden. »Ich habe Dinge gesagt, die ich nicht hätte sagen sollen. *Ich* sollte mich bei Dr. Culver entschuldigen und nicht umgekehrt.«

Als wir ins Cottage zurückgingen, sah ich sie verstohlen an. Die Krankheit war schneller fortgeschritten, als ich es erwartet hatte. Noch vor vier Tagen hätte sie sich eher die Zunge abgebissen, als dass sie Adrian ein nettes Wort gesagt hätte.

»Haben Sie Ihre Meinung bezüglich des Culver-Instituts ebenfalls geändert?«, fragte ich neugierig.

Sie sah nachdenklich auf die Wickeltasche, dann schüttelte sie kaum merklich den Kopf. »Nein. Es wäre falsch, in Finch ein Museum zu bauen. Es würde das Dorf zu sehr verändern, und es würde nichts Gutes dabei herauskommen.«

Ich stopfte ein paar Quietschtiere, ein Schnabeltier aus Stoff und einen Plüschsaurier in die Spielzeugtasche, Reginald ließ ich jedoch im Laufstall – er hatte schon genug angerichtet.

Wir luden alles in den Kofferraum, dann gingen wir ins Haus, um die Kinder zu holen. Als wir am Spiegel im Flur vorbeikamen, blieb Francesca stehen, um sich das Haar glatt zu streichen und den Kragen an ihrem Hemdblusenkleid zurechtzuzupfen. Sie hätte sich die Mühe sparen können. Selbst wenn sie in Latzhose und Kopftuch erschienen wäre, würde das an Adrians Verzauberung nichts ändern können. Sie war die ideale Ablenkung für ihn.

Derek und Emma hatten sich mit Simon für ein Uhr am Schulhaus verabredet. Als Francesca den Mercedes über die Buckelbrücke und auf den Dorfplatz steuerte, sahen wir, wie Derek Simon begrüßte, der gerade aus dem Minibus gestiegen war. Emma stand in der Nähe von Kitchen's Emporium, wo sie uns unauffällig ein Zeichen zum Anhalten gab. Währenddessen turnte Rainey auf Jasper Taxmans Rednertribüne herum und rief uns heftig winkend zu: »Hier sind wir, Lori!«

Francesca parkte vor Bills Kanzlei, und ich sprang rasch aus dem Wagen, lief auf den Platz und traf in der Mitte auf Emma.

»Ich habe einen weiteren Passagier für euch«, sagte sie etwas erschöpft. Als sie weitersprach, senkte sie die Stimme, während Rainey um uns herumhüpfte. »Ich kann nicht riskieren, dass sie im Schulhaus etwas kaputt macht.«

»Sie eignet sich wirklich besser für die Freilandhaltung«, stimmte ich zu.

»Darf ich mit dir nach Scrag End fahren, Lori?«, bettelte Rainey. Sie hatte Gartenkittel und Handschuhe ausgezogen, den Strohhut jedoch aufbehalten. Dessen breiter Rand ging langsam aus dem Leim, genau wie Emmas Nerven, wie ich feststellte. »Ich bin auch ganz brav, das versprech ich dir, und ich wollte schon immer Scrag End sehen, und Emma sagt, du hast WillunRob mitgebracht und …«

»Ja«, unterbrach ich sie. »Du kannst mitkommen.« Ich deutete mit einer Kopfbewegung auf den Mercedes. »Bitte Francesca, dass sie dich auf dem Vordersitz festschnallt.«

Jubelnd rannte Rainey los.

Emma tat einen erleichterten Seufzer. »Dieses Kind mag zwar im Garten eine wahre Freude sein, aber ansonsten ist sie eine ziemliche Nervensäge.«

»Ich weiß nicht, warum ich überhaupt noch nach Scrag End fahre«, sagte ich trocken. »Francesca und Rainey sind doch die perfekte schnelle Eingreiftruppe. Die beiden werden Adrian und Katrina stundenlang beschäftigen. Und du? Bist du ebenfalls bereit für deine Besichtigungstour?«

Emma nickte. »Derek hat seine Anweisungen bereits erhalten. Er sucht oben, ich unten.« Da Emma gut dreißig Zentimeter kleiner war als ihr Mann, schien mir das eine vernünftige Arbeitsteilung.

Francesca fuhr den Saint George's Lane hinauf, an Pfarrhaus und Kirche vorbei und an dem Wäldchen, das hinter dem Kirchhof lag. Am Ende des Waldstücks bog sie nach rechts ab auf einen schmalen Feldweg.

Der Weg folgte dem Lauf des Flusses und schien die Grenze zwischen Wald und Ackerland zu bilden. Zu unserer Linken, auf der anderen Seite des Flusses, erstreckte sich ein großes Feld mit reifendem Korn bis zu einer Hügelkuppe hinauf, auf der sich unter einer Baumgruppe ein paar Gebäude duckten. *Hodge Farm,* dachte ich, wobei ich mich an die Worte des Pfarrers erinnerte.

Rechts von uns lag ein lichter Laubwald mit einem Hain bunter Feldblumen; zweifellos hatte Adrian hier seinen Strauß gepflückt. Ungefähr fünfzig Meter, nachdem wir vom Hauptweg abgebogen waren, öffnete sich der Wald und gab eine Lichtung frei.

»Ist es hier?«, fragte ich.

Francesca nickte.

»Der Pfarrer sagte mir, das Stück Land sei zu nichts zu gebrauchen«, sagte ich. »Ich glaube, ich verstehe, was er meint.«

»Es ist zu nichts nütze«, bestätigte Francesca, während sie den Mercedes abstellte. »Der untere Teil wird vom Fluss überschwemmt und der obere Teil ist nichts als eine Steinwüste.«

Davon konnte ich mich nun mit eigenen Augen überzeugen. Das Feld von Scrag End war wirklich ein trostloses Stück Land – eine schräge, unebene Wiese mit Büscheln aus scharfem Steppengras und dürftigen, stacheligen Sträuchern. Eigentlich hatte ich mir mehr versprochen von einem Ort, der das ganze Dorf in Aufruhr versetzte – vielleicht eine geheimnisvolle, düstere Atmosphäre –, etwas, das einem das Gefühl gab, dass dieses Feld es wert sei, dass man darum kämpfte. Aber selbst Miranda Morrow hätte wahrscheinlich Schwierigkeiten, in der Aura von Scrag End etwas Geheimnisvolles zu entdecken. Es strahlte ungefähr so viel Dramatik aus wie ein öffentlicher Parkplatz.

Es gab jedoch Zeichen von Menschenleben. Am östlichen Rand des Feldes, nahe dem Weg und zum Teil von Bäumen verdeckt, stand unter einem blauen Zeltdach eine bunte Ansammlung von Klappstühlen und -tischen. Die obere Hälfte des Feldes war mit dünnen Metallstäben und Schnüren, an denen Wimpel flatterten, in Quadrate unterteilt. Zwischen dem Zeltdach und diesem Teil des Feldes lagen Eimer, Pinsel, Siebe und Handschaufeln verstreut – die Werkzeuge eines Archäologen.

Katrina Graham, in orangefarbenem Tank-Top, weiten Shorts und mit einem roten Stirnband, leerte gerade in der Mitte der Quadrate einen Eimer Erde in einen

Schubkarren. Als sie unser Auto entdeckte, hielt sie inne und sah auf. Adrian, in staubiger Arbeitskleidung und mit einem Hut, der recht mitgenommen aussah, saß unter dem blauen Zeltdach auf einem Klappstuhl, vor ihm auf dem Tisch lag ein großer Zeichenblock. Sobald er uns sah, sprang er auf und kam uns entgegen.

Rainey benahm sich mustergültig. Sie rührte sich nicht, ehe Francesca den Zündschlüssel herausgezogen, ihren Sitzgurt gelöst und die Tür entriegelt hatte. Doch dann explodierte sie förmlich aus dem Auto heraus und sprintete über das Feld, als sei der Teufel hinter ihr her.

»Halt«, sagte Adrian und stellte sich ihr mit ausgebreiteten Armen in den Weg. Als sie stehen blieb, ging er zu ihr und legte ihr die Hände auf die Schultern. »Du musst etwas vorsichtiger sein, Rainey. Wir wollen doch nicht, dass du über die Seile stolperst.« Er hob den Kopf und rief: »Miss Graham!«

Katrina ließ den Eimer in den Schubkarren fallen und kam auf dem abschüssigen Feld zu Adrian herunter. Schweiß glänzte auf ihrer Haut, und ihr Stirnband war durchtränkt, aber man sah ihr keinerlei Erschöpfung an. »Ja, Dr. Culver?«

Adrian bückte sich, um Raineys Hut aufzuheben, der ihr vom Kopf gefallen war. »Wir haben eine neue Helferin«, sagte er und setzte den Hut wieder an seinen Platz. »Bitte sorgen Sie dafür, dass Miss Dawson mit Sonnenschutzcreme ausgestattet wird, und dann zeigen Sie ihr, wie man im Abraum gräbt.«

Katrina lachte leise. »Sehr wohl, Sir«, erwiderte sie. »Kommen Sie mit, Miss Dawson.« Sie nahm Rainey bei der Hand und ging mit ihr zum Arbeitsplatz unter dem Zeltdach.

Adrian trat ans Auto. »Willkommen in Scrag End, Lori. Ich freue mich, dass Sie gekommen sind.«

Ich sah ihn zweifelnd an, während ich Will aus seinem Autositz nahm. »Im Abraum?«

»Das ist die Erde, die wir bei der Probegrabung entfernt haben«, erklärte Adrian. »Es ist wahrscheinlich die unbedenklichste Art, Raineys Talente zu nutzen.«

»Ach so«, sagte ich. »Ich bin ein Neuling auf dem Gebiet der Archäologie.«

»Sie werden ein alter Hase sein, ehe Sie heute hier weggehen. Bitte, Miss Sciaparelli, erlauben Sie.« Adrian beeilte sich, Francesca zu helfen, die gerade die Buggys aus dem Kofferraum hob.

»Vielen Dank auch für die Blumen«, murmelte Francesca, indem sie sich bemühte, Robs Buggy aufzuklappen. »Es war nett von Ihnen, extra deshalb vorbeizukommen.«

Adrian schwankte leicht, als hätten ihn Francescas freundliche Worte völlig überwältigt. »Ich bin … Sie sind … es ist …« Vielleicht hätte er noch lange so weitergestammelt, wenn ich ihn nicht erlöst hätte.

»Adrian«, sagte ich, »dürfte ich Ihnen vielleicht Will einen Moment geben, während ich Rob aus dem Sitz hebe?«

Adrian hörte auf zu stottern. »Mir?«, sagte er, indem er einen Schritt zurücktrat.

»Nur einen Augenblick«, redete ich ihm zu. »Mein Sohn beißt nicht. Kann er gar nicht, er hat noch keine Zähne.«

Adrian holte tief Luft und wischte sich die Hände am Hemd ab, dann stand er stramm, und ich legte ihm Will in die Arme. Aber mein Sohn wusste genau, wie man mit unerfahrenen Erwachsenen umzugehen hatte. Er strampelte und wand sich, bis Adrian sich entspannte, dann schmiegte er zufrieden den Kopf an Adrians Hals.

Der Ausdruck von Panik war aus Adrians Gesicht gewichen. »Was für eine weiche Haut«, sagte er leise. »Diese Sonne ist aber gar nicht gut für dich, mein Kleiner. Gehen wir lieber in den Schatten.«

Ich wollte mich gerade umdrehen, um ihm zu sagen, dass Wills Buggy über einen Sonnenschirm verfüge, aber er strebte, meinen Sohn an die Brust gedrückt, bereits mit großen Schritten dem Zeltdach zu.

Francesca schien verwirrt. Sie befestigte den Sonnenschirm in seiner Halterung am Wagen und murmelte: »Man könnte fast meinen, er hat noch nie ein Baby gehalten.«

»Das ist gut möglich«, sagte ich.

»Ein Mann in seinem Alter?«

»Bill hat auch noch nie ein Baby gehalten, ehe er Vater wurde. Hat Adrian denn Kinder?«, fragte ich und setzte Rob in den Buggy.

»Nein«, sagte Francesca, »und auch keine Frau.« Plötzlich errötete sie und beugte sich tief über Robs Sicherheitsgurt. »Sagt man jedenfalls.«

Katrina war dabei, Rainey mit Sonnencreme einzureiben, als Francesca, Rob und ich beim Zeltdach ankamen. Adrian saß wieder auf seinem Klappstuhl vor dem Zeichenblock und schien völlig von Will in Anspruch genommen, der seinen Zeigefinger umklammert hielt. Während ich die verschiedenen Baby-Taschen auf einen leeren Tisch stellte, sah er neugierig von einem Zwilling zum anderen.

»Wie unterscheiden Sie die beiden denn?«, fragte er.

Die Antwort kam völlig unerwartet von Rainey: »Man sieht in ihre Augen.«

Alle wandten ihr das Gesicht zu, aber Francesca ergriff als Erste das Wort.

»Wie meinst du das, Rainey?«

»Ich … ich weiß nicht«, sagte Rainey, von der plötzlichen Aufmerksamkeit eingeschüchtert. »Es ist nur, dass … wenn ich Will ansehe, dann sieht Will mich an. Und wenn ich Rob ansehe, dann sieht Rob mich an.«

Francescas volle Lippen verzogen sich langsam zu einem verständnisvollen Lächeln. Sie beugte sich zu Rainey hinab und legte die Hand unter ihr Kinn. »Du siehst ihre Seelen«, sagte sie. »Man kann eine Seele genauso wenig mit einer anderen verwechseln, wie man einen Kohlkopf mit einer Katze verwechseln kann. Verstehst du?«

Rainey nickte eifrig. »Robs Seele ist silbrig blau, und Wills ist ein bisschen wie die Farbe von Gold. Meinst du das?«

Francesca lachte erstaunt. »Ich glaube, du siehst sie noch besser als ich«, sagte sie. »Natürlich, das sind die Lichter ihrer Seelen.«

Ich sah von Rainey zu meinen Jungen. Nie hatte ich Schwierigkeiten gehabt, Will und Rob zu unterscheiden, aber ebenso wenig hatte ich gewusst, wie ich es den Schwestern oder Dr. Hawking oder sonst jemandem erklären sollte – und diese Achtjährige tat es für mich.

»Und deine Seele ist so ein weiches Dunkelbraun«, fügte Rainey hinzu und sah Francesca in die Augen, »wie Mummys brauner Samthut. Stimmt's, Dr. Culver?«

Adrian wehrte die Frage geschickt ab. »Ich habe den Hut von deiner Mummy noch nie gesehen«, erwiderte er.

»Dann sag ich ihr, sie soll ihn zu meiner Party aufsetzen«, erklärte Rainey. »Mummy kann sich neben Francesca stellen, und Sie können in Francescas Augen sehen, so wie Sie es immer machen, und …«

»Dr. Culver«, unterbrach Katrina. »Wie lange werden Sie hier noch beschäftigt sein? Wir müssen diese Erdproben zur Analyse ins Labor bringen.«

Adrian hatte das Gesicht fast in Wills T-Shirt vergraben. Jetzt stand er auf, meinen Sohn im Arm, und ging eilig in eine entlegene Ecke des Feldes, in der gegraben wurde, um einen Eimer voll Erde zu holen.

»Die Erdproben können warten, bis unsere Gäste gegangen sind«, sagte er, wobei er es sorgfältig vermied, in Francescas Augen zu sehen. »Ich dachte, Sie wollten Rainey gerade den Abraum zeigen. Und wenn Sie dort sind« – er reichte Katrina den Eimer –, »dann vergessen Sie nicht, diesen Abfall ebenfalls dort auszuschütten.«

Es war eine sanfte Rüge, aber dennoch eine Rüge, und sie kam bei Katrina nicht gut an. Sie bedachte Francesca mit einem feindseligen Blick, ehe sie sich über das Feld zum Schubkarren auf den Weg machte. Glücklich trabte Rainey hinter ihr her.

»Miss Graham neigt dazu, ihre Wissenschaft etwas zu ernst zu nehmen«, bemerkte Adrian, sobald Katrina außer Hörweite war.

»Sie ist verknallt in Sie«, sagte Francesca sachlich, wobei sie dem muskulösen blonden Mädchen gleichgültig hinterhersah.

Adrian machte ein erschrecktes Gesicht. »Nein, das kann nicht sein«, protestierte er.

»Es ist so offenkundig wie die Nase in Ihrem Gesicht«, versicherte Francesca ihm und nahm ihm Will ab. »Und wen wundert's? Schließlich sind Sie der berühmte Professor, der Mann, der alle Antworten weiß.«

»Ich versichere Ihnen, dass ich weitaus mehr Fragen als Antworten habe«, sagte Adrian mit einer wegwerfenden Handbewegung. »Aber ich versäume meine Pflichten. Möchten Sie sich nicht setzen? Darf ich Ihnen ein Glas kaltes Wasser anbieten?« Adrian ließ seinen Hut achtlos auf den Boden fallen, öffnete eine Kühlbox und nahm eine der Flaschen Mineralwasser heraus, die Katrina bei Mr Taxman bestellt hatte. Er füllte zwei Plastikbecher.

»Scrag End verwirrt mich etwas«, sagte er, indem er uns die Becher reichte. »Miss Graham hat verschiedene

Theorien, mit denen sie zu erklären versucht, was hier geschehen ist, aber ich finde sie alle nicht sehr überzeugend.«

Francesca und ich wechselten einen verständnislosen Blick. Es war eine merkwürdige Äußerung von einem Mann, der mit dem, was er auf dem Feld von Scrag End fand, ein Museum finanzieren wollte.

»Stimmt denn etwas nicht mit Scrag End?«, fragte ich.

»Nichts stimmt«, erwiderte Adrian. »Wir finden falsche Gegenstände aus falschen Zeitabschnitten an falschen Orten.« Er nahm den Zeichenblock, schlug eine leere Seite auf und zog sich zwischen Francesca und mir einen Stuhl heran.

»Archäologische Stätten haben ihre eigene Logik«, sagte er, den Zeichenblock auf den Knien. »Um es einfach zu machen: Wenn man eine Menge zerbrochener Tonscherben findet, dann ist es ziemlich wahrscheinlich, dass man es mit den Überresten von Töpferware zu tun hat. Und wenn man nichts als Tonscherben aus dem fünften Jahrhundert findet, dann ist es wahrscheinlich, dass der Töpfer im fünften Jahrhundert gelebt hat. Außerdem ...« Er zog einen Bleistift aus der Brusttasche und zeichnete fünf horizontale Linien auf das Blatt. »Erdschichten sind wie Zeitabschnitte. Normalerweise geht man davon aus, dass je tiefer man gräbt, desto älter die Funde sind.«

Er beugte sich über den Zeichenblock, und mein Herz fing an zu rasen. Aus Artikeln in der Zeitschrift *National Geographic* wusste ich genug, um Adrians Argumente zu verstehen. Archäologen erwarten, dass sie in den jeweiligen Erdschichten Gegenstände aus derselben Zeit finden. Eine Speerspitze aus dem fünften Jahrhundert neben dem Kopf einer Minerva aus dem ersten

Jahrhundert wäre Grund genug, um sämtliche Alarmglocken schrillen zu lassen. Sollte Cornelius Gladwell dumm genug gewesen sein, einfach ein Loch zu graben und seinen gesamten römischen Schnickschnack hineinzuschütten, dann war sein Täuschungsmanöver zum Scheitern verurteilt. In diesem Fall konnte selbst ein Archäologe aus Oxford, wie Adrian es war, die Dokumentation nicht so überzeugend fälschen, dass ein solch gewaltiger Schwindel verborgen bleiben würde.

Adrian hatte gerade mehrere Gruppen von Pünktchen zwischen die horizontalen Linien gezeichnet. Er deutete auf die Pünktchen am oberen Rand. »Das hier sind meine ersten Funde. Sie umfassen Gegenstände aus dem zweiten bis zum fünften Jahrhundert. Verstehen Sie mein Problem?«

Ich bemühte mich um einen beiläufigen Ton. »Zu viele Funde aus zu vielen Jahrhunderten an der gleichen Stelle?«

»Genau.« Adrian warf den Zeichenblock auf den Tisch. »Und die Probegrabung trägt auch nicht gerade zur Klärung bei.«

Ich sah ihn verwirrt an. Obwohl er gerade offenbart hatte, dass es sich um eine recht zweifelhafte Grabungsstätte handelte, ließ er nicht die geringste Spur von Bestürzung oder Enttäuschung erkennen.

»Würde es Sie interessieren, die Probegrabung zu sehen?«, bot er an.

»Gehen Sie nur, Lori«, sagte Francesca. »Ich bleibe lieber mit den Kindern hier im Schatten.«

Die Hitze traf uns wie ein nasser Samtvorhang, als Adrian und ich unter dem Zeltdach hervortraten. Ich sah übers Feld zu Rainey, die halb verdeckt von ihrem Hut Katrina half, Erde aus dem Schubkarren durch ein großes Sieb mit Holzrahmen zu schaufeln. Ich war froh, dass Adrian an die Sonnencreme gedacht hatte.

Adrian sah zum Himmel. »Es bewölkt sich. Wahrscheinlich kriegen wir einen ordentlichen Regen, ehe das Wochenende vorüber ist.«

Als ich nach oben blickte, sah ich eine Herde Schäfchenwolken über den Himmel wandern, meist die Vorboten schwerer Regenwolken. »Die Gärtner werden sich freuen.«

»Die Bauern auch«, sagte Adrian mit einem Blick auf die kümmerlichen Felder auf der anderen Seite des Flusses. »Aber ich fürchte, meine Arbeit wird der Regen nicht gerade leichter machen. Bitte, seien Sie vorsichtig.« Er nahm mich beim Ellbogen und führte mich behutsam durch einen Irrgarten von mit Seilen bespannten Stäben an den Rand eines ausgehobenen Loches etwa von der Größe und Tiefe eines Grabes.

»Nicht gerade eine Probegrabung wie aus dem Lehrbuch«, erklärte er mit verlegenem Lächeln, »aber trotzdem gute Arbeit. Miss Graham ist kein Arbeitstag zu lang, und ihr Fitness-Tick macht sich bezahlt – sie ist sehr kräftig – unschätzbare Eigenschaften für eine angehende Archäologin.«

»Betrachten Sie Ehrlichkeit als eine ebenso unschätzbare Eigenschaft?«, fragte ich.

»Natürlich«, sagte Adrian.

»Warum haben Sie den Pfarrer dann angelogen?«, fragte ich.

»Wie bitte?«

Ich drehte mich um und sah ihn an. »Sie haben Mr Bunting erzählt, dass Sie noch nie etwas von dem Schriftstück des Reverend Cornelius Gladwell gehört haben, dabei haben Sie so gut wie zugegeben, dass es sich bei Scrag End um einen Schwindel handelt.«

»Ich habe nie gesagt, dass Scrag End ein Schwindel ist«, protestierte Adrian. »Ich habe lediglich von ein paar Besonderheiten gesprochen, und Miss Graham hat einige interessante Theorien, um sie …«

»Dr. Culver!« Raineys Stimme traf mich wie ein Donnerschlag. »Schau mal, was ich gefunden hab!«

Kapitel 20

Rainey raste über das Feld und nahm die zwischen den Stäben gespannten Schnüre mit der Leichtigkeit einer Hürdenläuferin. Schließlich verdarb sie die Wirkung aber etwas, indem sie mit Adrian zusammenstieß und ihn beinahe in seinen Versuchsgraben befördert hätte. Er bemühte sich noch, sein eigenes und Raineys Gleichgewicht wiederzufinden, als Katrina angelaufen kam und sich wegen der Unterbrechung entschuldigte. Adrian winkte ab und sah dann auf die erdige Hand hinab, die Rainey ihm entgegenhielt.

»Schau mal, Dr. Culver! Ist das nicht super?« Rainey sah hochentzückt zu ihm auf.

Adrian beugte sich hinab und betrachtete die Silbermünze auf Raineys schmutziger Handfläche. »Was für ein Glück!«, rief er aus. »Das passiert wahrhaftig nicht vielen Archäologen, dass sie gleich bei ihrer ersten Grabung einen Silberdenar finden.«

Rainey blickte auf die Münze. »Ich dachte, es ist Geld.«

»Ist es auch«, versicherte Adrian ihr. »Es ist eine Sorte Geld, wie die Menschen es vor langer, langer Zeit hatten.« Er hockte sich neben sie und deutete mit dem kleinen Finger auf die Münze. »Siehst du, hier? Das ist ein Bild von Konstantin, der ein römischer Kaiser war. Wenn du den Denar zum Schulhaus gebracht hast, wird Miss Graham dir alles über Kaiser Konstantin erzählen.«

Rainey machte ein langes Gesicht. »Kann ich ihn nicht behalten?«

»So was kann man nicht behalten«, erklärte Adrian ihr.

»Warum nicht?« Raineys Hand schloss sich um die Münze.

Adrian schüttelte den Kopf. »Wenn wir hier etwas finden, dann gehört es nicht uns. Die Sachen gehören allen. Deshalb bringen wir sie ins Museum, damit alle Leute sie sehen können.«

Rainey dachte darüber nach. »Kann ich dann mit Mummy und Daddy und Jack und Gran in dein Museum kommen, damit sie meinen Denar auch sehen können?«

Dein Museum überging Adrian geflissentlich. »Natürlich kannst du das. Lass uns zum Arbeitsplatz gehen. Dort legst du Konstantins Denar in ein Kästchen, damit er nicht verloren geht. Es ist ein wunderbarer Fund, Rainey. Ich bin sehr stolz auf dich.«

Fast hatte ich Mitleid mit Katrina, über deren schweißnasses Gesicht ein Anflug von Neid huschte. Tagelang hatte sie hier geschuftet. Es musste enttäuschend sein, wenn einem von einer Achtjährigen die Schau gestohlen wird.

»Katrina«, sagte ich, »warum ruhen Sie sich nicht etwas aus? Sie sehen aus, als ob Sie eine Pause vertragen könnten.«

»Ich brauche keine Pause«, sagte sie schroff und warf einen Blick in den Graben, den sie ausgehoben hatte.

»Das ist schade«, sagte ich. »Ich hatte gehofft, Sie würden mir etwas über Ihre Theorien erzählen.«

Sie sah mich an. »Hat Dr. Culver etwas davon erwähnt?«

»Ja«, sagte ich, »und er sagte auch, dass Sie ganz allein diese Theorien aufgestellt hätten.«

»Er ist sehr großzügig«, sagte sie etwas freundlicher. »Ich habe schließlich nur das wiederholt, was ich in seinen Vorlesungen gelernt habe.«

»Ich würde Ihre Interpretation seiner Vorlesungen zu gern hören«, sagte ich in der Hoffnung, sie doch noch überreden zu können.

Katrina sah mit säuerlichem Gesicht zu dem Zeltdach hinüber. »Wenn Sie meinen, dass ich Ihren Besuch hier nicht unnötig unterbreche …«

»Seien Sie nicht albern«, sagte ich entschlossen und nahm ihren Arm. »Unser Besuch wäre ohne den Vortrag eines Experten doch nicht vollständig.«

Katrina gab den Widerstand auf. »Ich bin keine Expertin«, sagte sie, während ich sie zum Zeltdach führte, »aber ich erkläre Ihnen meine Theorien gern, wenn es Sie wirklich interessiert …«

Als wir beim Zeltdach angekommen waren, hatte Adrian Raineys Münze bereits in eine kleine Pappschachtel gelegt, auf der stand: RAINEY DAWSONS DENAR. Mir schien es eine etwas unpräzise Bezeichnung – kein Datum, kein Fundort –, und Katrina, die diese Tatsache ebenfalls bemerkt zu haben schien, warf einen schnellen Blick zu Adrian hinüber. Er erwiderte ihn, indem er ihr zuzwinkerte, worauf sich Katrinas Gesichtsausdruck entspannte und einem verlegenen Lächeln Platz machte.

Adrian hatte, wie es schien, die Methode von Cornelius Gladwell angewandt. Er hatte die Münze in dem Eimer voll Erde versteckt, den er Katrina gegeben hatte, in der Hoffnung, dass Rainey sie finden würde. Gegen meinen Willen musste ich ihn bewundern. Er hätte sich nichts Besseres einfallen lassen können, um Rainey die Freuden seines Berufes zu vermitteln. Ich hatte den Verdacht, dass die Archäologie der Gärtnerei eines Tages ernsthaft Konkurrenz machen könnte, wenn es für den kleinen Wildfang an der Zeit war, einen Beruf zu wählen.

Während Katrina eine zweite Flasche Mineralwasser öffnete, zog ich Robs T-Shirt herunter und Wills Söckchen hoch. Sie füllte je einen Becher für sich und Rainey und goss uns nach, ehe sie sich auf den Rand eines Tisches setzte. Durstig trank ich mein Wasser, dann ging ich zu meinem Stuhl zurück.

»Lori hat mich gebeten, ihr meine Theorien zu erklären«, sagte Katrina.

»Ausgezeichnet.« Adrian setzte sich, streckte die langen Beine von sich und faltete die Hände über seinem flachen Bauch. »Sie haben das Wort, Miss Graham.«

Katrina nahm ihr Stirnband ab und fuhr sich mit der Hand über das kurze blonde Stoppelhaar. Sie sah sehr jung aus, dabei jedoch seltsam unverletzbar – eine selbstbewusste Doktorandin, die im Begriff war, eine brillante Promotion abzulegen.

»Zunächst möchte ich sagen, dass meine Theorien fast vollständig auf Vorlesungen von Dr. Culver aufbauen«, begann sie. »Eine der Vorlesungen handelte von den Auswirkungen der Erosion in der Erde, über die Art und Weise, wie Fundstücke durch Regen, Schmelzwasser oder Überflutung von einem Ort zum anderen gespült werden können. Das könnte eine Erklärung dafür sein, dass die Gegenstände hier an etwas merkwürdigen Stellen liegen.«

Ich rutschte unruhig auf meinem Stuhl herum. Katrinas erste Theorie entbehrte nicht einer gewissen Logik. Francesca hatte erwähnt, dass das Feld von Scrag End oft überschwemmt wurde.

»Oder«, fuhr Katrina fort, »wir sind hier auf eine Mülldeponie gestoßen.«

»Eine was?«, fragte ich.

Katrina legte den Kopf auf die Seite. »Eine antike Abfallgrube«, sagte sie. »Wenn Scrag End als Mülldeponie verwendet wurde, dann würde man erwarten, hier Funde aus den verschiedensten Perioden vermischt zu finden.«

»Sie graben Müll aus?«, fragte Francesca ungläubig.

»Warum denn nicht?«, fragte Katrina. »Sie haben ja keine Ahnung, wie viel Informationen man aus den Abfällen einer Zivilisation gewinnen kann. Einige unserer wertvollsten ...«

»Miss Graham«, unterbrach Adrian vorsichtig, »Was Sie sagen, ist natürlich vollkommen richtig, aber es wäre gut, wenn Sie Ihren Ton etwas mäßigen würden. Schließlich sprechen Sie hier mit Gästen, nicht mit Kollegen.«

»Entschuldigung, Dr. Culver.« Die Muskeln an ihren Armen traten hervor, so verkrampfte sie die Hände ineinander. Sie nahm einen Schluck Wasser, dann fuhr sie ruhiger fort. »Eine dritte Möglichkeit ist, dass der Fundort durch Kultivierung gestört wurde. Bauern könnten die Erde umgepflügt haben, wodurch die Funde durcheinander geraten sind ...«

»Nein«, sagte Francesca entschieden. »Das können Sie ausschließen. Das Feld von Scrag End ist nie bewirtschaftet worden.«

Katrinas blaue Augen blitzten empört. »Wie können Sie denn wissen, was hier vor fünfhundert Jahren geschehen ist?«

»Weil ich schon mein ganzes Leben hier wohne und mit der Geschichte von Finch vertraut bin.« Francesca deutete auf einen Baum, der nicht weit entfernt stand. »Der Baum dort ist das Einzige, was die Römer auf dieser Seite des Flusses gepflanzt haben.«

»Einen Baum?«, sagte Katrina verächtlich.

»Es ist eine Edelkastanie«, erklärte Francesca. »Die Römer haben sie hier angepflanzt, um Mehl aus den Maroni zu gewinnen. Maronenmehl ist sehr schmackhaft.«

Katrina sah hilfesuchend zu Adrian, aber der starrte Francesca an. Auch ich hatte mich meiner Kinderfrau zugewandt. Ich wollte sie gerade fragen, woher sie dieses Wissen über die Baumbepflanzung der alten Römer hatte, als Dimitys Worte mir einfielen: *Piero arbeitete bis Kriegsende als Landarbeiter beim alten Mr Hodge …*

Francescas Vater hatte auf der Hodge Farm gearbeitet. Wenn der alte Mr Hodge mit Piero Sciaparelli befreundet war, dann hatte er sicher auch Pieros Kindern erlaubt, sich auf seinem Land frei zu bewegen. Mr Hodge hatte Francesca vielleicht die Überschwemmung in Scrag End gezeigt und ihr von den Kastanienbäumen erzählt. Merkwürdig fand ich allerdings, dass Francesca ihre Beziehung zur Hodge Farm nicht erwähnt hatte, als wir sie sahen.

Raineys Stimme unterbrach meine Gedanken. »Es muss ein sehr alter Baum sein«, bemerkte sie ernst. »Katrina hat gesagt, dass die Römer vor vielen, vielen Jahren hier gewohnt haben.«

Francescas Gesicht hellte sich auf. »Es ist nicht derselbe Baum, den die Römer gepflanzt haben«, erklärte sie geduldig. »Es ist ein ganz, ganz später Ururureenkel des Baumes, den die Römer gepflanzt haben.«

»Eine wichtige und faszinierende Information, Miss Sciaparelli«, sagte Adrian.

Ich machte mir Sorgen um Katrinas Finger, die sie gefährlich fest ineinander verschränkt hatte. Es war kein guter Tag für sie. Unsere Ankunft hatte die Untersuchung ihrer kostbaren Erdproben verzögert, Rainey hatte ihr die Schau gestohlen, indem sie scheinbar einen Denar fand, und schließlich Francesca, die ihren Vortrag nicht nur unterbrochen, sondern auch noch korrigiert hatte.

»Ja, Miss Sciaparelli«, sagte sie so höflich, wie sie es unter diesen Umständen vermochte. »Faszinierend.«

»Wie auch Ihre Beiträge, Miss Graham«, sagte Adrian, indem er sich gegen Katrina verbeugte. »Sie stellen mal wieder Ihre Kreativität und Fantasie unter Beweis – ein wichtiges Werkzeug in der Ausrüstung eines jeden Wissenschaftlers, aber ganz besonders wichtig, wenn man die Vergangenheit rekonstruieren will. Mein Kompliment.«

Katrina strahlte.

»Leider jedoch«, fuhr Adrian fort, »vermögen Ihre Theorien meine Haupteinwände gegen Scrag End nicht zu entkräften.« Er stand auf und wanderte auf und ab, indem er weitersprach. »Wenn Scrag End eine Abfallhalde war, woher kam dieser Abfall dann? Ebenso die Frage, wo waren die Fundstücke, ehe Überflutung, Regen oder Schmelzwasser sie hierher spülten? Wenn eine Ihrer Theorien zutreffen sollte, dann müssen wir annehmen, dass es in der Nähe eine Siedlung gegeben haben muss.« Er breitete die Arme aus. »Ich kann mir nur schwer vorstellen, dass ein römisch-britischer Bürger mit auch nur einem Funken Selbstachtung sich an einem so ungünstigen Ort niederlassen würde.«

Katrina hatte mit hoch erhobenem Kopf zugehört, ungerührt von diesem Angriff. »Ich glaube, ich kann auch das erklären«, sagte sie. »Wenn Sie bitte mitkommen würden.«

Sie rutschte vom Tisch und schlug den Weg zum Flussufer ein. Adrian ging ihr nach, begleitet von Rainey. Francesca folgte ein paar Schritte hinter ihm und schob Robs Buggy. Will und ich bildeten den Schluss.

Katrina wartete, bis wir alle beisammen waren, dann beschattete sie die Augen mit der Hand und sah über das wogende Kornfeld auf der anderen Seite. »Wenn ich ein römisch-britischer Bürger wäre«, sagte sie und streckte die Hand aus, »dann würde ich meine Villa dort auf dem Hügel bauen.«

»Sehr gut«, murmelte Adrian und blickte zu den Farmgebäuden hinüber. »Bitte weiter.«

»Wenn es dort eine römische Villa gegeben hat«, fuhr Katrina fort, »dann können die Gegenstände den Hügel hinab bis zum Feld von Scrag End gespült worden sein, oder sie wurden von den Bewohnern hergebracht. Außerdem ...« Plötzlich brach sie ab, drehte sich zu Adrian um und sagte leise: »Er ist wieder da.«

»Wer?«, fragte ich.

»Unser Beobachter«, erwiderte Adrian.

Ich folgte seinem Blick und erkannte eine reglose Gestalt, die auf dem Hügel zwischen den Farmgebäuden stand.

»Er beobachtet uns schon die ganze Woche mit dem Fernglas«, sagte Katrina. »Ich sah es eben aufblitzen, als die Sonne sich in den Gläsern spiegelte.«

»Ich vermute, es ist Burt Hodge«, sagte Adrian, »oder Annie, seine Frau. Der Pfarrer sagt, ihnen gehört die Farm. Wahrscheinlich fragen sie sich, was wir hier unten machen. Ich muss daran denken, sie einmal hierher einzuladen.«

»Annie Hodge«, sagte ich und kramte in meinem Gedächtnis. »Ist sie nicht die Putzfrau im Pfarrhaus?«

Adrian nickte. »Ich glaube, ja.«

»In dem Falle brauchen Sie sie nicht einzuladen«, sagte ich. »Ich sprach neulich mit ihr. Sie sagte, sie und ihr Mann seien viel zu beschäftigt, um ihre Zeit auf dem Feld von Scrag End zu verschw...« – ich spürte, wie Katrina mich ansah, und verbesserte mich schnell – »... um für eine Besichtigung von Scrag End Zeit zu haben.«

»Ich werde ihnen trotzdem sagen, dass sie hier willkommen sind.« Adrian fasste Rainey beim Arm, die gerade die Tragfähigkeit eines ziemlich wackeligen Steins testete, der in den Fluss ragte. »Miss Graham, vielleicht hätten Sie Lust, Miss Dawson einige der Fundstücke zu zeigen, die Sie ausgegraben haben. Und gleichzeitig könnten Sie uns Ihre Theorie etwas genauer ausführen.«

Adrian, Katrina, Rainey und Francesca mit Rob kehrten in den Schatten des Zeltdaches zurück, während ich mit Will noch am Flussufer blieb und zu unserem Beobachter hinübersah, bis die ferne Gestalt im Schutz einer Scheune verschwunden war.

»Mir gefällt das nicht«, sagte ich zu Francesca, nachdem wir Rainey wieder am Tearoom abgesetzt hatten. »Die Emotionen hier im Dorf schlagen zu hohe Wellen. Mir gefällt nicht, dass jemand Adrian mit dem Feldstecher beobachtet.«

»Aber Burt Hodge ist harmlos«, sagte Francesca, die sich auf die Straße konzentrierte.

»Warum beobachtet er dann Adrian?«, fragte ich.

»Wie ich Burt kenne«, sagte Francesca, und es klang, als kenne sie ihn tatsächlich, »hält er es für Benzinverschwendung, selbst den kurzen Weg nach Scrag End zu fahren und an Ort und Stelle zu sehen, was dort vor sich geht.«

»Sie scheinen Ihrer Sache ziemlich sicher zu sein«, bemerkte ich.

»Burt und ich sind zusammen aufgewachsen. Mein Vater hat bei seinem Vater gearbeitet, als er hierherkam.«

»Tatsächlich?« Ich bekam langsam Übung darin, Francescas Informationsschnipsel zu einem Ganzen zusammenzufügen. »Ich hatte mich schon gewundert, dass Sie so viel über das Feld von Scrag End wissen.«

»Der alte Mr Hodge war ein netter Mann«, sagte Francesca. »Er ließ meine Geschwister und mich überall herumstromern. Manche Leute mochten ihn deshalb nicht, aber das hat ihn nie gekümmert.«

»Warum sollte jemand etwas dagegen haben, wenn ein alter Mann zu Kindern nett ist?« Ich wusste, dass ich mich auf dünnes Eis begab, aber ich wollte Pieros Geschichte aus Francescas Sicht hören.

»Wir waren ja nicht irgendwelche Kinder.« Francescas Knöchel wurden weiß, so hart umklammerte sie das Steuerrad, aber ihr Fuß blieb ruhig auf dem Gaspedal liegen. »Hat Mrs Kitchen Ihnen nicht von meinem Vater erzählt?«

»Nein«, antwortete ich wahrheitsgemäß. »Mrs Kitchen hat mir nichts von Ihrem Vater erzählt. Was war mit ihm?«

Francesca berührte das Medaillon an ihrem Hals. »Mein Vater kam nicht freiwillig nach England«, sagte sie. »Er kam als Kriegsgefangener her. Er war sechs Monate lang in einem Gefangenenlager in Yorkshire, ehe er zur Landarbeit bei Mr Hodge eingeteilt wurde. Es waren ja so viele Bauern zum Militär eingezogen, dass die Bauern nehmen mussten, was kam.« Sie schwieg. »War Ihr Vater Soldat?«

»Ja«, sagte ich. »Er ist am D-Day in der Normandie gelandet und hat sich bis zum Rhein durchgekämpft, aber er ist nicht verwundet worden. Er hatte Glück, wie Ihr Vater auch.«

»Sie finden, dass mein Vater Glück hatte?«, fragte Francesca, als sei dies ein vollkommen neuer Aspekt für sie.

»Er hat den Krieg überlebt«, gab ich zu bedenken. »Er hat lange genug gelebt, um seine Kinder großzuziehen. Das würde ich schon Glück nennen, Sie nicht?«

Francesca beantwortete diese Frage nicht. »Es war nicht leicht für ihn«, sagte sie stattdessen. »Und für seine Familie auch nicht. Die meisten Leute waren anständig, aber einige …« Sie presste die Lippen zusammen. »Sie brauchten einen Sündenbock, und da war Papa, der mitten unter ihnen lebte, mit seinem komischen Akzent und seinem fremdartigen Namen.«

Wieder einmal musste ich mich darüber wundern, wie die Grausamkeit einiger weniger Menschen die Freundlichkeit so vieler anderer überschatten konnte. »Es scheint, dass Mr Hodge einer der Anständigen war«, bemerkte ich.

»Er war ein guter Mensch«, wiederholte Francesca. Sie verlangsamte die Fahrt, um beim Haus der Schwestern Pym die Kurve zu nehmen. »Was man von seinem Sohn nicht sagen kann.« Sie beschleunigte wieder. »Was halten Sie davon, dass Dr. Culver plötzlich der Meinung ist, dass Scrag End nichts bringt? Glauben Sie, er hat die Sache mit dem Museum aufgegeben?«

Dieser unvermittelte Themenwechsel bedeutete mir, dass Francesca nicht bereit war, noch mehr über ihr Privatleben preiszugeben. Ich fand mich damit ab, nahm mir aber vor, Dimity nach Mr Hodges Sohn zu fragen, wenn ich erst mal wusste, was auf dem Feld von Scrag End vor sich ging – was vielleicht noch etwas dauern würde.

»Francesca«, sagte ich, »ich weiß auch nicht, was ich von der ganzen Sache halten soll. Im Moment bin ich, was Adrian Culver betrifft, ziemlich ratlos.«

Kapitel 21

Im Haus herrschte himmlische Ruhe. Die Jungen schliefen im Kinderzimmer, Francesca war in ihr Zimmer gegangen, und Bills regelmäßige Atemzüge verrieten mir, dass er seinen Söhnen ebenfalls ins Traumland gefolgt war. Ich lag da und sah an die Decke, und plötzlich wurde mir bewusst, dass ich seit Francescas Ankunft nicht eine einzige schlaflose Nacht gehabt hatte. Noch vor einer Woche war ich nachts jede Stunde aufgestanden, um mich davon zu überzeugen, dass die Kinder noch atmeten. Doch an diesem Abend kam ich wegen Adrian Culver nicht zur Ruhe.

Ich wusste nicht, was ich von dem Mann halten sollte. Emmas E-Mail-Ausdrucke bewiesen, dass er finanzielle Unterstützung suchte, um hier in Finch das Culver-Institut zu bauen. Warum gab er sich dann solche Mühe zu beweisen, dass Scrag End ein Flop war? Wenn Katrina die Theorie von der römischen Villa auf dem Hügel nicht eingefallen wäre, dann hätte er vielleicht noch an diesem Nachmittag seine Sachen gepackt.

Ich setzte mich auf und fuhr mit der Hand durch die zerzausten Locken. Wenn Adrian bereit war, Scrag End aufgrund seiner Mängel aufzugeben, warum sollte er sich dann die Mühe machen, das Gladwell-Dokument zu stehlen? Hatte er sich die Sache mit dem Museum anders überlegt? Hatte Peggy Kitchens entschlossener Widerstand ihn zum Aufgeben bewogen? Oder hatte er entschieden, dass Scrag End einfach zu fragwürdig war, um seinen Zweck zu erfüllen?

Das Einzige, worüber ich mir sicher sein konnte, war, dass er Francesca anhimmelte. Er war nach dem Abendessen gekommen, angeblich, um den Jungen ein Bilderbuch über Pompeji zu bringen. Gerade als ich ihn beiseitenehmen und ihn noch einmal über seine Pläne bezüglich eines Museums fragen wollte, klingelte das Telefon.

Es war Emma, die mir berichtete, dass ihre Besichtigung des Schulhauses reine Zeitverschwendung gewesen war. Sie hatte weder einen Hinweis auf ein Museum noch auf einen Einbruch gefunden. Als sie jedoch vorschlug, sich Zugang zu Katrinas Zimmer zu verschaffen, riet ich ihr, einen Psychiater aufzusuchen, ehe sie wegen ihrer neuerdings auftretenden Besessenheit, in anderer Leute Häuser einzudringen, in ernsthafte Schwierigkeiten geriet.

Ein Anruf von Stan hatte meinen Tag abgerundet. Das Schriftstück unseres Mannes aus Labrador würde am Montagmorgen eintreffen. Da ich nicht verstand, wie das Dokument, das Stan aufgetrieben hatte, mir helfen sollte, *unser* Dokument zu finden, vermochte ich mich auch nicht so recht zu freuen. Ich war mir nicht einmal mehr sicher, ob es überhaupt noch wichtig war, das fragliche Schriftstück zu finden. Adrian wollte es offenbar darauf ankommen lassen, dass der Schwindel aufflog, ob mit oder ohne den schriftlichen Beweis des Pfarrers.

Ich sah auf die Uhr, die auf dem Frisiertisch schlug. Elf Uhr, und von Ruhe keine Spur. Wenn ich nicht bald einschlafen konnte, würde ich mich bis zum Morgengrauen herumwälzen, das wusste ich. Ich horchte auf Bills ruhigen Atem, dann glitt ich aus dem Bett, schlich nach unten und setzte den Kessel auf. Ein Tee und ein Plauderstündchen mit Dimity würden mich vielleicht beruhigen.

Na, atmen die Jungen noch?

Ich lächelte verlegen, während Dimitys Handschrift auf der leeren Seite erschien. »Ja, Dimity. Den Jungen geht es gut. Das weißt du ganz genau.« Ich saß mit angezogenen Beinen im hohen Ledersessel, die Teetasse auf dem Tisch neben mir. »Ich wollte dir für den Tiger im Koffer danken. Rainey wird sich schrecklich freuen. Ich hoffe nur, dass sie ihn nicht zu Tode liebt.«

Wenn Reginald deine Kindheit überlebt hat, Liebes, dann wird der Tiger auch Raineys Kindheit überleben. Du warst auch nicht gerade ein umsichtiges Kind, musst du wissen. Ich erinnere mich da an unzählige Versuche, Reginald zum Mond zu schicken …

»Hat Mum dir das geschrieben?«, fragte ich. Die Erinnerung amüsierte mich. »Armer Reg. Die Starts waren nicht so schlimm, aber die Landungen hätten ihm beinahe den Rest gegeben.« Ich goss mir eine Tasse Tee ein. »Reginald ist in letzter Zeit wieder ein viel beschäftigtes Häschen, er hüpft aus dem Laufstall in den Mercedes, und das, ohne dass es jemand bemerkt hätte.«

Das hat er doch gut gemacht, nicht wahr? Francesca war auch furchtbar dickköpfig wegen Adrian. Aber ich habe festgestellt, dass es fast unmöglich ist, dickköpfig zu bleiben, wenn man einen peinlichen Fehler eingestehen muss.

»Die Sache hat Francesca in große Verlegenheit gebracht«, sagte ich ernst.

Dimity blieb unbeeindruckt. *Francesca musste in die richtige Richtung geschubst werden, und genau das hat Reginald getan. Eine vorübergehende Verlegenheit ist ein kleiner Preis für lebenslanges Glück.*

»Lebenslanges Glück?«, rief ich aus. »Wie kannst du dir bei Adrian so sicher sein? Hast du nicht mitbekommen, welche Informationen Emma im Internet gefunden hat?«

Derlei Informationen kann man so oder so interpretieren. Aber Adrians Gefühle für Francesca – und ihre Gefühle für ihn – sind hingegen eindeutig.

»Aber Dimity …«

Du verstehst das nicht, meine Liebe. Es ist ganz wichtig, dass Francesca wieder lernt, ihrem Herzen zu vertrauen. Sie denkt, dass es ihr einmal gebrochen wurde, und seitdem hat sie nie wieder jemanden an sich herangelassen.

Ich legte das Kinn auf die Hand. »Das habe ich nicht gewusst.«

Wie konntest du auch? Francescas Verlobung mit Burt Hodge ging in die Brüche, lange ehe du nach Finch kamst.

Beinahe ließ ich das Tagebuch fallen. »Burt Hodge? Francesca war mit Mr Hodges Sohn verlobt?«

Das war sie, bis Burt sie sitzen ließ und Annie heiratete.

Annie Hodges Bild erschien vor mir, einschließlich Gummihandschuhen, Besen und ihrem Putzfrauenkopftuch. Vielleicht hatte Burt Hodge ein kräftiges Arbeitspferd dieser exotischen und manchmal etwas launischen Schönheit vorgezogen.

Ich schlürfte meinen Tee und sah auf das Tagebuch. »Würde es dich überraschen, dass Burt Hodge in den letzten Tagen das Feld von Scrag End beobachtet?«

Burt ist noch immer an Francescas Schicksal interessiert.

»Also beobachtet er deshalb diesen Unbekannten, der da ins Dorf gekommen ist?« Ich schnalzte entrüstet mit der Zunge. »Das scheint mir ganz schön anmaßend von Burt. Es geht ihn doch gar nichts an, wenn …« Ich erschrak, als das Telefon schrillte, und schaffte es bis zum Schreibtisch, ehe es zum zweiten Mal klingelte.

»Hallo?«, sagte ich und erwartete schon Stans herzlich-raue Begrüßung.

»Hier ist Miranda Morrow«, sagte eine Stimme. »Wenn Sie unseren Hexenzirkel in Aktion sehen wollen, dann kommen Sie so schnell wie möglich zum Briar Cottage.«

Ich hielt die Hand über die Sprechmuschel. »Sind Sie ganz sicher?«

»Ganz bestimmt, Schätzchen«, erwiderte sie. »Beeilen Sie sich.«

»Dimity«, sagte ich, als ich eingehängt hatte, »ich muss weg, Einbrecher fangen.«

Dann zieh dich aber warm an, Liebes, sonst fängst du dir auch noch eine Erkältung ein …

Während ich mir rasch ein dunkelblaues Sweatshirt und eine schwarze Jogginghose überzog, flüsterte ich mehrmals Bills Namen. Nichts. Dann rüttelte ich sanft am Bett, während ich mit den Füßen in schwarze Socken und dunkelblaue Turnschuhe fuhr, um Bill schließlich eine kurze Nachricht zu schreiben, wo ich sei. Bill brauchte seinen Schlaf, doch ich war fest entschlossen, die Einbrecher zu stellen.

Als ich den Mercedes so leise wie möglich aus der Einfahrt rollen ließ, wartete ich darauf, dass im Haus das Licht angehen würde, aber das leise Motorengeräusch weckte niemanden. Auf der Buckelbrücke stellte ich den Motor ab und ließ den Wagen ausrollen. Ich würde zum Briar Cottage gehen, aber noch nicht gleich.

Wo ich die Einbrecher finden würde, wusste ich ja: in der Senke am Fuße der Böschung, wo die Wiese hinter dem Pfarrhaus zum Fluss hin abfiel. Dort hatte Christine ihre außerirdische Invasion gesehen, dort hatte Dick den Kreis von platt gewalztem Gras entdeckt, und dort würde ich meine helle Notleuchte einschalten, wenn die Zeit gekommen war. Auf dem Weg dorthin würde ich meine kleine Stablampe benutzen, deren Lichtschein kaum zu sehen war.

Die Notleuchte in der Hand, schloss ich die Autotür so leise wie möglich und schaltete die Stablampe ein. Ich sah kurz auf die dunklen Fenster im Dorf, dann stieg ich von der Brücke zu dem Weg hinab, der am Fluss entlanglief und von Bäumen gesäumt war.

Der Weg war in graue Nebelschwaden gehüllt. Dünne Schleier wechselten ab mit dicken Nebelbänken, die sich vor mir auftaten und sich lautlos wieder hinter mir schlossen. Die feuchte Luft raubte mir die Sicht, ließ meine Turnschuhe feucht werden und kühlte meinen Atem. Ich hielt das Licht der Stablampe auf die Erde gerichtet, und begleitet von dem Murmeln des Flusses auf meiner rechten Seite, lief ich zuversichtlich den Weg entlang. Ich kam mir vor wie ein Sonderkommando vor einem Einsatz, und meine Bewegungen schienen mir schnell wie die eines Panthers, leise wie eine Schlange und mutig wie die einer Löwin – bis ich bemerkte, dass mein Plan doch nicht so genial war. Ich hatte keine Ahnung, wo ich war. Ich wusste nicht, wie weit es noch bis zu der Wiese unterhalb des Pfarrhauses war oder ob ich nicht schon daran vorbeigelaufen war. Hinter dem Schilf am Ufer hörte ich das monotone Rauschen des Flusses, aber sehen konnte ich nichts. Ahnungslos irrte ich im Nebel umher, der inzwischen so dicht war, dass ich den Fuß heben musste, um die Schnürsenkel zu erkennen.

»Na toll«, murmelte ich und versuchte vergebens, in den Nebelschwaden etwas auszumachen. »Wenn ich um Hilfe rufe, retten mich die Einbrecher vielleicht.« Ich hätte meinen dummen Schädel am liebsten gegen den nächsten Baumstamm geschlagen, als ich plötzlich ein Geräusch hörte.

Reglos stand ich da und lauschte gespannt, um diesen flüchtigen Laut vom ständigen Murmeln des Flusses zu unterscheiden. Ich schloss die Augen, um mich besser zu konzentrieren, und hörte es wieder – ein schwaches, rhythmisches Stampfen, das von links zu kommen schien.

Ich steckte die nutzlose Stablampe in die Tasche und folgte der Richtung, aus der das Geräusch kam. Ich war nicht mehr als fünf Meter gegangen, als die Nebelbank aufriss und ich merkte, dass ich mich am Rande der Pfarrwiese befand. Plötzlich fröstelte ich und ließ mich auf die Knie fallen, dankbar, dass ich die Lampe ausgeschaltet hatte, ehe ich aus dem Nebel getreten war.

Leichte Dunstschleier wallten und wogten über der Wiese wie ein Leichentuch. Klamme Nebelfinger fuhren über mein Gesicht, legten sich mir um den Hals und trieben träge hinunter in die Senke, wo Dick das zertrampelte Gras bemerkt hatte.

Das stampfende Geräusch kam aus der Senke. Während ich auf allen vieren näher kroch, konnte ich auch andere Geräusche ausmachen. Neben dem Stampfen hörte ich auch ein Ächzen und Stöhnen. Es klang nicht so sehr nach einem Raumschiff von Außerirdischen, sondern eher als würde ein Mensch hier zusammengeschlagen.

Ich schluckte hart und wünschte mir nichts sehnlicher, als Bill neben mir zu haben. Mit einem Mal fühlte ich mich gar nicht mehr wie ein Sonderkommando – aber ich konnte jetzt keinen Rückzieher mehr machen. Irgendjemand musste dafür sorgen, dass dieses schreckliche Stöhnen aufhörte, und es sah ganz so aus, als ob ich dieser Jemand sei. Ich fasste die Notleuchte fester, um notfalls damit zuzuschlagen, und kroch weiter in Richtung Senke. Als ich näher kam, teilte sich der Dunst, und keine zehn Meter von mir entfernt nahm ich undeutlich zwei Gestalten wahr. Ich hielt den Atem an und fummelte an meiner Lampe herum, aber noch ehe ich den Schalter gefunden hatte, fiel von oben ein blendend heller Lichtkegel auf mich.

»Ach«, sagte eine freundliche, überraschte Stimme oben von der Böschung her, »sind Sie das dort unten, Mrs Pyne? Und … Miss Graham, nicht wahr?«

»Herr Pfarrer?«, riefen Sally und Katrina gleichzeitig.

»Keine Bewegung!«, rief ich und sprang auf. »Wir haben Sie umstellt!«

»Lori?«, kam Bills Stimme von oben.

»Bill?«, rief ich aus.

»Lori?«, sagte Sally Pyne und blickte unter ihrer Kapuze von einer Seite zur anderen. »Bill?«

Der Pfarrer räusperte sich. »Also, wo wir uns nun vorgestellt haben, möchte ich Sie alle in die Bibliothek einladen. Lilian macht uns Kakao. Kommen Sie.«

»Ich kann alles erklären, Herr Pfarrer«, sagte Sally Pyne und machte sich daran, schnaufend die Böschung hinaufzuklettern.

»Ich auch!«, rief ich. »Das sind Ihre Einbrecher, Herr Pfarrer! Diese beiden haben das Schriftstück von Ihrem Schreibtisch gestohlen!«

»Einbrecher!« Sally blieb stehen und sah mich entrüstet an. »Was erlauben Sie sich!«

»Das will ich Ihnen sagen.« Ich marschierte zu ihr hinüber. »Ich habe drei unabhängige Zeugen, die beschwören können, dass sie Sie und Ihre Komplizin Sonntagnacht hier gesehen haben.«

»Ich gebe gern zu, dass ich Sonntagnacht hier war«, erklärte Sally ungerührt. »Aber ich verbitte mir doch sehr die Bezeichnung Komplizin. Katrina ist …«

»Danke, Mrs Pyne«, unterbrach der Pfarrer sie. »Sie können sich sicher vorstellen, dass ich alle Geschichten hören möchte, aber ich täte es lieber bei einem schönen, heißen Kakao.«

»Herr Pfarrer, warten Sie …«, fing ich an, als Bills Gestalt sich weiter oben aus dem Nebeldunst schälte. Schuldbewusst murmelte ich: »Vermutlich hast du meinen Zettel gefunden, hm?«

»›Keine Bewegung‹?«, sagte er und verschränkte die Arme. »›Wir haben Sie umstellt!‹ – hast du dir das ungefähr so vorgestellt? Handelt es sich dabei um den Majestätsplural oder um den Autorenplural?«

Ich ließ den Kopf hängen. Eigentlich handelte es sich eher um den martialischen Plural.

»Ich muss dir wohl gar nicht erst erklären, was passiert wäre, wenn du in den Fluss gestolpert wärst«, sagte Bill, »oder wenn Sally und Katrina sich als zwei wirkliche Verbrecher entpuppt hätten. Ich werde dir auch bestimmt nicht beschreiben, wie es sich anfühlt, wenn man mitten in der Nacht aufwacht und merkt, dass seine Frau verschwunden ist.«

»Bill …«, stammelte ich, aber er bedeutete mir zu schweigen.

»Ich möchte nur sagen, wenn du jemals wieder so etwas tust …« – er beugte sich vor, bis ich gezwungen war, ihm in die vorwurfsvollen Augen zu sehen –, »dass mich das nicht im Geringsten überraschen würde. Deine Mutter sagte, du seist ein Dickkopf, und sie hatte recht.«

Ich schmiegte mich in seine Arme. »Es tut mir leid, Bill.«

»Es wird dir erst recht leidtun«, sagte Bill, »wenn ich Derek und Emma von deinen Eskapaden erzähle.« Er drehte sich zum Pfarrhaus um. »Wie war das noch mal? ›Keine Bewegung – wir haben Sie umstellt!‹?«

Kapitel 22

In der Bibliothek war es herrlich warm und hell. Im Kamin prasselte ein munteres Feuer, alle Lampen brannten, und es standen genügend Sitzgelegenheiten für die feuchte, verfrorene Gesellschaft bereit. Der Pfarrer saß in seinem schäbigen Sessel, ihm gegenüber auf dem Sofa hatten die zwei Sündenböcke Platz genommen, während Bill und ich das verdächtige Paar von zwei Gobelinstühlen aus beobachteten, die aus dem Speisezimmer gebracht worden waren.

Sally und Katrina starrten uns trotzig an. Sally hatte ihre Kapuze in den Kragen ihres königsblauen Trainingsanzugs gestopft und ihre silbergeränderte Brille trocken gewischt, ehe sie ihre Laufschuhe entschlossen auf den Teppich pflanzte. Nun saß sie da, grimmig, rundlich und mit rotem Gesicht, wie ein Feuerwerkskörper, der jeden Moment losgehen konnte. Katrina, in seidigen schwarzen Joggingshorts und einem grauen Sweatshirt mit Kapuze, hatte den Kakao, den Lilian ihr anbot, verächtlich abgelehnt und stattdessen ein Glas Wasser verlangt.

Der Pfarrer hatte sich jegliche Unterhaltung verbeten, bis er mit seiner ersten Tasse Kakao fertig war, deshalb hatte ich Zeit, zwei weitere Gobelinstühle zu bewundern, die noch unbesetzt waren. Einer war offenbar für Lilian bestimmt, die wieder in die Küche gegangen war, um einen weiteren Topf Milch heiß zu machen, aber für wen war der zweite, fragte ich mich.

Das Rätsel wurde kurz darauf gelöst, als es klingelte und Lilian in den Flur eilte, um kurz darauf mit Adrian

Culver zurückzukommen, der etwas zerzaust aussah und ein grimmiges Gesicht machte. Sowie Katrina ihn erblickte, war ihre Angriffslust wie weggeblasen.

»Dr. … Dr. Culver«, stammelte sie. »Was machen Sie denn hier?«

»Das wollte ich Sie auch gerade fragen«, sagte Adrian. Er strich sich das ungekämmte Haar aus der Stirn und wandte sich an Lilian. »Vielen Dank, dass Sie mich angerufen haben, Mrs Bunting. Wenn meine Assistentin Ihnen Unannehmlichkeiten bereitet hat …«

Lilian deutete mit einer Kopfbewegung auf den freien Stuhl. »Bitte, Dr. Culver, setzen Sie sich ans Feuer. Möchten Sie eine Tasse Kakao?«

Adrian zögerte, offenbar hatte er nicht mit einer so freundlichen Aufnahme gerechnet. »Ja, bitte.«

»Ich bin gleich zurück«, sagte Lilian. Sie sah ihren Mann an. »Fang aber nicht ohne mich an, Teddy.«

»Das würde ich nicht, mein Schatz.« Der Pfarrer lehnte sich gemütlich in seinem Sessel zurück und schwieg, bis Lilian eine zweite Runde Kakao ausgeschenkt und sich zwischen ihn und Adrian Culver gesetzt hatte.

»So«, sagte sie munter, »wer fängt mit seiner Geschichte an?« Sie deutete auf Katrina. »Miss Graham, denke ich. Bitte, meine Liebe, erzählen Sie uns doch, was Sie zu so später Stunde in einer so ungemütlichen, feuchten Wiese gemacht haben.«

»Ich weiß gar nicht, was diese ganze Aufregung soll«, sagte Katrina unglücklich. »Wir haben Gymnastik gemacht, mehr nicht.«

»Gymnastik!«, rief Adrian.

»Es war meine Idee«, platzte Sally dazwischen. »Simon weigerte sich, Katrina bei ihrem Work-out-Training zu begleiten, also habe ich ihr angeboten mitzumachen. Ich dachte, ein bisschen Sport könnte mir nicht schaden.«

»Sehr lobenswert.« Der Pfarrer stellte den Kakao hin und legte die Spitzen seiner langen Finger gegeneinander. »Aber sicher gibt es dafür geeignetere Orte als meine Wiese. Und warum machen Sie diese Work-outs, wie Sie es nennen, im Dunkeln? Wenn Sie etwas gesagt hätten, hätte ich Ihnen gern eine Taschenlampe geliehen.«

Katrina sah Sally Pyne an. »Die Leute zerreißen sich ohnehin schon den Mund über Mrs Pynes Versuche, ein paar Pfunde loszuwerden.«

Sally wurde dunkelrot. »Sie sind gemein«, erklärte sie. »Ich habe es satt, Mr Barlows Witze zu hören, wenn er sich über die Chancen der dicken Sally auslässt, ins Olympiateam aufgenommen zu werden, oder Mr Farnhams Bemerkungen über die Damen-Schwergewichtsklasse, also haben wir es vorgezogen, nach Einbruch der Dunkelheit auf die Wiese zu gehen, wo niemand uns sehen kann.«

Sallys Worte klangen nur allzu wahr. Keine Frau mittleren Alters und von Sallys Figur, die auch nur einen Funken Vernunft hatte, würde vor ihren Nachbarn Work-out-Übungen machen. Damit gäbe sie sich einer Lächerlichkeit preis, die auch die abgebrühteste Fitness-Anhängerin abschrecken würde, und Sally Pyne hatte gerade erst damit angefangen. Ihre schmerzenden Gelenke bewiesen es. Und ihr Ächzen und Stöhnen, wie mir plötzlich klar wurde.

»In der ersten Nacht hatten wir Taschenlampen dabei«, sagte Katrina, »als wir den Weg noch nicht kannten. Aber dann …«

»… dann kam Christine Peacock vorbei«, fiel Sally ihr entrüstet ins Wort, »mit ihrem ewig pinkelnden Hund. Hat mich zu Tode erschreckt. Danach haben wir die Taschenlampen zu Hause gelassen.«

Das geistesabwesende Lächeln auf Bills Gesicht sagte mir, dass in seinem Kopf gerade ein dauerhafter Vorrat an

Witzen über irrtümliche Verhaftungen am Entstehen war. Es war peinlich, dass ich zwei unschuldige Sportlerinnen verhaften wollte, und Sally und Katrina hatten Erklärungen für fast alles geliefert, was meine Augenzeugen gesehen hatten.

Miranda Morrow hatte ein Ritual beobachtet, aber die Arme der Anbetenden waren nicht zum Mond, sondern zum Gott der Fitness erhoben worden. Christine Peacocks außerirdische Motoren waren nichts anderes gewesen als Sallys Schnaufen und Katrinas Keuchen, und die hellen Blitze waren dem Schein hastig ausgeschalteter Taschenlampen zuzuschreiben. Und wie der Kreis aus zertrampeltem Gras zustande gekommen war, lag jetzt ebenfalls auf der Hand.

Nur für Bruder Florin gab es noch keine Erklärung. Zwei unabhängige Zeugen – Mr Wetherhead und Miranda Morrow – hatten gesehen, wie Sonntagnacht eine Gestalt mit Kapuze um das Pfarrhaus ging. Sally und Katrina gaben zu, in der Gegend gewesen zu sein, und beide trugen Sweatshirts mit Kapuze. Ich überlegte, ob ein Frontalangriff angebracht sei.

Ich beugte mich vor. »Wer von Ihnen ist zum Pfarrhaus gegangen?«

»Wir sind nicht einmal in die Nähe des Pfarrhauses gegangen«, protestierte Sally.

»Warum sollten wir das?«, stimmte Katrina zu. »Wir wollten ja unbemerkt bleiben.«

»Haben Sie jemanden gesehen, als Sie hier draußen waren?«, fragte Bill.

»Nur Christine Peacock«, erwiderte Sally. »Sonst ist doch niemand so dumm, im Dunkeln hier am Fluss spazieren zu gehen. Darum waren wir ja auch hier.« Sie sah den Pfarrer an. »Also, was sind das nun für Andeutungen von Einbrechern und Komplizen? Hat jemand etwas aus dem Pfarrhaus …?«

Plötzlich stand Adrian auf, als könne er sich nicht länger zurückhalten. Er verschränkte die Hände hinter dem Rücken und sah Katrina ernst an. »Miss Graham«, sagte er, »es ist sehr unprofessionell, in einem Ort, wo man zu Gast ist, nachts heimlich herumzuschleichen, ohne seinem Vorgesetzten etwas davon zu sagen.« Er sah Sally Pyne an. »Sehen Sie nicht, was für Gerüchte durch dieses Verhalten in die Welt gesetzt werden? Mrs Kitchen macht schon genug Schwierigkeiten. Sie würde doch sofort die Gelegenheit beim Schopf ergreifen und Sie zum Einbrecher abstempeln.«

»Es tut mir leid, Dr. Culver«, sagte Katrina und ließ den Kopf hängen.

Aber Adrian war noch nicht fertig. »Ganz davon abgesehen«, fuhr er fort, »brauchen Sie auch Ihre Nachtruhe. Sie leisten in Scrag End viele Stunden am Tag harte körperliche Arbeit. Ich kann Ihnen versichern, dass Ihre Gesundheit nicht darunter leiden wird, wenn Sie Ihr Fitnessprogramm einmal für drei kurze Wochen unterbrechen.«

»Drei Wochen?«, sagte der Pfarrer und setzte sich auf. »Habe ich richtig gehört, Adrian? Hast du wirklich die Absicht, in drei Wochen aus dem Schulhaus auszuziehen?«

Adrian wandte sich um. »Eine Woche ist schon um«, sagte er, »also sind es nur noch zwei Wochen. So hatten wir es doch ausgemacht, nicht wahr, Theodore? Drei Wochen, dann sind wir wieder weg!«

»Ja, aber wie ich hörte, bemühst du dich um die Finanzierung deiner Grabungen …« Der Pfarrer verstummte. Einen Augenblick starrte er Adrian an, dann beugte er den Kopf und seufzte. »Klatsch, das ist es. Unbegründete Gerüchte, die ein Kollege in Oxford in die Welt gesetzt hat. Gott möge mir verzeihen, dass ich es geglaubt habe.« Er hielt Adrian die Hand hin. »Mein Lieber, ich möchte mich vielmals bei dir entschuldigen.«

Adrian sah verwirrt auf die ausgestreckte Hand des Pfarrers. »Es tut mir leid, Theodore, aber ich kann dir nicht ganz folgen.«

»Ich schon.« Sally Pyne stand vom Sofa auf. »Und Sie können aufhören, so unschuldig zu tun, Dr. Culver, denn ich weiß auch von Ihren Plänen, hier in Finch ein Museum zu bauen.«

Adrian schloss die Augen und holte tief Luft. »Mrs Pyne«, sagte er mit einer Stimme, der man anhörte, dass er kurz davor war, die Geduld zu verlieren, »ich kann Ihnen versichern, dass ich keinerlei Pläne habe, weder in Finch noch irgendwo sonst ein Museum zu bauen. Wenn Sie mein unverbindliches Geplauder so verstanden haben sollten …«

»Für wie dumm halten Sie mich eigentlich?«, schnauzte Sally ihn an. »Glauben Sie, ich lasse meinen ganzen Laden neu ausstatten, nur wegen Ihrem unverbindlichen Geplauder?« Mit wütendem Gesicht ging sie auf den verblüfften Archäologen los, der gegen den Kamin zurückwich. »Ich habe die Briefe gesehen, Dr. Culver. Ich habe Ihre Spendenaufrufe gelesen. Ich weiß genau, dass das Culver-Institut weit mehr ist als unverbindliches …«

»Katrina?« Lilians leise Stimme ließ Sally in ihrem Angriff innehalten. »Geht es Ihnen nicht gut, mein Kind?«

Ich drehte mich zu Katrina um und sah, dass sie vornübergesunken dasaß und das Gesicht in den Händen barg. Lilian ging zum Sofa und legte dem Mädchen den Arm um die Schultern, eine Geste, auf die Katrina mit einem verzweifelten Stöhnen reagierte. Adrian, der Gefahr gelaufen war, sich am Kaminfeuer den Hosenboden zu versengen, drückte sich an seiner Angreiferin vorbei und kam seiner Assistentin zu Hilfe.

»Was ist los, Miss Graham?«, sagte er und beugte sich über sie.

»Oh, Dr. Culver«, stöhnte Katrina, immer noch zusammengekauert. »Es tut mir so leid. Ich hatte keine Ahnung, dass sie die Briefe gelesen hat.«

Adrian richtete sich auf. Unsicher sah er in Sallys triumphierendes Gesicht, dann setzte er sich wieder auf seinen Stuhl. Einen Augenblick saß er schweigend da, ehe er sanft sagte: »Vielleicht möchten Sie es uns selbst erklären, Miss Graham?«

Langsam richtete sich Katrina auf. Sie fuhr sich mit dem Handrücken über den Mund, dann saß sie ganz ruhig da, als wollte sie sich sammeln. Im Feuer krachte ein Scheit auf den Kaminboden, und im Flur schlug die Uhr zur halben Stunde, aber niemand wandte den Blick von der stummen, reglosen Gestalt auf dem Sofa ab.

»Zunächst mal«, fing sie an und sah erst Lilian, dann den Pfarrer an, »weiß ich nichts von einem Einbruch. Ich bin heute zum ersten Mal hier im Pfarrhaus, wenn also Sonntagnacht etwas gestohlen wurde, dann habe ich nichts damit zu tun. Und Mrs Pyne auch nicht«, fügte sie hinzu, »denn wir waren die ganze Zeit zusammen.«

»Danke, Miss Graham«, sagte der Pfarrer ernst. »Ihre Aussage ist sehr wertvoll. Bitte fahren Sie fort.«

Katrina sah Adrian an, dann schlug sie den Blick auf ihre Hände nieder. »Was die Briefe anbelangt … ehrlich, Dr. Culver, wir wollten doch nur helfen.«

»Wer wollte helfen?«, fragte Adrian.

»Wir zwölf, die Studenten, die mit Ihnen im Feld von Scrag End arbeiten sollten.« Katrina fuhr sich mit der Zunge über die Lippen. »Sie haben immer gesagt, dass die Finanzierung der schwerste Teil der Archäologie ist, deshalb beschlossen wir, uns schon vorher darum zu kümmern. Damit, wenn Scrag End sich als eine wertvolle Ausgrabungsstätte entpuppen sollte – eine Stätte, die eines Museums würdig ist –, schon alles in die Wege geleitet wäre. Bis dahin hätten wir alle nötigen Formulare und Briefe fertig, und Sie bräuchten nur noch zu unterschreiben. Wir dachten, Sie würden stolz auf uns sein, wenn wir den Papierkrieg schon so weit vorbereitet hätten.«

»Und was ist mit dem Stapel Briefe neben Ihrem Computer?«, fragte Sally.

»Dazu komme ich gleich.« Sie wandte sich wieder an Adrian. »Im Laufe der letzten Monate haben wir uns per E-Mail immer wieder neue Entwürfe von Anträgen zugeschickt und sie gegenseitig begutachtet und überarbeitet, genau wie Sie es uns in den Vorlesungen empfohlen hatten. Fragen Sie Simon, er wird es bestätigen. Und wir nannten das Museum nach Ihnen als … als Anerkennung für Ihre Leistungen, Dr. Culver.« Katrina warf Sally einen anklagenden Blick zu. »Es sollte eine Überraschung werden.«

Sally schnappte nach Luft. »Wollen Sie damit sagen, dass Sie nie die Absicht hatten, in Finch ein Museum zu bauen?«

Katrina sah Adrian hoffnungsvoll an, aber der schüttelte entschieden den Kopf.

»Ich bin beeindruckt von Ihrer Initiative, Miss Graham«, sagte er, »und ich werde Ihren Antrag mit Interesse lesen, aber für diese Ausgrabungsstätte wird es keinen solchen Antrag geben. Es besteht nicht die geringste Aussicht, mit dem, was wir in Scrag End gefunden haben, ein Museum zu füllen.«

»Und was ist mit meinem Tearoom?«, kreischte Sally. Sie sah Katrina entgeistert an, um dann völlig geknickt ins Feuer zu starren. »Jetzt werde ich zum Gespött des Dorfes. Peggy wir es laut hinauskrähen. Und die ganze Mühe und die Kosten … mein schöner Tearoom …«

Keiner der Anwesenden brachte es übers Herz, sie daran zu erinnern, dass sie die Katastrophe selbst heraufbeschworen hatte, indem sie heimlich in Katrinas Papieren herumgeschnüffelt hatte. Aber als ich mir vorstellte, wie sie nun zur Zielscheibe von Peggy Kitchens Spott werden würde, überlief mich eine Gänsehaut. Auch Adrians Beschützerinstinkt schien geweckt.

»Ich werde Ihren vorzüglichen Tearoom allen Freunden und Kollegen in Oxford empfehlen«, versprach er. »Und wann immer ich einen Vortrag über Scrag End halte, werde ich ihn erwähnen.« Er sah Katrina bedeutungsvoll an. »Meine Studenten werden Sie nicht im Stich lassen.«

Von so viel gutem Willen etwas wiederbelebt, hob sich Sallys Stimmung etwas, und ihre Augen blitzten vor Unternehmungslust. »Studenten haben immer Hunger«, murmelte sie. »Und den Archäologiestudenten wird meine neue Einrichtung bestimmt gefallen …«

Lilian sah auf ihre Uhr und stand auf. »Also«, sagte sie entschlossen, »ich denke, damit wäre zunächst mal alles geklärt. Sie haben einen wichtigen Tag vor sich, Mrs Pyne, deshalb wollen wir Sie nicht länger aufhalten.«

Adrian riet Katrina und Sally, lieber den Saint George's Lane zu nehmen statt am Fluss entlangzugehen, aber uns andere bat er, noch kurz in der Bibliothek zu bleiben. Bill und ich sahen die Buntings fragend an, aber wir merkten, dass auch sie nicht wussten, was Adrian den Enthüllungen dieser Nacht noch hinzuzufügen hatte.

Als Adrian wieder auf seinem Stuhl saß, wandte er sich zunächst an den Pfarrer. »Ich fürchte, Miss Graham ist nicht die Einzige, die nicht die ganze Wahrheit gesagt hat, Theodore. Ich wollte eigentlich erst klare Verhältnisse schaffen, wenn das Scrag-End-Experiment abgeschlossen ist, aber unter den gegebenen Umständen ist es besser, wenn ich es gleich tue.«

»Das, äh, Scrag-End-Experiment?«, wiederholte der Pfarrer höflich.

»Scrag End war für mich eine Art Feldlabor«, erklärte Adrian. »Es ist von größter Wichtigkeit für junge Archäologen, dass sie lernen, wie man einen authentischen Fund von einem laienhaften Schwindel unterscheidet.«

»Ein Schwindel!«, rief der Pfarrer aus. »Willst du damit sagen, dass du von Anfang an über Cornelius Gladwells Schabernack Bescheid gewusst hast?«

Adrian schüttelte den Kopf. »Ich hatte nie etwas von Cornelius Gladwell gehört, bis du ihn erwähntest, aber ich wusste sofort, als ich Scrag End sah, dass es sich um einen Schwindel handelt. Ich hatte schon vorher derartige Sachen erlebt – in Yorkshire, in Cumberland, in Sussex … Ansammlungen römischer Funde an den unmöglichsten Orten, die aus den unmöglichsten, verrücktesten Gründen vergraben worden waren. Scrag End passt genau in dieses Bild. Es ist ein perfektes Lehrstück.«

Ich schloss die Augen und sah ihn wieder im Schatten des blauen Zeltdaches, wie er Katrinas Argumente nacheinander zerpflückte, wie er sie dazu bewog, ihre Theorien zu überdenken oder aber neue Erklärungen für die anomalen Verhältnisse in Scrag End zu finden.

»Sie brachten Ihre Studenten nach Scrag End«, sagte ich langsam, »in der Hoffnung, dass sie den Schwindel selbst entdecken würden?«

»Richtig«, sagte Adrian.

»Warum hast du es uns dann nicht erzählt?«, fragte der Pfarrer.

Adrian neigte den Kopf zur Seite. »Hättest du es geschafft, den Mund zu halten, als Mrs Kitchen zu dir kam, um sich über mich zu beschweren?«

»Vermutlich nicht.« Der Pfarrer lächelte verlegen. »Ich wäre in große Versuchung geraten, Mrs Kitchen zu sagen, sie brauche dein Projekt nicht so ernst zu nehmen.«

»Und sie hätte nichts Besseres gewusst, als Dr. Culvers Studenten dasselbe zu erzählen.« Lilian seufzte. »Das konnten Sie nicht riskieren, nicht wahr, Dr. Culver? Wenn Ihre Studenten ihre Arbeit nicht ernst nehmen, dann lernen sie Ihre wertvollen Lektionen nicht. Ja, das verstehe ich gut.«

Auch bei mir war der Groschen gefallen, auch wenn ich es nur ungern zugab. Ich stützte den Kopf auf die Hand und seufzte – in einer Nacht hatte ich drei Hauptverdächtige verloren.

Bill rieb sich nachdenklich das Kinn. »Und warum vertrauen Sie uns jetzt, Adrian?«, fragte er. »Ich bin sicher, wir werden alle den Mund halten, aber Sie wissen ja, wie es in einem kleinen Dorf ist. Die Neuigkeiten verbreiten sich durch Osmose.«

»Ich habe nichts dagegen, wenn ich in einem Ort Diskussionen auslöse«, sagte Adrian. »Diskussionen können lehrreich sein, selbst wenn sie mit lautem Geschrei geführt werden.« Er schwieg. »Aber wenn einer meiner Studenten unter Verdacht steht, eine Straftat begangen zu haben, dann wird es Zeit, dass man mit der Wahrheit herausrückt. Ich hoffe jedoch, dass Sie mein Geheimnis für sich behalten, bis das Experiment abgeschlossen ist.«

»Natürlich werden wir das.« Der Pfarrer stand auf und legte die Hand fest auf Adrians Schulter. »Und ich zumindest bin davon überzeugt, dass Miss Graham nichts mit dem Diebstahl zu tun hat.«

Adrian atmete auf. »Es tut mir leid, dass ich dich getäuscht habe, Theodore.«

»Keine Ursache«, sagte der Pfarrer. »Komm, ich bringe dich noch hinaus.«

Adrian verabschiedete sich von uns und verließ mit dem Pfarrer die Bibliothek. Während Lilian die Tassen einsammelte und in die Küche brachte, trug Bill die Gobelinstühle in das Speisezimmer zurück und ich stocherte im Feuer. Ich kam mir reichlich dumm vor, wie ein Versager. Ich hatte mich lächerlich gemacht, und der Einbrecher war noch immer nicht gestellt. Und noch schlimmer, ich hatte die Sache mit dem Diebstahl vor Sally Pyne erwähnt.

Es war mir klar, dass Sally von dem Diebstahl nichts gewusst hatte, bis ich es hinausposaunen musste. Ihre rote Nase hatte praktisch vor Neugier gezuckt, als sie fragte: *Also, was sind das nun für Andeutungen von Einbrechern und Komplizen?* Die Sache mit dem Tearoom hatte dann vorübergehend für Ablenkung gesorgt, aber am nächsten Morgen würden ihr diese Fragen erneut einfallen, und das bedeutete, dass bis zum Nachmittag jeder in Finch wissen würde, dass Sonntagnacht jemand etwas aus dem Pfarrhaus gestohlen hatte.

Ich fühlte Bills Hand auf meiner Schulter und hängte den Feuerhaken wieder an den Ständer. Inzwischen war unsere kleine Gruppe wieder vollständig. Der Pfarrer starrte nachdenklich in die Flammen, und neben ihm stand Lilian und sah ihn besorgt an.

Ich ging auf sie zu. »Es tut mir leid, Herr Pfarrer. Ich hätte nichts von dem Einbruch sagen sollen. Ich weiß, wie sehr Sie sich gewünscht hatten, dass nichts nach außen dringt …« Erschrocken unterbrach ich mich, ich hatte etwas gehört, was ich noch nie zuvor gehört hatte.

Theodore Bunting lachte. Er stand gegen den Rücken seines abgewetzten Sessels gelehnt und lachte, laut und schallend, eine Hand auf die Brust gedrückt, wobei ihm die Tränen übers Gesicht liefen.

»Teddy?«, fragte Lilian. »Geht es dir gut?«

Der Pfarrer wischte sich die Tränen ab. »Mir geht es bestens, Lilian, einfach großartig. Meine Freunde«, fuhr er fort und sah mich und Bill an, »Sie haben offenbar keine Ahnung, was für gute Arbeit Sie heute Nacht geleistet haben.« Der Pfarrer nahm meine Hand und hielt sie mit beiden Händen fest. »Adrian geht in zwei Wochen weg«, sagte er langsam. »Morgen werde ich in der Kirche bekannt geben, dass trotz der zahlreichen gegenteiligen Gerüchte das Schulhaus in zwei Wochen wieder zur allgemeinen Verfügung stehen wird.«

Endlich verstand ich ihn. »Peggy wird ihre Versammlung abblasen«, sagte ich, und mir wurde schwindelig vor Erleichterung. »Ich brauche keine Angst vor Sallys faulen Eiern mehr zu haben. Das Erntedankfest kann wie geplant über die Bühne gehen …«

»Mrs Kitchen wird denken, sie ist im Himmel«, rief der Pfarrer, »und die Welt wird wieder in Ordnung sein. Lori, mein liebes Mädchen, ich kann Ihnen gar nicht genug danken.«

»Und was ist mit dem Gladwell-Schriftstück?«, fragte ich.

»Zum Teufel mit dem Dokument«, sagte der Pfarrer. »Wer immer das elende Ding auch geklaut haben mag, er kann es behalten. Lilian, ich glaube, jetzt wäre ein Glas Sherry angebracht, wir müssen diese Nacht feiern.«

Lilian holte die Flasche und schenkte allen ein. Aber selbst während ich das Glas auf unsere gemeinsame Erlösung hob, wurde ich das Gefühl nicht los, dass irgendwo dort draußen noch Bruder Florin wartete, das Gladwell-Dokument fest in der Hand, und mich auslachte.

Kapitel 23

»Denn Gott hat uns nicht gegeben den Geist der Furcht, sondern den der Kraft.« Der Pfarrer sah von der Kanzel auf die rekordverdächtige Menschenmenge herunter, die die Bankreihen von Saint George's füllte und sich bis nach draußen auf den Kirchhof ergoss. »Dieses Wort dürfte einigen von Ihnen bekannt sein. Es stand auf einem Flugblatt, das für heute eine Versammlung in unserem Dorf ankündigte. Man kann es im zweiten Brief des Paulus an Timotheus nachlesen, genauer gesagt im ersten Kapitel, Vers sieben.« Er hob ein goldgelbes Blatt Papier vom Lesepult auf und betrachtete es traurig. »Ich bedaure, sagen zu müssen, dass derjenige, der dieses Pauluswort für das Flugblatt ausgesucht hat, alles andere als präzise war.« Er hielt das Blatt mit ausgestrecktem Arm vor sich hin und riss es langsam entzwei.

Ein erschrecktes Gemurmel lief durch die Gemeinde, hier und da gefolgt von einem Kichern, wobei alle Blicke auf die erste Bankreihe gerichtet waren, wo Peggy Kitchen aufrecht dasaß, neben ihr ein eingesunkener Jasper Taxman. Beim Geräusch des reißenden Papiers blähten sich ihre Nasenflügel dramatisch auf, und ihre Haltung wurde noch aufrechter, aber ihre Schmetterlingsbrille blieb starr auf die Kanzel gerichtet.

»Um Paulus' Worte zu verstehen, müssen wir lesen, wie sie vollständig geschrieben stehen.« Der Pfarrer legte das zerrissene Blatt auf das Lesepult, nahm die schwere Bibel in die Hand und deklamierte mit dramatischer Betonung: »Denn Gott hat uns nicht gegeben den Geist der Furcht, sondern den der Kraft und der *Liebe* und der *Besonnenheit*.« Er legte die Bibel wieder hin. »Der Verfasser des Flugblattes hat die Bedeutung des Pauluswortes verzerrt, indem er den Schwerpunkt auf die Kraft gelegt hat, auf Kosten der Liebe und der Besonnenheit. Wir alle wissen jedoch, dass Kraft allein etwas Verabscheuungswürdiges ist. Kraft muss durch Liebe und durch intelligentes Nachdenken gemäßigt sein, wenn sie im Dienste Gottes und zum Wohle der Menschheit eingesetzt werden soll.«

Peggy Kitchen zuckte mit keiner Wimper, als ein zustimmendes Gemurmel durch die Kirche ging, aber Jasper Taxmans Schultern senkten sich noch etwas mehr. Ich warf Bill einen kurzen Blick von der Seite zu, um zu sehen, wie er reagierte, aber er sah den Pfarrer nur neugierig an, als sei er gespannt, welche Wendung die Predigt als Nächstes nehmen würde.

»Genauigkeit ist außerordentlich wichtig«, fuhr der Pfarrer fort, »egal, ob man Bibeltexte zitiert oder sich mit dem Nachbarn unterhält. Wird diese Genauigkeit vernachlässigt, dann kann es zu ernsten Missverständnissen kommen, die wiederum zu Zerwürfnissen und Uneinigkeit führen können.«

»Aha«, sagte Bill leise, »jetzt kommt's.«

»Ich stehe heute hier«, sagte der Pfarrer, »weil ich hoffe, ein solches Missverständnis auszuräumen …«

Kein Niesen, Husten oder noch so zaghaftes Räuspern unterbrach den Pfarrer, als er seinen Schäfchen die Verwirrung schilderte, die dadurch entstanden war, dass Sally die Entwürfe von Katrinas Finanzierungsanträgen gelesen und falsch verstanden hatte. Er nannte keine Namen und beschuldigte niemanden direkt. Aber nach seinen Ausführungen war auch noch dem Letzten klar, dass entgegen allen Erwartungen Adrian Culver in zwei Wochen das Schulhaus verlassen würde.

»Es gibt keinen einzigen Grund, noch hat es jemals einen gegeben, zu glauben, dass unser schönes Fest abgeblasen werden muss«, schloss er. »Das Erntedankfest, das wir feiern, um dem Herrn für die reichen Gaben zu danken, die er uns geschenkt hat, wird *definitiv, pünktlich und wie geplant stattfinden.* Und ich lege Ihnen allen nahe, im Geiste der *Liebe* und *Besonnenheit* daran teilzunehmen. Im Namen des Vaters …« Während des Segens hielt der Pfarrer den Blick auf das Fresko von St. Georg gerichtet, als hielte er stille Zwiesprache mit dem Kollegen, der ebenfalls einen Drachen bezwungen hatte.

Bill beugte sich mit dem Kopf dicht zu mir. »Lass uns hinterher noch etwas hier bleiben, falls er unsere Unterstützung braucht.«

Ich nickte, war jedoch überzeugt, dass der Pfarrer auch ohne uns bestens klarkommen würde. Noch nie hatte ich ihn so unbeschwert und selbstsicher gesehen. Auch den Rest des Gottesdienstes hielt er mit einem Schwung, den ich an ihm gar nicht kannte, und sah schließlich strahlend zu, wie seine Gemeinde wie ein schnatternder, aufgeregter Schwarm die Kirche verließ.

Peggy Kitchen und Jasper Taxman waren die Letzten. Eine Handvoll Kirchenbesucher stand noch auf dem Kirchhof, aber die kluge Mehrheit hatte sich schnell aus dem Staub gemacht. Bill und ich schoben die Buggys in die Nähe des Westportals und warteten dort ab, wie die Herrscherin auf die Rüge des Pfarrers reagieren würde.

»Gott segne Sie, Mrs Kitchen«, sagte der Pfarrer, ehe sie eine Chance hatte, etwas zu sagen. »Herzlichen Dank dafür, dass Sie heute gekommen sind.«

Peggy verschränkte die Hände überm Bauch und nahm die Schultern zurück. »Ich nehme an, Sie wissen, wovon Sie da gesprochen haben.«

»Ja, ja, das versichere ich Ihnen, Mrs Kitchen«, sagte der Pfarrer mit fröhlichem Lachen. »Daran gibt es nichts zu rütteln. Sie sind bestimmt so froh wie ich, dass die Wahrheit hinter diesem verleumderischen Klatsch endlich aufgedeckt ist, der unserem Dorf so zugesetzt hat.«

»Ja.« Peggy nickte. »Darüber freue ich mich sehr.« Ihre Augen hinter den Brillengläsern verengten sich, als sie sich zum Pfarrer vorbeugte. »Aber was höre ich da über einen Einbruch im Pfarrhaus? Auch nur verleumderischer Klatsch?«

»Ah.« Das Lächeln des Pfarrers wirkte etwas angestrengt, als er versuchte, eine ehrliche Antwort zu geben, ohne die Gemüter erneut aufzuheizen.

Lilian kam ihm schnell zu Hilfe. »Wir vermissen etwas«, sagte sie entschieden, »aber wir können nicht mit Sicherheit sagen, dass es gestohlen wurde. Es ist immer noch möglich, dass wir den Gegenstand nur verlegt haben. Teddy ist so schrecklich zerstreut.«

Der Pfarrer zuckte leicht zusammen bei dieser unerwarteten Interpretation der Tatsachen und wechselte schnell das Thema. »Werden wir Sie bei Raineys Geburtstagsfeier sehen?«

Peggy stand hoch aufgerichtet da. »Das werden Sie«, sagte sie. »Und ich hoffe nur, dass es sich auch lohnt, sonst muss sich Sally Pyne die Frage gefallen lassen, warum sie an einem Sonntag nicht zur Kirche gekommen ist. Aber das überlassen Sie ruhig mir, Herr Pfarrer. Ich werde mich schon darum kümmern. Komm jetzt, Jasper.«

Während Peggy das Sträßchen entlangsegelte, den gehorsamen Jasper im Kielwasser, schoben Bill und ich die Buggys zur Kirchentür. Lilian beugte sich herunter, um die Zwillinge zu begrüßen, aber der Pfarrer sah traurig gen Himmel.

»Herr«, murmelte er, »ich bitte dich, sorge dafür, dass Mrs Kitchen sich zusammennimmt, bis Raineys Geburtstagsfeier und die große Eröffnung von Mrs Pynes Tearoom erfolgreich über die Bühne ist.«

Und ein paar Dorfbewohner, die noch bei den Gräbern verweilten, sprachen im Chor: »Amen.«

Ehe wir nach Hause fuhren, blieben Bill und ich noch kurz am Briar Cottage stehen, um uns mit Miranda Morrow zu unterhalten. Miranda brüllte vor Lachen, als sie hörte, was Sally und Katrina auf der Wiese getrieben hatten, aber ihrer Beschreibung der mysteriösen Gestalt in der Kapuze, die sie Bruder Florin getauft hatte, konnte sie nichts Neues hinzufügen.

»Ich kann nur sagen, dass er nicht mehr gesehen worden ist«, sagte sie. »Mr Wetherhead wäre sofort hier, wenn er das Gespenst ein zweites Mal erblickt hätte.« Sie zwinkerte spitzbübisch und fügte hinzu: »Muss ich davon ausgehen, dass Bruder Florin im Nebenberuf Einbrecher ist?«

»Dann haben Sie von dem Einbruch gehört?«, sagte ich überrascht.

»Ich wette, inzwischen hat die ganze Grafschaft davon gehört«, sagte sie. »Die Besitzerin des Tearooms hat die Nachricht heute früh von Tür zu Tür getragen – als Dienst an der Öffentlichkeit und, um uns vor der Gefahr in unserer Mitte zu warnen.« Sie berührte meinen Arm. »Keine Sorge, Schätzchen, ich habe ihr nichts von unserem Gespenst erzählt, aber ich rufe Sie an, sowie es sich wieder zeigt.«

Als Nächstes schauten wir noch bei den Peacocks im Pub vorbei: Auch sie hatten von dem Einbruch gehört, aber von Sallys Übungen auf der Pfarrwiese war noch nichts bis zu ihnen gedrungen. Obwohl ich es so schonend wie möglich erzählte, traf es Christine wie ein Schlag.

»Taschenlampen und Laufschuhe?«, wiederholte Christine enttäuscht. »Und keine Außerirdischen?«

»Es tut mir leid«, sagte ich. »Dieser Irrtum hätte jedem passieren können, bei diesem Nebel und mit dem Rauschen des Flusses im Hintergrund.«

»In mancher Hinsicht«, sagte Bill tröstend, »fällt es mir leichter, Ihre Geschichte zu glauben als die von Sally Pyne beim Jogging.«

Dick legte seine gewaltige Pranke auf Christines Schulter. »Es ist doch besser, dass wir es jetzt erfahren, Chris. Wenn wir es erst gehört hätten, nachdem das neue Schild aufgehängt wäre, hätten wir ziemlich dumm ausgesehen.«

»Wahrscheinlich hast du recht.« Christine sah sehnsüchtig erst Rob, dann Will an, dann ging sie in den Pub zurück.

»Macht nichts«, sagte Dick und entfernte sich ein Stück von der Tür. »Wenn Chris sich daran erinnert, dass Martin zum Erntedankfest nach Hause kommen wollte, wird sie wieder vergnügter sein.« Er blickte vorsichtig über die Schulter, ehe er fortfuhr. »Ich sag Ihnen auch ganz ehrlich, ich freu mich drauf, aus diesem Schild Kleinholz zu machen. Ich hab das verdammte Ding noch nie gemocht.«

Ein Hämmern aus der Richtung des Tearooms erinnerte mich an Jasper Taxmans Rednertribüne und daran, wie knapp ich den faulen Eiern entkommen war. Die Tribüne stand noch, obwohl sie nun nutzlos war, nur die Wimpel waren schon abgenommen worden. Im Gegensatz zu dem verwaisten Platz war der Tearoom ein wahres Bienenhaus. Seine Fenster waren immer noch verhängt, aber die Rufe, die durch die offene Tür nach draußen drangen, verrieten, dass die Vorbereitungen für die Feier in vollem Gange waren.

»Noch zwei Stunden«, sagte Bill. »Nach Hause?«

»Nach Hause«, erwiderte ich.

Wir fuhren zum Cottage zurück, um ein leichtes Mittagessen einzunehmen, den Tiger in gestreiftes Papier zu wickeln und unsere Sonntagskleider gegen etwas Leichteres zu vertauschen. Das Wetter war schwüler denn je. Regen kündigte sich an, wie Adrian vorhergesagt hatte. Ich hoffte, dass es wenigstens bis nach der Party trocken blieb.

Während wir die Jungen für die Geburtstagsfeier fein machten, erzählte ich Francesca, was es mit dem Culver-Institut auf sich hatte. Äußerlich nahm sie die Nachricht ruhig auf, verriet jedoch ihre innere Erregung dadurch, dass sie Will die Söckchen verkehrt herum anzog.

»Also gibt es kein Museum in Finch«, sagte sie leise.

»Und sollte es auch nie geben«, sagte ich. »Adrian hat von Anfang an die Wahrheit gesagt.«

»Und in zwei Wochen wird er wieder weg sein?«, fragte sie und kämpfte mit den Druckknöpfen an Robs Spielanzug.

»Mit Sack und Pack«, bestätigte ich. »Genau wie er es immer gesagt hat.«

Als wir fertig zum Abmarsch waren, übernahm ich es, die Jungen in die Kindersitze zu schnallen, und überließ Francesca das weniger zerbrechliche Gepäck. Sie hatte diesmal hinten zwischen den Zwillingen Platz genommen und sah geistesabwesend aus dem Fenster. Erst als wir auf dem Dorfplatz ankamen, wurde sie lebendig.

»Heilige Mutter Gottes«, murmelte sie kaum hörbar.

»Ach du liebe Zeit«, kam es auch von Bill, als er den Motor abstellte.

Ich war einfach nur sprachlos. In den letzten zwei Stunden hatte sich der Dorfplatz in eine Mischung aus Zirkus und Kolosseum verwandelt. Sallys bekannte

Sammlung wackliger Tische und Stühle waren jetzt teils marmoriert und teils vergoldet und standen zwischen einem halben Dutzend mit Luftballons geschmückter Säulen, die, wie ich vermutete, ein Forum darstellen sollten. Katrina, Simon und verschiedene weitere Gäste mit römischen Pappmascheehelmen schwangen Schwerter aus Pappe und Silberfolie, und über allem flatterten bunte Wimpel an Schnüren, die zwischen den Säulen und dem Kriegerdenkmal gespannt waren.

Zwei runde blaue Betonsäulen, bekränzt mit grünen Plastikranken, flankierten den Eingang zum Tearoom und trugen ein frisch gemaltes Schild.

»Der Römer-Tearoom SPQF«, las ich laut. »SPQ … F?« Ich sah Bill an. »Senatus populusque … für den Senat und das Volk von … Finch?«

Francesca schüttelte sich vor unterdrücktem Lachen. »*Mamma mia*«, brachte sie prustend hervor, »wenn Papa das noch sehen könnte …«

Sie hatte den Satz kaum beendet, als Rainey auf dem Kopfsteinpflaster vorbeigeholpert kam. Sie saß in einem etwas wackeligen vergoldeten Wagen, vor den eine Ziege gespannt war. Das Geburtstagskind trug eine schneeweiße Toga, auf dem Kopf einen Lorbeerkranz, an den Oberarmen ein Paar goldfarbener Reifen und dazu, nicht ganz passend, ihre altbekannten, verschmutzten Turnschuhe.

Sally hatte mit ihrem Fitnessprogramm zu spät angefangen, daher füllte sie ihre Toga recht gut aus, aber sie schien kein bisschen verlegen, als sie mit einem Kuchentablett von Gast zu Gast ging. Wie Rainey hatte sie sich mit einem Lorbeerkranz und Armreifen geschmückt, aber statt Turnschuhen trug sie ein Paar leichter Goldsandalen mit Bändern, die fast bis zu den Knien hoch kreuzweise geschnürt waren.

Bill rieb sich das Kinn. »Es ist genau das richtige Kostüm für dieses Wetter«, meinte er.

Ich griff nach der Autotür. »Komm, wir wollen Rainey gratulieren. Wenn wir sie zu fassen kriegen.«

Niemand hatte an Raineys Geburtstagsparty mehr Spaß als Rainey selbst. Als man sie endlich dazu überredet hatte, der Ziege eine Pause zu gönnen, flog sie von einem Tisch zum anderen und machte ihre müde aussehenden Eltern und ihr zufriedenes Brüderchen Jack mit allen Gästen bekannt. Sie ermunterte die Pym-Schwestern, die Hadrianskuchen ihrer Großmutter zu probieren, empfahl den Peacocks die Pompeji-Windbeutel, hielt aber heimlich alle cremegefüllten Konstantinsplätzchen für sich zurück. Fröhlich schwatzend und mit klebrigen Fingern riss sie »aus Versehen« das Einwickelpapier vom Tiger auf, noch ehe die Kerzen auf ihrer großartigen zweistöckigen Geburtstagstorte angezündet waren.

Sollte ich jemals daran gezweifelt haben, dass es Liebe auf den ersten Blick gibt, dann waren die Zweifel jetzt, als Rainey den Tiger aus seiner Verpackung nahm, durch ihren Gesichtsausdruck endgültig ausgeräumt. Ihr Geplapper stockte mitten im Satz, und sie ging langsam in die Knie, als ob ihre Beine sie nicht mehr trügen. Es wurde still auf dem Dorfplatz, und alles kam herbei, um zu sehen, was diesen kleinen Tornado gezähmt hatte.

Rainey sah den Tiger eine lange Zeit unverwandt an. Dann hob sie mit strahlendem Lächeln den Kopf und blickte mich an.

»Edmund Terrance«, sagte sie, als beantworte sie eine Frage. »Er heißt Edmund Terrance.«

Der restliche Nachmittag verging im Nu – mit unzähligen Spielen, die Rainey alle gewann, mit dem Anschneiden der Geburtstagstorte, an der sich Rainey überfutterte, und mit dem Auspacken der Geburtstagsgeschenke, von denen sich jedoch keines, wie ich mit Befriedigung feststellte, mit Edmund Terrance messen konnte. Die Party neigte sich gerade ihrem Ende zu, als sie von Peggy Kitchen wiederbelebt wurde, die auf Jasper Taxmans Rednertribüne kletterte und alle aufforderte, sich darum zu versammeln. Ich ließ Bill mit den Kindern an Raineys Tisch zurück und ging unauffällig zu Lilian Bunting hinüber, die Peggys Vorstellung mit besorgtem Gesicht entgegensah.

»Meine Freunde«, ertönte Peggys Stimme, als alles still geworden war, »es ist mir zu Ohren gekommen, dass ein wertvolles historisches Schriftstück oder so was Ähnliches, das dem Pfarrer gehört, in der Nacht vom letzten Sonntag aus dem Pfarrhaus gestohlen wurde.«

Lilian schloss die Augen. »Diese verflixte Sally Pyne«, murmelte sie.

»Ich möchte nur klarstellen«, trompetete Peggy weiter, »dass es dieser Diebstahl und nicht mein Flugblatt war, was die ganze Aufregung verursacht hat, unter welcher unser Dorf die ganze Woche zu leiden hatte.«

Lilian blieb der Mund offen stehen. »Was kann sie nur damit meinen?«

»Sie will an der ganzen Sache nicht schuld sein«, sagte ich leise, »deshalb ist sie froh, einen unbekannten Prügelknaben gefunden zu haben.«

»Ich werde tun, was ich kann, um den Übeltäter zu entlarven«, verkündete Peggy. »Wenn jemand von Ihnen eine Information hat, so möge er es mir oder Mr Taxman im Warenhaus sagen. Vielen Dank.«

Es folgte ein Moment der Stille, die von dem Geräusch eines Gerangels in der Nähe von Raineys Tisch unterbrochen wurde. Ich drehte mich um und sah gerade noch, wie das Geburtstagskind den kleinen Paolo Sciaparelli, einen von Francescas zahlreichen Neffen, auf den Boden drückte.

»Gib es zurück!«, schrie sie. »Es ist für Dr. Culver.«

»Du lügst!«, brüllte Paolo. »Du hast es von meiner Tante geklaut!«

Rainey schüttelte den Jungen, dass ihm die Zähne klapperten, dann stürzte sie sich auf einen kleinen Gegenstand, der ihm aus der Hand gefallen war. Anschließend sprang sie auf und rannte zu Adrian und Francesca hinüber, vor denen sie keuchend stehen blieb. »Ich hab es nicht gestohlen«, bekräftigte Rainey. »Ich hab es gefunden, als ich Emma half, und ich wollte es dir für dein Museum geben, Dr. Culver, ich wollte es bloß noch beim Wagenrennen behalten, damit es mir Glück bringt.«

»Zeig mal, was du gefunden hast, Rainey«, sagte Adrian.

Rainey streckte ihm die flache Hand hin, und ich sah, dass sie ein Bronzemedaillon hielt, identisch mit dem, das Francesca um den Hals trug.

Hastig nahm Francesca die Phalera aus Raineys Hand. »Wo hast du das gefunden?«

Rainey wich zurück, eingeschüchtert von Francescas finsterem Gesicht. »Auf der Treppe beim Pfarrer«, sagte sie, »als ich Emma mit den Blumentöpfen geholfen habe.«

Francesca starrte auf die Phalera, dann flüsterte sie, laut genug, dass ich es hören konnte: »Annunzia.« Sie sah Adrian an. »Ich muss zur Hodge Farm.«

Ich trat dichter an Lilian. »Wer ist Annunzia?«

»Annie Hodge, unsere Putzfrau«, erwiderte sie. »Ihr Mädchenname war Annunziazione Sciaparelli. Sie ist Francescas jüngere Schwester. Annunzia ist die Abkürzung von …«

Ich nahm ihren Arm. »Ihre Putzfrau ist Francescas jüngere Schwester?«

Lilian nickte. »Und seit Burt Annie geheiratet hat, sind die beiden wie Hund und Katze.«

Mir schwankte der Boden unter den Füßen. »Francescas Schwester hat Burt Hodge geheiratet?«

»Ich dachte, Sie wüssten es«, sagte Lilian.

»Wie konnte ich es wissen? Mir erzählt ja niemand etwas.« Ich rannte hinter Francesca her, die die Beine gerade in den Mercedes schwang. »Moment! Sie fahren nicht ohne mich zur Hodge Farm! Bill!«, rief ich, als ich an Raineys Tisch vorbeikam, »kümmere dich bitte um die Jungs!«

Kapitel 24

Die verschiedenen Gebäude der Hodge Farm lagen auf dem Hügel verstreut, als seien sie von dem Meer aus wogendem Korn dort angespült worden. Schiefergedeckte und mit Feldsteinen erbaute Scheunen sowie Kornspeicher standen neben Geräteschuppen aus Fiberglas und weiteren Nebengebäuden aus rostendem Wellblech. Genau wie das Dorf selbst war auch die Hodge Farm nicht gerade ein malerischer Flecken, sie war ein Farmbetrieb, bei dem es um den Ertrag und weniger um die äußere Erscheinungsform ging.

Die lange Auffahrt zum Wohnhaus war breit und gerade genug, um auch von ausladenden Mähdreschern und Anhängern voll Heuballen befahren zu werden. Sie führte zwischen Feldern mit sonnengebleichter, im Wind raschelnder Gerste den Hügel hinauf und endete in einem staubigen Hof, der mit landwirtschaftlichen Geräten vollgestellt war. Das Wohnhaus hätte ebenso gut eine weitere Scheune sein können – man hatte sich keine Mühe gegeben, um es etwas ansprechender zu gestalten.

»Warum sind wir hier, Francesca?«, fragte Adrian, als wir auf dem Hof ankamen. Er war mir gefolgt und hatte sich auf dem Hintersitz zwischen die Kindersitze gezwängt. Francesca hatte es ihm nicht verwehrt, und ich war froh, dass er dabei war. Ihr wütendes Schweigen war mir nicht geheuer.

Francesca sah auf die Phalera in ihrer Hand. »Meine Schwester könnte etwas über den Diebstahl im Pfarrhaus wissen.« Sie stellte den Motor ab und wandte sich zu mir. »Und nun erzählen Sie mir von dem gestohlenen Schriftstück. In Kurzform, bitte.«

Ich musste laut sprechen, damit sie mich neben dem wilden Gebell eines riesigen Mischlingshundes hören konnte, dessen Aufgabe es offenbar war, Eindringlinge zur Strecke zu bringen. Seine großen Pfoten lagen an der Scheibe des Beifahrersitzes, und sein Heulen drang an mein Ohr, während ich eilig alles abspulte, was ich über das gestohlene Schriftstück wusste. Als ich fertig war, nickte Francesca grimmig, dann stieg sie aus und ging auf den Höllenhund zu.

»Still, Cäsar«, sagte sie leise.

Cäsar gab Ruhe.

»Platz«, sagte sie.

Cäsar legte sich gehorsam auf den Boden.

»Braver Junge«, lobte sie, dann ging sie auf das Haus zu. Cäsar wedelte mit dem Stummelschwanz, als Adrian und ich uns zaghaft an ihm vorbeischoben und zu unserer furchtlosen Anführerin auf die Schwelle traten.

Ein Mann stand in der Tür. Er war untersetzt, hatte braunes gelocktes Haar, sonnengegerbte Haut und freundliche blaugraue Augen. Er trug ein kurzärmeliges Baumwollhemd und trotz des schwülen Wetters eine dicke Cordhose und Arbeitsstiefel. Er begrüßte Francesca mit Zurückhaltung.

»Tag, Francesca.« Neugierig sah er mich an. »Wen bringst du denn mit?«

»Ich bin nicht wegen dir gekommen, Burt«, sagte Francesca. »Ich muss mit Annunzia sprechen.«

»Annie hat sich hingelegt«, sagte Burt. »Kannst du nicht ein andermal wiederkommen?«

»Was ich von ihr will, kann nicht warten.« Francesca schob den kräftigen Bauern zur Seite und trat ins Haus. »Sag ihr, ich möchte sie in fünf Minuten sprechen, und wenn sie nicht kommt, gehe ich zu ihr.«

Burt rieb sich den Hinterkopf, dann bedeutete er Adrian und mir, ihm ins Haus zu folgen. Der einzige Wandschmuck in dem einfach möblierten Zimmer, in das er uns führte, war ein gerahmter Druck, *Heiliges Herz Jesu*, und auf dem Kaminsims tickte eine Reiseuhr. Vor dem Kamin befand sich ein durchgesessenes Rosshaarsofa, auf beiden Seiten eingerahmt von einem Windsorstuhl. Ein Eichentisch, im Laufe seines langen Lebens dunkel geworden, stand unter dem tief gesetzten Fenster. In dieser kargen Umgebung nahm sich Francesca aus wie ein Paradiesvogel in einer Mönchszelle.

Sie stand am Eichentisch und blickte zum Fenster hinaus, als lehne sie es ab, sich im Heim ihrer Schwester umzusehen. Leise schloss ich die Tür hinter mir und verharrte dort, in der Hoffnung, mich unsichtbar zu machen, Adrian jedoch trat zu Francesca und deutete auf das Rosshaarsofa.

»Ich bleibe stehen«, sagte sie.

Es sah aus, als wäre sie eher bereit, barfuß auf Glasscherben zu treten, als im Haus ihrer Schwester Platz zu nehmen.

Einen Augenblick später kam Burt mit seiner Frau zurück. Das Bild vor meinen Augen verschwamm, als sich Annie Hodge zu Annunzia Sciaparelli verwandelte. Die Frau, die ich im Pfarrhaus angetroffen hatte, war das anonyme Urbild der typischen Putzfrau gewesen – mit Kopftuch, Gummihandschuhen und Staubwedel. Die Frau, die jetzt hinter Burt in das sparsam möblierte Zimmer trat, war unverkennbar Francescas Schwester.

Sie hatte das gleiche kastanienbraune Haar, die gleichen vollen Lippen und den olivenfarbenen Teint, war aber von zierlicherem Körperbau als ihre stattliche Schwester. Außerdem war sie schwanger. Die Hände ins Kreuz gestemmt, blieb sie stehen und sah Francesca müde an.

»Was willst du?«, fragte sie.

»Du warst letzten Sonntag im Pfarrhaus«, sagte Francesca, ohne sich umzudrehen und ihre Schwester anzusehen.

»Na und?«, sagte Annie. »Ich gehe jeden Sonntag hin, um meinen Lohn abzuholen.«

»Du hast gehört, wie der Pfarrer und seine Frau über das Gladwell-Schriftstück sprachen«, fuhr Francesca fort.

»Na wenn schon«, gab Annie zu. »Aber was hat das mit dir zu tun?«

Francesca drehte sich langsam um und sah ihre Schwester durchdringend an. »Du kennst die Gewohnheiten der Buntings. Du weißt, wann sie zu Bett gehen und welche Türen sie wahrscheinlich offen lassen.«

»Und selbst wenn das so ist?«, fragte Annie.

»Also, jetzt hör mal …«, fing Burt an, um augenblicklich zu verstummen, als Francesca sich zu ihm wandte.

»Schwierigkeiten mit dem Hof, Burt?«, fragte sie. »Ernte durch die Trockenheit gefährdet? Muss dir ganz schön Sorgen machen, besonders wo ein Kind unterwegs ist.«

»Wir schaffen es schon«, sagte Annie.

»Du schaffst es immer, nicht wahr, Annunzia?« Francesca verzog verächtlich den Mund. »Schließlich hast du es auch geschafft, meinen Verlobten zu heiraten. Du hast es geschafft, dir einen anderen Namen zuzulegen, damit niemand sich erinnert, wessen Tochter du bist. Ich weiß auch, wie du es schaffen wirst, die Rechnungen zu bezahlen, wenn die Ernte schlecht ausfällt.« Francesca trat auf sie zu. »Du hast das Dokument im Pfarrhaus gestohlen. Weil du wolltest, dass Dr. Culver bleibt. Du dachtest, du könntest aus der Sache Geld herausschlagen. Du warst bereit, Papas Seele für vierzig Silberlinge zu verkaufen.«

Annie schüttelte abwehrend den Kopf. »Ich habe niemals …«

»Du lügst. Ich weiß, dass du dort warst, auf der Treppe zur Bibliothek. Denn du hast etwas zurückgelassen.« Francesca streckte ihr die Faust hin und öffnete sie langsam. Die Phalera glitzerte matt auf ihrer Handfläche.

Annie wollte gerade etwas sagen, als das Geräusch von Autoreifen auf Kies von draußen hereindrang, vermischt mit Cäsars lautem, heiserem Bellen.

Ich erschrak und sprang zur Seite, als eine schwere Faust von außen an die Tür schlug. Burt griff nach der Klinke, aber noch ehe er sie berührt hatte, platzte Peggy Kitchen ins Haus, gefolgt von dem protestierenden Jasper Taxman.

»Das kannst du doch nicht machen«, sagte er, indem er vergeblich an Peggys Ärmel zog, während er seine ängstlichen Augen nicht von Cäsars sabbernder Schnauze nahm.

Peggy schüttelte Mr Taxman mit einer Bewegung ihres Ellbogens ab, warf die Tür vor Cäsar zu und sah triumphierend von Annie zu Francesca.

»Ihr!«, schrie sie. »Ihr habt also im Pfarrhaus eingebrochen. Ich hab es kommen sehen. Wo doch jeder weiß, dass ihr nicht besser seid als euer Vater.«

Schnell sah Annie Francesca an. »Raus aus meinem Haus«, sagte sie zu Peggy, es klang mehr wie eine Warnung als ein Befehl. »Raus hier – sofort.«

»Ich denke gar nicht daran«, brüllte Peggy. »Erst sage ich, was ich zu sagen habe, und dann übergebe ich euch dem Gesetz. Man hätte eurem Vater nie erlauben sollen, hier zu bleiben, nach all dem Leid, das er verursacht hat. Man hätte ihn einsperren oder zurückschicken sollen, oder …«

»*Erlauben,* hier zu bleiben?« Francescas Stimme war leise und hart wie Stahl. »*Ihm erlauben?*«

»Nein, Francesca«, bat Annie. »Bitte nicht …« Annie wurde starr, als Francesca sich umdrehte, und Peggy trat einen Schritt zurück.

»Ich weiß, was Papa uns gelehrt hat, Annunzia.« Francescas Stimme zitterte vor mühsam unterdrückter Wut. »Vergesst die Vergangenheit, lebt jetzt und für die Zukunft. Aber die Vergangenheit ist nicht so leicht zu vergessen, wenn sie einem wie ein Messer an die Kehle gesetzt wird.«

»Es war euer Vater, der das Messer gehalten hat«, konterte Peggy. »Er war ein verdammter Mörder.«

»Er war Soldat«, schnauzte Francesca sie an. »Er war ein dummer Junge.«

»Ein *Junge?*«, wiederholte Peggy außer sich. »Piero Sciaparelli war …«

»… älter als der älteste Mann in Finch, lange ehe Sie anfingen, ihm das Leben zur Hölle zu machen.« Francesca warf verächtlich den Kopf zurück. »Das macht der Krieg nämlich mit Jungen, Mrs Kitchen. Er macht vorzeitig alte Männer aus ihnen. Wenn Sie mich jemals gefragt hätten, hätte ich Ihnen erzählt, dass mein Vater fünfzehn war, als er weglief, um sich beim Militär zu melden. Er war achtzehn, als er hierherkam, um bei Mr Hodge zu arbeiten. Als Italien kapitulierte, war er zwanzig. Ich kann es Ihnen beweisen, wenn Sie Wert drauf legen. Wollen Sie seine Papiere sehen, Mrs Kitchen?«

»Achtzehn?«, sagte Peggy kaum hörbar. »Ihr Vater war achtzehn?«

»Annunzia«, sagte Francesca, »hol Vaters Papiere!«

Peggy winkte ab. »Nein, bitte, ich … ich glaube es ja.«

»Sie?«, sagte Francesca. »Sie glauben, was alle wissen. Aber alle wissen *nichts.*« Ihr Gesichtsausdruck war ruhig, aber ihre dunklen Augen brannten wie glühende Kohlen. »Niemand hat meinem Vater *erlaubt,* hier zu bleiben, Mrs Kitchen. Er blieb, weil er nicht wusste, wo er sonst hin sollte.« Sie drehte sich zum Fenster um. »Papa ist einmal zu Hause gewesen. Als der Krieg vorüber war. Aber es gab nichts, wohin er hätte gehen können. Sein Dorf war von den Alliierten in Schutt und Asche gelegt worden.« Francesca schwieg, und ich sah Tränen in ihrem Spiegelbild im Fenster. »Niemand hatte den Mut, es wieder aufzubauen. Man sagte, es spukt dort, dass man nachts die Schreie der Kinder hörte, die dort umgekommen waren. Aber es waren nicht nur die Kinder, die Papa hörte. Er hörte seine Familie, seine Freunde – alle, die er jemals gekannt hatte. Er hörte alle Stimmen seines Dorfes, wie sie aus den Trümmern heraus schrien.«

Francesca sah über ihre Schulter. »Es tut mir sehr leid, dass Sie Ihren Vater verloren haben, Mrs Kitchen, aber in jedem Krieg sterben Menschen. So ist es, und so wird es immer sein. Und die, die überleben, können entweder für alle Zeit bitter sein oder sich entschließen, die Vergangenheit zu vergessen und jetzt zu leben, und für die …« Ihre Stimme zitterte, dann brach sie. Sie stolperte blind an Peggy Kitchen vorbei, stieß die Tür auf und floh aus dem Haus. Adrian folgte ihr.

Peggy Kitchen rückte an ihrer Schmetterlingsbrille und sah sich verlegen im Zimmer um. »Ich weiß nicht, warum ihr mich alle so anstarrt.«

»Wir starren eine Fremde an, die hier nichts zu suchen hat.« Burt Hodge trat vor und legte den Arm um seine Frau.

Peggy fuhr zurück. »Eine … eine Fremde!«

»Sie sind eine schlecht gelaunte alte Schachtel aus Birmingham«, sagte Burt, »und Sie sind hier fremder, als Piero es jemals war. Warum gehen Sie nicht wieder dorthin, wo Sie hingehören?«

Annie hob den Kopf. »Ich bin hier geboren und aufgewachsen, Mrs Kitchen. Und ich weiß, was man im Dorf von Ihnen hält. Sie sind in Finch nicht willkommen. Gehen Sie nach Birmingham zurück.«

Die Worte trafen Peggy wie ein eisiger Wind. Ihre Augen weiteten sich vor Schreck; dann fing erstaunlicherweise ihr Kinn an zu zittern. Zwar war sie schnell wieder Herr ihrer Gefühle, aber für einen kurzen Moment hatte sie so verletzlich ausgesehen wie ein gescholtenes Kind.

»Ich … ich werde nicht hier bleiben und mich beleidigen lassen«, murmelte sie und ging langsam rückwärts zur Tür. »Komm, Jasper.«

»Und noch etwas.« Burt kam in seinen schweren Stiefeln auf sie zu. »Ich will nichts mehr davon hören, dass Annie oder Francesca eine Straftat begangen haben. Wenn das nicht aufhören sollte, haben Sie eine Klage wegen böswilliger Verleumdung am Hals, ehe Sie wissen, wie Ihnen geschieht. Verstanden?«

Peggy machte den Mund auf, schien aber zum ersten Mal, seit ich sie kannte, um eine Antwort verlegen. Als Jasper Taxman ihren Arm nahm, ließ sie sich anstandslos aus dem Haus führen. Der Motor ihres Wagens heulte kurz auf, dann verklang er in der Ferne.

Burt und Annie traten zusammen ans Fenster, als wollten sie sich davon überzeugen, dass die unwillkommenen Gäste wirklich weg waren. Als sie noch eine Weile stumm stehen blieben, mir den Rücken zugekehrt, hatte ich keinen größeren Wunsch, als die beiden in Ruhe zu lassen, aber es gab noch zu viele unbeantwortete Fragen.

Ich räusperte mich. »Annie«, sagte ich, »ich weiß nicht, was zwischen Ihnen und Ihrer Schwester vorgefallen ist, aber ich habe dem Pfarrer versprochen, dass ich versuchen werde herauszufinden, wer das Schriftstück aus der Bibliothek gestohlen hat.«

»Ich habe es nicht genommen«, sagte Annie.

»Aber Ihr Bronzemedaillon wurde auf der Treppe zur Bibliothek gefunden«, gab ich zu bedenken.

»Ja, das Lederband ist vor zwei Wochen gerissen. Ich hatte es gerade Mrs Bunting gezeigt. Ich vermute, dass mir die Phalera beim Fegen der Bibliothek aus der Kitteltasche gerutscht ist.« Annie sah mich an. »Ich habe nie gewollt, dass Dr. Culver bleibt. Da irrt Francesca sich.«

»Warum haben Sie dann das Feld von Scrag End beobachtet?«, fragte ich. »Dr. Culver sah Sie – einen von Ihnen – hier oben mit dem Fernglas.«

»Ich hatte Burt gebeten, Francesca zu beobachten«, erklärte Annie. »Meine Schwester verbringt zu viel Zeit in Scrag End. Ich würde Papa niemals verraten, aber Francesca könnte es tun, wenn sie sich in Dr. Culver verliebt hat.«

Auch Francesca hatte von Verrat gesprochen. Sie hatte Annie beschuldigt, *Papas Seele für vierzig Silberlinge zu verkaufen.* »Das verstehe ich nicht«, sagte ich. »Wie könnte Francesca Ihren Vater verraten, wenn sie sich in Adrian verlieben würde?«

»Da müssen Sie Francesca fragen.« Annie drehte sich wieder zum Fenster und sah zum Himmel. »Es wird windig«, bemerkte sie. »Ich glaube, wir kriegen heute noch Regen.«

»So Gott will.« Burt legte den Arm um Annies Taille. »Ein kräftiger Regen würde die Gerste retten.«

Es schien, als hätte sich zwischen uns eine Tür geschlossen. Die beiden wollten, dass ich ging und keine weiteren Fragen mehr stellte. Leise verließ ich das Haus, obwohl meine Gedanken durcheinander wirbelten wie der Wind die trockenen Grashalme. Warum machten sich die beiden Schwestern Sorgen im Zusammenhang mit Adrian Culver?

Adrian saß auf der Kühlerhaube des Mercedes, die Füße auf der Stoßstange, die Ellbogen auf den Knien. Francesca war nicht zu sehen.

»Sie ist dort hinten irgendwo«, sagte er und deutete auf die Farmgebäude hinter dem Haus. »Sie bat mich, nicht mitzukommen. Sie sagte, sie müsse allein sein.« Er rieb sich besorgt die Stirn. »Wussten Sie das von ihrem Vater?«

»Ich weiß einiges«, sagte ich, »aber nicht alles.«

Adrian rutschte vom Kühler. Zögernd ging er ein paar Schritte in Richtung der Nebengebäude, dann blieb er stehen und drehte sich zu mir um: »Würden Sie zu ihr gehen? Jemand sollte bei ihr sein, und mit mir redet sie nicht.«

Ich ging auf die Ansammlung aus Schuppen, Ställen und Scheunen zu und rief leise nach Francesca. Ein paar Fenster im Wohnhaus waren erleuchtet, aber die Außengebäude lagen im Schatten. Es wurde dämmrig, und der Wind brachte ein paar erste Regentropfen. Ich erschauerte, als ich sie auf meinen bloßen Armen spürte, und fragte mich, wie es auf der Farm sein mochte, wenn die Winterstürme den Berg heraufheulten und an den Türen rüttelten.

Ich war um die Ansammlung der Gebäude herumgegangen, bis ich an eine Stelle kam, von der aus man die weiten Felder überschauen konnte. In der Ferne sah ich undeutlich den Kirchturm von Saint George's als länglichen Schatten vor dem Hintergrund des dunklen Himmels, und etwas näher die verschwommene Silhouette der Bäume, die das Feld von Scrag End säumten. Der Regen setzte jetzt richtig ein, und ich lief zurück und suchte Schutz in einem dunklen und offenbar unbenutzten Stallgebäude.

Da meine Suche nach Francesca ergebnislos geblieben war, senkte ich den Kopf und machte mich bereit, so schnell wie möglich zum Auto zurückzurennen. Da hörte ich ein leises Knurren. Wie gelähmt blieb ich stehen, bis ich Francescas Stimme vernahm, die noch leiser sagte: *Ruhig, Cäsar.*

Langsam drehte ich mich um und spähte in den Stall, und aus dem Augenwinkel sah ich ganz hinten einen schwachen Lichtschein. Er kam aus einer der Boxen, die am anderen Ende lag. Ich stahl mich weiter vor, bis ich im schwachen Licht einer abgeblendeten Laterne Francesca erkannte. Den Arm um Cäsar gelegt, kniete sie auf dem Boden und sah nachdenklich nach unten. Sie und der Hund waren von Gerümpel umgeben – Brettern, Steinplatten, alten Säcken. Ihre Hände waren schmutzig, ihr Haar ergoss sich in braunen Wellen über den Rücken und hing ihr in Strähnen über die feuchte Stirn. Trotz ihrer rot geweinten Augen schien sie jetzt ruhig.

Cäsars Ohren zuckten, aber er wiederholte seine Warnung nicht, als ich näher kam. Francesca schien völlig mit sich selbst beschäftigt. Ich stieg über ein loses Brett und ging um eine aufgestellte Steinplatte herum, dann beugte ich mich vor, um in die Box zu sehen. Mein Herzschlag beschleunigte sich.

Das Licht der abgeblendeten Laterne fiel auf eine kunstvoll gemeißelte Steinplatte. Von Rosetten eingerahmt, erkannte ich das Relief eines römischen Soldaten, der triumphierend über einen gefallenen Barbaren hinwegritt. Das Pferd hob tänzelnd die Beine, während sich die Lanze des Soldaten dem Hals des Feindes näherte.

Unter dem Relief befand sich eine Tafel mit einer lateinischen Inschrift. Ich konnte genug Latein, um eine Rohübersetzung zu wagen. »Marcus Petronius«, las ich laut, »Sohn des Lucius vom Stamm der Menenier aus Vicenza; Soldat der vierzehnten Legion; er liegt hier.« Unsicher sah ich Francesca an.

»Papa hat den Grabstein vor vielen Jahren gefunden, als er hier drinnen die Abwasserleitung für den alten Mr Hodge reparierte.« Francescas leise Worte vermischten sich mit dem Trommeln des Regens. »Mein Vater hieß Piero, und Petronius ist die lateinische Version von Piero. Papas Dorf lag in den Hügeln von Berici in der Nähe von Vicenza, von wo auch Petronius stammte. Und beide waren Soldaten, fern ihrer Heimat. Als mein Vater das Grab von Petronius fand, war es ihm, als fände er einen Bruder.«

Ich ließ mich ebenfalls auf die Knie fallen und legte die Hand auf Cäsars warmen Hals. »Hat er Mr Hodge davon erzählt?«

»Wie konnte er das?«, fragte Francesca. »Mr Hodge hätte es in alle Welt hinausposaunt. Dann wären die Fachleute gekommen und hätten gegraben und gewühlt und hätten Petronius' Überreste ausgegraben.«

»Und Ihr Vater wollte, dass er in Frieden ruht«, sagte ich.

Francesca nickte langsam. »Darum hat Petronius dafür gesorgt, dass mein Vater ihn findet. Dummköpfe wie Ihr Mr Gladwell haben das ganze Gebiet hier umgegraben, aber Petronius hat auf jemanden wie Papa gewartet, damit er ihn beschützt und bewacht und dafür sorgt, dass niemand seinen Ruheplatz stört.« Francesca hob die Laterne und hielt sie näher an das Relief, um ein Medaillon zu beleuchten, das der Soldat auf dem Brustpanzer trug.

»Ihre Phalera«, sagte ich. »Sie ist eine Kopie von dieser.«

»Papa schenkte mir die Phalera aus Bronze, als Burt und ich uns verlobten.« Francesca stellte die Laterne wieder hin. »Ich sollte Burt heiraten und Petronius' Beschützerin sein.«

»Aber Burt hat sich in Annie verliebt«, sagte ich, »und so fiel ihr die Rolle zu.«

»Ich wollte dennoch meine Phalera behalten«, sagte Francesca, »deshalb fertigte Papa noch eine an – die, die Rainey im Pfarrgarten fand.« Sie zögerte, ehe sie fortfuhr. »Ich dachte, Annunzia hätte das Dokument vielleicht gestohlen, um Adrian hier zu halten.«

Langsam dämmerte es mir. »Sie dachten, Annie würde Adrian das Grab zeigen, wenn die Ernte missriet. Sie würde versuchen, durch den Fund zu Geld zu kommen, um die ausgefallenen Ernteeinnahmen zu ersetzen.«

»Jetzt glaube ich es aber nicht mehr.« Francesca strich sich eine feuchte Haarsträhne aus dem Gesicht. »Als ich Mrs Kitchen hörte, wurde mir klar, dass ich schon viel zu lange auf Annunzia böse bin. Es hat einfach keinen Zweck, so nachtragend zu sein. Es macht einen blind und dumm.«

»Genau wie Mrs Kitchen«, bemerkte ich.

Francesca lächelte reumütig. »Hier draußen habe ich wieder einen klaren Kopf bekommen, und jetzt weiß ich, dass Annunzia Papa genauso geliebt hat wie ich. Sie würde sein Geheimnis niemals verraten.«

»Sie macht sich Sorgen, dass Sie es tun könnten«, sagte ich vorsichtig.

Francescas Gesicht wurde ernst. »Ja.« Ihre dunklen Augen verschleierten sich. »Es ist nicht gut, wenn man vor seinem Mann Geheimnisse hat.«

Und das, so wurde mir in diesem Moment schmerzhaft klar, war der Grund, warum beide Schwestern sich wegen Adrian Culver Sorgen machten. Francesca war dabei, sich in einen Archäologen zu verlieben, noch dazu in einen Fachmann für britisch-römische Kultur. Wenn sie Adrian heiratete, würde ihre Loyalität ihrem

Vater gegenüber sie in ein schreckliches Dilemma stürzen. Würde sie das Grab des Petronius verleugnen, oder würde sie das Geheimnis ihres Vaters verraten?

»Francesca«, sagte ich, »Adrian liebt Sie. Wenn Sie ihm die Dinge erklärten, ich bin sicher, er würde sie respektieren …«

»Vielleicht«, sagte sie müde. »Aber vielleicht auch nicht.« Sie hob die Arme und fing an, ihr Haar wieder aufzustecken. »Decken wir es wieder zu. Will und Rob werden sich schon fragen, wo ihre Mutter steckt.«

Nachdem wir den Grabstein wieder unter Brettern, Platten und leeren Säcken verborgen hatten, streuten wir Erde zwischen die Platten und bedeckten sie mit Stroh. Inzwischen durfte Cäsar im Stall herumtoben. Francesca blies die Laterne aus und hängte sie an einen Haken bei der Tür. Ich ging voran zum Auto.

Adrian war offensichtlich die ganze Zeit über nervös beim Auto auf und ab gegangen. Er fröstelte und war bis auf die Haut durchnässt. Er hatte sich nur kurz ins Auto geflüchtet, um das Handy zu beantworten.

»Die Pyms haben Bill und die Jungen zum Cottage zurückgefahren«, sagte er zähneklappernd.

Auf dem Rückweg musste Adrian eine Standpauke von Francesca über sich ergehen lassen, weil er so dumm gewesen war und sich nicht vor dem Regen geschützt hatte. Es überraschte mich nicht, als sie darum bat, mit ihm am Schulhaus abgesetzt zu werden, aber umso mehr, als er sie auf der Schwelle in die Arme schloss.

Das lange Haar war ihr wieder über den Rücken gefallen, und der Regen hatte ihr Hemdblusenkleid durchweicht. Doch trotz des Regens hielt sie Adrian fest, als wollte sie ihn nie wieder loslassen. Ich wandte taktvoll die Augen ab und ließ die beiden allein. Jetzt würde es neuen Klatsch geben, dachte ich und lächelte zufrieden in mich hinein. Diesmal würde er nicht auf bloßen Gerüchten beruhen.

Kapitel 25

Der Regen trommelte aufs Schieferdach, stürzte durch die kupfernen Fallrohre und platschte in die Pfützen neben dem Plattenweg. Er tanzte auf den Blättern des Fliederstrauchs und lief in unzähligen kleinen Rinnsalen an den Erkerfenstern des Wohnzimmers herunter. Die lange Trockenperiode war vorbei.

Ich saß mit gekreuzten Beinen neben Francesca auf der Fensterbank und sah einem einzelnen Regentropfen zu, wie er an der rautenförmigen Scheibe seinen Weg suchte. Es fiel mir schwer, mich auf die triviale Aufgabe zu konzentrieren, die ich mir vorgenommen hatte, um die Zeit totzuschlagen. Francesca bat mich um die Bindfadenrolle, und ich reichte sie ihr. »Und Sie meinen, je zehn Stück sind genug?«, fragte ich und sah den Stapel Elternzeitschriften auf Francescas Schoß an.

Sie schlang die Schnur um ein Bündel. »Zehn ist reichlich. Verlangen Sie fünf Pence das Stück, und sie werden Ihnen aus der Hand gerissen.«

Ich reichte ihr die Schere. »Ich weiß nicht, wer die Dinger kaufen soll, selbst für fünf Pence. Will und Rob scheinen die einzigen Kinder unter dreißig Jahren hier in Finch zu sein.«

Francesca schnitt die Schnur durch und knotete eine Schleife. »Man kann nie wissen. Es könnten ja Leute mit Kindern aus anderen Dörfern kommen. Und meine Schwägerin hat genug Kinder für eine ganze Kricketmannschaft. Legen Sie die Zeitschriften aus, und warten Sie ab.« Sie bückte sich, um das Bündel in den Karton neben dem Laufstall zu legen.

Ich hatte Francesca jede mögliche Gelegenheit gegeben, mir zu erzählen, was zwischen ihr und Adrian vorgefallen war – wenn überhaupt etwas vorgefallen war –, nachdem ich sie am Abend zuvor vor dem Schulhaus abgesetzt hatte, aber sie war so verschlossen, dass es einen verrückt machen konnte.

Lange nachdem Bill und ich zu Bett gegangen waren, war sie zum Cottage zurückgekommen. Am Morgen hatte sie ihre Arbeit mit der üblichen Umsicht getan und entschlossen den Mund gehalten. Bis jetzt hatte ich der Versuchung widerstanden, ihr die Schere an die Gurgel zu setzen und sie zum Reden zu bringen, aber meine Geduld war am Ende. Schließlich schuldete ich es meinen Söhnen, so sagte ich mir, zu wissen, ob ihr Kindermädchen noch lange zur Verfügung stehen würde oder nicht.

Ich nahm wahllos eine der Zeitschriften in die Hand. »Sie haben mir in einer Woche mehr beigebracht als die sogenannten Experten in neun Monaten.«

»Ich habe Ihnen nichts beigebracht, was Sie nicht schon wussten«, sagte Francesca. »Sie mussten sich nur ein wenig entspannen und Ihren natürlichen Fähigkeiten die Gelegenheit geben, zutage zu treten. Junge Mütter brauchen ab und zu eine Pause. Früher konnte man die Kinder mal bei der Oma oder einer Tante lassen, aber heute ist das nicht mehr so einfach.«

»Die Großmütter der Jungen sind tot«, sagte ich, »und ich würde meine Babys eher in ein Becken mit Piranhas setzen, als sie Bills Tanten anzuvertrauen. Aber ich verstehe, was Sie meinen.« Ich klappte die Zeitschrift zu. »Es war aber eine seltsame Pause. Die meisten Menschen würden das Wochenende am Strand verbringen. Ich bin herumgerannt und habe versucht, einen Einbrecher zu fangen. Und selbst das habe ich nicht geschafft.«

»Sie geben aber nicht auf, oder?«, fragte Francesca.

Ich zuckte die Schultern. »Ich bin am Ende mit meinem Latein. Sally Pyne war es nicht. Katrina Graham war es nicht. Adrian war es ganz sicher nicht, und Ihre Schwester auch nicht. Ich kann mir einfach nicht vorstellen, wer das Schriftstück noch hätte stehlen können.«

»Irgendetwas wird sich finden, das Sie in die richtige Richtung weist.« Francesca lächelte gelassen und sah zum Fenster hinaus. »Manchmal kommt die Antwort erst, wenn man aufgehört hat, zu fragen.«

Ich verglich die ruhige, selbstsichere Gestalt auf der Fensterbank mit der verzweifelten, aufgelösten Frau, die ich am Tag zuvor im Stall vorgefunden hatte. Sprach sie von dem Einbruch, oder hatte sie ein weitaus interessanteres Rätsel gelöst?

»Wissen Sie«, sagte ich und wickelte mir ein Stück Bindfaden um den Finger, »wenn Sie aus irgendeinem Grund gehen müssten, würden wir jetzt ganz gut klarkommen.«

Francescas Lächeln wurde noch strahlender. »So bald werde ich nirgends hingehen müssen, Lori.«

Verwirrt sah ich auf. »Haben Sie Adrian von dem Grab des Petronius erzählt?«

Francesca lachte leise. »Das musste ich gar nicht. Er hatte bereits erraten, dass es dort auf dem Hügel eine Villa gegeben haben muss. Die Lage passte genau ins Profil, sagt er, und wo eine Villa war, da ist fast immer auch ein Grab.«

»Und hat er zugestimmt, das Geheimnis nicht preiszugeben?«

»Man bekommt nicht jede Ausgrabungsstätte in Großbritannien finanziert, meint er.« Francesca zwinkerte mit den dunklen Augen. »Besonders, wenn man keinen Antrag dafür stellt.«

Francesca hatte das gewisse innere Leuchten einer Frau, die die Liebe ihres Lebens gefunden hat. Ich konnte absolut nicht verstehen, warum sie weiterhin als Kindermädchen arbeiten wollte, statt mit dem Mann ihrer Träume fortan die Sonnenuntergänge zu genießen.

»Warum um Himmels willen bleiben Sie dann noch da?«, fragte ich.

Francesca spielte mit einem Stück Bindfaden. »Ich brauche Zeit, um Verschiedenes wieder gutzumachen – in Bezug auf Annunzia. Und ich bin altmodisch. Ich halte etwas von einer langen Verlobungszeit.«

Mir war, als hörte ich durch den strömenden Regen hindurch himmlische Trompeten. Glücklich lächelnd sah ich zum Fenster hinaus, als gerade ein Lieferwagen in die Einfahrt bog.

Stans Schriftstück war angekommen. Ich gab dem durchnässten Boten ein großzügiges Trinkgeld, dann öffnete ich im Wohnzimmer den wattierten Umschlag. Er enthielt ein kurzes Schreiben von Stan, in dem er nochmals hervorhob, dass der Sammler in Labrador sein kostbares Exemplar so schnell wie möglich und in makellosem Zustand zurückhaben wollte. Am liebsten hätte ich es postwendend zurückgeschickt, aber dann entschied ich mich dagegen. Stan hatte sich so viel Mühe gemacht, um mir einen Gefallen zu tun. Also sollte ich es mir wenigstens ansehen.

Auf dem beigefarbenen Umschlag stand der Titel *FESTHALTEN.* Er enthielt sechzehn Seiten von etwa achtzehn mal zwölf Zentimetern Größe, die von Hand zusammengeheftet waren. Sie waren 1874 gedruckt worden. Wie Stan mir bereits gesagt hatte, hatte der Inhalt leider nichts mit Archäologie zu tun. Ich gab mich geschlagen.

»Traurig, nicht wahr?«, sagte ich, nachdem ich Francesca das Schriftstück gezeigt hatte. »Das ist alles, was ich nach den Mühen dieser Woche vorzuweisen habe.«

Francesca bemühte sich, mich aufzumuntern. »Warum gehen Sie damit nicht ins Pfarrhaus?«, schlug sie vor. »Bestimmt würde Mrs Bunting es sich gern ansehen. Vielleicht hilft es ihr sogar bei ihrer Gemeindechronik.«

Ich blickte in die regennasse Einfahrt hinaus. Ich zweifelte nicht daran, dass Lilian gern ein weiteres Dokument dieses Reverend Gladwell sehen würde, selbst wenn es nicht das erhoffte Duplikat war. Und noch weniger bezweifelte ich, dass es sie interessieren würde, eine etwas ausführlichere Schilderung der Konfrontation vom vorangegangenen Tag auf der Hodge Farm zu hören, nachdem ich ihr am Telefon kurz davon erzählt hatte.

Ich steckte das Schriftstück in den Umschlag und griff nach dem Hörer.

Jasper Taxman, fest in einen braunen Dufflecoat gehüllt, winkte mir mit dem Brecheisen, als der Mini spritzend über das nasse Kopfsteinpflaster holperte. Peggy Kitchen hatte offenbar angeordnet, dass die Rednertribüne, die er für die nie stattgefundene Versammlung gebaut hatte, wieder abgerissen werden müsse, und wie gewöhnlich gehorchte er. Der Regen lief an ihm herunter, während er ein weiteres Brett löste und zur Seite legte.

Lilian empfing mich mit einem Teller ofenwarmer Zitronenstangen und einer Kanne Kräutertee. Ich begrüßte die Gelegenheit zu einem heimlichen Geschmacksvergleich. Ihre Zitronenstangen waren säuerlicher, entschied ich, meine waren süßer. Ich rief mir den Berg Zucker ins Gedächtnis, den Dick Peacock in seinen Gesundheitstee geschaufelt hatte, und wusste: Wenn es auf sein Urteil ankam, dann war mir das Blaue Band sicher.

Es war sehr einfach, Annie vom Verdacht des Einbruchs freizusprechen, ohne das Grab des Petronius zu erwähnen. Ich erzählte, dass Annie und Francesca in vielen Dingen verschiedener Meinung seien, dass aber beide eine starke Aversion gegen die Archäologie hätten.

»Es ist ein Aberglaube, den sie von ihrem Vater übernommen haben«, sagte ich. Ich wusste, dass Francesca es mir verzeihen würde. »Wenn Annie das Schriftstück an sich genommen hätte, dann hätte sie es nicht versteckt. Sie wäre damit schnurstracks zu Adrian gelaufen, um ihn wieder loszuwerden.«

Wir hörten, wie die Haustür geöffnet und wieder geschlossen wurde, dann das Geräusch eines Regenschirms, der ausgeschüttelt wurde. Einen Augenblick später kam der Pfarrer in die Bibliothek, seine nassen Schuhe in der Hand. Er stellte sie zum Trocknen vor den Kamin, dann setzte er sich in seinen Sessel, hielt seine bestrumpften Füße an das Feuer und ließ sich eine Tasse Tee einschenken. »Ich bin gerade im Warenhaus gewesen«, erzählte er. »Mit Mrs Kitchen stimmt etwas nicht. Ich habe sie noch nie so still erlebt.«

»Wahrscheinlich ist sie jetzt enttäuscht«, schlug ich vor. »Ihre ganze Kampagne, um Adrian aus dem Schulhaus zu vertreiben, war eine einzige Zeitverschwendung.«

»Ein Sturm im Wasserglas«, stimmte der Pfarrer zu. »Gott sei Dank wird sie bald weg sein. Obwohl ich sagen muss, dass mir die Bewohner von Little Stubbing leidtun. Sie wissen noch nicht, dass ihre ruhigen Tage gezählt sind.«

»Ehe ich's vergesse …« Ich nahm das Schriftstück mit dem Titel *FESTHALTEN* aus dem Umschlag und reichte es Lilian. »Hier ist das Dokument, das ich am Telefon erwähnte und welches Dr. Finderman von dem Sammler in Labrador an mich weitergeschickt hat.«

»Wie interessant«, sagte der Pfarrer und beugte sich vor. »Es ist dem gestohlenen Schriftstück sehr ähnlich, nicht wahr, meine Liebe?« Der Pfarrer wartete, ehe er etwas lauter wiederholte: »Meine Liebe?«

»Ja, Teddy«, sagte Lilian geistesabwesend. »Bemerkenswert ähnlich.« Sie ging vom Sofa zu ihrem Schreibtisch und fing an, ihre Papiere zu durchsuchen. Amüsiert stellte ich fest, dass sich unter den historischen Dokumenten, die Lilian angehäuft hatte, nun auch die Gesammelten Werke von Peggy Kitchen befanden.

Der Pfarrer stand auf und ging zu seiner Frau hinüber, die das Dokument mit einem Vergrößerungsglas studierte. »Was ist, Lilian?«

»Vielleicht ist es gar nichts«, sagte sie. »Aber ich hätte gern Loris professionelle Meinung dazu.«

Schnell ging ich an den Tisch, auf dem Lilian alles beiseitegeschoben hatte bis auf Peggys Flugblätter und das Dokument, das ich mitgebracht hatte. Sie knipste die Schreibtischlampe an und trat einen Schritt zurück.

»Bilde ich es mir nur ein?«, fragte sie. »Oder sehe ich eine weitere auffällige Ähnlichkeit?«

Ich schlug das Titelblatt von *FESTHALTEN* auf und verglich es mit den Flugblättern. »Sie sind alle in Caslon gedruckt – das ist ein Schrifttyp, den es seit dem frühen achtzehnten Jahrhundert in England gibt und der seitdem immer noch beliebt ist. Aber ich sehe nicht …« Ich zögerte, dann langte ich nach dem Vergrößerungsglas.

Tief über das Blatt gebeugt, sah ich mir die Schrift näher an. »Es ist nicht nur derselbe Schrifttyp«, sagte ich. »Es sind dieselben Typen – derselbe Schriftsatz. Sehen Sie hier …« Ich deutete von dem H in *Herr* auf Peggys Flugblatt zu dem H in *HALTEN.* »Der Querbalken hat den gleichen Haarriss. Die Fs sind auch identisch. Sehen Sie?« Ich tippte auf zwei weitere Wörter. »Dieselben schwach ausgeprägten Serifen, wo die Typen abgenutzt sind. Und hier ist eine identische Lücke in zwei kleinen Ts.«

Ich reichte dem Pfarrer das Vergrößerungsglas. Entweder Lilian hatte den größten Zufall in der Geschichte des Druckes entdeckt, oder Peggy Kitchen und Cornelius Gladwell hatten zufälligerweise dieselben Typen für ihre Druck-Erzeugnisse benutzt. Jasper Taxman hatte erwähnt, dass Peggy über keine Kopiermaschine verfüge, aber es war mir bisher nicht eingefallen, sie zu fragen, ob sie stattdessen eine viktorianische Druckerpresse benutzt habe.

»Was ist mit Cornelius Gladwells persönlichem Besitz geschehen?«, fragte ich Lilian.

»Ich glaube, er wurde versteigert.« Sie suchte in ihrem Kasten. »Ja, hier ist es«, sagte sie und zog eine Karteikarte mit handschriftlichen Notizen heraus. »Sein gesamter Besitz wurde 1901 von Harmers Auktionshaus versteigert.«

»Harmer?«, sagte der Pfarrer und legte das Vergrößerungsglas hin. »Hieß so nicht der Typ, dem früher das Warenhaus gehörte?«

»Ja«, sagte Lilian. »Und vor ihm gehörte das Geschäft seinem Vater, der nebenbei noch Versteigerungen abhielt.«

»Dann muss er die Druckerpresse von Gladwell behalten haben«, sagte der Pfarrer. »Sie steht vermutlich immer noch in Mrs Kitchens Lagerraum.« Er lachte. »Stell dir mal vor, und das alte Ding funktioniert auch noch …«

Lilian steckte die Karte wieder in den Kasten und sah auf ihre Uhr. »Warum statten wir Mrs Kitchens Lagerraum nicht einen Besuch ab, Teddy? Es ist noch reichlich Zeit bis zum Vespergottesdienst, und ich wüsste gern, ob Mr Harmers Vater noch andere Sachen für sich ersteigert hat, die Mr Gladwell gehörten.«

»Wie zum Beispiel seine Papiere?«, fragte ich, ihrem Gedankengang folgend. »Glauben Sie wirklich, dass die anderen neun Exemplare von *Enttäuschungen eines Forschers* noch in Peggys Lagerraum sein könnten?«

»Das wäre eine Erklärung, warum Dr. Finderman sie nicht aufgespürt hat«, sagte Lilian. Sie knipste ihre Schreibtischlampe aus und ging in den Flur. »Außerdem habe ich mit Dr. Culver noch ein Hühnchen zu rupfen. Er hält sich zwar bedeckt, aber ich bin sicher, er denkt, dass ich die Existenz des Gladwell-Schriftstücks nur erfunden habe, um Mrs Kitchen zu beruhigen. Es würde mich sehr freuen, wenn ich ihm das Gegenteil beweisen könnte.«

Kurz darauf waren wir in Regenmänteln auf dem Weg zu Kitchen's Emporium. Ich hätte es den Buntings gegenüber nie zugegeben, aber ich konnte es gar nicht erwarten, einen Blick in Peggys Lagerraum zu tun.

Wir waren noch keine zehn Meter vom Pfarrhaus entfernt, als wir auf Miranda Morrow trafen, die auf das Briar Cottage zueilte. Mr Wetherhead humpelte hinter ihr her, er setzte seinen Gehstock sorgfältig auf der regennassen Straße auf und sah sich ab und zu verstohlen um. Als er mich sah, wurde er rot und senkte den Blick.

»Gut, Sie zu treffen«, sagte Miranda. Regentropfen perlten auf ihrem knöchellangen schwarzen Umhang. »George und ich wollten Sie gerade anrufen.«

»Warum?«

Mirandas Augen glitzerten, als sie erwiderte: »Wir haben Bruder Florin am helllichten Tag gesehen.«

»Sie haben ihn wieder gesehen?«, rief ich aus.

»Das müssen wir leider sagen.« Mr Wetherhead schien sehr ungehalten. »Wenn ich von dem Einbruch etwas gewusst hätte, dann wäre mir wahrscheinlich dieser dumme Irrtum nicht unterlaufen. Aber anscheinend ist meine Fantasie mit mir durchgegangen.«

»Bruder Florin?«, fragte der Pfarrer. »Wer ist Bruder Florin?«

Miranda winkte ihm mit dem gekrümmten Zeigefinger, ihr zu folgen. »Kommen Sie mit, Mr Bunting, und ich zeige es Ihnen.« Ohne ein weiteres Wort ging sie voran bis zum Rand des Dorfplatzes und deutete auf Kitchens Warenhaus.

»Da ist er«, sagte sie. »In voller Lebensgröße – und wie Sie sehen, nicht besonders gespenstisch.«

»O Gott«, murmelte ich, als ich Jasper Taxman erkannte, der die Kapuze seines Dufflecoats hochschlug.

Kapitel 26

»Versuche nicht, dich rauszureden«, sagte Mr Wetherhead erbost, während Mr Taxman unseren Anschuldigungen ruhig zuhörte. »Diesen Mantel würde ich überall erkennen. Er sieht aus wie der von Paddington Bär.«

»Tut mir leid, mein Lieber, aber die Kapuze ist wirklich nicht zu verwechseln«, fügte Miranda hinzu.

»Sie haben bei uns eingebrochen?«, fragte Lilian verwundert.

»Das verstehe ich nicht«, sagte der Pfarrer. »Warum sollten ausgerechnet *Sie* das Gladwell-Schriftstück stehlen?«

Mr Taxman legte sich das Brecheisen über die Schulter und sah zum Himmel. Die Regentropfen fielen auf die Gläser seiner braunen Hornbrille und liefen wie Tränen an seinem ausdruckslosen Gesicht herunter. »Kommen Sie rein«, sagte er und deutete mit dem Kopf auf die Tür des Warenhauses.

Das Bimmeln der Schlittenglöckchen verlieh unserer Ankunft eine trügerische Normalität. Einige Köpfe drehten sich nach uns um, und mindestens ein Gespräch verstummte. Sally Pyne hielt mitten im Gespräch mit Mr Barlow inne, und Emma, die Busters Ohren gekrault hatte, sah auf, aber meine Aufmerksamkeit war jetzt ganz und gar von Peggy Kitchen eingenommen.

Der Pfarrer hatte gemeint, sie sei plötzlich auffällig still geworden, aber mir kam sie vor wie ausgelöscht, ihre einst glitzernden Augen wirkten matt, ihre Haut war grau und müde, und als sie ungeschickt von ihrem

Hocker hinter der Registrierkasse rutschte, wirkte sie wie eine alte Frau, die nicht wusste, ob sie noch die nötige Kraft dazu hat. Beklommen blickte ich zu Jasper Taxman. Lag es an ihm? Wusste sie von seinem Verrat?

Sie sah uns der Reihe nach an und sagte dann zu Mr Taxman: »Ist etwas, Jasper?«

»Ja«, sagte er mit gewohnter Wortkargheit. Er rieb die Hände aneinander, dann legte er sie fest auf die Theke und wandte sich Peggy Kitchen zu. »Ich habe das Gladwell-Dokument gestohlen«, sagte er leise. »Ich bin der Einbrecher.«

Niemand bewegte sich. Niemand sprach. Niemand schien zu wissen, wie er auf diese absurde Aussage reagieren sollte. Es war gerade so, als hätte der Pfarrer wie nebenbei behauptet, er sei der Messias. Peggy beugte sich vor und sah Mr Taxman eindringlich an, so, als wollte sie von seinen Lippen ablesen, ob er die Wahrheit sprach. Buster trottete zu Mr Barlow und hockte sich zwischen seine Füße, aber wir anderen konnten nur dastehen und Mr Taxman anstarren.

Mr Taxman drehte sich zu uns um. »Lassen Sie Ihre Mäntel und Schirme bitte auf der Theke, ich möchte nicht, dass Mrs Kitchens Waren beschädigt werden.« Er griff nach Peggys Hand, zog sie hinter der Theke hervor und ging voran durch die kleine braune Tür in ihr Xanadu.

»Ist das sein Ernst?«, fragte Emma leise, als sie neben mich trat. »Hat er das Ding wirklich gestohlen?«

»Warte hier«, sagte ich. »Ich will mich erst selbst davon überzeugen.«

Als ich hinter den anderen her in den Lagerraum ging, kam ich mir vor wie ein Räuber in Tutanchamuns Grabkammer. Der Raum erstreckte sich vor mir mit Reihen über Reihen von grauen Metallregalen, die bis zur Decke reichten, schwach beleuchtet von nackten Glühbirnen und mit unvorstellbaren Schätzen beladen.

Da gab es Rechenstiele, Besenstiele, Schrubberstiele, Axtgriffe, Eimer und Seilwinden und Schaufeln. Es gab Gürtelschnallen, Schnürsenkel, Sonnenbrillen, Leuchter, Flohhalsbänder, Windeln und Hüte. Einige der Regale waren mit Schuhkartons gefüllt, andere mit Aluminiumkannen, und alle waren so vollgestopft, dass sie eigentlich unter der Last hätten zusammenbrechen müssen. Ich sah aufgerollte Seile, Säcke mit Torf, Stoffballen, Kannen mit Petroleum – sogar ein Schiff in einer Flasche.

Der Hauptgang war so schmal, dass Peggy seitwärts gehen musste; und der Fußboden war so vollgestellt, dass Mr Wetherhead kaum Platz für seinen Gehstock fand. Xanadu war einfach wunderbar – es barg unbeschreibliche Schätze.

Als ich einen überraschten Laut hörte, beeilte ich mich, die anderen einzuholen. Ich duckte mich unter Schmetterlingsnetzen und Angelruten hindurch, schob einen baumelnden Regenmantel in Neonfarben beiseite – und blieb abrupt stehen, überwältigt von einem völlig unerwarteten, unglaublichen Anblick.

Der hintere Teil des Raumes wirkte so sauber und ordentlich wie eine Zahnarztpraxis. Lilian und der Pfarrer standen auf der einen Seite, Miranda und Mr Wetherhead auf der anderen, und alle betrachteten neugierig eine zwei Meter hohe handbetriebene Druckerpresse, die gut und gerne ihre zehn Zentner wog. Sie war aus Gusseisen, hatte elegant geschwungene Klauenfüße und einen Hebel aus Walnussholz über dem Pressdeckel. Auf den dekorativen Schnörkeln konnte man noch Reste von Goldfarbe ausmachen.

»Es ist eine Albion-Presse!«, rief ich. »Ist es die von Cornelius Gladwell?«

Jasper Taxman half Peggy, sich auf einen alten Drehstuhl zu setzen, und sah mich dann fragend an.

»Ich kenne jemanden, der eine besitzt«, erklärte ich. »Mein alter Chef ist Kurator für seltene Bücher in meiner früheren Uni. Er hat eine Albion im Keller. Wie viele verschiedene Schrifttypen haben Sie?«

»Eine«, sagte Jasper Taxman. »Der Mann, der die Druckerpresse ersteigerte, hat alle anderen verkauft. Er hielt es nicht für nötig, mehrere zu besitzen.«

An der Rückwand des Raumes war eine Werkbank, auf der ich einen Setzkasten bemerkte, einen Holzkasten, der einer Bienenwabe ähnelte und in dessen kleinen Fächern die Groß- und Kleinbuchstaben des Schrifttyps Caslon lagen, samt Satzzeichen und Abstandshaltern. Daneben lagen auf der Werkbank zwei Korrekturfahnen, ein Winkelhaken, eine Ahle mit Holzgriff, Tuben mit Druckerschwärze und Stapel goldgelben Papiers. Eine mit Druckerschwärze verschmierte Schürze hing von dem Hebel aus Walnussholz.

Mr Taxman holte einen Klappstuhl für Mr Wetherhead, dann stellte er sich zwischen Peggy und die Druckerpresse. Während wir uns im Halbkreis um ihn gruppierten, hörte ich, wie leise eine Klinke gedrückt wurde, dann das Tappen von Klauen auf den Holzdielen. Ich wusste, gleich würden wir Gesellschaft haben.

»Ja, Ms Shepherd«, sagte Jasper Taxman auf meine Frage, »Mr Harmers Vater erwarb die Albion-Presse aus dem Nachlass des Reverend Cornelius Gladwell. Er hat damit Werbeplakate für seine Auktionen gedruckt. Als ich nach Finch kam, zeigte er mir, wie man damit umgeht.«

»Du warst doch immer im Geschäft«, sagte Peggy matt.

Mr Taxman sah sie an. »Ich wollte da sein, wo du warst«, sagte er. »Da du mit deiner Mutter bei Mr Harmer einquartiert warst, habe ich mich bereit erklärt, in seinem Geschäft zu arbeiten.«

»Einquartiert?«, fragte der Pfarrer.

»Finch war im Krieg ein Zufluchtsort für eine ganze Reihe von Evakuierten«, erklärte Mr Taxman. »Mrs Kitchen und ihre Mutter kamen aus Birmingham, Mr Barlow und ich kamen aus Bristol, und …«

»Und ich wurde aus Plymouth hierhergeschickt.« Sally Pyne trat aus dem dunklen Gang, gefolgt von Mr Barlow und Buster. »Wir wurden während der Bombenangriffe evakuiert, Herr Pfarrer.«

Mr Taxman verzog angesichts der Neuankömmlinge keine Miene. Er bedeutete ihnen lediglich, sich zu uns zu gesellen. Ob es ihm recht war oder nicht, würde das, was jetzt in diesem Raum zur Sprache kam, bald bis in den letzten Winkel von Finch dringen.

Mr Barlow pflichtete ihm bei. »Du warst doch immerzu hier hinten, Jasper. Ich dachte damals, du wolltest mit deinem Arbeitseifer Sonderrationen herausschinden.«

Sally schnaubte verächtlich. »Ich hätte dir von Anfang an sagen können, dass er in Peggy verknallt war. Er ist doch immer wie ein Schoßhündchen hinter ihr hergelaufen – genau wie Buster dir immer folgt.«

Dieser gehässige Kommentar schien an Mr Taxman ohne jede Wirkung abzuprallen. »Ich habe den größten Teil des Tages hier verbracht«, sagte er. »Damals war das Lager aber nicht so gut gefüllt wie jetzt.«

»Schließlich war Krieg«, meinte Mr Barlow.

Mr Taxman nickte. »Wie du ganz richtig sagst, Bill, es war Krieg und die meisten Regale waren leer. Wäre es nicht so gewesen, dann hätte ich vielleicht den Kasten mit den Papieren nicht bemerkt, die Mr Harmers Vater zusammen mit der Albion ersteigert hatte.«

Als Mr Taxman eine Schranktür unter der Werkbank öffnete und einen hölzernen Kasten von der Größe eines Picknickkorbes herausholte, sahen wir gebannt zu, wie

Kinder bei einer Zaubervorstellung. Er stellte ihn auf die Werkbank und hob den Deckel. Als er sich wieder zu uns umwandte, hatte er eine dünne Druckschrift mit beigefarbenem Umschlag in der Hand.

»Mr Gladwells Druckschriften«, sagte er, »halfen mir im Winter, die Zeit zu vertreiben, wenn wenige Kunden im Laden waren.« Er reichte Lilian das Konvolut. »Dieses hier fand ich besonders interessant.«

»*Enttäuschungen eines Forschers.*« Laut las Lilian den Titel vor, dann sah sie fast widerstrebend auf den Vermerk darunter. »›Nummer eins von zehn nummerierten Exemplaren‹.« Traurig sah sie Mr Taxman an. »Sie haben dieses Dokument an dem Tag, als Dr. Culver in Finch ankam, vom Schreibtisch meines Mannes genommen.«

Mr Taxman schlug die Augen nieder, sagte aber nichts.

»Woher wussten Sie, dass es dort war?«, fragte ich.

»Annie Hodge kam letzten Sonntag in den Laden, auf dem Weg vom Pfarrhaus. Sie hatte gerade ihren Lohn abgeholt.« Mr Taxman wandte sich Peggy zu. »Mrs Hodge kam zu mir, weil sie wusste, du würdest ihr den Scheck nicht einlösen.«

»Konnte die Familie von Piero noch nie ausstehen«, murmelte Sally.

Mr Taxman überging die Bemerkung. »Mrs Hodge hörte dich auf dem Dorfplatz, wie du auf Dr. Culver und seine Helfer losgegangen bist. Sie sagte, es sei reine Zeitverschwendung, weil Dr. Culver sowieso bald wieder das Schulhaus räumen würde. Als ich fragte, was sie damit meine, sagte sie, Mr Bunting habe auf seinem Schreibtisch eine Broschüre, deren Inhalt schon dafür sorgen würde, dass Dr. Culver seine Grabungen in Scrag End aufgab.«

Der Pfarrer seufzte ratlos. »Sie wussten natürlich, was in der Druckschrift stand.«

»Ich besaß neun Exemplare«, sagte Mr Taxman und deutete auf den Kasten. »Da war es ziemlich wahrscheinlich, dass das zehnte im Pfarrhaus geblieben war. Deshalb beschloss ich …«

Der Höhepunkt von Mr Taxmans Erzählung war seine Begegnung mit Christine Peacock, die ihn bei ihrer panikartigen Flucht zum Pub zurück fast umgerannt hätte. Sally und Katrina hatte er auf der Wiese nicht bemerkt. Als er beschrieb, wie schwer es gewesen sei, sich im Dunkeln einen Weg durch den völlig überwucherten Garten zu bahnen, schnalzte Mr Wetherhead, ärgerlich über sich selbst, mit der Zunge.

»Also deshalb sind Sie so komisch gewankt?«, fragte er. »Wegen des Unkrauts?«

»Und wegen der Löcher im Boden«, gab Mr Taxman zu bedenken, »und der ziemlich ekelhaften Disteln. Nachdem ich zweimal um das Haus herumgegangen war«, fuhr er fort, »um mich zu versichern, dass die Buntings schlafen gegangen waren, duckte ich mich in das Gebüsch und schlich mich durch die Terrassentür in die Bibliothek.«

»Und ich dachte, Sie hätten sich in Luft aufgelöst«, sagte Mr Wetherhead trübsinnig.

»Nun ja«, sagte Miranda und klopfte ihm tröstend auf die Schulter. »Schließlich war es in der Nacht ziemlich diesig.«

Mr Taxman fuhr fort in seinem Bericht. »Ich nahm das Schriftstück von Ihrem Schreibtisch, Herr Pfarrer, und brachte es in mein Cottage. Am nächsten Tag legte ich es zu den anderen in den Kasten.« Er zupfte an seiner Krawatte und ließ den Blick über die Runde seiner erwartungsvollen Zuhörer schweifen, wie ein Lehrer, der auf Fragen wartet.

»Warum, Jasper?« Peggys Stimme zitterte, nicht vor Zorn, sondern vor Verwunderung. »Warum wolltest du, dass ich dachte, das Erntefest könne nicht mehr stattfinden?«

»Ich wollte dir beweisen, dass Finch dich noch braucht«, sagte Mr Taxman. »Ich hatte gehofft, deine Schlacht mit Dr. Culver würde deinen Kampfgeist wiederbeleben.«

Sally Pyne lachte laut auf. »Ihren Kampfgeist wiederbeleben? Peggys Kampfgeist hat doch seit dem Tag nicht geruht, wo sie anfing, nach dem armen Piero mit Steinen zu werfen.«

Mr Taxman sah Sally kühl an. »Du hast vielleicht damals ihren Zorn gesehen, aber ihre Tränen hast du nie bemerkt. Niemand hat gesehen, wie sie sich hier versteckt und um ihren toten Vater geweint hat. Niemand außer mir.« Mr Taxman schnipste mit dem Finger und warf Sally Pyne und Mr Barlow einen verächtlichen Blick zu. »Ihr dachtet, die kleine Peggy Kitchen hat kein Herz, aber ich wusste es besser.«

Peggy sah ihn mit großen Augen an. »Ich wusste gar nicht, dass du mich beschützt hast, Jasper.«

»Ich hab dich immer beschützen wollen«, sagte Mr Taxman. »Als der Krieg zu Ende war und deine Mutter mit dir wegzog, dachte ich, ich würde dich nie wiedersehen. Jahre später schrieb Mrs Farnham mir, dass du Mr Harmers Laden gekauft hast, und da wusste ich, dass ich eine zweite Chance hatte.« Er strich mit zitternder Hand über seine braune Krawatte. »Und gerade, als es aussah, als würde alles ein glückliches Ende nehmen, sagst du, du willst hier wegziehen, sobald das Erntedankfest vorbei ist. Da dachte ich, wenn gar nichts anderes hilft, dann kann ich wenigstens das Erntedankfest hinauszögern, indem ich dafür sorge, dass Dr. Culver hier bleibt. Und je länger ich es hinauszögere, desto länger bleibst du hier bei mir. Ich bin zu alt, um noch mal verpflanzt zu werden, und wenn es nur nach Little Stubbing ist. Und wie schon gesagt, Finch braucht dich, Mrs Kitchen. Ich habe dem Pfarrer das Schriftstück gestohlen, um zu beweisen, dass deine Arbeit hier noch nicht getan ist. Wenn du weggehst, wird Finch nicht mehr imstande sein, sich gegen Eindringlinge wie Dr. Culver zu wehren.«

Peggy beugte den Kopf. »Aber ich bin auch ein Eindringling, Jasper. Annie und Burt Hodge haben mich daran erinnert.«

»Die Hodges haben es dir also gegeben, was?«, sagte Sally hämisch.

»Sie haben mir nur die Wahrheit gesagt.« Peggy ließ die Schultern hängen. »Sie haben mich daran erinnert, wie ich Piero all die Jahre behandelt habe, und später dann seine Kinder. Ich bin gar nicht stolz auf mich, Jasper. Jetzt weiß ich erst, wie viel ich mit Piero gemeinsam hatte. Damals war ich zu böse auf ihn, um das zu erkennen.«

»Du und Piero Sciaparelli?« Sally schüttelte ungläubig den Kopf. »Was in aller Welt sollte ein alter Drachen wie du mit diesem netten, freundlichen Mann gemeinsam haben?«

»Wir kamen beide nach Finch, um ... wie hast du es genannt, Jasper? Zuflucht zu suchen?« Peggy nahm die Brille ab und rieb sich den Nasensattel. »Ja. Zuflucht. In Finch fanden wir Zuflucht vor dem Sturm.« Sie hielt die Brille lose in der Hand und starrte in die Luft. »Ich habe getan, was ich konnte, um es Finch zu vergelten. Ich habe versucht, wieder etwas Leben ins Dorf zu bringen und die alten Traditionen wieder aufleben zu lassen, aber in Wirklichkeit habe ich meine Nase in Dinge gesteckt, die mich nichts angingen. Annie und Burt haben recht, Jasper. Finch kann sehr gut auf mich verzichten.«

»Das stimmt nicht, Peggy.« Diese Worte entschlüpften mir so unerwartet, dass ich erst dachte, jemand anderes hätte sie gesprochen. Es war wirklich seltsam, Mitleid mit Peggy Kitchen zu empfinden, und noch seltsamer, plötzlich intuitiv zu spüren, dass Finch seinen Drachen weitaus dringender brauchte als sonst jemanden, der hier in diesem Lagerraum war, mich selbst eingeschlossen.

»Du bist nicht die einzige Außenseiterin in Finch«, erklärte ich. »Ich kam auch hierher, um Zuflucht zu finden. Ich suchte nach einem friedlichen Ort, um meine Kinder großzuziehen.«

»Auch wir haben hier Ruhe und Frieden gesucht«, sagte der Pfarrer und legte den Arm um seine Frau, »als ich die Anforderungen meiner Londoner Gemeinde nicht mehr erfüllen konnte.«

»Finch ist genau der richtige Ort, um ein Buch zu schreiben«, warf Miranda ein. »Es gibt einfach *nichts*, was einen ablenkt.«

»Und was tun wir schon für das Dorf?« Trotzig sah ich von einem Gesicht ins andere. »Wenn man uns in Ruhe lässt, leben wir in Ruhe und Zurückgezogenheit unser Leben, ohne dem Dorf etwas zurückzugeben. Wir verkriechen uns in unsere Häuser, sprechen mit den anderen nur das Nötigste und überlassen das Dorf sich selbst.«

»Lori hat recht«, sagte Lilian. »Es ist zu verlockend, sich einfach in seinen jeweiligen Beschäftigungen zu vergraben.«

»Längst nicht so verlockend, wie einfach in meinen Sessel zu sinken«, gab der Pfarrer zu.

»Doch Peggy erlaubt *niemandem* von uns, in den Sessel zu sinken«, sagte ich bestimmt. »Sie hat die Gartenfeste und die Geschicklichkeitsprüfungen für Hirtenhunde und die Moriskentänzer ins Leben gerufen, und sie hat uns allen so lange zugesetzt, bis wir mitgemacht haben. Peggy macht Finch wieder zu einem richtigen Dorf.« Ich stellte mich neben Peggy und sah die anderen an. »Glaubt jemand von Ihnen, dass er Peggy ersetzen könnte? Ich weiß, ich könnte es nicht.«

Es folgte eine lange Stille, in der alle mit den Füßen scharrten und es vermieden, sich anzusehen.

Sally war die Erste, die vortrat. »Ich wollte dich sowieso schon fragen, Peggy, ob ich beim Fest mit der Bewirtung helfen soll. Mein neues Sortiment an kalorienarmem Gebäck war bei Raineys Geburtstagsparty der Renner.«

Mr Barlow nickte nachdenklich. »Ich könnte noch ein paar von diesen Streitwagen bauen«, sagte er. »Dann könnten wir mit den Kindern Rennen veranstalten.«

»Ich habe eine …« – Mr Wetherhead zitterte etwas, als alle ihn ansahen, aber er fasste seinen Stock fester und sprach weiter – »… eine Eisenbahnsammlung. Lori dachte, es wäre nett, wenn ich sie am Erntedankfest zeigen würde, aber ich wäre dankbar für Ihre Meinung, Mrs Kitchen.«

»Wenn Sie eine Wahrsagerin brauchen«, warf Miranda ein, »dann können Sie Ihre Suche beenden.«

Der Pfarrer wollte ebenfalls nicht zurückstehen. »Ich freue mich schon so auf das Segnen der Tiere«, sagte er, was gut gemeint, aber nicht ganz ehrlich war. »Ich kann mir nichts Schöneres vorstellen, als Buster, Grog, Cäsar & Co. in Saint George's willkommen zu heißen.«

Peggy brauchte eine ganze Minute, ehe sie ihre Stimme wiederfand, aber als es so weit war, hatte sie ganz den alten Ton. »Reden Sie keinen Quatsch, Herr Pfarrer. Cäsar ist doch katholisch, genau wie die Hodges.« Ungeduldig fuhr sie sich mit dem Handrücken über die Augen und setzte die Brille wieder auf. »Aber vielleicht würden Annie und Burt Cäsar ja in der Hundeschau ausstellen. Ich werde sie persönlich einladen. Komm, Jasper. Es gibt viel zu tun.« Sie hielt Mr Taxman die Hand hin. »Und wenn jemand glaubt, ich käme ohne dich aus, dann ist er ein verdammter Idiot.«

Mr Taxmans eingesunkene Brust schwoll, dass ihm beinahe die Knöpfe vom Hemd sprangen. Er stellte sich kerzengerade hin, um dann auf ein Knie niederzusinken und die Lippen auf Peggys ausgestreckte Hand zu drücken. Bis zu diesem Moment hatte ich es nicht für möglich gehalten, dass er fähig sei, eine kriminelle Tat aus Leidenschaft zu begehen, geschweige denn eine solche ritterliche Geste. Jasper Taxman mochte zwar eher ein Antiheld sein, ein unscheinbarer Ritter in einer langweiligen, braunen Rüstung, aber ich wusste schon lange, dass es schöne Prinzen in den verschiedensten Formen und Größen gab.

Peggy stand auf, in ihren Augen war ein neues, glückliches Strahlen. Sie schickte sich an, seitwärts durch den engen Gang zu gehen. »Ich komme gleich morgen früh rüber und sehe mir Ihre Eisenbahnen an, Mr Wetherhead. Und Sie können wahrsagen, Mrs Morrow? Ein Zigeunerzelt wird nicht ganz billig sein, aber vielleicht lohnt es sich. Was meinst du, Jasper? Könnten wir bis August genug Geld beisammenhaben, um ein Zigeunerzelt und Gokart-Rennen zu bezahlen? Ich glaube, Sally wird ihre Kuchen doch sicher gern stiften.«

Sallys Protestschrei ließ die Metallregale erzittern, aber Peggy war nicht aufzuhalten. Ich hatte keinen Zweifel, dass sie ihre freiwilligen Hilfstruppen auf Vordermann bringen würde, und bis es August war, würden sie wahrscheinlich froh sein, dass es ihr gelungen war.

Ich schlürfte meinen Tee und legte das blaue Tagebuch auf den Schoß. Bill las Rob und Will im Wohnzimmer Geschichten vor, und Francesca war im Schulhaus, wo sie mit Adrian einen Vortrag über die zahlreichen Verwendungsmöglichkeiten von Maronenmehl vorbereitete. Der Regen fiel immer noch unaufhaltsam, spritzte an die Fenster und trommelte aufs Dach. Im Arbeitszimmer war es gemütlich und warm, aber trotzdem hatte ich ein Feuer angezündet, einfach weil es mir Freude bereitete, in die tanzenden Flammen zu sehen.

»Es ist komisch, Dimity. Ich fand das naturbelassene Finch nicht besonders schön, aber jetzt, wo Peggy beschlossen hat, es zu verschönern, glaube ich fast, ich werde das schäbige, alte Kaff vermissen.«

Vielleicht hättest du den Mann in Labrador nicht erwähnen sollen.

»Es ist mir einfach so rausgerutscht. Als Lilian sagte, dass in dem Holzkasten von Reverend Gladwell über hundert Dokumente seien, fiel mir Stans Witz über den Lamborghini wieder ein. Lilian erwähnte es gegenüber Jasper Taxman, und so gab ein Wort das andere …«

Peggy hatte mich gebeten, dabei zu sein, als sie das Auslandsgespräch nach Labrador führte, aber sie hatte meine Hilfe nicht gebraucht, um über den Verkauf der Dokumente zu verhandeln. Sie hätte Stan sogar noch ein paar Tipps geben können, wie man knallhart verhandelt. Als ich den Laden verließ, schmiedete sie mit Mr Taxman bereits Pläne, den Dorfplatz mit Rollrasen zu bepflanzen, das Kopfsteinpflaster zu erneuern und die Kalksteinfassaden an allen Gebäuden dampfreinigen zu lassen.

»Wenn alle Ausgaben für Finch beglichen sind«, sagte ich, »dann wird sie von Glück sagen können, wenn sie noch genug übrig hat, um ihr Aufgebot zu bezahlen.«

Wie kommt Jasper damit klar?

»Ausgezeichnet«, sagte ich. »Er hat sie neulich sogar Liebste genannt und sie höflich gebeten, Little Stubbing nie mehr zu erwähnen. Er wird noch ein richtiger Despot.«

Es ist das erste Mal, dass ich höre, dass ein Ritter aufseiten des Drachens kämpft.

»Peggy ist schon ein harter Brocken«, pflichtete ich ihr bei. »Aber vielleicht braucht es jemanden wie sie, um uns alle mitzureißen.«

Das scheinst du Sally Pyne und den anderen ebenfalls klargemacht zu haben.

»Vermutlich habe ich das«, sagte ich kleinlaut, »aber ich hatte kein Recht, ihnen eine Standpauke zu halten. Schließlich habe ich mir auch kein Bein ausgerissen, um mich am Dorfleben zu beteiligen.«

Du warst ja auch mit den Zwillingen beschäftigt.

»Ja, und was habe ich ihnen bisher beigebracht?«, fragte ich. »Wie man zu Hause bleibt und seine Nachbarn ignoriert? Was für ein schönes Vorbild ich ihnen war, Dimity.«

Es ist leicht, irgendwo zu wohnen. Aber es bedarf harter Arbeit, um sich wirklich zugehörig zu fühlen. Ich gehe davon aus, dass du jetzt bereit bist, dafür zu arbeiten?

»Nicht nur ich. Finch ist jetzt ein Familienprojekt. Bill wird seine Tanzschuhe wieder anziehen, und wenn ich ihn mit vorgehaltener Pistole dazu bringen muss.«

Du wirst Peggy Kitchen von Tag zu Tag ähnlicher.

Ich lachte.

Und was machst du, während Bill tanzt?

Ich zählte an meinen Fingern auf: »Ich verkaufe meine Elternzeitschriften zugunsten des Fonds für das neue Kirchendach, dann helfe ich Mr Barlow mit den Wagenrennen; die Zwillinge habe ich für den Wettbewerb ›Niedlichstes Baby‹ angemeldet, bin Preisrichterin im Wettbewerb ›Blumenarrangement mit Stofftier‹ und werde eine preiswürdige Charge Zitronenstangen backen.« Ich sah auf das Tagebuch. »Na? Bin ich eine gute Dorfbewohnerin?«

Eine echte Dorfbewohnerin würde sich bei einem Wettbewerb mit dem Motto ›Niedlichstes Baby‹ nicht sehen lassen. Ich habe erlebt, dass es nach solchen Wettbewerben zu regelrechten Ausschreitungen kommen kann.

»Aber ich bin fest davon überzeugt, dass die Jungen gewinnen«, sagte ich.

Jetzt klingst du wirklich wie eine echte Dorfbewohnerin. Es gab eine Pause, und ein sanfter Lufthauch im Zimmer ließ die Flammen aufflackern. *Wie gern würde ich mit dabei sein.*

»Weißt du was, Dimity?« Ich nahm einen Schluck Tee und starrte nachdenklich ins Feuer. »Ich glaube, das lässt sich machen.«

Epilog

Das Dorf leuchtete wie Altgold auf grünem Samt. Die Spätsommersonne ließ die frisch gesäuberten Mauern im warmen Honigton des Cotswolds-Steins erstrahlen und jeden Grashalm auf dem üppigen, grünen Rasen des Dorfplatzes blitzen. Ich saß mit meinen gebündelten Elternzeitschriften und meiner Blechdose mit Wechselgeld vor Bills Bürogebäude an meinem Tisch, der mit einem Union Jack bedeckt war, und bestaunte die Veränderungen, die Peggy bewirkt hatte. Die Herrscherin hatte mit dem Verkauf der Schriftstücke des Reverend Gladwell ein kleines Vermögen erzielt und jeden Penny davon in Finch investiert. Ihr war es zu verdanken, dass der Dorfanger jetzt endlich seinem Namen gerecht wurde und dass die Pflastersteine um den Platz jetzt so eben waren, dass selbst Mr Farnham sie ohne Hilfe überqueren konnte.

Neben mir saß Emma in einem Korbsessel aus meinem Garten und sah zu, wie ich mich meiner Buchführung widmete. Die Verkaufszahlen waren kümmerlich – in einem Dorf, das hauptsächlich von Rentnern bewohnt war, war die Nachfrage nach Elternzeitschriften äußerst gering.

Annie Hodge hatte drei Bündel gekauft und Raineys Mutter weitere vier, aber das hatten sie nur getan, weil Peggy Kitchen sie dazu angefeuert hatte. Sie hatte es sich zur Aufgabe gemacht, dafür zu sorgen, dass jeder Teilnehmer am Dorffest seinen Anteil am Erfolg hatte, und wenn er noch so bescheiden ausfiel. Ich war dankbar für diese Mitleidskäufe, aber zur Finanzierung des Kirchendachs würden sie nicht viel beitragen. Meine Einnahmen würden nicht einmal die Kosten für eine Handvoll Schiefernägel decken, es sei denn, Derek bekam sie zum Großhandelspreis.

Emma sah auf die Zahlenreihen, die ich mit Bleistift in mein Kassenbuch geschrieben hatte, dann langte sie nach der Dose und schüttelte sie. »Ich hoffe, dass bei dir keine Buchprüfung stattfindet«, meinte sie, »denn wenn ich nicht wüsste, dass du grundehrlich bist, würde ich schwören, dass du deine Bücher fälschst.«

»Dies ist ein Buch, das ich ganz bestimmt nicht fälschen werde.« Ich nahm das Kassenbuch vom Tisch und zeigte Emma den glatten blauen Ledereinband. »Wie findest du die Tarnung?«

Emma fiel beinahe vom Stuhl. »Ist das …?«

Guten Tag, Emma. Tante Dimitys Handschrift zeichnete sich zwischen den mit Bleistift hingekritzelten Zahlenreihen deutlich ab. *Mein Kompliment zum Pfarrgarten. Ich habe die Führung sehr genossen.*

»Da… danke.« Emma blickte sich verstohlen auf dem Dorfplatz um und sprach unauffällig aus dem Mundwinkel heraus weiter. »Nächstes Jahr wird er noch schöner sein. Einige Stellen sind immer noch ein bisschen unordentlich.«

Wie gewöhnlich war Emma zu bescheiden. In den vergangenen Wochen hatte sie die ungezähmte Wildnis des Pfarrgartens in ein Schmuckkästchen verwandelt. Mit Raineys Hilfe hatte sie farbenfrohe Blumen und andere Pflanzen aus ihrem Gewächshaus gepflanzt – lila Geranien, weiße Spiräen, rosa Storchschnäbel und ganze Berge von goldgelbem Fingerkraut. Zwischen den Beeten schlängelten sich schmale, gewundene Graswege.

Du hast ein richtiges Buntglasfenster aus Blumen geschaffen. Sehr passend für diesen Ort. Und mit der Rosa hemisphaerica *hattest du auch recht. Was für eine wunderbare Entdeckung! Ich hoffe, deine Führungen waren ein Erfolg.*

»Das glaube ich schon«, sagte Emma. »Ich habe fünfzehn Pfund für das Kirchendach eingenommen und dabei im Pfarrgarten so viele Runden gedreht, dass mir davon schwindelig ist.«

»Schwindelig genug, um uns zu verraten, was Derek mit dem Kriegerdenkmal gemacht hat?«, fragte ich listig.

Emma schüttelte den Kopf. »Tut mir leid. Ich muss schweigen wie das Grab. Peggy würde einen Tobsuchtsanfall kriegen, wenn vor der Abschlusszeremonie etwas davon bekannt würde.«

»Nicht einmal eine Andeutung?«, schmeichelte ich.

»Ich habe die Weiden durch Stechpalmen ersetzt«, sagte Emma, mehr wollte sie nicht verraten.

Damit hatte sie mir nichts erzählt, was ich nicht schon selbst gesehen hätte. Ich sah hinüber zu dem Kreis säuberlich beschnittener Stechpalmenbüsche und brannte vor Neugier, zu erfahren, was unter dem schwarzen Seidentuch verborgen war, welches das Kriegerdenkmal nun schon seit einer Woche verhüllte. Ich hatte gehört, dass Derek einen neuen Namen in die würdevolle Steinpyramide gemeißelt hatte, aber Peggy hatte das Kriegerdenkmal so eifersüchtig bewacht, dass es keine Augenzeugen gab.

»Dann sag eben nichts«, murrte ich. »Ich kann schon auf die Abschlusszeremonie warten, wie alle anderen auch …«

»Mr Peacock!«, ertönte Peggys beleidigte Donnerstimme von nebenan, wie schon mehrmals an diesem Nachmittag. »Wenn Sie Ihren Hund nicht besser unter Kontrolle halten, dann lass ich mir seine Ohren auf 'nem Teller servieren!«

»Tut mir leid, Mrs Kitchen.« Dick zerrte den widerstrebenden Grog von den blauen Pfeilern vor dem Tearoom weg.

Sally Pyne sah von ihrem Tisch auf. Sie und Peggy hatten eine Art Bündnis geschlossen. Sally hatte sich bereit erklärt, ihre Köstlichkeiten für den guten Zweck zu spenden, wenn Peggy im Gegenzug die pseudo-ionischen Säulen vor dem Tearoom gegen die Hunde von Finch verteidigte.

Peggy hat Buster noch nicht entdeckt, oder?

»Noch nicht«, murmelte ich.

Hoffen wir, dass Burt Hodge seinen Cäsar nicht von der Leine lässt. Ein Hund von der Größe könnte das Fest ganz schön durcheinanderbringen.

»Dimity!«, rief ich.

Emma stieß mich mit dem Ellbogen an. »Vorsicht«, sagte sie, aber ihre Warnung kam zu spät.

Peggy Kitchen hatte mich gehört. Sie verließ ihren Posten vor dem Tearoom und kam an meinen Tisch. »Dimity?«, sagte sie. »Hieß so nicht die Frau, der dein Cottage gehört hat?«

»Ja«, erwiderte ich. »Emma und ich sprachen gerade über … über Namen für Annie Hodges Baby. Ich finde Dimity nett, du nicht auch?«

Peggy sah mich mit dem überlegenen Lächeln der gut Informierten an. »Annie hat mir das Ergebnis ihrer letzten Ultraschalluntersuchung mitgeteilt. Das Baby wird ein Junge – ein strammer, gesunder Junge. Sie und Burt wollen ihn Piero nennen, nach seinem Großvater. Ich hoffe nur, das Kind wird seinem Namen Ehre machen.« Sie warf einen Blick in meine Dose und machte sich dann auf zum Schulhaus, wobei sie mir über die Schulter zurief: »Kein sehr erfolgreicher Tag für dich, was, Lori?«

Dimitys Handschrift flog über die Seite. *Man braucht sich auch nicht zu schämen, wenn man Zweiter wird.*

Ich sah auf das rote Band neben der Dose und biss die Zähne zusammen. Dick Peacock hatte Lilians Zitronenstangen das Blaue Band verliehen, wobei er bemerkte, dass ihre Säure eine angenehme Abwechslung sei nach dem süßen Met, den er den ganzen Nachmittag probiert habe. Ich war fest überzeugt, er war schon sternhagelvoll, als er das Gebäck beurteilte.

Im Gegensatz zu mir hatte der Pfarrer einen sehr befriedigenden Tag. Adrians Studenten hatten unter Emmas Anleitung die Gänge von Saint George's mit Garben aus Weizen, Mais und Gerste geschmückt, rote Äpfel sowie Zweige von Berberitzen mit roten Beeren auf die Fenstersimse gelegt und die Pfeiler mit wilden Hopfenranken und Efeu umwunden. Ich hatte Emma geholfen, das Taufbecken mit Moos und weißen Astern zu dekorieren, und hatte zerschnittenes Schilf auf den Boden gestreut, um den Reinigungstruppen nach dem Segnen der Tiere die Arbeit etwas zu erleichtern.

Der Pfarrer war uns aber einen Schritt voraus. Er fand, dass Saint George's in seinem Herbstschmuck zu schön aussah, als dass er es sich von einem Tier, ob groß oder klein, verderben lassen würde, und hatte kurzerhand erklärt, das Segnen der Tiere würde an einem Freiluftaltar auf dem Kirchhof stattfinden. Er hatte Mr Taxman die Aufgabe übertragen, die Kieswege von ihrer Hinterlassenschaft freizuhalten.

Als der Pfarrer das Aufgebot von Peggy Kitchen und Mr Taxman verkündete, hatte er beim Morgengottesdienst einen Jubelruf ausgelöst. Mr Taxman beantwortete die Glückwünsche der Dorfbewohner, indem er fröhlich mit seiner Schaufel winkte.

Es war sehr vernünftig von dir, Rob und Will nicht in den Wettbewerb ›Niedlichstes Baby‹ zu schicken. Dimity bemühte sich immer noch, mich wegen des schmachvollen Roten Bandes zu trösten.

»Ich hatte keine Wahl«, sagte ich. »Es gab nur einen Preis, und es wäre unentschieden ausgegangen.« Auch Reginald hatte ich aus dem Wettbewerb ›Blumengesteck mit Stofftier‹ herausgehalten, um unparteiisch zu bleiben. Und Rainey hatte ich nicht das Blaue Band für ihren Tiger verleihen können, denn sie hatte ihr Blumengesteck im Schulhaus auf den Boden gefegt, noch ehe die Preisrichter zur Tat geschritten waren. Es war schade, denn jeder, der Edmund Terrance zuvor gesehen hatte, wie er aus seinem Dschungel aus Schwarzäugiger Susanne und Tigerlilien herauslugte, musste zustimmen, dass er ein starker Favorit für den ersten Preis sei.

Rainey hatte zwei der Wagenrennen gegen den neunjährigen Paolo Sciaparelli verloren, der jetzt ihr bester Freund in Finch war. Die beiden verbrachten den Rest des Tages damit, cremegefüllte Konstantinsplätzchen von Sallys Tisch zu stibitzen, Mr Wetherheads Züge entgleisen zu lassen und ihre Köpfe unter das Zelt der Wahrsagerin zu stecken.

Es war schwer zu sagen, ob Miranda Morrows Beitrag zu dem Fest mit Wohlwollen aufgenommen wurde oder nicht. Jedenfalls füllte sie ihre Rolle bestens aus. Sie hatte ihre Kristallkugel mitgebracht und sich exotisch zurechtgemacht, mit großen runden Goldohrringen, goldenen Armreifen, einem Umschlagtuch mit Fransen und einem Bauernkleid mit ausgefallener Stickerei. Die Leute kicherten über ihren Aufzug gutmütig, aber wenn sie wieder aus ihrem Zelt herauskamen, schienen sie eher nachdenklich als amüsiert zu sein.

Mr Wetherheads Modelleisenbahnen jedoch waren ein voller Erfolg. Die Dorfbewohner standen im Saint George's

Lane Schlange, um einen Blick auf die Anlage zu tun. Bill und Derek hatten ihm in der Woche davor geholfen, seine Schätze möglichst wirkungsvoll aufzubauen, und waren über der Sache zu Eisenbahnnarren geworden. Sie benutzten Rob und Will als Ausrede, um stundenlang im Haus des Schulmeisters herumzuhängen, aber Emma wusste, welche Jungs in Wirklichkeit um die Lokführermütze stritten und welche sich mustergültig benahmen.

»Ich habe gesehen, wie du bei den Moriskentänzern Aufnahmen gemacht hast«, sagte Emma. »Weiß Bill, dass du den Fotoapparat mitgebracht hattest?«

Mein Blick glitt zu der Bühne hinüber, die Jasper Taxman gegenüber dem Kriegerdenkmal am anderen Ende des Dorfplatzes aufgebaut hatte, und ich grinste schadenfroh bei dem Bild, das der herumspringende Bill mit seinen klingelnden Schellen, dem flatternden Taschentuch und wehenden Bändern abgegeben hatte.

»Ich will ihn damit überraschen«, sagte ich. »Du kennst doch diese persönlichen Weihnachtskarten in Gestalt eines Familienfotos?«

Emma sog scharf die Luft ein. »Das würdest du nicht tun!«

»Vielleicht doch«, sagte ich, »wenn er mich noch einmal Kommandant Lori nennt.«

Die Gruppe der Studenten vor dem Pub stieß einen Jubelruf aus, als Dick einen weiteren Krug Met servierte. Christine machte keine Anstalten, ihn daran zu hindern. Sie war viel zu glücklich, um sich Gedanken darüber zu machen, ob hier womöglich eine Gruppe zukünftiger Archäologen vergiftet wurde. Martin war am Abend zuvor eingetroffen, um seinen Eltern mit den Vorbereitungen zum Fest zu helfen.

Ich freue mich wirklich, dass Martin Peacock sein Versprechen gehalten hat. Ich habe Christine noch nie so glücklich gesehen.

»Wo wir gerade beim Glücklichsein …« Ich bemerkte Francesca und Adrian, die Arm in Arm den Saint George's Lane entlangkamen. »Ich weiß nicht, warum er nicht nach Finch zieht, er ist doch sowieso jeden Tag hier.«

Emmas Augen blitzten spitzbübisch. »Peggy sagt, sie haben auf dem Kirchhof geschmust.«

»Was vielleicht sogar wahr ist«, sagte ich mit einem Blick auf Francescas rosige Wangen. »Dimity ist doch die Expertin, wenn es um Schmusetiere geht.«

Vielen Dank, Lori.

Das gemietete Lautsprechersystem gab plötzlich ein krächzendes Geräusch von sich, dann hörte man über die Störungen hinweg Jasper Taxmans Stimme. »Die Abschlusszeremonie fängt in fünf Minuten an. Bitte, versammeln Sie sich für die Abschlusszeremonie auf dem Dorfplatz …«

Rainey und Paolo sprangen wie zwei Hütehunde in der Menge herum und versuchten, die Dorfbewohner zusammenzutreiben. Raineys Eltern samt Baby Jack wurden von Paolos zahlreichen Brüdern und Schwestern in die Mitte genommen, und auch Miranda Morrow wurde aus ihrem Zelt geholt. Mr Barlow mit Buster, die Peacocks mit Grog, Mr Farnham, die Pyms und Sally Pyne wurden zu einer Gruppe von Stühlen komplimentiert, die Martin Peacock vor der Bühne aufgestellt hatte, während Katrina, Simon und die anderen Studenten sich ohne große Umstände auf den Rasen fallen ließen. In Anbetracht der Menge Met, die sie getrunken hatten, rechnete ich fest damit, dass einige von ihnen vor dem Morgengrauen nicht wieder aufstehen würden.

Adrian und Francesca nahmen beim Kriegerdenkmal neben Burt und Annie Hodge Platz, der Pfarrer saß neben Lilian. Bill und Derek lösten sich aus der Menge und kamen an meinen Tisch, jeder mit einem Zwilling im

Buggy. Schließlich kam auch Mr Wetherhead mit einem begeisterten Gefolge aus dem Saint George's Lane auf den Platz. Der kleine Mann schien etwas überwältigt von der Bewunderung, die sein Hobby ausgelöst hatte, doch offensichtlich genoss er es. Ich hoffte, seine Mutter würde sich im Grabe umdrehen.

»Die Abschlusszeremonie findet nicht auf der Bühne statt«, kam Mr Taxmans Stimme über den Lautsprecher, »sondern am Kriegerdenkmal. Würden Sie sich also bitte alle umdrehen …«

Es entstand ein kleines Durcheinander, als alle ihre Stühle herumdrehten, die Studenten sich neue Lagerplätze suchten und schließlich eine kleine Gruppe, die sich am Denkmal versammelt hatte, für Peggy Kitchen Platz machte.

»Vielen Dank!«, rief Peggy, und die Menge verstummte. »Ich danke Ihnen allen, dass Sie zu unserem Erntedankfest hier in Finch gekommen sind. Ich hoffe, es hat Ihnen Spaß gemacht und Sie werden nächstes Jahr wieder kommen.

Ich möchte auch denen von Ihnen danken, die diesen Tag möglich gemacht haben. Es wären zu viele, um sie alle namentlich zu erwähnen, aber diejenigen, die es betrifft, werden es schon wissen, also spenden Sie sich jetzt mal einen ordentlichen Applaus.«

In das höfliche Klatschen der Dorfbewohner mischten sich das laute Beifallsgeheul der Studenten und das begeisterte Bellen der Hunde.

»Wie viele von Ihnen wissen«, fuhr Peggy fort, »ist es Tradition in Finch, nicht nur die zu ehren, die für ihr Land gefallen sind, sondern auch diejenigen, die gedient und überlebt haben. Sie liebten ihre Heimat so sehr, dass sie die Initiative ergriffen, um sie zu schützen. Von ihnen können wir alle etwas lernen.

Ein Ort braucht seine Bewohner. Mrs Harris wird Ihnen bestätigen, dass eine Pflanze starke Wurzeln braucht, um zu überleben, ebenso wie ein Dorf. Jeder Bewohner hier in unserem Dorf muss starke Wurzeln entwickeln und in den Boden senken und sie jeden Tag gießen und pflegen, sonst verdorrt das Dorf.

Manchmal brauchen wir einen Menschen wie Dr. Culver, der in unserer Vergangenheit gräbt und uns daran erinnert, dass wir alle Mitglieder einer Familie sind, deren Geschichte weiter zurückreicht, als wir es verfolgen können. Finch ist für uns ein Geschenk aus der Vergangenheit. Und es liegt an uns, ob unser Dorf stark genug ist, um auch in Zukunft weiter zu gedeihen.

Sie und ich – wir alle müssen an uns arbeiten, damit wir Zeit und Energie finden, unser Dorf am Leben zu erhalten. Finch hat seine Söhne und Töchter mit einem Denkmal geehrt, weil sie etwas taten, um den Ort, den sie liebten, zu beschützen, statt sich zurückzulehnen und es anderen zu überlassen.

Vielleicht sind unsere Anstrengungen historisch nicht so bedeutsam wie die jener Menschen damals, aber sie sind genauso wichtig. Es sind die Kämpfe des normalen Lebens, es ist die ganz alltägliche Arbeit, die unser Dorf jung erhält.«

Peggy trat zwischen die Stechpalmenbüsche vor das schwarze Seidentuch, das über der steinernen Pyramide hing. Ihre Brille blitzte in der Sonne, und eine sanfte Brise kräuselte den Saum ihres geblümten Kleids. Die versammelten Dorfbewohner waren still geworden. Selbst Rainey stand mucksmäuschenstill da und sah ernst zu den Studenten hinüber, das sommersprossige Gesicht klebrig von den gefüllten Konstantinskeksen, die Zöpfe im Auflösen begriffen.

Peggy holte tief Luft, ergriff einen Zipfel des schwarzen Tuchs und zog. Ein erschrockenes Gemurmel ging durch die Menge. Das keltische Kreuz auf dem Denkmal war nicht gereinigt worden. Es war nach wie vor beschämend schmutzig, eine Erinnerung an Jahre der Vernachlässigung, ein stummes, aber aussagekräftiges Symbol dafür, was passiert, wenn Menschen sich zurücklehnen und die Arbeit anderen überlassen.

Peggy räusperte sich. »Wenn Sie jemals eine Erinnerung dafür brauchen, dass auch Kleinigkeiten etwas bewirken können, dann sehen Sie sich nur dieses Kreuz an.«

Aus den gemieteten Lautsprechern ertönte blechern »God Save the Queen«, und die versammelte Menge erhob sich. Das Erntedankfest war vorüber.

Besucher aus benachbarten Orten schlenderten zurück zum Parkplatz, der auf dem Feld gleich hinter der Buckelbrücke eingerichtet worden war, und überließen die Dorfbewohner ihren Aufräumungsarbeiten. In der allgemeinen Geschäftigkeit jedoch verharrten vier reglose Gestalten immer noch in der Nähe des Kriegerdenkmals. Adrian und Burt hielten sich etwas abseits, während Francesca und Annie innerhalb des Kreises aus Stechpalmenbüschen standen, die Arme umeinander gelegt, und die Namen lasen, die in den Stein gemeißelt waren. Sie schienen gar nicht zu bemerken, dass ringsumher die Menschen mit den Aufräumarbeiten begonnen hatten.

Auch ich wollte gerade mein Bündel zusammenpacken und zum Auto zurückbringen, als Rob mich am Kragen zog. Ich sah zu ihm hinunter und dann auf das blaue Tagebuch.

Geh mit mir zum Kriegerdenkmal, Lori.

»Bill«, sagte ich, »lass uns mit Rob und Will zum Denkmal gehen.«

Ich nahm Rob auf den Arm und das Buch in die andere Hand. Als wir im Kreis der Stechpalmen standen, schien es, als sei der Lärm der geschäftigen und plaudernden Menschen und des letzten Krächzens des Lautsprechers in weite Ferne gerückt. Will gab ein lautes Gurgeln von sich, und Francesca sah mich mit ihren dunklen Augen an.

»Wussten Sie es?«, fragte sie leise.

Ich sah sie verständnislos an. »Was soll ich gewusst haben?«

»Das hier ...« Francesca deutete auf den einzigen Fleck auf dem Denkmal, wo der Stein frisch gemeißelt und golden in der Spätnachmittagssonne leuchtete.

Piero Alessandro Sciaparelli. Der Name, so barock und musikalisch, fiel völlig aus dem Rahmen der einheimischen englischen Namen, die darüber eingemeißelt waren, aber dennoch gehörte er dort hin. Piero hatte dem Land seiner Geburt genauso gedient wie später seiner Wahlheimat. Er war bereit gewesen, für das eine zu sterben, und genauso bereitwillig hatte er für das andere gelebt. Ich wusste, dass die Söhne und Töchter von Finch ihn willkommen heißen würden.

»Ich habe nichts damit zu tun«, sagte ich. »Aber ich glaube, ich weiß, wer es war.«

Francesca nickte bedächtig, dann sah sie über den Platz. »Komm, Annie. Mrs Kitchen braucht uns.«

Bill und ich folgten ihnen auf den Dorfplatz, wo uns die vertrauten Geräusche willkommen hießen. Hämmern, Poltern, Geschrei, Gelächter, quietschende Babys, Frauen, die sich gegenseitig etwas zuriefen, bellende Hunde – der fröhliche, rustikale Lärm meines Dorfes, das wieder zum Leben erwacht war.

Lilians Zitronenstangen

Angegebene Menge ergibt circa 20 Stangen.

75 g Butter oder Margarine
200 g Zucker

200 g Mehl

2 Eier

2 Esslöffel Mehl

2 Teelöffel geriebene Zitronenschale

3 EL Zitronensaft

¼ TL Backpulver

Puderzucker (wahlweise)

Backofen auf 175 °C vorheizen.

Butter oder Margarine mit einem elektrischen Rührgerät schaumig rühren. ¼ des Zuckers hinzufügen und gut vermengen. 125 g Mehl hinzugeben und zu einem krümeligen Teig vermischen. Eine Backpfanne (20 x 20 cm) damit auslegen und ca. 15 Minuten bei 175° backen, bis der Teig hellgelb ist.

Inzwischen Eier, den restlichen Zucker, die 2 Esslöffel Mehl, Backpulver, Zitronenschale und Zitronensaft gründlich mischen und über den noch warmen Boden verteilen. Weitere 20 Minuten backen, bis die Ränder leicht gebräunt und der Teig innen fest ist. Auskühlen lassen und wahlweise mit Puderzucker bestäuben. In 20 Stangen zerschneiden. Blaues Band gewinnen.